EDEN ONLINE

AF223447

Eva Kiltz

EDEN ONLINE
Tote Herzen schlagen weiter.

Thriller

Bibliografische Information der Deutschen Nationalbibliothek:
Die Deutsche Nationalbibliothek verzeichnet diese Publikation in der
Deutschen Nationalbibliografie; detaillierte bibliografische Daten sind im
Internet über http://dnb.de abrufbar.

© 2024 Eva Kiltz

Verlag: BoD · Books on Demand GmbH, In de Tarpen 42, 22848 Norderstedt

Druck: Libri Plureos GmbH, Friedensallee 273, 22763 Hamburg

Cover erstellt mit KI-Design.

ISBN: 978-3-7583-4011-6

Personenregister in alphabetischer Reihenfolge

Adamea, Medium
Anne Bentin, Patientin
Hanno Eckstein, KFZ – Händler
Professor Dr. Rolf Felbing, Dozent für Geschichte
und Theologie
Hartmut Drubost, Studienfreund
Jan Gellert, Arbeitskollege von Marc Hapich
Mona Gerst, Chefin von Jessica
Benjamin Goldman, Grafiker, Freund von Jessica und
bester Freund von Marc
Dirk Goldman, sein Vater
Petra Goldman, seine Mutter
Horst Grabort, geistlicher Leiter einer
Glaubensgemeinde
Karoline Haber & Andrea Duft,
Glaubensgemeindemitglieder
Marc Hapich, Computerspezialist, bester Freund von
Benjamin und Jessica
Lars Klingmeyer, Chef von Marc und Ben
Jessica Keller, Freundin von Benjamin und Marc
Udo Keller, ihr Vater
Silke Keller, ihre Mutter
Sara Kronlei, Sekretärin von Prof. Dr. Felbing
Oliwa, Osteuropäische Pflegekraft
Dr. Schlund, Arzt
Renate Stein, Sekretärin
Philipp Stirnberg, ein Freund

Mit jeder Geburt verlassen wir das Paradies. Mit jedem Tod holt es uns heim.

    (Gerd Peter Bischoff)

I Ungewöhnliche Beziehung

1

Er war zweifellos sein bester Freund. Eine Verbindung, tief
wie die Dunkelheit der Nacht. Ein unsichtbares Band, das
sie sicher durch jeden Abgrund führte. Jeder Augenblick,
den sie miteinander verbrachten, war ein Geben und
Nehmen - Treue in ihrer reinsten Form.

In Notfällen oder zu ungewöhnlichen Zeiten konnte er um
Hilfe bitten. Sein Freund zögerte nie. Er war kein Mensch,
sondern ein Laptop. Obwohl er nicht lebte, spielte dieser
Laptop in seinem Alltag eine besondere Rolle. Er war sein
Tor zur Welt, sein Werkzeug, um Träume zu verwirklichen
und Hindernisse zu überwinden.

Wertvolle Einsichten wurden in einem geschützten Raum
der Vertraulichkeit geteilt. Das Band war nicht nur eine
Stütze, sondern auch ein Zufluchtsort für seine innersten
Wünsche.

Benjamin war fasziniert von der Vorstellung eines sanften
Übergangs ins Jenseits. Eine buddhistische
Meditationspraxis, die bewusst vom Leben zum Tod
führte. Nicht, weil er bevorstehendes Ableben fürchtete,
sondern aus Neugier. Sein Freund durchforstete das
Internet nach Antworten, ohne ihn je zu verraten.

Die beiden unternahmen Reisen von Gießen zum Nordkap
und bis an die Südspitze Afrikas. So unkonventionell die
Tipps auch schienen, gemeinsam wagten sie es. Ihre
Vertrautheit war so eng, dass Benjamin sogar Ratschläge
für zwischenmenschliche Beziehungen einholte.

In einem beruflichen Umfeld voller Intrigen war sein
Freund ein leuchtender Wegbegleiter, welcher in der

Dunkelheit den Weg wies. Er diente als Quelle der Weisheit und Zuversicht. Ihre musikalische Entdeckungsreisen führte sie zu Kompositionen, die Benjamin allein nie entdeckt hätte. Er zeigte ihm Werke, die Explosionen seiner Emotionen entfachte.

Es war eine unzerstörbare Freundschaft, geprägt von tiefem Respekt. Wie ein sorgsam gehütetes Geheimnis brauchte es lange, um sich zu offenbaren. Sein Freund förderte Benjamins geistiges Erwachen, das normalerweise ein Mensch erst in späteren Jahren erreicht wird.

Für Außenstehende mag es seltsam erscheinen, eine Maschine als besten Freund zu bezeichnen, für Benjamin war es eine ganz natürliche Verbindung. Eine Balance aus Wertschätzung und Kollegialität, die ihn durch das Dasein navigierte. Doch sein körperliches Verlangen galt Jessica. Ihr Herzschlag hallte in ihm wider, und ihre Gegenwart übte eine eigentümliche Anziehungskraft aus. Ihre Sinne reagierten wie Seismografen auf Schwingungen und Energien, die den meisten verborgen blieben. Sie wagte sich auf Pfade, die die Grenzen der Vorstellungskraft sprengten.

In einer Menschenmenge leuchtete sie wie ein funkelnder Diamant. Mit ihrem blonden Haar und ihren anmutigen Gesichtszügen zog sie die Blicke der Männer auf sich. Ihr Lächeln verriet aber: „Ich bin vergeben."

Wie ein Embryo im Mutterleib hatte der Laptop kein Gedächtnis. Er schwieg zu Benjamins Neugier. Ein stiller Zeuge seiner Gedanken und Wünsche.

Und so ging ihre Freundschaft weiter. Innig und stark über die Grenzen von Mensch und Maschine hinweg.

2

10. Mai 2023

*In den behüteten Mauern ihrer geordneten Welt gedieh
Jessica in einer Atmosphäre offener Vertrautheit, die ihre
Eltern geschaffen hatten. Dann betrat Ben die Kulisse
ihres Lebens und veränderte alles.*

*Bei einer Veranstaltung kreuzten sich ihre Wege und die
Leidenschaft nahm ihre Sinne gefangen. Bens
Erscheinung verband betörende Anziehungskraft mit
einem einzigartigen Selbstbewusstsein. Der Zauber ihrer
Begegnung durchdrang die Luft. Die Musik verstummte.
Ihre Körper und ihr Bewusstsein fanden sich auf
geheimnisvolle Weise, als wären sie Magnete. Jessica
spürte, dass Ben der Mensch war, mit dem sie eine
Familie gründen und gemeinsam in eine aufregende
Zukunft blicken wollte. Sie glaubte, das Unerklärliche
gefunden zu haben, das ihre Leere füllen konnte,
körperlich und seelisch.*

*Es schien, als fühle er genauso. Doch plötzlich und ohne
Vorwarnung verschwand er.*

*Was danach geschah, beeindruckte Jessica zutiefst. So
tief, dass sie es nicht wagte, darüber zu sprechen - außer
mit Marc, Bens engstem Vertrauten. Sie gab alle
dogmatischen Vorstellungen über körperliche und
seelische Dimensionen auf.*

*Die Beziehung zu Ben widersetzte sich jeder Rationalität.
Ein einzigartiger Weg tat sich auf, den sie mit ihm
beschritt. Zweifel an der Existenz eines Jenseits gab es
nicht mehr. Diese unangreifbare Gewissheit war wie ein
unerschütterlicher Fels und zerriss ihren Glauben. Sie*

musste eine neue Perspektive für ihr Dasein finden.
Mit jedem Tag, der verging, gewöhnte sie sich an den
neuen Zustand - und nicht nur das, er wurde zu ihrer
gelebten Realität. Ihre Verbindung entfaltete sich auf
einer Ebene, die für die meisten Menschen unbegreiflich
blieb - eine Dimension, die sie noch nicht ganz zu
begreifen vermochte. Es gab keinen Unterschied zwischen
Bill Gates, Mahatma Gandhi oder Prinz Charles. Sie
erkannte die Bedeutung, als sie im Jenseits mit Bens Seele
in Kontakt kam. Eine Offenbarung tiefer Erkenntnis.
Das Bedürfnis, es der Welt mitzuteilen, hatte sie längst
überwunden. Trotz aller Hindernisse wünschte sie sich
nichts sehnlicher, als ihre Beziehung in Ruhe und
Intimität fortzusetzen. Der Geliebte an ihrer Seite war
das Einzige, was zählte.
In den Schatten ihrer Gedanken war Ben für Jessica
mehr als ein Mann - eine Melodie, die in der Tiefe ihres
Seins weiterspielte, auch wenn die äußere Welt
verstummt war.

II, Räder der Sehnsucht

3

26. März 2023, Gegenwart.
Der azurblaue Himmel verzauberte die Menschen an
diesem Sonntagnachmittag. Ein Frühlingstag, wie man ihn
sich nicht schöner vorstellen konnte. Benjamin, Jessica
und Marc waren mit dem Fahrrad entlang der Lahn von
Gießen über Lollar nach Fronhausen unterwegs. Die
hügelige, von Wäldern durchzogene Landschaft bot nichts
Spektakuläres. Man konnte die Seele baumeln lassen. Die
Sonne tauchte die Natur in ein sattes Grün. Jeder Tritt in
die Pedale fühlte sich an wie ein Flügelschlag. Die Drei
spürten die Harmonie ihrer Freundschaft und genossen
das Leben.

Das Grenzgebiet zwischen den Landkreisen Gießen und
Marburg entpuppte sich als Kleinod ohne touristische
Highlights. Die subtile Schönheit zog die Drei in ihren
Bann. Die grünen Felder und knorrigen Bäume wirkten
wie aus einem Gemälde.

„Schau dir das an", sagte Marc und blieb stehen. Er
näherte sich einem Fliederbusch, daneben lag ein
sorgfältig angeordneter Strohhaufen. Ben und Jessica
blieben stehen. Sollte das ein Huf sein?

„Sei vorsichtig", rief Jessica ihm zu. Marc schob mit
einem Ast die Halme beiseite. Es war ein totes Schaf. Das
schmutzige Fell stand ab und Schwärme von Fliegen
bahnten sich ihren Weg durch das Maul ins Innere des
Kadavers.

„Boah, ist das eklig!" Jessica hielt sich das Gesicht mit
den Händen zu. Ihr Humor verschwand und sie würgte.

„Was für ein Mensch macht denn so etwas? Ein Tier einfach hier abzulegen?", entfuhr es Benjamin. Das Entsetzen stand ihm ins Gesicht geschrieben.

„Vielleicht hat es sich von seiner Herde getrennt und nicht mehr zurückgefunden", vermutete Marc.

„Bei uns gibt es keine Schafherden." Benjamin kam näher.

„Wir müssen es melden", antwortete Jessica.

„Und wem?" Marc runzelte die Stirn. Er zog sein Smartphone aus der Tasche, ging um den Kadaver herum und machte ein paar Fotos.

„Okay, weiter geht's, sonst ist der Sonntagnachmittag im Eimer", schlug er vor.

Sie schwangen sich in die Sättel, doch die ausgelassene Stimmung kehrte nicht so schnell zurück. Benjamin trat in die Pedale und versuchte, den Vorfall hinter sich zu lassen.

„Igitt", rief Jessica und spuckte. Sie fuchtelte mit der Hand vor dem Mund herum. Eine Fliege landete versehentlich in ihrem Mund.

„Was ist denn?" Benjamin sah sie an.

„Wasser, schnell!", stammelte sie.

Marc zerrte an seiner Satteltasche und reichte ihr eine Flasche. Jessica spülte sich den Mund aus und spuckte die Flüssigkeit mit einem Ruck ins Gras.

„Ich hatte einen abscheulichen Brummer im Hals", keuchte sie, „mir dreht sich der Magen um, wenn ich daran denke, woher das Tier kommt." Sie rang nach Luft.

„Es kann nur besser werden", erwiderte Benjamin und nahm seine Freundin in den Arm. „Alles wird gut."

Sie beschlossen, ihre Räder weiter zu schieben. Nach einer Weile verließen sie das Feld und betraten einen Buchenwald, in dem sie der Duft des feuchten Bodens umgab. Ein Hase kreuzte ihren Weg, und als alle drei vor Schreck zusammenzuckten, lachten sie. Die Phantasie spielte ihnen einen Streich, aber die vertraute Harmonie stellte sich so schnell nicht wieder ein.

„Oh mein Gott, das sieht aus wie ein Fuß", rief Jessica entsetzt.

Es handelte sich um ein aufgequollenes Stück Baguette. Ihr durchdringendes Lachen blieb zwischen den Bäumen hängen. Es machte ihr Spaß, Männer zu erschrecken.

„Ich finde das nicht lustig!" Marc presste die Lippen zusammen.

Ben schwieg. Er kannte ihre schwarz gefärbte Komik. Eine dunkle Seite, die in ihm ein Gefühl der Beklemmung auslöste. Diese Eigenschaft von ihr überfiel ihn immer wieder und zwang ihn, sich damit auseinanderzusetzen. Er bat sie mehrmals, damit aufzuhören. Aber sie konnte es nicht lassen.

Der Baumbestand veränderte sich. Unter die Buchen und Eichen mischten sich Gehölze, die nicht in diese Gegend gehörten. Es sah aus wie ein angelegter Parkweg, flankiert von zwei mächtigen Steinsäulen, die mit Moos bewachsen waren.

„Wir kommen näher", flüsterte Marc und blieb stehen.

„Eine Szene wie aus einem Märchen und das vor unserer Haustür", hauchte Jessica, während sie über die Baumstämme strich.

„Wie alt sind die wohl?"

„Einhundertsiebzig Jahre", antwortete Benjamin und lächelte.

Marc sah seinen Freund an: „Was du alles weißt. Sind wir auf dem richtigen Weg?"

Benjamin nickte. Während des Studiums lernten sich die

beiden kennen und teilten ihre Begeisterung für Computertechnik. Daraus entwickelte sich eine Beziehung, die bis heute hielt. In ihrem beruflichen Umfeld verbrachten sie viele Stunden vor dem Bildschirm. Die Schönheit der Natur auf diese Weise erleben zu können, war im Vergleich zur Büroarbeit etwas sehr Wertvolles. Für beide stand schon früh fest: Es musste derselbe Arbeitgeber sein.

Marc stammte aus Heuchelheim, einem Ort in der Nähe von Gießen. Zur Verdeutlichung fügte er hinzu, dass die Stadt einst zum Römischen Reich gehörte, falls jemand den Ort nicht kannte. Benjamin wuchs im Gießener Stadtteil Wieseck auf, der noch dörflichen Charakter besaß. Dort kannte man sich noch über mehrere Straßen hinweg. Die Fachhochschule in Friedberg lag in unmittelbarer Nähe und so verbrachten sie auch ihre Freizeit zusammen. Marc und Benjamin ergänzten sich in ihrem Wissen. Ihr Wunsch erfüllte sich. Sie arbeiteten Seite an Seite. Eine europaweit tätige Grafikagentur eröffnete eine Niederlassung in Gießen. Sie gehörte zum Bereich des Werbedesigns für Discounter. Von Suppentüten über Schokoladencreme-Aufkleber bis zu Schnapsetiketten - eine abwechslungsreiche und gut bezahlte Arbeit.

Benjamin fiel es nicht schwer, Produktnamen zu erfinden, die wie die Originale klangen. Er fütterte den Computer mit seinen Ideen, wie eine Gans ihre Jungen. Marc sorgte dafür, dass das Herzstück des elektronischen Gehirns reibungslos funktionierte.

„Ich habe die Orientierung verloren", rief Jessica und blickte in die Baumwipfel, als könne sie dort die Antwort finden.

Das Trio hatte eine Maxime verinnerlicht: Auf Radtouren kein Navigationsgerät - das erhöhte die Spannung und bescherte ihnen unentdeckte Wege und unvorhersehbare Abenteuer. Sie verließen sich auf eine Papierkarte, einen Kompass und den gesunden Menschenverstand.

Ben entfaltete das Papier: „Wir sind richtig."
Hundert Meter vor ihnen tauchte eine mannshohe Buchsbaumhecke auf, umrankt von wildem Efeu.

Jessica blieb stehen: „Seht euch das an! Ich kann es nicht glauben!"
Inmitten der Bäume zeichnete sich die Silhouette eines kleinen Schlosses ab. Ein zweistöckiges Gebäude aus dunklem Stein erhob sich majestätisch vor ihnen. Zinnen rahmten ein flaches Dach ein, an den Ecken ragten vier Türme empor. Gotische Fenster zierten die Seiten des Gebäudes und verliehen ihm einen mystischen Charme.

„Das ist ja Draculas Haus, habt ihr so etwas erwartet?", murmelte Marc.

„Und das direkt vor unserer Haustür. Ich habe mein ganzes Leben in Fronhausen verbracht, drei Kilometer Luftlinie von hier. Ich habe das Gebäude zwar schon von weitem gesehen, aber ich wusste aber nicht, dass es so imposant ist", staunt Jessica.

„Warum ist das kein Besuchermagnet?", fragte Ben.

„Keine Ahnung, das ist das Schloss Friedelhausen.
Vor ihnen erstreckte sich ein weitläufiger Vorhof, der von unregelmäßigen Mustern aus Naturstein durchzogen war. Das von einem massiven Steinbogen gekrönte Eingangsportal öffnete sich wie das Maul eines Tieres. Trauerweiden säumten den Weg. Die Freunde näherten sich dem Tor. Das Vogelgezwitscher verstummte.

„Die Bäume und alles drum herum sehen aus, als wären

sie absichtlich wie ein Park angelegt worden", bemerkte
Marc.

„Keine Ahnung, meint ihr, da wohnt jemand?", fragte
Ben.

Jessica schüttelte den Kopf.

„Siehst du ein Auto oder ein Fahrrad? Sieht aus wie einer
dieser 'lost places' aus dem Fernsehen. Oh wei, jetzt
wird es unheimlich."

Sie hob die Hände und formte ihre Finger zu Klauen, die
sie sich vors Gesicht hielt. Ben hätte sie am liebsten zum
Schweigen gebracht. Konnte sie jemals ernst bleiben?
Hinter ihrer Fröhlichkeit verbarg sich der Glaube an etwas
Geheimnisvolles, das hatte sie ihm einmal anvertraute.

„Hey, Leute, entspannt euch, wir sind in der Realität.

Sehen wir uns das mal genauer an", warf Ben lässig ein.
Er lehnte sein Rad an die Buchsbaumhecke. Marc und
Jessica folgten ihm. Die Kellerfenster waren mit Brettern
vernagelt.

„Wow, das ist aber gruselig", stellte Marc mit spöttischem
Unterton fest.

Über eine Wendeltreppe gelangten sie zu einer von
Steinsäulen umrahmten Balustrade.

„Was für eine Aussicht! Fronhausen liegt uns zu Füßen",
rief Jessica.

Unter ihnen schlängelte sich die Lahn durch Felder und
Wiesen, die noch das Braun des Winters trugen.

„Hier kann man es aushalten", sagte Marc und streckte
die Arme in die Höhe.

„Das sehe ich aber anders. Was haben Sie hier verloren?"
Sie fuhren herum. Vor ihnen stand ein alter Mann mit
Kinnbart und Manchesterhose.

„Wer hat Ihnen erlaubt, das Grundstück zu betreten?",

fragte er und umklammerte einen Knüppel.

„Wir dachten, äh, meinten, wussten nicht, dass hier jemand wohnt", antwortete Marc erschrocken.

„Jetzt wissen Sie es, das Betreten fremder Grundstücke ist nicht zulässig. Ich beobachte Sie schon eine ganze Weile verschwinden Sie!"

Jessica bemerkte seinen Wollpullover, der die Farbe des toten Schafes hatte. Ein Schauer lief ihr über den Rücken.

„Entschuldigen Sie, aber Sie haben eine beeindruckende Wohnung", sagte Ben und versuchte, seinen ganzen Charme spielen zu lassen. Er hatte sich daran gewöhnt, dass ihm sein Aussehen viele Türen öffnete. Mit ausgestreckter Hand ging er auf den alten Mann zu.

„Jetzt reicht es mir aber. Runter von meinem Eigentum, sonst rufe ich die Polizei!" dabei schlug er mit dem Knüppel auf seine Handfläche.

Überwältigt von der Situation rannten die drei an ihm vorbei.

„Halunkenpack, elende Gauner", hörten sie ihn hinter sich rufen.

Als sie die alte Landstraße erreichten, schnappten sie nach Luft.

„Ich fasse es nicht, wir schreiben das Jahr 2023. Ich habe mich wie im Mittelalter gefühlt", japste Marc.

„Mir ging es genauso. Was für ein gespenstischer alter Mann", sagte Ben und schüttelte den Kopf. „Bei allem Respekt, Leute, ich gehe da nicht mehr hin. Es gibt eine Menge Verrückte, und dem möchte ich nicht noch mal begegnen. Gruselig, wer weiß, was sich hinter diesen Mauern verbirgt?"

„Ich glaube, wir haben nur einen verschrobenen Zeitgenossen gesehen, der in einem alten Gemäuer haust.

Lasst euch nicht täuschen", wiegelte Jessica ab.
Benjamin wusste, dass er am Abend das Rätsel lösen
würde. Für seinen Freund eine Leichtigkeit. Der Schwung
des Gefälles trug sie mühelos durch das Tiefenbachtal bis
zur Straße nach Lollar. Sie ließen ihre Räder einfach
bergab rollen. An einer Senke erreichten sie für einen
winzigen Moment die Schwerelosigkeit, die ein Kribbeln
auslöste. Benjamin konnte seine Freude nicht
zurückhalten und schrie aus Leibeskräften. Dabei standen
ihm die Haare zu Berge.
„Guck mal, die kommen gerade recht", bemerkte Marc
und wurde langsamer.
Am Ende der Straße, die nur für den landwirtschaftlichen
Verkehr freigegeben war, kontrollierte die Polizei den
Verkehr.
„Das Schaf - Marc, das sind die richtigen", erinnerte ihn
Benjamin.
Ein Polizist verzog das Gesicht. „Sonntagsdienst und
dann diese drei Möchtegern-Kommissare", dachte er
verärgert.
„Es liegt in dieser Richtung am Lahnufer unter einem
Fliederstrauch."
„Ja, okay, wir kümmern uns darum."
„Ihre Laune spricht Bände", stellte Marc überzeugt fest.
„Schieb du mal an so einem Sonntagnachmittag Dienst?
Man muss nicht verrückt sein, um diesen Job zu machen,
aber es hilft ungemein", murmelte Jessica.
Einer der Gesetzeshüter sah ihnen verärgert nach, er hörte
den letzten Satz. Von weitem war Stimmengewirr zu
vernehmen, welches sich mit Musik vermischte. Das
Lollarer Stadtfest kam ihnen gerade recht, nach dieser
Begegnung genossen sie die Lebendigkeit der Menschen.

An einem Stand gab es warme Baguettes mit Knoblauchbutter und Schinken.

„Kommt euch das bekannt vor?" Jessica traf den Nagel auf den Kopf und den beiden verging der Appetit.

Am Schmaadleckerbrunnen, den die Bronzefigur eines Lausebengels zierte, setzten sie sich auf die steinerne Einfassung. Es war wohltuend, dem Treiben zuzusehen. Vor der Sparkasse stand eine hölzerne Bühne. Eine Jazzband sorgte für Stimmung. Einer der Musiker winkte ihnen zu, und Jessica schickte einen Handkuss zurück.

„Na, was ist denn das?" Benjamin schaute seine Freundin skeptisch an.

Sie schwärmte: „Mein Sohlenmann, Herr Märtz, Inhaber des Orthopädiegeschäfts in Lollar. Der ist ein Ass auf seinem Gebiet, da sind die Fußschmerzen weg. Wenn du ihm deine Trittapparate anvertraust, wirst du wie im Garten Eden wandeln."

Marc legte den Kopf in den Nacken und schloss die Augen.

„Das ist dein Lied", stellte Benjamin lächelnd fest. Sie spielten Marcs „Nummer eins", und es war jedes Mal amüsant, wenn er aus vollem Herzen mitsummte.

„Ich sage euch, Lennon und McCartney haben ein göttliches Meisterwerk geschaffen", bemerkte er begeistert. „Diese Komposition - als käme sie direkt aus dem Paradies. Musik und Text verschmelzen so perfekt miteinander, dass es fast übernatürlich wirkt. Eine Verbindung, die nur diesem Duo gelungen ist."

Mit ihrer Sensibilität für das Übernatürliche fühlte Jessica auch das perfekte Arrangement des Liedes. Die Abfolge der Töne erreichte „das Unterbewusstsein". Mit der Melodie „im Ohr" machten sie sich auf den Heimweg und schoben ihre Räder bis zum Ortsausgang. Fahren war angesichts der Menschenmassen unvorstellbar. Benjamins Interesse galt einem schwarzen Cabrio. Alle Ereignisse des Tages gerieten schlagartig in Vergessenheit. Das Fahrzeug stand in der ersten Reihe auf dem Parkplatz eines Autohauses.

„Ein Audi 5 Cabrio S-Klasse, schaut euch das an!", rief er und hob sein Fahrrad über den Bordstein.

„Ich glaub's nicht, weiße Ledersitze mit Logoprägung, Premiumfelgen, oh Mann, das halt ich nicht aus."

Marc kannte Benjamins Blick. Er wusste, dass es kein zurück gab.

„Siebzehntausend Euro. Das ist ja fast geschenkt", Benjamin sah hinein. „Das ist mein zukünftiges Fahrzeug."

„Inklusive Kratzer." Jessica streichelte den linken Kotflügel. Der Vorbesitzer hatte beim Einparken Bekanntschaft mit einer Mauer gemacht.

Benjamin lachte: „Die paar Schrammen halten mich nicht auf,

das erklärt den Preis. Der hat keine zehn Jahre auf dem Buckel, unglaublich."

Marc zögerte: „Bei dem Angebot läuten bei mir alle Alarmglocken."

Jessica überlegte. Ihre Ansprüche an ein Fahrzeug beschränkten sich darauf, von A nach B zu kommen.

„Wer nicht wagt, der nicht gewinnt. Ich kann es kaum erwarten, mit dem Schlitten die Straßen unsicher zu machen", sagte Benjamin euphorisch.

Er umarmte seine Freundin. War der Himmel je strahlender?

„Und das Geld? Woher willst du das nehmen?"

„Schatz", sagte er und streichelte Jessica zärtlich über die

Wange, „das soll nicht deine Sorge sein. Am Wochenende machen wir den ersten Ausflug. Ich verlass mich auf euch, aber bitte mit Kopfbedeckung."

Der Straßenkreuzer blieb für ihn hier, morgen würde er sich mit dem Autohändler in Verbindung setzen. Während Jessica an diesem Abend den Fernsehkrimi genoss, lüftete Benjamin mit Hilfe seines Freundes das Geheimnis des alten Gemäuers. Das Schloss Friedelhausen wurde 1852 erbaut und der heutige Besitzer, ein Graf, war einer seiner Nachfahren. Den lernten sie kennen. In einem älteren Zeitungsbericht hieß es, er lebe zurückgezogen.

„Alles passt", stellte er fest.

Jessica blickte kurz auf, bevor sie sich wieder ihrem Krimi widmete. Auch erfuhr Benjamin, dass es sich bei dem Auto um einen Sonderpreis handelte. Seine Finger lagen immer noch auf dem Laptop.

„Danke."

4

Renate Stein näherte sich Benjamins Ohr: „Mahlzeit!"
Sie betonte jede Silbe, in der Hoffnung, dass ihre
Annäherung seine Aufmerksamkeit wecken würde. Er
schien an seinem Laptop zu kleben.

„Wir gehen zum Chinesen", sagt sie, „da gibt es leckeres
Sushi. Komm mit, eine Pause wird dir gut tun.

„Ich kann nicht. Es ist zu wichtig", antwortete er, ohne
aufzusehen.

Sie schlang sich ihr Tuch um den Hals und runzelte die
Stirn. „Nun, wenn du stirbst, sollten wir darüber
nachdenken, dir deinen Laptop mit in den Sarg zu geben.
Aber bis dahin ist es wichtig, dass du eine Pause machst."

„Absolut." Er hatte weder die Zeit noch die Muße, sich
mit ihr zu beschäftigen. Eine Unterbrechung konnte er
sich heute nicht leisten. Benjamins Finger ruhten auf der
Tastatur. In vier Minuten war es soweit. Das Update für
das Grafikprogramm stand kurz bevor. Viel zu wichtig, um
es mit rohem Fisch im Mund zu verpassen.

Die Softwareentwickler benötigten aufgrund der
Coronapandemie mehr Zeit für die Neuerungen. Das
Programm diente ihm als verlängerter Arm. Er benutzte
es, ohne darüber nachzudenken. Es drang in ihn ein und
wurde ein Teil von ihm. Welche Überraschungen lagen
heute wohl auf dem Gabentisch? Die Spannung ähnelte
der, die er in seiner Kindheit am Weihnachtsabend
empfunden hatte. Der Knopf pulsierte und Benjamin
drückte ihn, als würde er das Tor zum Garten Eden öffnen.
Neun Minuten bis zum Start. Genüsslich verschlang er
seine Banane. Im Großraumbüro war im Moment niemand

anwesend. Seine Prioritäten lagen an diesem Tag
woanders, das Surren des Handys störte. Er wollte nicht
von seinem Smartphone abgelenkt werden. Es verschwand
in der untersten Schreibtischschublade.

Einen Anruf von Jess abzulehnen, war riskant, denn die
Folgen konnten schwerwiegend sein. In diesem Moment
spielte das aber keine Rolle. Er hatte eine Abneigung gegen
Smartphones. Alles in allem empfand er diese abgespeckte
Form der digitalen Kommunikation und Überwachung als
lästig. Seine Finger hatten Mühe, die Tasten zu treffen,
und er meinte jedes Mal, mit zusammengebundenen
Füßen schwimmen zu müssen.

„Bing" - der Download war abgeschlossen. Benjamin
startete das Betriebssystem und rief das Programm auf. Es
erschien ihm wie ein strahlender Sonnenaufgang an einem
Sommertag, aber wo waren die gewohnten Menüs? Sie
versteckten sich in den Tiefen des Programms und
warteten darauf, entdeckt zu werden. Das kannte er schon.
Es dauerte nicht lange, bis er sich zurecht fand. Mit jedem
Klick fühlte er sich sicherer. Ein Abenteuer aus der
Komfortzone. Die selbstständige Einfärbung in der 3D-
Ansicht beeindruckte, aber die Möglichkeit, Gesichter von
Fotos einer Figur zuzuordnen, war ein Quantensprung.
Marc hatte als Erster die Mittagspause beendet. Freudig
stellte er die Pappschachtel mit den roten Buchstaben auf
den Tisch. Der Geruch von Soja und Algen erfüllte den
Raum.

„Noch warm für dich." Benjamin schüttelte den Kopf und
lächelte dankbar. Auf ihn konnte er sich verlassen. Ohne
den Computerbildschirm aus den Augen zu lassen, griff er
nach den gebratenen Nudeln.

„Was machst du, wenn man dir den Laptop wegnimmt?"

Renate hielt ihm einen Zettel unter die Nase:
„Der Chef will dich sprechen. Es geht um ein Projekt, die
Entwicklung einer Verpackungsserie für Coronartests.
Die soll es künftig im Discounter geben. Du sollst dir eine
Präsentation ausdenken".
Dank der Neuerungen im Grafikprogramm war das ein
Kinderspiel.
Marc rutschte mit seinem Bürostuhl neben Benjamin:
„Jess hat mich angerufen, du bist nicht ans Handy
gegangen."
„Ja, ich weiß. Sie kann ganz schön anstrengend sein. Aber
du weißt, was passieren kann?"
Marc nickte.
„Nochmal so ein Joke von ihr, nein danke", erwiderte
Benjamin.
Die Erinnerung an ihren perfiden Scherz vor drei Wochen
ließ ihn erschaudern. Er hegte tiefe Gefühle für seine
Freundin, doch in diesem Moment kamen Zweifel an ihrer
Liebe auf. Sie schickte ihm das Ultraschallbild per
Whatsapp mit den Worten „dreifaches Glück". Die
Nachricht überwältigte ihn. Er stellte sich die
entscheidende Frage. Gelingt es beiden, diese
einschneidende Veränderung in ihrem Leben zu
akzeptieren?
Das war in der Frühstückspause. Seine Arbeitskollegen
bekamen den Schock mit. Sie gestand ihm, dass sie mit
Zwillingen schwanger wäre. Die Nachricht traf ihn wie ein
Schlag. In diesem Moment hasste er sein Smartphone
abgrundtief. Sein Gesicht wurde aschfahl und auf seiner
Stirn bildeten sich Schweißperlen. Der Schock ließ sich
nicht verbergen. Marc stand hilflos daneben. Wie konnte
eine Frau auf so etwas kommen?

Benjamin war fast handlungsunfähig. Marc war froh, Single zu sein. Er betrachtete es als glücklichen Zufall, dass er nicht in Beziehungsgeflechte verstrickt war, die solche Situationen heraufbeschworen.

Abends empfing Jessica Benjamin strahlend und drehte sich vor Freude im Kreis.

„Was für ein Glück wir haben!" Er hatte sich mittlerweile beruhigt und akzeptiert, dass das Leben unvorhersehbare Wendungen nehmen nun mal nehmen konnte. Im Gegenteil, drei Kinder auf einen Schlag bedeutete, dass er in zehn Jahren das Schlimmste hinter sich hätte. Er stellte sich vor, wie eine große Familie seinen Alltag verändern würde.

Sie schaute ihm in die Augen. Mit diesem Scherz wollte sie seine Reaktion testen. Benjamin erstarrte. Er war unfähig nur ein Wort zu sagen.

Sie schlang ihm die Arme um den Hals. „Hey das war ein Joke. Wir schlagen dem Ernst des Lebens ein Schnippchen. Keine Babys, Ehrenwort."

Die Nachricht blieb in seinem Bewusstsein hängen. Das war der zweite Schlag des Tages. Es traf ihn mit voller Wucht. Das war kein banaler Scherz mehr. Einfach so zur Seite schieben, das funktionierte nicht. Entsetzt stieß er sie von sich, sein Herz raste. Sie erkannte, dass sie zu weit gegangen war, zu spät.

„Verzeih mir, bitte, bitte!", flehte sie, ihre Worte voller Reue. In der Hoffnung, die Schatten des Schmerzes zu vertreiben, küsste sie ihn mit leidenschaftlicher, fast fiebriger Intensität. Der Duft ihrer Haut umhüllte ihn, ihre Fingernägel gruben sich in seinen Rücken. Ein Kampf tobte in ihm. Sein Widerstand schwand mit jedem Atemzug.

Er kannte sie, und gegen ihre verführerische Dominanz war er machtlos. Ein Liebesakt mit ihr hatte das Potential, ihn direkt an den Rand der Galaxie zu schleudern. In diesem dramatisch verhängnisvollen Moment erlag er ihr. Der Strudel der Leidenschaft ließ ihn alles um sich herum vergessen. Raum und Zeit verschmolzen zur Illusion. Getrieben von unstillbarer Sehnsucht tauchte er ein in ein überwältigendes Erlebnis. Trotz der Gefahr, die von ihrem makabren Spiel ausging, konnte er nicht widerstehen, denn sie war eine Göttin fernab der Normalität des Alltags. Diese Aura weckte die tiefste Sehnsucht in ihm. In diesem Augenblick gab es nur sie und ihn. Das Entsetzen löste sich für diesen Moment auf, um später wie eine Wasserleiche wieder aufzutauchen.

III, Jenseitskontakte

5

Benjamins Traum sollte in Erfüllung gehen. Am Nachmittag besichtigt er das Auto in Lollar. Die geöffneten Seitenscheiben verrieten, dass es zum Verkauf stand. Herr Eckstein ging freudig auf Benjamin zu und schüttelte ihm die Hand.

„Sie haben wirklich eine gute Wahl getroffen", sagte er mit Anerkennung in der Stimme. „Zwei Vorbesitzer, ich sage Ihnen, Cabrios fährt man nicht, Cabrios lebt man." Seine Worte verrieten die Begeisterung für das Fahrzeug. Mit einem Surren öffnete sich das Stoffdach und gab den Blick auf die feinen Risse der Ledersitze frei. Man sah sie erst jetzt.

„Leder - das ist was fürs Leben". Herr Eckstein las an Benjamins Haltung ab, was in ihm vorging.

„Ich sag Ihnen was, ich gebe Ihnen hochwertige Sitzbezüge gratis dazu. Hier ist der Schlüssel, machen Sie doch mal eine Probefahrt."

Obwohl Benjamins Entschluss feststand, konnte es nicht schaden, sich das Auto genauer anzusehen. Seine erste Fahrt in einem offenen Wagen lag vor ihm. Eine Stunde später kam er zurück. Das war sein Neuer. Nicht nur das Fahrgefühl, sondern auch die Aufmerksamkeit der Leute, vor allem der Frauen, war eine neue Erfahrung. Er spürte die Bewunderung und sah, wie sie ihre Sonnenbrillen zurechtrückten. Ein attraktiver Kerl in so einem Schlitten. Er genoss das Interesse und ließ sich von den Flirtmomenten mitreißen.

Herr Eckstein ergänzte den Kaufvertrag um die

wichtigsten Details. „Sie haben drei Tage Zeit, ihn umzumelden."

„Ja, kein Problem." Benjamin bezahlte die Summe. Trotz des drückenden Kredits, den die Kasse am Morgen mit ihm ausgehandelt hatte.

„Herr Goldman, herzlichen Glückwunsch zu Ihrer erstklassigen Fahrzeugwahl." Unter dem Schreibtisch zog er eine Flasche Sekt mit dem Logo des Autohauses hervor. „Lassen Sie uns anstoßen, auch auf Ihre Frau, die sicher schon auf Sie wartet."

Benjamin lachte und trank einen Schluck.

„Danke, ich richte es ihr aus."

Er fragte sich, woher er die Überzeugung für seine Aussage nahm. Autoverkäufer schienen eine Spezies für sich zu sein.

„Die Papiere immer ins Handschuhfach", betonte Herr Eckstein, als wäre Benjamin ein Fahranfänger.

Filip, Ahmed, Ayetullah und Mertcan - die unbestrittenen Coolness-Experten - waren das Herz von Herrn Ecksteins Team. Wie eine Jury bei einem unsichtbaren Wettbewerb standen sie da, die Arme lässig in die Hüften gestemmt, und nickten ihm bewundernd zu. Sein Auftritt? Glatte 10 von 10 - cooler als jede Klimaanlage im Hochsommer. Das sah man nicht alle Tage!

Im Rückspiegel sah Ben, wie sie ihm mit ihrem Chef nachschauten, wie ein perfekt eingespieltes Team – jeder an seinem Platz, ohne ein Wort, aber genau wissend, was als Nächstes kommt.

Zielstrebig fuhr er nach Bellnhausen. Der Bäcker galt als Meister seines Fachs, und diese Meisterschaft war jetzt gefragt. Die dunkelhaarige Bedienung musterte ihn. Seine Haare standen ab wie der Schopf eines Kakadus.

„Mein neues Cabrio. Ich glaube, ich brauche eine Kappe."
Er fuhr sich durchs Haar.
Sie lachte.
„Na, dann sind unsere Windbeutel genau das Richtige für
Sie. Die Füllung habe ich selbst gemacht. Ich probiere
übrigens immer, was ich verkaufe."
Benjamin schmunzelte und genoss die Atmosphäre des
Familienbetriebs - eine Seltenheit. Er meinte, das
Wohlwollen zwischen Schokolade und Hefe schmecken zu
können. Das Gefühl von Vertrautheit und
Handwerkskunst berührte ihn.
Am Straßenrand standen Kinder mit ihren Müttern und
staunten. Meine Güte, er war doch nicht der Papst. Was so
ein Auto ausrichten konnte, unglaublich. Was sein Äußeres
anging, konnte er es vielleicht noch verstehen. Der Duft
von frisch gemähtem Gras stieg ihm in die Nase. Er
schwebte in einem Rausch von Freiheit und Abenteuer.
Dieses Fahrzeug eignete sich nicht für den Wettstreit auf
der Autobahn. Ihm ging es um Unabhängigkeit, während
er fernab von jeder Hektik über die Straßen glitt. Er
entschied sich für die alte Landstraße nach Lollar. Vor
zwei Tagen war er mit seinen Freunden diese Strecke
geradelt.
Aus dem CD-Spieler erklang sein Lieblingslied: „Mit jedem
Atemzug kam ein Hauch Leben, Leben geht vorüber ...".
Das Schild „Nur für Anlieger" ignorierte er. Er erinnerte
sich an das Gefühl der Schwerelosigkeit. Konnte er sie
auch motorisiert erleben?
Er trat das Gaspedal durch, verfluchte es aber sofort
wieder. Am tiefsten Punkt der Senke parkten zwei Autos,
die seinen Versuch vereitelten. Benjamin sah einen Mann,
der Kisten einlud, und es handelte sich nicht um einen

Supermarkteinkauf - es ging um ein dubiöseres Geschäft. Neben den Autos stapelten sich weitere Kisten, darüber lag eine Decke. Trotzdem waren die Umrisse zu erkennen. „Schusswaffen!", schoss es Benjamin blitzschnell durch den Kopf. Die mit Graffiti besprühten Betonpfeiler sollten Deckung bieten. Er war zur falschen Zeit am falschen Ort. Zwei weitere Männer sprangen aus dem Gebüsch. Benjamin musste langsamer fahren. Dabei sah er zu viel, denn einer der Männer startete seinen Wagen und folgte ihm. Im Rückspiegel sah er, wie sein Wagen immer näher kam. Sein Herz klopfte und sein Atem ging schneller. „Spürst du dein Leben wie im Nebel? Kaum zu glauben, dass es kaputt geht ...", spielte die CD weiter. Das Lied spornte ihn an, trotzdem musste er die Nerven behalten. Die Überquerung des Autobahnzubringers nach Gießen war keine Spielerei mehr.

„Großer Gott, lass die Straße frei sein", flehte er und schoss wie ein Pfeil über die Fahrbahn. Der Verfolger bemühte sich, ihm auf den Fersen zu bleiben. Benjamin durfte nicht langsamer werden. Mit 120 Stundenkilometern passierte er die Hühnerschar eines Bio-Bauernhofes. Aufgeschreckt rannten die Tiere in alle Richtungen davon. Am Ortsschild von Lollar vorbei raste er in die Innenstadt. Am Eisengießerdenkmal flog er vorbei. Herr Eckstein erkannte das Auto sofort aus. Er konnte kaum glauben, was für eine waghalsige Fahrweise Benjamin an den Tag legte. Die Szenerie wirkte wie ein Alptraum, während das Fahrzeug mit einem Höllentempo weiterfuhr. Er bekam eine Gänsehaut und ahnte, dass dies der Beginn einer gefährlichen Fahrt war.

Vor dem mongolischen Imbiss bildete sich ein Stau. „Lass dich einfach von ihr führen, denk schon gar nicht nach ...", die Musik erfasste ihn bis in die Tiefen seines Wesens. Mit einem kühnen Schritt ließ er sich darauf ein. Um zu überholen, scherte er nach links aus.

6

Jessica befestigte den Karabinerhaken an der Decke und überprüfte die Seile. Sie zog Rolf Felbings Füße nach oben und drückte die Arme auf die Behandlungsliege.

„Das tut gut, meine Wirbelsäule schmerzt kaum noch."

„Das ist doch mal 'ne Ansage, wir sind auf dem Weg der Besserung."

„Ich könnte ewig so liegen bleiben", antwortete er.

„Na, ich glaube, da würde Ihre Familie aber protestieren."

Jessica hatte ihre Leidenschaft mit dem Beruf verbunden. Das verdankt sie einem Zufall. Sie begleitete ihre Mutter zur Physiotherapie. Dort spürte sie zum ersten Mal die Kraft dieser Tätigkeit. Die Möglichkeit, Menschen zu helfen, die den Glauben an ihre Selbstständigkeit verloren hatten, verlieh ihr Autorität.

„Fehlanzeige, es werden keine Beschwerden kommen, ich bin Single", sagte Rolf Felbing.

Jessica war es peinlich. Ihre Zunge arbeitete wieder schneller, als ihr lieb war. Die Chefin hatte sie bereits darauf hingewiesen.

„Tut mir leid."

„Dass ich allein lebe?", fragte Rolf Felbing.

„Nein, nicht deswegen. Es steht mir nicht zu, so persönlich zu werden."

„Ach, das ist schon in Ordnung. „Ich habe einen Beruf, der sich nicht mit einem Familienleben vereinbaren lässt."

„Jetzt bin ich aber neugierig geworden", bemerkte Jessica und lockerte die Fesseln.

„Was ist Ihr Beruf?"

„Ich bin Professor für Geschichte und Theologie, jedoch hauptsächlich für Geschichte zuständig."

„Was machen Sie da?"

„Ich bringe jungen Leuten bei, was in der Vergangenheit passiert ist."

„Ach, Sie sind Lehrer?"

„Ja, Dozent an der Universität Marburg. Wir beschäftigen uns auch mit Knochen, so wie jetzt. Die Geschichte birgt viele Geheimnisse, und wir sehen nur die Spitze des Eisbergs. Zwischen dem, was wir wissen, und dem, was wir nicht erklären können, gibt es unzählige Rätsel".

„Man könnte also sagen, dass ich eine Geschichtsstudentin bin, die sich der Erforschung von Knochen unter einem geheimnisvollen Mantel aus Muskeln, Adern und Fett widmet", scherzt Jessica. Beide lachten.

„Kannst du mal kommen?", ihr Kollege wagte es, während einer Anwendung den Kopf durch die Tür zu stecken.

Für die Dauer einer Behandlung gehörte der Raum dem Physiotherapeuten und dem Patienten.

„Du siehst doch."

Er griff nach ihrem Arm und zog sie in den Flur. „Ich mache weiter. Du sollst ins Büro der Chefin kommen!"

Sie hielt einen Moment inne. Was drängte so?

„Laufen Sie mir nicht davon, ich bin gleich wieder da!", rief Jessica Rolf Felbing zu.

Mona Gerst gab ihr den Telefonhörer:

„Jess, Ben ist etwas passiert."

Am anderen Ende der Leitung schluchzte Marc.

„Wer sind Sie? Ist das ein Fake-Anruf? Ich bin die Falsche für den Enkeltrick", rief Jessica aufgebracht.

„Nein, ich bin es wirklich, Marc. Ben ist tot. Ich habe mit deiner Chefin gesprochen. Du wirst nach Hause gebracht."

„Warum?"

„Hast du mich nicht verstanden? Ben ist tot."

„Was redest du da? Das kann nicht sein. Er wollte doch heute sein Auto abholen."

„Ja, genau. Da ist es passiert, ein Unfall zwischen Lollar und Gießen. Sie haben versucht, ihn zu reanimieren. Jess, es ist so furchtbar."

Marc brach wieder in Schluchzen aus. Er konnte nicht mehr sprechen.

Jessica ließ den Hörer fallen, ihre Knie versagten. Sie stürzte in die Arme ihrer Chefin, die sie auf den Schreibtischstuhl setzte. Die Worte entzogen sich ihrem Verständnis und die Realität traf sie mit überwältigender Wucht. Die Welt um sie herum verschwamm und verwandelte sich in einen undurchdringlichen Nebel. Arme und Beine gehorchten nicht mehr ihrem Willen. Mit einer unkontrollierten Bewegung schleuderte sie alles von ihrem Schreibtisch, als ob sie damit die Wahrheit verändern könnte.

„Nein!", schrie sie aus Leibeskräften.

Zwei Kollegen eilten zu Hilfe und versuchten, sie zu beruhigen. Danach verharrte Jessica in apathischer Reglosigkeit. Ihr Blick war auf die Yucca-Palme in der Ecke des Raumes gerichtet. Nichts schien in dieser Sekunde wichtiger zu sein als die Pflanze. Jede Spur von Energie war aus ihr gewichen.

„Wir bringen dich nach Hause", sagte eine Kollegin.

Rolf Felbing sah, wie Jessica gestützt zum Auto geführt wurde. Er ließ den verdutzten Therapeuten wortlos stehen. Als er auf dem Parkplatz ankam, war das Auto mit Jessica verschwunden. Es musste etwas Unheilvolles geschehen sein.

Eine halbe Stunde später erreichten sie Fronhausen. Marc wollte auf keinen Fall, dass man Jessica in Benjamins Wohnung brachte. Er wartete mit ihren Eltern vor dem Haus. Silke Keller nahm sie in den Arm.

„Ben kann nicht tot sein, ich war gestern noch bei ihm ...", sagte Jessica mit brüchiger Stimme und verwirrtem Gesichtsausdruck. Die Erinnerung an ihre körperliche Nähe zog ihr das Herz schmerzhaft zusammen.

„Mein Kind, ich weiß", strich Silke Keller ihr über den Kopf.

Am Abend verabschiedete sich Marc.

„Wer kümmert sich um sie?", fragte Udo Keller und drückte Marcs Hand.

„Keine Sorge."

Für ihn zählte vor allem, dass er Jessica in guten Händen wusste.

7

„Ich verstehe das nicht", sagte Jessica. Der Stoff des Sofas kratzte an ihren Beinen. Bens Eltern hatten ihre eigenen Vorstellungen von der Einrichtung ihrer Wohnung. Für sie war Feng Shui ein Dogma, das sie umzusetzen versuchten. Neben dem Fernseher thronte eine goldene Buddhastatue, die andere Seite zierte eine beleuchtete Glaskugel.

„Er wollte dieses Auto haben, das müssen wir akzeptieren. Jeder Mensch ist einzigartig. Seine Seele führt ein Eigenleben."

Schon vor Bens Tod konnte Jessica mit den Lebensweisheiten seiner Eltern wenig anfangen. Sie identifizierten sich als Christen und gleichzeitig als Anhänger des Buddhismus.

„Das eine schließt das andere nicht aus", erklärte der Vater.

Ihre Wurzeln waren fest in der Realität verankert. Aber sie bargen eine schwer zugängliche Mystik. Jessica glaubte, eine Träne im Augenwinkel von Bens Mutter zu sehen. Der letzte Wunsch ihres Sohnes war eine anonyme Seebestattung.

„Seine Asche soll von einem Boot aus in die Nordsee gestreut werden? Allein, ohne uns?", schluchzt Jessica. Petra Goldmann setzte sich zu ihr. Das Sofa gab unter ihrem Gewicht nach und die beiden Frauen berührten sich. Ein Hauch von Unbehagen prägte die Atmosphäre zwischen den beiden. Hinter einer Maske gespielter Normalität konnte sich keine von beiden entspannen.

„Bens Liebe zum Wasser und zum Meer rührt von den Ferien her, die wir in seiner Kindheit in Krummendeich verbracht haben. Ein beschauliches Dorf in der Nähe von Cuxhaven".

Petra Goldmann starrte mit unheimlich glasiger Miene aus dem Fenster.

„Weißt du, sein Körper ist nur eine Hülle, die seinen Geist beherbergt. Sein Bewusstsein befindet sich auf der Reise. Es entscheidet sich, was die Zukunft für ihn bereithält. Er ist jetzt im Bardo. Die Seele braucht siebenundvierzig Tage, um alle Prüfungen zu bestehen."

Jessica schaute Petra Goldmann misstrauisch an. Was für ein esoterischer Unsinn, den sie da von sich gab. Aber sie beschloss, ihre Gedanken für sich zu behalten. In dieser Umgebung fand sie nicht den Trost, den sie sich erhofft hatte. Marc saß auf einem Wurzelholzhocker.

Nach einer Weile fragte er Benjamins Mutter: „Worauf gründet sich Ihr Glaube?"

„Es ist der Glaube, der keine Beweise braucht."

„Jesus war auf der Erde", erwiderte Jessica.

Sie nickte.

„Ja, das stimmt. Der Buddhismus akzeptiert das. Aber der Kerngedanke, dass die Existenz ewig ist, ohne Anfang und Ende, unterscheidet sich vom christlichen Weltbild. Mit der Geburt von Siddhartha Gautama wurde der buddhistische Glaube für alle Menschen verständlich. Jesus war vor zweitausend Jahren der Gesandte dieses Prinzips. Für mich ist beides gleich wichtig."

Die Wellen der spirituellen Philosophie schlugen auf Jessica ein wie ein mächtiger Sturm, der ihr Innerstes aufwühlte. Ein unbändiger Drang überkam sie, diesem übersinnlichen Nebel zu entkommen. Zum Glück tauchte Ben nicht in diese Welt ein.

„Marc, bitte lass uns gehen."

Petra Goldmann legte zum Abschied die Handflächen aneinander und senkte den Kopf.

Ben rief damals seine Eltern vom Auto aus an. Einige Stunden später teilte er ihnen persönlich mit, dass es sich um einen Streich seiner Freundin gehandelt habe. Inzwischen hatten Petra und Dirk Goldmann, wie es bei praktizierenden Buddhisten üblich ist, drei von Jasminblüten umrahmte Kerzen angezündet. Die Vorstellung, Großeltern von Zwillingen zu werden, war ein göttliches Geschenk. Kurze Zeit später mussten sie die Lichter löschen und die Blumen zerstören. Jessica ahnte nicht, welch schweres Karma sie damit auf sich geladen hatte.

Petra und Dirk Goldmann blieben ruhig und nahmen den Tod ihres Sohnes als unabwendbares Schicksal hin.

Erst nach zwei Kilometern legte Jessica den Sicherheitsgurt an. Sie fühlte ihn wie eine Fessel, die sie daran erinnerte, wie beengend das Dasein sein konnte.

„Was sagst du zu dem Verhalten?"

Marc schwieg einen Moment.

„Ich kenne die beiden schon ewig, das sind normale, alltägliche Menschen. Aber ist es nicht tröstlich, wenn der Glaube einem so viel Halt gibt?"

„Hast du gesehen, mit welcher Gelassenheit sie alles ertragen? Es ist unfassbar, sie haben ihren Sohn verloren."

„Ja, ich weiß, ich war dabei, als sie für die Beerdigung unterschrieben haben. Stocksteif haben sie dagesessen. Mein Onkel sagt, dass heutzutage ein gewisser Synkretismus in Glaubensfragen üblich ist, solange die Menschen zufrieden sind. Und anonyme Bestattungen sind nichts Ungewöhnliches."

Sie blieben vor Bens Wohnung stehen. Marc sah Jessica mitfühlend an: „Wird es gehen?"

„Ja. Ich war die ganze Zeit schon dort. Ich fühle mich ihm dann so nah, und wenn es still ist, kann ich ihn hören", sagte sie.

„Marc. Ich möchte ihn sehen."

„Wie bitte?"

„Ich will ihn noch einmal sehen."

„Nein, Jess, das ist keine gute Idee, glaub mir."

„Er ist doch bei deinem Onkel, oder?"

Marc wusste, dass sie in ihrer Trauer nach einer Möglichkeit suchte, sich zu verabschieden.

„Was soll das? Er ist bei einem schrecklichen Autounfall ums Leben gekommen."

Sie öffnete die Wohnungstür.

Die zusammengerollte Bettdecke erinnerte an Ben.

Jessica begann zu weinen.

„Ich will mich verabschieden, verstehst du das nicht? Ich brauche ein Ritual, etwas, das den Schmerz lindert. Ich kann nicht verstehen, dass ich nicht an seiner Beerdigung teilnehmen darf."

Marc sah sie verzweifelt an:

„Damit müssen wir leben."

Sie sah Bens Laptop. Ein Gefühl der Gewissheit durchströmte sie. Der Gedanke war in den letzten Tagen gereift und trieb sie unaufhaltsam an. Sie nahm ihn auf den Arm wie ein Neugeborenes.

„Ich will ihn Ben mit auf seine letzte Reise geben. Dann schließen wir den Sarg wieder", sagte sie entschlossen.

„Er bildete seinen Lebensatem, spürst du das nicht? Sein Wunsch drängt sich uns förmlich auf. Wenn er könnte, würde er darum bitten, ich weiß es. Es bleibt das Letzte, was ich für ihn tun kann - es ist eine unverzichtbare Anerkennung."

„Du bist verrückt! In Deutschland ist das verboten. Mein Onkel bekommt Riesenärger, wenn das rauskommt."

„Ich muss es tun", sie klang entschlossen und voller Überzeugung.

Marc half seinem Onkel oft und hatte den Schlüssel zum Kühlraum.

„Bist du mein Freund oder nicht?"

Er fühlte sich in die Enge getrieben und schnappte nach Luft.

„Okay, ich werde sehen, was ich tun kann." Alles in ihm sträubte sich.

8

Jemand hatte eine rote Rose auf Benjamins Schreibtisch gelegt. Die Stimmung im Großraumbüro war gedrückt. Das penetrante Piepen der Computer bildete einen unangenehmen Kontrast dazu. Marc blickte auf die Blume und nagte an seinem Bleistift.

„So schnell kann es gehen. Niemand hat damit gerechnet. Und der anonyme Abgang, das habe ich noch nie erlebt", bemerkte Renate Stein. Sie rollte mit ihrem Bürostuhl zu Marc hinüber.

„Wenn man sich das so überlegt, in drei Wochen gibt es dieses Büro nicht mehr. Unfassbar. Wie lange wart ihr befreundet?"

„Wir sind es immer noch", korrigierte er sie.

„Oh, Entschuldigung, ich meine, wann habt ihr euch kennengelernt?"

„In der fünften Klasse."

„Du bist erstaunlich tapfer", Renate Stein sah Marc mitfühlend an.

„Ja, so soll es aussehen, ich will nicht wahrhaben, dass er fort ist. Ich denke, er kommt gleich um die Ecke."

Renate Stein drang nicht zu ihrem Kollegen durch. Marc vergoss keine Tränen. Zum Glück lagen Benjamins Dateien zugriffsbereit auf einem Server. Keiner der Mitarbeiter konnte verstehen, warum der Konzern beschlossen hatte, den Standort Gießen aufzulösen. Neuer Eigentümer und der Rotstift wurde gnadenlos angesetzt.

Marcs Gedanken schweiften ab. Am Abend stand das Date mit Jessica auf dem Programm. Um 20 Uhr verließ sein Onkel das Haus. Der Gedanke an das Risiko und die

Konsequenzen ließ seinen Puls rasen. Gestern bat sein Onkel um Hilfe bei einem Computerproblem. Er inspizierte noch einmal die Räumlichkeiten. Im Kühlraum standen drei Särge, einer davon aus Kiefernholz. Um 16 Uhr verließ Marc seinen Arbeitsplatz. Hunger verspürte er an diesem Abend nicht. Es schlug 22 Uhr. Er musste Jessica abholen. Dunkel gekleidet macht er sich auf den Weg. Vor Bens Haus blieb er im Auto sitzen. In einem Zimmer brannte gedämpftes Licht. Warum hatte er sich darauf eingelassen? Seine Stimmung schwankte in Intervallen. Die Störung der Totenruhe sowie unerlaubte Beigaben stellten strafbare Handlungen dar. Aber er musste es tun, um Jessica zu beruhigen.

„Hallo, alles in Ordnung?" Auch sie trug dunkle Kleidung. Der Laptop steckte unter ihrer Jacke.

„Du weißt ...".

„Ja, ja, ich weiß", antwortete sie angespannt.

Die Nervosität verdrängte für einen Moment die Trauer. Bis zur Ausfahrt „Licher Straße" in Gießen wechselten sie kein Wort.

„Ich habe das Gefühl, die Leute starren uns nur an." Marc umklammerte das Lenkrad.

„Das bildest du dir ein."

„Wir reden nur das Nötigste. Das Haus liegt mitten in der Stadt", betonte Marc.

Jessica nickte. Ihr Herz schlug bis zum Hals. Jetzt kam der heikle Moment. Eine letzte Möglichkeit, Ben noch einmal nahe zu sein. Eine Mischung aus Geheimnis und potentieller Bedrohung lag in der Luft. Ihr Atem verschmolz mit der Stille. Dunkelheit hüllte den Hintereingang ein. Es roch nach Blumen, Holz und Desinfektionsmittel.

„Lass mich vorgehen, ich öffne den Deckel einen
Spalt, und du schiebst den Laptop hindurch!"
Jessica nickte. Die Särge ruhten auf Paletten in dem
fensterlosen Kühlraum. „Cuxhaven" - ein Zettel klebte an
der Vorderseite.
„Das ist er", Marc schluckte.
Vorsichtig zog Jessica den Laptop unter ihrer Jacke
hervor. Ihre Finger glitten in wachsender Erregung über
die Holzmaserung. Marc vermied es, das Deckenlicht
einzuschalten. Dunkelheit umgab sie. Das schwache Licht
des Smartphones warf feine Schatten an die Wände.
Vorsichtig, wie beim Betreten einer verborgenen
Schatzkammer, setzten sie ihren Weg fort. Erinnerungen
an Ben stiegen in Jessica auf, doch sie konnte keine Träne
vergießen. Von einer unbändigen Sehnsucht getrieben,
wollte sie ihn noch einmal sehen und berühren. Dass sie
dabei die Grenzen des Verbotenen überschritt, war ihr
egal. Ihr Widerstand zerbrach in tausend Stücke, besiegt
von der Gewalt ihrer Leidenschaft.
Marc löste die Flügelschrauben und hob den Deckel an. In
einem blitzartigen Moment der Entschlossenheit versetzte
Jessica ihm einen Schlag ins Gesicht. Sie wollte ihren
Geliebten um jeden Preis berühren. Der Deckel entglitt
seinen Händen und prallte auf den Boden. Die Stille wurde
jäh unterbrochen. Die Leiche umhüllte ein weißes Tuch,
und bevor Jessica es wegreißen konnte, bekam Marc sie zu
fassen.
Sie wehrte sich mit aller Kraft:
„Lass mich los, lass mich los!"
Er zog sie zurück, während sie sich verzweifelt an seinem
T-Shirt festklammerte. Doch erst im Nebenraum ließ er
von ihr ab. „Du hast kein Recht, mich aufzuhalten."

„Versteh doch, ich will dich beschützen, das ist nicht der Ben, den du kanntest."

Jessica ließ sich fallen. Blut tropfte aus Marcs Nase und ein stechender Schmerz breitete sich in seinem Gesicht aus. Trotzdem legte er den Arm um sie.

„Ich will nicht, dass deine Seele verletzt wird. Es ist schon schlimm genug."

Sie beruhigte sich und verbarg das Gesicht hinter ihren Händen.

„Ich gehe jetzt rein und lege den Laptop in den Sarg, und du bleibst hier draußen! Hast du mich verstanden?"

„Und wenn noch jemand nach ihm sehen will?"

„Das ist alles geregelt, er wird morgen abgeholt. Ich bin gleich wieder da."

Marc schloss die Tür hinter sich und atmete erleichtert auf. Es dauerte eine Weile, bis er die Schrauben am Sarg festgezogen hatte und die Blutstropfen aufwischte.

9

„Meine Hochachtung, Herr Hapich. Ich hätte nicht
gedacht dass Sie nicht nur ein exzellenter Informatiker
sind, sondern auch mit grafischen Lösungskonzepten
umgehen können. Wie Sie die Aufgaben von Herrn
Goldman weiterentwickeln - ich bin beeindruckt". Marcs
Vorgesetzter brach fast in Jubel aus. „Können wir die
Vorentwürfe dem Auftraggeber schon präsentieren?"
„Kein Problem, hier sind die Unterlagen", antwortete
Marc und erkannte, dass ihm seine Leistung zum
Verhängnis geworden war. Die zusätzlichen Auflagen
seines Vorgesetzten lasteten ungewohnt schwer auf ihm.
Sie entsprachen nicht seinen Vorstellungen. Er überlegte,
wie er aus diesem Dilemma herauskommen könnte.
„Ich sehe ihn immer noch da sitzen." Renate Stein konnte
die Tränen nicht zurückhalten.
„Ich kann verstehen, dass es schwer für dich ist",
antwortete Marc mitfühlend. „Wir müssen uns an das
Schöne erinnern."
Er hatte keine Lust, sich mit seiner Arbeitskollegin auf
eine tiefgründige Diskussion einzulassen. Zum Glück
unterbrach sein Telefon das Gespräch. „Muss zum Chef."
Lars Klingmeyer sprühte vor Aufregung.
„Unsere Kunden haben uns ein hervorragendes Feedback
gegeben. Nur bei den Hintergründen wünschen sie sich
etwas mehr Farbdominanz und einen forcierteren Slogan.
Ich vertraue Ihnen, machen Sie das Beste daraus!"
„Ich meine, ich denke, ähm, der Standort wird aufgelöst.
Mit Verlaub, ich bin auf der Suche nach einer neuen
Position."

Lars Klingmeyer schloss die Bürotür und beugte sich vor. Seine Augen funkelten, als er Marc in das Vertrauliche einweihte.

„Das unfertige Projekt von Herrn Goldman hat Potenzial. Es gibt staatliche Fördermittel im Zusammenhang mit der Corona-Situation. Wir müssen effizient sein und Ergebnisse liefern, um davon zu profitieren. Es geht um eine Reihe von Designvorschlägen, Testverpackungen, Impfplakate, Vorlagen für Werbespots, T-Shirts. Alles im gleichen Stil. Ein sehr lukratives Geschäft."

Lars Klingmeyer wurde leiser.

„Der Erlös bleibt bei uns beiden, verstehen Sie? Der Rest der Mitarbeiter ist so gut wie weg." Er war keine zehn Zentimeter von Marc entfernt. „Nun erschrecken Sie nicht. Der Konzern stimmt zu, solange die Räume angemietet sind, können wir bleiben. Alles andere juckt die nicht. Für die ist Gießen Vergangenheit. Mit Ihren Fähigkeiten ist das ein Kinderspiel, Mensch Hapich, das ist unsere Chance!" Lars Klingmeyer lächelte triumphierend.

„Ich weiß nicht, ob das ...", stammelte Marc und brachte kaum Worte heraus, als lähme die Last der Entscheidung seine Zunge.

„Das habe ich erwartet", erwiderte sein Chef mit einem süffisanten Lächeln, als hätte er diesen Moment genau vorausgesehen.

„Also hören Sie zu! Sie werden am Gewinn beteiligt, unabhängig von Ihrem Gehalt. Bar auf die Hand versteht sich. Zweihunderttausend für Sie, der Staat hat Geld."

Fast genüsslich zerlegte er das Wort „Zweihunderttausend" in seine Silben, als wolle er Marc jeden Buchstaben einzeln in die Seele brennen.

Marc wurde blass, das Blut wich aus seinem Gesicht, als hätte ihn der Schlag getroffen.

„Na, na, na, Sie sehen aus, als hätte ich Ihnen das Tor zum Jenseits geöffnet." Klingmeyers Stimme triefte vor Sarkasmus.

In Marcs Kopf tobte ein wilder Gedankensturm. War das alles nur ein erpresserischer Machtkampf? Wie sollte er das nötige Fachwissen und die kreativen Ressourcen mobilisieren, von denen sein Vorgesetzter überzeugt schien? Schließlich beherrschte Ben sein Fachgebiet wie kein anderer.

Marc öffnete den Mund, aber seine Gedanken formten keine klaren Sätze. „Geben Sie mir ein paar Tage Bedenkzeit", flüsterte er fast kläglich. Es würde mindestens zwei Monate dauern. Aber die Summe war überwältigend. Zweihunderttausend – bar auf die Hand.

Lars Klingmeyer hatte ein Lächeln im Gesicht und ein Strahlen in den Augen. „Sie können jetzt zum Betriebsrat laufen, sich ausweinen und krankschreiben lassen. Oder Sie ergreifen die Chance, Hapich." Die Worte stachen wie Klingen in Marcs aufgewühltes Gemüt.

„Ich weiß, dass Sie es schaffen", sagte Klingmeyer und legte seine Hand auf Marcs Schulter. Die Berührung war eiskalt und fühlte sich an wie das Gewicht der ganzen Welt. Marc spürte die Verantwortung wie glühende Nadeln, die sich tief in sein Inneres bohrten.

10

Die nächsten Tage vergingen wie Regentropfen, die vom stillen Himmel fielen. Jessicas Eltern widmeten sich ihrer Tochter, so gut sie konnten. Die meiste Zeit verbrachten sie mit Jessicas Großmutter. Die Frau wurde zunehmend schwächer und konnte das Bett nicht mehr verlassen. Sie erreichte den Punkt, an dem sie ihre Körperspannung verlor. Der Alltag spielte sich in ihrem Zimmer ab. Dort stand alles still. Seit einiger Zeit lebte eine polnische Pflegerin mit im Haus. Sie kümmerte sich liebevoll um die Demenzkranke. Oliwa tröstete Jessica, indem sie ihr bei jedem Besuch einen Teller mit Essen hinstellte und sagte: „Du musst essen, gibt Kraft. Gott sagt, esst und trinkt mir zu Ehren".

Jessica stocherte lustlos in den mit Zwiebeln garnierten Mehlklößchen auf ihrem Teller herum. Ihr Appetit war verschwunden. Oliwa erzählte von der Weite der masurischen Landschaft, von tiefblauen Seen und blutroten Sonnenuntergängen, die nirgendwo schöner seien. Jessicas Mutter mochte sie und steckte ihr hin und wieder einen Geldschein zu. An manchen Nachmittagen sang sie. Obwohl niemand ein Wort verstand, schmetterte sie ihre sehnsuchtsvollen Heimatlieder laut genug, um im ganzen Haus gehört zu werden.

„Was würden wir ohne sie machen?", bemerkte Jessicas Vater.

„Wie geht es dir?", fragte ihre Mutter besorgt.

„Morgen ist Bens Beerdigung. Es gibt viele Leute, die sich so Beisetzung wünschen."

„Woher weißt du das?", ihre Mutter sah sie über die

Lesebrille hinweg an. „Marc hat die Papiere gesehen“, erklärte Jessica.

„Wir sind in Gedanken bei dir. Willst du nicht bleiben?“

„Mama versteh doch, ich möchte in Bens Wohnung. Das brauche ich“, antwortete sie entschlossen. „Ich fahre jetzt.“

„Okay sei vorsichtig.“

Silke Keller packte ihrer Tochter ein paar Kuchenstücke ein. Die darauffolgende Zeit verbrachte Jessica in Bens Wohnung. Sie hüllte sich in seine Bettdecke ein und entfloh dem Alltag, der draußen lauerte. Ihre Mahlzeiten bestanden aus Konserven und Leitungswasser. Sie konnte nicht mehr zwischen Schlafen und Wachen unterscheiden. Kindheitserinnerungen und Alpträume wechselten sich ab. Bens Asche versank in den Wellen der Nordsee. Im Spiegel sah sie ein schreckliches Gesicht. Schweiß klebte an ihr, und im Gesicht zeichneten sich tiefe Falten ab. Das wirre Haar erinnerte an Rastazöpfe. Mit einem Schnitt ließ sie die Strähnen ins Waschbecken fallen - ein schmerzloser Akt der Verwandlung. Auf dem Smartphone sah sie, dass Marc versuchte, sie zu erreichen. Die Türklingel blieb ausgeschaltet, sie vermied jeden Kontakt. Und dann gab es diesen unerwarteten Moment, in dem Jessica plötzlich das Gefühl hatte, bereit zu sein, in den Alltag zurückzukehren. Sie putzte ihre belegten Zähne, nahm ein Bad und beschloss, wieder zur Arbeit zu gehen. Die Erinnerung an Ben trug sie in sich. Ein zwiespältiges Gefühl, schwer zu erklären. Trotz ihrer Trauer fühlte sie sich zu den Menschen hingezogen.

11

Rolf Felbing saß auf der Behandlungsliege. Besorgt fragte
er Jessica: „Wie geht es Ihnen?"
Sie sah zu Boden. „Ich tue mein Bestes."
„Ich habe gehört, was passiert ist. Wir müssen nicht zur
Tagesordnung übergehen, wir können reden."
Das hatte noch nie ein Patient zu ihr gesagt.
„Ich kann nicht zu Hause sitzen, das macht mich
verrückt."
„Ja, das kann ich verstehen. Na los, reden Sie!"
Mit dem Handrücken wischte sich Jessica ein paar Tränen
von den Wangen: „Machen wir die Übungen. Ich erzähle."
Rolf Felbing nickte. Die lange Schreibtischarbeit hatte ihre
Spuren in Form von Verspannungen in der Rücken- und
Schultermuskulatur hinterlassen.
Keuchend lag er auf der Therapieliege.
„Durch die Nase einatmen, durch den Mund ausatmen."
Jessica gönnte ihm eine Pause.
Rolf Felbing sprach leise: „Die Liebe ist unsterblich, der
Tod ein Horizont, der die Grenze unseres Blickes ist, hat
ein kluger Kopf einmal gesagt."
Jessica lächelte: „Der Tod, ein Horizont. Eine
faszinierende Vorstellung."
Ihre Hände glitten über seine verspannten Muskeln,
während Schweigen den Raum erfüllte. In diesem Moment
entstand ein unsichtbares Band zwischen ihnen. Am Ende
der Massage sahen sie sich an - ein leises Lächeln und ein
Nicken genügten. Auf seltsame Weise fühlte sie sich
entspannt, als ob ihr inneres Gleichgewicht allmählich
zurückkehrte. In den nüchternen Räumen des

Therapiezentrums war Rolf Felbing für sie nur ein Klient, jemand, der ihre professionelle Hilfe suchte. Doch tief in ihrem Inneren wünschte sie sich, ihn ihren Freund nennen zu können, denn etwas an ihm übte eine faszinierende, fast unwiderstehliche Anziehungskraft auf sie aus.

12

Jessica lehnte an der Tür. Bens Wohnung stellte keine Hommage an die Einrichtungskunst dar. Praktisch und farbenfroh, aber hier fühlte sie sich ihm nahe. Auf dem Couchtisch stand eine halb volle Flasche Mezcal. Sein geliebter Tequila mit einem Wurm darin. Sie fürchtete das Gefäß anzufassen, als hielte sie glühende Kohlen in den Händen. Das Gefühl, Ben sei gegenwärtig, ließ sie nicht los. Mit zusammengebissenen Zähnen klammerte sie sich an die Dunkelheit ihrer geschlossenen Augenlider und ertrug den quälenden Schmerz mit eisernem Willen. Die schwindenden Kräfte zwangen sie in die Knie. Sie fiel in einen unruhigen Schlaf, der sie auf den kalten Boden sinken ließ.

Ein fast unmerkliches Summen durchdrang ihr Handy. Der Schreck durchfuhr sie wie ein Blitz. Die Vorstellung, sich in Gesprächen mit Menschen zu verlieren, die ihr gut gemeinte Ratschläge aufdrängten und sie mit Mitleid überhäuften, widerte sie an. Eine E-Mail blinkte in ihrem Posteingang und ihr Blick fiel auf den Betreff. „Elysiana." Das Smartphone entglitt ihr. Ein unheilvolles Klirren erfüllte den Raum. Ruckartig wich sie zurück, als wolle sie sich vor der drohenden Gefahr in Sicherheit bringen. Ungläubigkeit flirrte in der Luft. Jessicas Gedanken wirbelten durcheinander, während ihr Atem stoßweise ging und ihre Brust bebend die Anspannung verriet. Wer hatte die Dreistigkeit, ein solches Spiel mit ihr zu treiben? Auf allen vieren schlich sie wie eine Raubkatze zum Smartphone. Mit wild hämmerndem Herzen starrte sie auf den geöffneten E-Mail-Verlauf. Sie fixierte jeden einzelnen Buchstaben. Ein eisiger Schauer der Angst umklammerte jeden Zentimeter ihres Körpers. Ihr Atem schien lauter zu werden, als könnte man ihn überall hören.

Ihre Sinne erreichten eine außergewöhnliche Schärfe. Die Konzentration richtete sich auf das Wort, das vor ihr auf dem Bildschirm prangte.

„Elysiana"—ein Name, den Ben nur in den innigsten Momenten als Ausdruck seiner Liebe flüsterte. Sie hatten sich geschworen, dieses Geheimnis zu bewahren. Es musste also eine E-Mail von ihm sein.

Mit aufgerissenem Mund starrte sie auf das Wort, als käme es direkt aus der Unterwelt. Der Raum verengte sich. Ihre Wahrnehmung verschwamm surreal. Jessica hatte das Gefühl, in die Abgründe der unerklärlichen Botschaft hineingezogen zu werden.

„Ich werde verrückt, oh mein Gott, Hilfe!" Mit zitternden Händen wählte sie Marcs Nummer.

„Hey Jess, was ist los?" Marc schaffte es nicht, zu ihr durchzudringen.

„Beruhige dich. Warum schreist du mich an?" Seine Worte prallten ab wie Hagel an einem Panzer.

Ein klarer Entschluss formte sich in Sekundenschnelle - Jessica brauchte Hilfe. Kein Telefonat, kein Versuch der Kontaktaufnahme konnte das ersetzen. Eine halbe Stunde später war er bei ihr, getrieben von einem festen Willen.

„Bitte sag mir, was los ist!" Er wusste immer noch nicht, worum es ging.

Jessica deutete auf ihr Smartphone, das auf dem Boden lag.

„Fass es nicht an!"

Marc blickte auf das geöffnete E-Mail-Postfach.

„Eine Mail, na und?"

Ihr Unterkiefer schlotterte.

„Es ist unser Wort."

„Welches Wort? Ich versteh gar nichts, Elysiana steht da."

„Verstehst du nicht?", sagte Jessica verwirrt mit schwankender Stimme.

„Elysiana war sein Bens Kosename für mich, und nur wir beide kannten ihn. Und dann bekomme ich diese Mail. Sie muss von Ben sein."

„Bist du übergeschnappt? Mensch, Jess, sei vernünftig."

Er zog sie am Arm auf die Couch.

„Hol den Laptop", befahl er, als wäre es ein Muss, das Smartphone auf keinen Fall anzurühren.

Sie eilte ins Schlafzimmer und ließ dabei ihren Mantel und ihre Tasche fallen. Er zog sie an sich, und es war, als säße ein Holzpflock neben ihm.

„Ich weiß, was in dir vorgeht, aber sei beruhigt, ich helfe dir."

Erst jetzt bemerkte Marc ihre Haare. Sie sah schrecklich aus.

„Gib das Passwort für die Mailbox ein!"

Er drehte sich zur Seite. Die Absenderzeile, um die es ging, bestand aus Hieroglyphen. Nach einer gefühlten Ewigkeit fand er seine Sprache wieder.

„Das ist unfassbar. So etwas habe ich noch nie gesehen", entfuhr es ihm.

„Was ist?", Jessicas Stimme vibrierte.

„Ich bin mir nicht sicher, aber technisch gesehen ist das unmöglich. Lass mich die IP-Adresse des Mailsurfers überprüfen.... die gibt es nicht", flüsterte er irritiert.

„Mensch, drück dich so aus, dass ich es auch verstehe", drängte Jessica.

Eine unheimliche Stimmung breitete sich aus.

„Die IP-Adresse ist ungültig. Sie gehört zu keinem bekannten Computer auf diesem Planeten. Diese E-Mail hätte dich nie erreichen dürfen."

„Mein Gott, Marc." Jessica presste die Hände vor den Mund. Schweißperlen traten ihr auf die Stirn, während sie spürte, wie die Kälte langsam an ihr emporstieg, eisig und unaufhaltsam.

„Woher zur Hölle kommt diese Botschaft? Ist es Ben?" Jessica spürte, wie sie den Boden unter den Füßen verlor.

„Bitte, Jess, bleib ganz ruhig. Ich kann es nicht erklären."

13

„Wir sind heute zusammengekommen, um Abschied zu nehmen
...", sagte die Pfarrerin.
Jessica konnte sich nicht auf die Worte konzentrieren. Vor sieben Tagen hatte ihre Mutter ihr die Nachricht vom Tod der geliebten Großmutter mittgeteilt.In diesem Moment fühlte sie, wie Körper und Geist in verschiedene Richtungen trieben. Die warmherzige, lebensfrohe Großmutter trat aus dieser Welt, und mit jedem Atemzug zersplitterte Jessicas Existenz ein Stück mehr.
„Willst du nicht für ein paar Tage zu uns nach Fronhausen kommen? In Gießen bist du ganz allein. Hier steht dein Zimmer leer", versuchte ihre Mutter sie zu überreden.
Jessica schüttelte vehement den Kopf.
Sie seufzte und blickte nachdenklich in die Ferne. „Für Omi war es eine Erlösung. Sie hat mich nicht mehr erkannt. Die Demenz schritt voran. Es ging erstaunlich schnell. Ich dachte, es blieben ihr noch einige Monate. Dann hat sie Oliwa tot aufgefunden. Jetzt hat sie ihren Frieden."
Eine unüberwindbare Barriere trennte sie von ihren Eltern. Jessica konnte mit ihnen nicht über die rätselhafte E-Mail sprechen. Marc und sie vereinbarten Stillschweigen. Allzu schnell wären sie in der Schublade der übersinnlich Verwirrten gelandet.
Sie umklammerte das Handy in ihrer Jackentasche. In der anderen Hand hielt sie den Regenschirm. Sie sah nach oben, unfähig, in das dunkle Erdloch zu blicken, das der

Urne ihrer geliebten Großmutter als düstere Ruhestätte dienen sollte. Eine Mischung aus Ehrfurcht und Schmerz ergriff sie.

Schließlich blieb ihr nichts anderes übrig, als den Blick nach unten zu richten. Doch was sie dort erblickte, entbehrte jeder Zartheit: krumm gewachsene Füße, barfuß in abgetragenen Zehentretern. Der ehemals türkisfarbene Nagellack blätterte ab. Jessica hob den Kopf. Das konnte nur die Nachbarin ihrer Eltern sein. Die glänzenden Leggings zogen sich in die Falten ihres Hinterteils. Mit Jacke wäre es noch gegangen, aber mit T-Shirt? Sie setzte ihre Figur obszön in Szene. Diese Schrapnell wollte um jeden Preis das Altern vermeiden.

Einige Männer ließen ihren Blick unverhohlen auf ihrem Hintern ruhen, und das war unübersehbar. Ihre Kieferknochen bewegten sich unaufhörlich, als sie auf einem Kaugummi herumkaute. Jessica wusste, dass ihre Großmutter sie nicht ausstehen konnte. Undenkbar, sie vom Friedhof zu verbannen.

Die Bilder der Einäscherung wurden für Jessica zu einem grausamen Ritual. Der Körper des geliebten Menschen wurde in die lodernden Flammen eines tausend Grad heißen Ofens geschoben, bis das Fleisch verbrannt war und nur noch schwarze Knochen übrig blieben. Doch das war erst der Anfang: Eine Knochenmühle nahm sich der verkohlten Überreste an, zermahlte sie, bis der letzte Rest der menschlichen Gestalt zu einem feinen, trostlosen Pulver zermahlen war - ein makabrer Anblick, der die Grenzen des Erträglichen überschritt.

Freunde, Nachbarn und Verwandte versammelten sich. Wo war Oliwa? Jessica sah sich in der Menge um, konnte sie aber nicht unter den Trauernden finden. Die Person, die ihrer Oma am Ende des Lebens am nächsten stand, fehlte. Also geschah jede Zuwendung nur unter dem Gesichtspunkt des Geldes. Als Angehörige wollte man sich der Illusion hingeben, dass die zu pflegende Person von einer Hilfskraft aus den osteuropäischen Ländern geliebt wird.

Jetzt war Jessica an der Reihe: Sie musste ihr Handy loslassen und Erde auf die Urne streuen. In diesem Moment spürte sie ein Vibrieren durch den Stoff ihrer Jacke. Einige Leute bemerkten ihr Zucken und tauschten verstohlene Zeichen aus. Haltung bewahren war angesagt. Sie stellte sich neben ihre Eltern. Das Handy verstummte. Jessica wusste, dass in ihrem Posteingang eine E-Mail auf sie wartete. Werbung oder Newsletter? Aber es bestand die Möglichkeit, dass ...

Die Trauergäste sprachen ihr Beileid aus. Manche hingen wie Kletten an ihrer Mutter. Mit jeder Minute wuchs Jessicas Ungeduld. Eine Dorfbewohnerin beäugte sie misstrauisch. Sie versuchte, ihre Aufmerksamkeit zu ignorieren. Aber inmitten einer Trauerfeier auf dem Land gehörte das einfach dazu.

„Wir trinken Kaffee mit ein paar Leuten bei uns zu Hause", flüsterte ihre Mutter.

„Wie bitte? Ich dachte, wir würden uns in aller Stille verabschieden", erwiderte Jessica überrascht.

„Ja, aber nicht die Familie."

Sie hielt nervös inne. Das Bild ihrer Mutter, die am Arm ihrer Schwester zum Ausgang des Friedhofs schlenderte, machte sie fast wahnsinnig. Ungeduld trieb sie an, sie musste ihre Mailbox checken. Jeder Schritt, den sie hinter den beiden zurücklegte, geschah in Zeitlupe. Das Smartphone in ihrer Tasche zog sie magnetisch zu ihrem

Auto.

Inmitten der Friedhofsgeräusche wurde sie von einem Klopfen an der Beifahrerscheibe aufgeschreckt. Ein Schauer durchlief Jessica bis tief in ihr Inneres.

„Kannst du mich mitnehmen?", flehte Nadine mit gespielt leidender Miene. Bevor Jessica antworten konnte, saß sie schon auf dem Beifahrersitz.

Am liebsten hätte sie ihrer ehemaligen Klassenkameradin einen Tritt verpasst. Sie stand als Letzte auf der Liste derer, mit denen sie sich jetzt unterhalten wollte. Nadine plapperte los: „Du Arme, wie geht es dir? Ich habe von deinem Liebsten gehört. Ach, das ist tragisch. Solange du ihn im Herzen trägst, ist er nicht tot. Tot ist man, wenn keiner mehr an einen denkt."

Diese Person raubte ihr den letzten Nerv. Mit einer Vollbremsung brachte sie das Auto vor der Sparkasse zum Stehen. Jessica verzichtete auf eine Verabschiedung, aber die alte Quasselstrippe zeigte ihr Mitleid mit einem bedauernden Gesichtsausdruck. Das sorgte für Gesprächsstoff für mindestens zwei Wochen. In solchen Situationen hegte Jessica einen Groll gegen das Landleben. Die Enge der Dorfgemeinschaft erdrückte sie.

Sie konnte mit dem Auto nicht anhalten. Die Nervosität hatte sie fest im Griff, nach Gießen zu kommen, schien unmöglich. Sie rauschte am Altenheim vorbei, überquerte die schmale Brücke über die Bahngleise und hielt vor einer verlassenen Feldscheune.

Es war wieder eine E-Mail - und sie stammte von genau derselben ominösen IP-Adresse.

„Im Geiste bei dir", stand darin.

„Herr im Himmel, bist du es, Ben?" Ihr Herz klopfte vor Aufregung, während sie die Frage eintippte.

Das Display blieb dunkel. Sie öffnete erneut.

Der Schreck fuhr ihr in die Glieder; wieder klopfte jemand an die Seitenscheibe ihres Wagens.

„Sind Sie taub? Ich hupe und rufe. Sie stehen im Weg, ich komme mit meinem Bulldog nicht durch."

Sie blickte in das verärgerte Gesicht eines Bauern. Er stand mit seinem Mistwagen hinter ihr. Im Rückspiegel sah sie den Kühlergrill. Das Handy rutschte ihr aus der Hand und verschwand unter der Handbremse.

Hastig startete sie den Motor und beschloss, nach Gießen zu fahren. Sie durfte die Handbremse nicht betätigen, dann wäre es zerbrochen. Der Autobahnring um die Stadt, forderte um diese Zeit ihre volle Konzentration. Während das Smartphone erneut meldete, setzte sie ihre Fahrt fort.

Nachdem sie die Wohnungstür hinter sich zugezogen hatte, öffnete sie hastig den Mailpostkasten. Der gleiche Absender.

„Kein natürlicher Tod", las sie.

„Was heißt nicht natürlich?" Hektisch tippte Jessica die Worte ein, Stille. Sie schaute auf das Display, aber es blieb leer. Sie rief Marc an, der blitzschnell zu ihr kam.

„Lass uns deinen Laptop nehmen, da ist die Auflösung besser", sagte er, während sie gespannt warteten.

„Auf keinen Fall ausdrucken. Das darf nicht in falsche Hände geraten", warnte er.

Unsicherheit lag in seinem Blick. Etwas Unheilvolles passierte, wovon kein Mensch etwas erfahren durfte.

„Hat sich das Krematorium wegen des Laptops im Sarg gemeldet?", fragte Jessica.

„Nein, aber bei der Hitze in der Verbrennungskammer bleibt nichts übrig."

Jessica dachte an Ben. Er war nur noch ein Häufchen

Asche. Bei diesem Bild tobte ein unerbittlicher Kampf in ihr, der Übelkeit in ihr aufsteigen ließ. Aber sie glaubte immer mehr daran, dass ihr Freund einen Weg gefunden hatte, mit ihr Kontakt aufzunehmen. Der Gedanke brannte sich tief in ihr Bewusstsein ein, wie eine Pflanze, die trotz widriger Umstände beharrlich wuchs.

Sie setzte sich neben Marc.

„Ben lebt. Hörst du! Er lebt an einem unbekannten Ort."

„Mensch, Jess, sei realistisch, das kann nicht sein", entgegnete er.

„Woher willst du wissen, was zwischen Himmel und Erde ist?" Sie erinnerte sich an Professor Felbings Worte.

„Ben hat einen Weg gefunden, um mit uns in Kontakt zu treten. Sein Laptop ... Die ungeahnten Möglichkeiten und die Tiefe seines Austausches mit dem Internet bleiben im Dunkeln. Denk an all die unerklärlichen Phänomene. Die Madonna von Lourdes wurde von der Kirche anerkannt. Milliarden von Menschen glauben an einen Mann, der vor zweitausend Jahren leibhaftig auf dieser Erde wandelte, oder an Teufelsaustreibungen im Namen Gottes. Warum sollten wir beide nur deshalb, weil es das Jahr 2023 ist, nicht auch so etwas erleben? Und ist Gießen, Lollar oder Fronhausen weniger wert als Lourdes oder Jerusalem? Oder glaubst du, dass die Wissenschaft das Recht hat, alles zu erklären, was mystisch erscheint?"

Marc schwieg. Dem Ganzen konnte er nichts entgegensetzen.

Jessica strahlte eine Euphorie aus, die er noch nie an ihr bemerkt hatte.

„Mit dem Laptop im Sarg haben wir eine neue Assoziation zum Jenseits geschaffen. Eine Verbindung der digitalen Welt mit dem Übernatürlichen. Es gibt heute schon Gadgets, die auf unsere Gedanken reagieren. Das muss ich dir nicht erklären."

„Jess, meine Liebe, das sind alles Phantasien aus der Zukunft."

Sie deutete auf den Bildschirm, wo gerade eine neue Mail eingetroffen war.

„OMA" leuchtete dort in großen Buchstaben.

Marc zuckte zusammen:

„Was bedeutet das?

„Gütiger Himmel", entfuhr es ihr heraus und sie faltete ihre Hände. Ein Strudel aus Bestürzung und Unsicherheit erfasste sie. Eine düstere Ahnung regte sich in ihr.

„Lies seine letzte Mail!", forderte sie mit Nachdruck.

Marc sah sie ungläubig an.

„Meine Großmutter ist keines natürlichen Todes gestorben. Verstehst du?"

Die Worte hingen wie eine dunkle Wolke über ihnen. Marc konnte die erschütternde Nachricht nicht fassen.

„Hör auf!", befahl er, aber mit jeder Minute schwanden seine Zweifel.

Jessica stieß ihn wie ein Hindernis zur Seite.

„Ben, wo zum Teufel bist du? Hörst du mich?", schrieb sie und sah unheilvoll zur Zimmerdecke.

Sekunden wurden zu Minuten, Minuten zu Stunden.

„Nein, aber ich kann lesen, was du schreibst."

Die Worte wirkten wie ein dumpfer Schlag ins Leere und versetzten sie in einen rauschhaften Zustand.

„Ich liebe dich, ich liebe dich, ich liebe dich, komm zurück", sandte sie. In atemloser Spannung warteten sie auf eine Antwort, doch der Bildschirm blieb leer.

14

„Hallo Liebes, wie geht es dir?", fragte Silke Keller.
„Na ja, es ist sehr schwer für mich, ich vermisse Ben an
allen Ecken und Kanten", antwortete Jessica. Sie
verspürte keine Lust, mit ihrer Mutter am Telefon zu
plaudern.
„Ja, das weiß ich. Wir möchten wissen, ob wir etwas für
dich tun können."
Mit einem Seufzer bereitete sich Jessica auf ihre
Täuschung vor. Sie verspürte wenig Freude daran, ihr
etwas vorspielen zu müssen.
„Nein, das Alleinsein tut mir gut. Ich brauche Zeit für
mich", log sie.
„Ja, das kann ich gut verstehen", stellte ihre Mutter
scheinbar gelassen fest. Jessica entlarvte ihn als einen
ihrer umgedrehten Sätze, mit denen sie das Gegenteil
meinte. Der unterschwellige Hinweis, dass sie nicht am
Trauerkaffee nach der Friedhofszeremonie teilnahm. Jetzt
hieß es Ruhe bewahren, sonst stünde sie heute noch vor
der Tür.
Die Bestätigung kam prompt: „Tante Emmy hat nach dir
gefragt."
Jessica verzog das Gesicht. Tante Emmy, die
personifizierte Neugier auf zwei Beinen. Auf diese
Nervensäge konnte sie verzichten.
„Wir haben über Omis Tod gesprochen", fuhr ihre Mutter
fort, „niemand hätte gedacht, dass es so schnell geht."
Ein beklemmendes Gefühl breitete sich in ihr aus.
Unsichtbare Pfeile schienen sie zu durchbohren. Sie trug
die Wahrheit wie eine Last auf ihren Schultern.

„Oma war sehr krank", erwiderte Jessica.

„Ich weiß", antwortete ihre Mutter. „Demenz ist eine schleichende Krankheit. Dr. Plauer hat gesagt, dass sie noch eine Weile bei uns bleiben wird."

„Und Oliwa? Ich habe sie auf dem Friedhof nicht gesehen."

„Ach ja, sie musste nach Polen, ihr Mann hat sich einen Tag vor Omas Tod den Knöchel gebrochen."

„Kommt sie wieder?"

„Nein, wozu? Wir brauchen keine Hilfe mehr, nächste Woche wird das Pflegebett und der Rest abgeholt. Papa renoviert dann alles."

„Warst du bei Bens Eltern?"

Ein Schauder überlief Jessica. Die Fragen ihrer Mutter umkreisten sie gleich einem Schwarm aufdringlicher Insekten. Sie beschloss, den Mund zu halten und nicht zu antworten.

Das Surren ihres Handys ließ den Ständer auf dem Küchentisch vibrieren. Sie sprang vom Sofa auf und starrte auf das Display. Ihr Herzschlag dröhnte in ihren Ohren. Sie hielt es immer noch in der Hand.

„Hallo, Jess, was ist los?" ertönte es am anderen Ende der Leitung.

Sie zögerte: „Äh, was meinst du?" Mein Gott, wie unerträglich nervig ihre Mutter sein konnte! Die Fragen bohrten sich wie glühende Stacheln in ihre Brust und ließen sie vor unbändigem Ärger kochen.

„Ich bin diese Woche krankgeschrieben", erwiderte sie gereizt.

„Das habe ich dich nicht gefragt", entgegnete ihre Mutter.

„Was wolltest du denn wissen?"

„Ob du Bens Eltern besucht hast."

„Ach ja, ich war dort. Sie sind traurig", wiegelte sie ab.
„Ich habe mit Papa überlegt, ob wir sie besuchen sollten."
Silke Keller lauschte.

Jessica wehrte ab. „Nein", entgegnete sie vehement. Eine
Pause folgte.

„Jessica, was ist los?" Ihre Mutter spürte den Druck, fand
aber keine Erklärung für die Sprachlosigkeit ihrer Tochter.

„Ach, Mama, es klingelt", log sie wieder, „ich rufe dich
später an. Tschüss." Damit beendete sie das Gespräch.
Erleichterung überkam sie, als sie den Hörer auflegte.
Silke Keller verstand ihre Tochter. Trauer hatte viele
Facetten.

Plötzlich erschien eine neue E-Mail in Jessicas
Posteingang. Ihr Herz schlug schneller und sie setzte sich
an ihren Laptop, um einen genaueren Blick darauf zu
werfen; auf dem großen Bildschirm würde sie jedes Detail
besser erfassen können. Eine Nachricht von Ben leuchtete
auf, die Betreffzeile kurz und geheimnisvoll - sie zögerte
einen Moment, bevor sie klickte.

„Kannst du das lesen?"

„Ja."

„Wie geht es dir?" Die Nachricht ließ ihren Puls schneller
schlagen.

„Ich vermisse dich", schrieb Jessica wehmütig.

Bens Antwort kam prompt: „Ich dich auch."

„Aber ich verstehe nicht, wie du mich erreichen kannst."

„Der Laptop, ist der Schlüssel."
Ihre Brust pulsierte vor Anspannung, als würde etwas in
ihr explodieren.

„Ich kann durch ihn eine Verbindung zu dir herstellen.

Meine Gedanken formen Buchstaben, die du lesen
kannst. Es wird in Zukunft ..."

Die Verbindung brach ab. Panisch tippte Jessica Bens Namen ein. Ihre Finger flogen über die Tasten, doch es hatte keine Wirkung.

„So ein Mist", fluchte sie und hätte am liebsten auf die Tastatur eingeschlagen. Quälende Stille breitete sich aus, während sie verzweifelt auf Bens Antwort hoffte. Irgendwas mussten die jahrelangen Yogaübungen doch gebracht haben - durch die bewusste Atmung fand sie ihre innere Ruhe.

Im Kühlschrank lagen zwei Bananen und ein Stück Käse. Jessica verschlang beides, ohne den Geschmack wahrzunehmen. Die Wärme des Prozessors auf ihren Beinen versetzte sie in einen Dämmerzustand. Die heiße Tasse Kakao glitt ihr aus den Händen und schlug klirrend auf dem Boden auf, eine dunkle Pfütze breitete sich aus. Zu erschöpft, um ein Tuch zu holen, ließ sie benommen ein paar Papiertaschentücher fallen und sah zu, wie sie langsam die verschüttete Flüssigkeit aufsogen.

Vor Jessicas Augen formten sich Schleierwolken, in denen plötzlich Bens Gesicht auftauchte, umgeben von einer seltsam goldenen Aura. Sein Lächeln war warm, beinahe greifbar, und es durchdrang sie mit einer bittersüßen Sehnsucht. Sie spitzte die Lippen, streckte zögernd die Hände nach ihm aus, die Finger bebend in der Hoffnung, ihn zu berühren – doch ihre Hände griffen ins Nichts, und das Bild begann, wie Rauch in der Luft zu verschwinden.

Der Laptop drohte von ihrem Schoß auf den Boden zu fallen, als sie aus ihrer halbwachen Trance gerissen wurde. Die Sonne ging unter.

„Bitte schließen Sie die Batterie an", lautete die Meldung des Computers. Das Betriebssystem schaltete sich ab. Jessica rutschte von ihrem Stuhl und suchte nach dem

Ladekabel. Auf den Knien kroch sie durch die Kakaopfütze. Vorsichtig tastete sie sich durch die Dunkelheit, die verschüttete Flüssigkeit verteilte sich unter ihren Händen auf dem Boden. Schließlich fand sie das Ladekabel und schloss es an den Laptop an. Der Bildschirm erwachte zum Leben und plötzlich blinkte eine neue E-Mail in Jessicas Posteingang.

Die ersehnte Information kam. Ein Funke Hoffnung glühte in ihr auf, als sie die Worte las.

„Was ich kann, wird eines Tages allen zugänglich sein", schrieb er.

„Wo bist du? Ich verstehe das alles nicht", fragte Jessica.

Nach einer Weile kam die Antwort: „In deinem Herzen."

„Was siehst du?"

„Was ich will."

„Was fühlst du?"

Es dauerte eine Weile, bis die Antwort kam.

„Alles."

Freude und Verwirrung durchströmten sie.

„Fühlst du mich?"

„Ja."

Jessica hatte den Eindruck, als wäre sie in einen Film geraten, der jenseits aller Realität spielte.

„Hast du immer noch dieselben Gefühle wie damals, als wir zusammen waren?"

„Noch intensiver."

„Spürst du mich?" Jessica streckte, wie von einem Sog angezogen, die Hand aus und berührte den Computerbildschirm, als könnte sie darüber eine Verbindung herstellen.

„Nein, aber ich weiß, dass du es bist."

Sie schwankte zwischen Gefühlen, zwischen

Verbundenheit und Einsamkeit, versuchte, ihre Emotionen zu entwirren. Die Schwierigkeit bestand darin, die Grenzen zwischen Realität und digitaler Welt zu überbrücken - keine leichte Aufgabe.

„Bist du im Paradies?" Jessicas Finger zitterten über der Tastatur.

„Ja. Das ist der Garten Eden. Deine Großmutter ist hier." Ihr Herz setzte einen Schlag aus. „Oh mein Gott", flüsterte sie und hielt den Atem an. „Kannst du sie sehen?"

Eine bedrückende Stille breitete sich aus, schwer und unerträglich, bevor die Antwort kam.

„Sie steht direkt neben mir."

Jessica schluckte, ihr ganzer Körper war angespannt.

„Wie ... wie geht es ihr?" Ihre Hände bebten, während sie die Worte tippte.

„Sie hat eine Nachricht für dich."

Jessica erstarrte, der Raum um sie herum schien zu verschwimmen.

„Sie sagt, dass unser Leben an den Stunden gemessen wird, in denen wir lieben."

Jessica kniff die Augen zusammen. Tränen sickerten zwischen die Tasten des Computers.

„Deine Zeit ist noch nicht gekommen", schrieb Ben. Es klingelte an der Tür. Was dann auf dem Bildschirm erschien, raubte ihr für einen Moment den Atem.

„Oliwa hat sie getötet."

Das durfte nicht wahr sein. Die Gewissheit des Verlustes und der Wahrheit brach über sie herein. Sie erinnerte sich an die Beerdigung, an der Oliwa nicht teilgenommen hatte.

„Warum?" war das Einzige, was sie hervorbrachte.

Wieder klingelte es. Jessica schaute durch den Türspion,

riss die Tür auf und rannte zurück zum Computer.

„Religiöser Wahnsinn", stand dort geschrieben.

Sie versuchte verzweifelt, die Bedeutung des Wortes zu verstehen.

Marc stand hinter ihr: „Warum machst du nicht auf?"

Sie konnte nicht antworten.

„Was ist los?", fragte er und setzte sich neben sie.

„Ben ist im Garten Eden", stammelte sie schockiert und verwirrt. Sie sah Marc an, als wäre sie in eine andere Welt entschwunden.

„Meine Großmutter wurde ermordet."

„Wie bitte?" Entsetzt sah er sie an.

Jessica konnte es an seinem Gesichtsausdruck ablesen: „Du glaubst mir nicht."

„Ich will verhindern, dass du in der Psychiatrie landest."

„Lies, was Ben geschrieben hat!"

Marc fragte sich, ob sie ihn verstanden hatte. Er überflog die Zeilen: „Das is 'n Ding. Hast du die Adresse von Oliwa?"

„Ach was, ich weiß nur, dass sie aus Polen kommt, Masurische Seenplatte. Sie läuft einem Heilsprediger hinterher. Dass das solche Ausmaße annimmt, hätte ich nicht für möglich gehalten."

„Und deine Großmutter wurde eingeäschert?" Sie nickte.

„Also gibt es keine Beweise."

Jessica ließ die Finger auf die Tastatur sinken und tippte mit einer gewissen Eleganz die Worte „Marc ist angekommen" in die leuchtende Leere ihres Bildschirms.

„Glaubst du, er hat auf alles eine Antwort?"

„Das wirst du schon sehen."

Jessica saß gespannt auf dem Sofa, doch mit jeder verstrichenen Minute verblasste der triumphierende

Ausdruck auf ihrem Gesicht und machte einer wachsenden Enttäuschung Platz.

Marc sah sich um. Er konnte nur erahnen, wann Jessica das letzte Mal den Staubsauger benutzt hatte.

Eine neue E-Mail traf ein. „Schön, dass ihr beide gekommen seid. Es ist so viel Zeit vergangen."

Marc schaute auf den Bildschirm: „Frag ihn, wo der Schlüssel zu seinem Rollcontainer im Büro ist."

„Das kann doch nicht alles sein, was du wissen willst?" entfuhr es Jessica, deren Gesichtszüge sich in einen Ausdruck des Entsetzens verwandelten, als sie Marcs Frage hörte.

„Wenn ich ihn nicht finde, muss ich den Rollcontainer aufbrechen."

„Der Schlüssel klemmt unter der Schreibtischplatte an der Metallschiene." Meldete sich Ben zurück.

„Na, was sagst du jetzt?"

Jessica richtete ihren Blick triumphierend auf ihn.

Marc brauchte einen Moment, um seine Sprache wiederzufinden.

„Das gibt's doch nicht."

Sein ganzes Weltbild geriet ins Wanken.

„Religionswahn?", schrieb Jessica.

„Ja. Sie meinte, die Welt vom Bösen befreien zu müssen", antwortete Ben.

„Und meine Oma gehörte dazu?"

„Nein, aber sie musste erlöst werden, das Böse war ihre Krankheit."

Jessica hielt sich die Hand vor den Mund und rannte zur Toilette.

„Jess, ich glaub, jetzt reicht es, trenn die Verbindung!"

„Marc, verstehst du denn nicht? Das ist kein Hirngespinst

und ich glaube, wir sind die Ersten, die so eine
Verbindung haben", erklärte Jessica mit hochrotem Kopf.
„Ich kann es mir nur mit Bens Computeraffinität
erklären, er hat die Grenze zwischen digitaler und realer
Welt durchbrochen. Erinnere dich an seine
Beziehung zur Cyberwelt!"
„Weißt du, was passiert, wenn wir das öffentlich
machen?" Marc sah sie unheilvoll an.
„Unser Leben wäre vorbei" Angst zeichnete sein auf
seinem Gesicht ab.
Eine dunkle Vorahnung lag in der Luft. Jessicas Miene
verfinsterte sich.
„Wir werden es niemandem erzählen."
„Da stimme ich dir zu", erwiderte Marc.
Jessicas Flüstern war eine Mischung aus Freude und
Tragik: „Ich kann dir gar nicht sagen, wie froh ich bin,
dass es Ben gut geht."

15

„Warst du bei Oma, als sie starb?", fragte Jessica.
Ihre Mutter verneinte. „Sie ist im Schlaf von uns
gegangen."
Jessica war in Fronhausen am Geldautomaten und nutzte
die Gelegenheit, ihre Eltern zu besuchen. Ihr Wunsch,
mehr über den Tod ihrer Großmutter zu erfahren, ließ sie
nach Hinweisen suchen.
„Wer hat dir das erzählt?", erkundigte sie sich bei ihrer
Mutter und bemühte sich, unauffällig zu wirken.
„Entschuldige, aber das ist eine ungewöhnliche Frage.
Oliwa hat sie am Morgen im Bett gefunden. Sie sah aus,
als würde sie schlafen."
Ihr Vater kam herein: „Sie hing an diesem
Wanderprediger, aber ich glaube zu wissen, was du
denkst. Das ist absurd. Ja, es soll solche Fälle gegeben
haben, aber Oliwa? Sie hätte Oma nie ein Haar
gekrümmt. Im Gegenteil, sie nannte sie ihren 'weißen
Engel'. Eine bessere Pflegerin gab es nicht."
„Wie hat sie Oma genannt? Das kann doch nicht wahr
sein."
Silke Keller sah ihre Tochter verdutzt an: „Jess, bleib mal
auf dem Teppich - was soll sie mit ihr gemacht haben?"
Ihre Tochter befand sich auf einem problematischen Weg
und vernachlässigte sich zusehends. Die Ereignisse der
letzten Zeit waren einfach zu viel für sie.
„Bleib doch ein paar Tage bei uns. Dein Zimmer steht
leer", schlug ihre Mutter vor.
„Das hast du schon hundertmal gesagt. Ich weiß es
jetzt."

Jessica ärgerte sich über die Drängelei ihrer Mutter. Sie dachte an Ben. Dabei wollte sie ungestört sein.

„Nein, nein, ich bleibe in Bens Wohnung", beschwichtigte sie.

„Ich räume auf. Dann fühle ich mich ihm nahe, und der Schmerz ist leichter zu ertragen. Wo ist Oliwa jetzt?"

„Ich glaube, sie arbeitet bei einer Familie in Süddeutschland. Ihr Sohn wohnt dort, aber ich weiß nichts Genaues", antwortete Jessicas Mutter.

Das passte, sie hatte die Spuren verwischt und alle im Unklaren gelassen. An ihrem gefälschten Ausweis gab es keinen Zweifel. Wie würden ihre Eltern auf die Wahrheit reagieren? Jessica wusste, dass ihre Worte bei ihnen nicht gut ankamen. Noch verhängnisvoller wäre es, Dr. Plauer in die Sache hineinzuziehen. Ihre Mutter schwärmte in den höchsten Tönen von ihm. Jessica hatte große Zweifel an seiner Persönlichkeit. Die Dorfbewohner tuschelten hinter vorgehaltener Hand über ihn. Ein exzellenter Allgemeinmediziner, aber mehr nicht. Sie musste überzeugend wirken.

„Ich habe einen Friseurtermin", log sie.

„Ja, das ist auch nötig", antwortete ihre Mutter und strich ihr durch das struppige Haar, während Jessica sich fühlte, als würde sich ein Lavastrom über ihren Kopf ergießen.

16

Die frische Luft tat gut. Seit ihrem Besuch im Schloss Friedelhausen hatte Jessica keine Gelegenheit mehr gehabt, die Natur zu erleben. Marc hatte sie dazu zwingen müssen. Jetzt freute sie sich.
Die Heuchelheimer Seen lagen in der Nähe der Stadt und waren ein beliebtes Naherholungsgebiet. Ihr klares Wasser und die weitläufigen Ufer boten eine wunderbare Gelegenheit zur Entspannung. Zwei Störche flogen dicht über ihre Köpfe hinweg.
„Ich glaube, wir sind ihnen zu nahe gekommen."
Marc duckte sich. Die Weite des Lahntals lud zum Ausruhen ein. Erschöpft ließen sie sich ins Gras fallen.
„Die Schönheit des Horizonts, die smaragdgrünen Wiesen,
die reine Luft. Mir wurde ein neues Verständnis der Welt geschenkt."
Sie lag auf dem Rücken und ließ ihren Blick den vorbeiziehenden Wolken folgen, während eine Mischung aus Ehrfurcht und leiser Erregung in ihr aufstieg. Wie ein leises Flüstern legte sich die Weite der Unendlichkeit auf ihr Herz.
„Alles wegen Ben?", fragte Marc.
„Ja, weil ich weiß, dass es weitergeht. Die Frage nach dem Leben nach dem Tod ist geklärt. Viele, mich eingeschlossen, hielten das für unmöglich. Jetzt habe ich den Schlüssel gefunden. Unser Dasein hat plötzlich einen Sinn. Viele Fragen beantworten sich von alleine, und ich kann die Welt, ach was sag ich, den ganzen Kosmos verstehen."

„Langsam, langsam, Jess", mahnte Marc. Sie klang wie ein Junkie im Rausch. „Übernatürliche Phänomene hat es zu allen Zeiten gegeben, da sind wir nicht die Einzigen. Auch wenn sich die Logik des Computers mit Ben verbunden hat, wird das die Welt nicht aus den Angeln heben."

Jessica richtete sich auf: „Verstehst du nicht? Diese Sache kann die Grundfesten der Welt erschüttert. Stell dir vor, wenn der Papst davon erfährt! Es könnte den Glauben aller Kirchen auf den Kopf stellen. Eine Revolution von verheerenden Ausmaßen."

Marc fühlte ein wachsendes Unbehagen bei ihren Worten.

„Zuerst musst du jemanden finden, der dir glaubt. Wenn du Pech hast, landest Du in der Hoppla, und zwar in der Geschlossenen."

Jessica verlor sich in den Tiefen ihrer Wahrnehmung.

„Und das auf diesem Fleckchen Erde. Fronhausen und Gießen - wer kennt das schon?"

Mit ausgestreckten Armen zeichnete sie Kreise ins Gras. Die Kälte des Winters war noch in der Erde zu spüren. Sie fühlte sich der Natur tief verbunden. Ein schrilles Lachen brach aus ihr heraus, das Marc erschreckte. Wenigstens konnte er sie dazu bringen, ihr Smartphone zu Hause zu lassen. Ihr Hang zu düsterer Komik schien verschwunden zu sein, stattdessen offenbarte sich eine noch seltsamere Facette ihrer Persönlichkeit.

„Und wenn Ben jetzt gerade eine Nachricht schreibt?" Jessica schloss die Augen.

„Ich kann ihn spüren, als säße er neben mir im Gras." Zwei Männer radelten auf dem einsamen Feldweg vorbei.

„Wahrscheinlich gehen sie davon aus, dass sie das Paar nicht in seiner Zweisamkeit stören wollen", antwortete

Marc.

Einer der beiden blickte kurz in ihre Richtung, wandte dann aber schnell den Blick ab. Jessica starrte ihn an.

„Alles in Ordnung?", fragte Marc.

Sie blinzelte: „Es ist unglaublich." Ihre Worte hingen in der Luft wie ein Echo aus der Vergangenheit.

„Frank", sagte sie mit einem leicht bitteren Unterton in der Stimme. „In den habe ich mich vor Ben verknallt. Immer mit einem flotten Spruch auf den Lippen. Er nutzte meine Hingabe aus, sonnte sich im Glanz meiner Begeisterung. Erst später habe ich gemerkt, dass sein Interesse nur Täuschung war. Zum Glück verstehe ich jetzt, was für ein widerlicher Mensch er ist. Die Lüge in ihrer abscheulichsten Form. Sein Inneres ist hässlicher, als ich es mir je hätte vorstellen können."

Sie holte tief Luft: „Den hab ich mal geliebt?"

Jessica wirkte entrückt: „Das wird nicht gut ausgehen", flüsterte sie.

Marc legte sanft seine Hand auf ihre. „Das ist Vergangenheit!" Er sprach nicht aus, was er sah. In ihrem Zustand schien niemand an ihrer Gesellschaft interessiert zu sein.

Reflexartig schlug sie sich auf die Wange. „Früher habe ich mich davor geekelt, aber dieses Blut stammt von einer Kreatur, die wie ich ein Leben geschenkt bekommen hat."

„Jess, jetzt reicht' s. Das sind Mücken, die Krankheiten übertragen."

Sie sah ihn an: „Ja, und sie gehören zu uns. Wenn wir sterben, löst sich vielleicht unser Körper auf, aber unser inneres Selbst lebt weiter."

„Wir fahren."

Jessica bemerkte sein Unbehagen: „Ich verstehe deine

Gelassenheit nicht. Kannst du dich in diesem Zustand überhaupt auf deine Arbeit konzentrieren? Ist übrigens der Rollcontainer offen?"

Marc sah sie verwirrt an: „Welcher Rollcontainer?"

Jessica seufzte: „Na der, wo der Schlüssel unter dem Tisch klebt."

„Ach so. Ein prima Tipp."

Ihr Gesicht hellte sich auf.

„Ein prima Tipp? Eine göttliche Botschaft, eine kosmische Offenbarung, eine höhere Macht, die uns den Weg weist."

Der Rollcontainer, eine kosmische Offenbarung? Eine düstere Vorahnung beschlich Marc, sie würde diesen Trip nicht lange durchhalten.

„Jess, du musst vernünftig bleiben. Bitte dreh nicht durch!" Marcs Gesicht zeigte tiefe Besorgnis.

Während er sein Fahrrad verstaute, griff Jessica nach seinem Arm: „Vernünftig bleiben? Ich weiß immer noch, wer ich bin und was ich tue. Ich habe das größte Geschenk aller Zeiten bekommen, verstehst du das nicht?"

Marcs Überzeugung, dass ihre komische, bizarre Seite tief in den Abgründen ihrer Psyche vergraben war, ließ ihn fragen: „Was kommt jetzt?"

17

„So kenne ich unsere Tochter gar nicht", sagte Jessicas
Mutter nachdenklich.

„Sie verbirgt etwas. Ich sag es dir."

„Trauer ist immer anders", erwiderte ihr Mann.

„Mein Gefühl sagt mir, dass da noch etwas anderes ist.
Erinnerst du dich, als sie das letzte Mal hier war? Sie sah
aus, als hätte sie eine Erscheinung gehabt."

„Vielleicht hatte sie eine", antwortete er. Udo Kellers
Neugier galt mehr der Tagespresse.

„Sei nicht albern", entgegnete seine Frau mit einem
Anflug von Frustration in der Stimme. „Tagelang
verschanzt sie sich in der Wohnung, ist
krankgeschrieben, meldet sich nicht bei uns, was zum
Teufel treibt sie?"

Udo Keller zuckt die Schultern. „Sie ist alt genug, um zu
wissen, was gut für sie ist. Wie würdest du dich fühlen,
wenn ich plötzlich weg wäre?"

„Das kann man nicht vergleichen. Wir sind seit
neununddreißig Jahren verheiratet. Sie ist erst seit drei
Jahren mit dem Jungen zusammen gewesen."

„Lass sie gehen!" Udo Keller konnte die Sorge seiner Frau
verstehen, aber seine Tochter war schon immer eine
selbstbewusste Persönlichkeit.

„Genau das werde ich nicht tun, ich will wissen, was los
ist. Nach dem Mittagessen fahr ich zu ihr, und zwar
unangemeldet."

„Das kannst du nicht machen."

„Warum nicht? Ich bin ihre Mutter, und sie wird sich für
mich Zeit nehmen müssen."

Udo Keller entschied, ohne zu zögern: „Dann komme ich mit."

Zwei Stunden später erreichten sie den Gießener Ring. Die Abfahrt nach Wieseck war gesperrt. Nun hieß es, sich durch die Innenstadt zu kämpfen. Baustellenbaken säumten die Hauptverkehrsstraßen, denn eine neue Verkehrsführung sollte getestet werden.

„Es ist schon erstaunlich, was mit der Klimakrise alles möglich ist", stellte Udo Keller fest.

Jessicas Mini stand vor dem Haus.

„Sie ist da", rief Silke Keller.

„Glaubst du, dass wir das Richtige tun?" Die Zweifel ihres Mannes hingen im Raum.

„Absolut", versicherte seine Frau.

Ein Holzkeil in der Haustür ermöglichte ihnen den Zugang bis zur Wohnung. Silke Keller klingelte. Niemand öffnete. Sie legte ihr Ohr an die Tür und hörte ein Husten.

„Jess, wir sind's."

Jessica erschrak. Was wollten ihre Eltern morgens um diese Zeit von ihr?

„Hallo, hörst du mich?"

„Komm, lass uns gehen!" Udo Keller fühlte sich unwohl.

Jessica wusste, dass ihre Mutter hartnäckig sein konnte.

Langsam drückte sie die Klinke herunter und spähte durch den Türspalt.

durch den Türspalt. „Ach, ihr seid es", antwortete sie gequält.

„Wir wollten dich besuchen."

Jetzt gab es kein Zurück mehr.

„Kommt rein." Dieser Besuch war das Letzte, was sie in ihrer Situation gebrauchen konnte.

„Hier vom Bäcker aus Bellnhausen." Sie reichte ihr das

Papierpäckchen. „Ich soll dich von Betty grüßen, sie wusste gleich, für wen die Puddingstückchen sind."
Silke Keller ließ ihren Blick über das Chaos in der Unterkunft schweifen. Pizzakartons lagen verstreut auf dem Boden, Unterwäsche hing achtlos über Stuhllehnen, und ungeöffnete Briefe stapelten sich zu chaotischen Türmen. Auf dem Wohnzimmertisch bildeten leere Joghurtbecher eine bizarre Anordnung, als hätten sie ihre eigene Logik der Unordnung. Ein Wirbelsturm des Chaos hatte ihre Wohnung erfasst, und vor dem Sofa sammelten sich Wollmäuse, die sich bedrohlich in Reih und Glied formierten.

Zögernd nahm Silke Keller Platz. spürte sie eine unerwartete Hitze an ihrem Gesäß und zuckte erschrocken zusammen.

„Ach du liebe Zeit. Was ist denn das?"
Hektisch zog Jessica das Netzteil aus ihrem Laptop und klappte ihn zu.

„Warum habt ihr nicht angerufen?"

„Och wir waren in der Nähe."

„Mama, das glaube ich nicht", entgegnete sie.

„Ja, du hast recht, wir machen uns Sorgen. Und wenn ich mir anschaue, wie du haust, sind die auch berechtigt."
Udo Keller zupfte seine Frau am Ärmel: „Lass doch."

„Das geht nur mich was an", entgegnete Jessica ärgerlich.

„Haben wir dir das so beigebracht?" Ihre Mutter benahm sich als wäre sie ein Kind.

„Bist du gekommen, um die Wohnung zu inspizieren, oder was? Bens ist noch nicht lange tot, und ich ..."

„Was machst du den ganzen Tag?", unterbrach sie ihre Mutter.

„Wenn du es genau wissen willst, ich habe heute Morgen

mit dem Aufräumen angefangen."

Am liebsten hätte sie die beiden vor die Tür gesetzt, aber sie zwang sich, einen kühlen Kopf zu bewahren, vor allem wegen der Sache mit Ben.

„Morgen mache ich weiter. Bens Sachen müssen weggeräumt werden. Ich muss systematisch vorgehen und alles gründlich reinigen."

Udo Keller beobachtete seine Tochter mit wachsendem Unbehagen. Systematisch vorgehen, gründlich aufräumen? Ihre Worte klangen in seinem Kopf kühl und mechanisch, wie die einer Putzfrau, die eine fremde Wohnung säubert. Aber hier, in ihren eigenen vier Wänden, hatte ihre präzise Akribie etwas Unheimliches, fast Beängstigendes, das ihn frösteln ließ. Hastig ließ Jessica ein paar leere Cremedosen und Milchtüten verschwinden. Brotkrümel klebten auf der honigverschmierten Tischplatte. Erst jetzt wurde ihr das ganze Ausmaß des Chaos bewusst.

„Möchtet ihr eine Tasse Tee?" Jessica versuchte trotz allem, eine versöhnliche Atmosphäre zu schaffen.

„Nein danke, wir gehen", antwortete Silke Keller, sie hatte genug gesehen.

„Mama beruhigt sich wieder", versuchte ihr Vater die Situation zu retten.

„So ein Mist."

Jessica erhaschte einen Blick in den Garderobenspiegel. Dass sie ihren Friseurbesuch verpasst hatte, spielte keine Rolle mehr. Sie musste ihrem tiefen Kummer Luft machen und Ordnung schaffen. Mit bemerkenswerter Geschwindigkeit verfiel sie in einen Putzrausch. Das musste auf jeden Fall vermieden werden.

Nach zwei endlosen Stunden in der Wanne stieg sie

heraus, als hätte das Wasser alle Sorgen weggespült - sie fühlte sich wie neu geboren. Doch ein Gedanke brannte in ihrem Kopf: Sie musste jeden Verdacht aus der Welt schaffen, jede Spur vernichten, die verdächtig sein könnte.

18

Jessica konzentrierte sich auf ihren Laptop. Sie wollte Ben eine Nachricht schicken. Sie kopierte seinen Absender in das Empfängerfeld. Ein „Hallo" sollte reichen. Ihre Nerven zum Zerreißen gespannt, wartete sie auf eine Antwort. Würde die Kommunikation auch so funktionieren?

„Delivery Status Notification (Failure)". Die Mail konnte nicht zugestellt werden. Also musste der erste Kontakt von ihm kommen.

Eine Stunde später meldete sich Benjamin. Jessicas Herz schlug schneller.

Drei Worte bauten sich langsam vor ihr auf.

„Mitgefühl, Liebe, Wissen".

„Was meinst du?", tippte sie in die Tastatur.

Es dauerte eine Weile, bis eine Antwort kam.

„Bleib offen für neue Wahrheiten. Du bist etwas Besonderes."

„Wie sieht es da aus, wo du bist?"Jessica spürte die Anspannung förmlich in ihren Händen, während sie die Worte formulierte. Jeder Augenblick zog sich quälend in die Länge.

„Ein Meer von Blumen umgibt mich. Jeder Ort in meiner Gedanken wird Wirklichkeit. Die Zeit verliert ihre Bedeutung."

Jessica rang um Einsicht - das war die Wirklichkeit.

Neugier und Faszination erfüllten sie. Wie weit konnte Ben gehen?

„Kannst du mich hören?"

Die Ungewissheit nagte an ihr wie ein hungriges Raubtier. Sie wollte nicht nur Worte, sondern eine Verbindung, die über die Schrift hinausging. Er befand sich auf der anderen Seite. Sie musste ihn festhalten, koste es, was es wolle.

An der Wand über dem Fernseher kletterte ein Weberknecht. Jessica griff nach ihm. Zu ihrem Entsetzen hielt sie ein Spinnenbein in der Hand. Vor Angst trennte er sich von einem seiner Gliedmaßen. Wie kostbar war dieses unscheinbare Leben. Das Tier war verschwunden. Erschöpft sank sie in das Sofa. Ihre Träume durchzogen Visionen vom Garten Eden. Eine verwobene Welt, in der sie mit der Queen am Kaffeetisch saß. Schweißperlen standen ihr auf der Stirn, als sie die Augen öffnete. Wie konnte sie nur einschlafen? Mit einem Ruck richtete sie sich auf. Das plötzliche Erwachen verwirrte sie. Die Bilder ihrer Fantasie hallten, wie ein leises Echo in den verborgenen Winkeln ihres Bewusstseins wider.

Eine neue Nachricht war eingetroffen.

„Ich kann dich weder sehen noch hören", schrieb Ben. Er durchdrang jede Faser ihres Seins.

„Worte klingen an der Oberfläche, aber ihre Bedeutung ist entscheidend."

Seine Worte lösten in Jessica eine sinnliche Welle der Verbundenheit aus. Ihre Sehnsucht überschritt die Grenzen der Sprache.

„Könnte das Sofa im Wohnzimmer für dich Wirklichkeit werden?"

„Ja, wenn ich will", antwortete er.

Ein Kribbeln durchlief sie, als sie mit der Hand über die weiche Oberfläche des Leders strich. Die Erinnerung an unzählige Abende schmerzten. Hier hatten sie sich zum ersten Mal geliebt. In einem reißenden Strom der Gefühle entglitt sie der Welt. Tränen flossen wie ein unaufhaltsamer Strom über ihre Wangen. Ein bittersüßer Moment der Erkenntnis, dass nur die virtuelle Welt ihnen die Möglichkeit bot, einander zu begegnen.

„Sind da noch andere Menschen?" Eine leichte Gänsehaut breitete sich auf ihrer Haut aus.

„Ja, wenn ich es will."

Jessica überwältigte die Enthüllung. Unwillkürlich zuckte sie zusammen.

„Ist John Lennon da?" Sie wusste nicht, warum ihr der verstorbene Musiker in den Sinn kam.

„Ja, er steht neben mir."

Jessica konnte sich kaum bewegen, als sie diese Information erhielt.

„Wie sieht er aus?"

„So wie er war, als er starb."

Die Zeit schien stillzustehen, während eine Welle aus Faszination und Unbehagen sie überflutete.

Die Vorstellung, dass Ben im Jenseits mit Verstorbenen interagieren konnte, verlangte zu viel von ihr. Sie eilte zur Toilette. Als Musikliebhaberin hatte sie damit nicht gerechnet. Die Idee, Paul McCartney zu schreiben, verwarf sie sofort. Sie konnte sich nicht vorstellen, dass ein solcher Brief sein Ziel erreichen würde. Im Gegenteil, es bestand die Gefahr, dass man sie für verrückt erklärte. Trotz aller Anstrengungen trieb sie die Neugier nach unentdeckten Geheimnissen an. Erschöpft von den emotionalen Turbulenzen fiel sie in einen traumlosen Schlaf.

19

„Wie schön, dass du uns besuchst. Komm doch rein."
Bens Mutter schien nicht begeistert zu sein. Doch
innerhalb von Sekunden setzte sie ein gespieltes Lächeln
auf.

„Ja, ich wollte mal zu euch", stammelte Jessica.

„Guck mal, Udo, wer da ist!"
Bens Vater legte seine Lektüre beiseite. Er ging auf Jessica
zu und streckte ihr die Hand entgegen.

„Wie geht es dir? Wir haben lange nichts von dir gehört.
Setz dich doch!"
Jessica bekam eine Gänsehaut. Trotz der warmen
Temperaturen waren die Fenster geschlossen. Bens Eltern
wechselten rasch einen Blick, den Jessica bemerkte. Auf
dem Tisch stand eine dampfende Teekanne. Daneben
standen drei halb gefüllte Tassen.

„Möchtest du welchen?", fragte Petra Goldman.

„Ja, sehr gerne."
Jessica sah ihr zu, wie sie eine Tasse mit in die Küche
nahm. Der Duft des würzigen Chai fire stieg ihr in die
Nase. Petra Goldmann kam mit einer neuen Tasse zurück.

„Bens Lieblingsorte", betonte sie. „Schön scharf, der
weckt die Lebensgeister."
Jessica wusste, dass die beiden dem buddhistischen
Glauben angehörten.

„Was passiert nach dem Tod?", platzte sie heraus.

„Du meinst die Seele?", fragte Petra Goldman.

„Ja."

„Das habe ich dir schon beim letzten Mal erklärt. Der
Körper ist eine Hülle. Die Seele ist unsterblich."

Bens Mutter bemühte sich, verständlich zu antworten und ruhig zu bleiben.

„Obwohl sie unsterblich ist, hat sie keine Kontrolle über ihr Schicksal?", fragte Jessica fast vorwurfsvoll. Die Gelassenheit von Bens Eltern angesichts des Todes ihres Sohnes schien ihr unbegreiflich.

„Ja, das stimmt. Das Schicksal liegt jenseits des eigenen Willens. Das Karma ist beeinflussbar. Wenn es sich in einem Körper in dieser Welt materialisiert", warf Dirk Goldman ein.

Jessica überlegte. „Dann ist sie willenlos?"

Petra Goldman nickte. „Wenn man es so sehen will, ja. Das Schicksal entzieht sich ihrer Kontrolle. Sie kann nur ihr irdisches Dasein beeinflussen. Die Art und Weise, wie sie handelt, entscheidet das Schicksal. Darüber herrscht sie nicht."

„Kann sie nach dem Tod mit der Welt der Lebenden Kontakt aufnehmen?"

Wieder tauschten Petra und Dirk Goldmann Zeichen aus, die Jessica ein ungutes Gefühl bereiteten. Sollte etwas verheimlicht werden? Herr Goldmann erhob sich von seinem Stuhl und trat ans Fenster. Er blickte in den Garten. Jessica spürte sein Unbehagen, als er sie ansah.

„Siehst du, wir sind in unserer Wahrnehmung begrenzt. Wir können es nicht begreifen. Uns bleibt nur der Glaube."

Dirk Goldmanns Stimme klang wie die eines Meditationsanleiters.

„Buddha hat diese Begrenzungen überwunden und durch seine außergewöhnliche Fähigkeit die Erleuchtung erlangt. Er sah über den Horizont hinaus."

Petra Goldman verschwand - zu lange, wie Jessica fand.

„Keiner von uns ist Buddha, aber gibt es nicht Ausnahmen?"

„Was meinst du?" Petra Goldman blieb im Türrahmen stehen.

„Wenn ich sagen würde, ich hätte Kontakt zu Ben."

Petra und Dirk Goldman nickten verständnisvoll.

„Das ist ganz normal, dass du ihn spürst und sogar glaubst, ihn zu hören. Viele Menschen haben das Gefühl, dass ihre Angehörigen noch bei ihnen sind. Und so ist es auch. Es dauert eine Weile, bis eine neue menschliche Hülle gefunden ist. Sie schwebt im Zwischenreich. Manchmal vergeht viel Zeit, bis dieser Übergang vollzogen ist. Es ist eine Zeit der Prüfung."

„Für wen?", fragte Jessica erstaunt.

„Für die losgelöste Seele."

Petra Goldmann ging auf Jessica zu. Sie konnte den intensiven Duft von Patchouli und Sandelholz an ihr wahrnehmen.

„Darum geht es nicht. Ich rede von der spirituellen Verbindung."

„Das meine ich nicht."

„Sondern?" Petra Goldmann schaute Jessica fragend an.

„Na ja", sie wollte nichts Falsches sagen.

„Ich spreche von einer tiefen, unerschütterlichen Verbundenheit mit dem Verstorbenen. Botschaften, die klar und verständlich übermittelt werden."

Petra Goldman setzte sich in den Ohrensessel. So blickte sie direkt auf die Buddhastatue. In aufrechter Haltung saß er da. Für Jessica wirkte die Erscheinung wie ein düsterer Bote, der nur gekommen war, um Unheil zu verkünden. Es fühlte sich an, als säße sie vor einem irdischen Tribunal.

„Wir müssen unsere Sinne schärfen", sagte sie

bestimmt, „dann können wir in eine Welt eintauchen, die uns vom Alltag trennt. Das Jenseits gehört zu uns. Vor allem müssen wir es wollen."

Jessica fröstelte - dieselben Phrasen wie beim letzten Besuch. Es war keine gute Idee, die beiden aufzusuchen, um Trost zu bekommen. Schließlich waren es Bens Eltern. Der buddhistische Glaube war die eine Seite. Aber wie konnten sie so gefühllos sein? Jessica wollte gehen. Petra Goldman blieb sitzen.

„Auf Wiedersehen, mein Kind."

Dirk Goldman begleitete sie zur Tür.

„Lass dir Zeit. Du wirst lernen, damit umzugehen."

Jessica betrachtete das Buch, das er unter den Arm geklemmt hatte. *Das Tibetische Totenbuch.* Es war offensichtlich. Einiges von dem, was sie gerade gepredigt hatten, stammte aus dieser Lektüre. Jetzt war ihr einiges klar. Die Quelle von Bens faszinierendem Interesse an der Yoga-Praxis, bei der man sich bewusst von einem Zustand des Lebens in einen Zustand des Todes gleiten lässt, kam von seinen Eltern.

Jessica wartete, bevor sie den Motor startete. Was bewegte sie, diese beiden erneut aufzusuchen? Schon bei der letzten Begegnung war es ihr nicht gelungen, eine Beziehung zu ihnen aufzubauen. Was für Menschen waren sie? Eine seltsame Gefühllosigkeit. Kein Anzeichen von Tränen. Und ständig diese fragwürdigen Gesten. Das Ganze beunruhigte sie. War das eine Manifestation ihres gelebten buddhistischen Glaubens?

20

Erst jetzt erkannte Jessica den praktischen Nutzen kurzer Haare. Bei dem Chaos auf ihrem Kopf konnte man allerdings nicht von einer Frisur sprechen. Fast wäre sie im Badewasser eingeschlafen. Bens Wohnung wurde für sie zur Festung. Ein erneutes Eindringen ihrer Eltern sollte verhindert werden. Auch tagsüber blieben die Vorhänge zugezogen.

Vor ein paar Wochen überredete sie Ben, Vorhänge anzubringen. Wenn das Sonnenlicht durchschien, verlieh der rote Leinenstoff dem Raum eine geheimnisvolle Aura. Ein Refugium vor der Außenwelt. Ein Ort der Geborgenheit und des Rückzugs. Von den Nachbarn wusste Jessica nichts.

„... Gibt es etwas nach diesem Leben? ... Auf die größte aller Fragen bleibt die Antwort offen. ...weißt du, wohin wir gehen, wenn unser Stern verblasst?"

Das Lied ertönte aus den Lautsprechern des Radios. Jessica blickte mit gnadenloser Klarheit in den Badezimmerspiegel. Sie sah die Spuren der letzten Wochen auf ihrem Gesicht. Unergründliche Mysterien kamen zum Vorschein.

Auf der Konsole des Waschbeckens lag Bens Kamm. Vorsichtig zog sie ein paar Haare aus den Zinken. Tränen benetzten ihre Wangen, während sich ihre Brust schmerzhaft zusammenzog. Ohne die Augen zu öffnen, entfaltete sich vor ihrem inneren Auge ein lebhaftes Bild. Seine Hände und seine markanten Gesichtszüge tauchten auf, begleitet von seinem einhüllenden Duft. Es war, als stünde er direkt vor ihr. Sie sah seine muskulösen Arme und die üppige Brustbehaarung. Eine Welle der Sehnsucht und des Schmerzes überflutete sie. Dieser Gefühlssturm traf sie völlig unvorbereitet. Ihr Griff ins Leere verstärkte das Gefühl des Verlustes.

„Oh Ben, warum musste das alles passieren?"
Ein Sonnenstrahl streifte ihr Gesicht. Sie sank auf das Sofa und schlief ein. Benommen sah sie sich um. Sie wusste nicht, wie lange sie schon weggetreten war. Das Licht ihres Computers war ihre einzige Lichtquelle. Die Dunkelheit erwies sich als undurchdringlich wie die Nacht.

„LET IT BE" leuchtete auf dem Bildschirm auf, die Worte so klar und eindringlich, als wären sie für sie bestimmt.

„Ich verstehe nicht", tippte sie zögernd. Was sollte das bedeuten? Eine Aufforderung zur Ruhe? Oder eine Mahnung, sich in das Unvermeidliche zu fügen?

"Let it be' ist ein Ausdruck, den viele benutzen", antwortete Ben in seiner Nachricht. Jessica starrte auf den Text. Sie las ihn noch einmal, dann ein drittes Mal. Es ergab keinen Sinn. Warum jetzt? Warum diese Worte?

„Wie kommst du darauf?", schrieb sie zurück, ihre Finger zitterten leicht über der Tastatur.

„Das ist ein altes Sprichwort", antwortete Ben.

„Manchmal muss man Dinge einfach loslassen."
Ein kalter Schauer lief ihr über den Rücken. Sie spürte einen stechenden Schmerz in der Brust, ein Unbehagen, das sich langsam in ihr ausbreitete. Das konnte nicht alles sein. Diese Worte hatten eine tiefere Bedeutung, das wusste sie.

"Lass es sein", sagte sie leise zu sich selbst, während die Worte auf dem Bildschirm vor ihren Augen verschwammen. „Das sagen die Leute, wenn sie etwas nicht ändern können", hatte Ben geschrieben. Aber was meinte er damit?

War es eine Warnung? Eine versteckte Botschaft?

Irgendetwas stimmte nicht. Sie spürte es mit jeder Faser ihres Körpers. Es war, als zerfiele die Wirklichkeit vor ihren Augen. Die Wahrheit, die sie so verzweifelt suchte, schien plötzlich unerreichbar.

Was wusste Ben, was sie nicht wusste?

21

Ihr Puls raste, als sie eine neue Mail von Ben in ihrem Posteingang entdeckte.

„In welchem Zustand befindest du dich?" Sie durfte Ben nicht warten lassen.

„Ich vermisse dich", tippte sie hastig.

„Das spüre ich. Du musst tapfer sein und dem Fluss des Lebens vertrauen. Alles wird sich fügen", schrieb er.

Jessica richtete sich auf.

„Was meinst du?"

Eine Ewigkeit schien zu vergehen, bis die Antwort kam.

„Ich lebe in dir ... für immer."

„Ja, das weiß ich. Das ist für mich die einzige Quelle des Trostes und ein großes Geschenk."

„Es wird noch lange dauern, bis die Menschen so weit sind."

„Warum passiert uns das?"

„Du trägst eine außergewöhnliche Kraft in dir."

Die Antwort löste eine Flut von Fragen aus, anstatt Klarheit zu schaffen.

„Warum jetzt?"

Der Bildschirm, das Fenster zu Ben. Sie wusste nicht, wie sie ihren Wissensdurst und ihre Leidenschaft stillen sollte. Sie umklammerte ihn. Als könnte sie Ben in dieser virtuellen Welt einfangen und zurückholen. Jessica wusste, dass nach ein paar Worten Schweigen folgte. Ein Muster, das sich in ihrer Kommunikation mit ihm abzeichnete. Sie musste Geduld haben.

Das Telefon klingelte, „Anne" erschien auf dem Display. Eine nette Kollegin. Aber sie hatte keine Lust auf ein

Gespräch mit ihr. Gefesselt von Bens Nachricht, verschlang Jessica die Worte, während ihre Kehle vor Anspannung trocken wurde.

„Ihr habt alles richtig gemacht. Das unkonventionelle Vorhaben, den Laptop in den Sarg zu legen, war ein genialer Schachzug. So konnten Wissen und Spiritualität durch mein Einfühlungsvermögen vereint werden. Ein Novum bricht an - zum ersten Mal in der Geschichte. Ich werde dir alle Fragen beantworten, das verspreche ich dir, meine Elysiana."

Jessica hatte das beklemmende Gefühl, in einen Tunnel hinabzusteigen, der sie in eine mysteriöse Welt zog. Eine beängstigende und zugleich faszinierende Kraft zog sie in ihren Bann. Ihr Herz hämmerte und Dunkelheit umgab sie, als sie in Bens Geheimnis eindrang.

„Kannst du Tote sehen?"

„Wenn ich es will, ja."

„Kannst du mit ihnen sprechen?"

„Ja."

Die Enthüllung traf Jessica wie ein Blitz.

„Geht es meiner Großmutter gut?", schrieb sie, während ihre Finger vor Nervosität feucht wurden.

„Ja." Ben reagierte unerwartet schnell.

„Sag ihr, dass ich sie liebe und vermisse!" Tränen liefen ihr in dünnen Rinnsalen über die Wangen.

„Das weiß sie."

Obwohl Jessica Zugang zur gesamten Weltgeschichte hatte, fühlte sich ihr Kopf wie ein leeres Buch an. Jede Erinnerung, jedes Wissen war verschwunden.

„Siehst du Lady Di?"

Warum fiel ihr in diesem Moment nichts Besseres ein? Ihr Blick klebte an den geschriebenen Worten. Sie konnte nicht verstehen, wie sie ausgerechnet auf die englische Prinzessin kam. Normalerweise interessierte sie sich nicht für königliche Geschichten.

„Ja", bestätigte Ben.

Jessica bewegte sich wie in Trance durch Raum und Zeit, bis schließlich die Worte aus ihr herausbrachen: „War der Unfall Mord?"

Sie verharrte in der erdrückenden Stille.

„Nein."

Ein Kloß bildete sich in ihrer Kehle, als sie mit zitternden Fingern weiterschrieb. „Was war es dann?", ihre Neugier war unersättlich.

Jessica ließ ihren Blick zum Fenster gleiten, wo sie in der Ferne die Umrisse von Bäumen in der Dämmerung erkennen konnte. Das leise Rauschen der Blätter schien wie das Murmeln aus einer anderen Welt.

„Ben", wisperte sie kaum hörbar, während sie die Illusion seiner Nähe fast körperlich zu spüren glaubte.

„Es war ... die Fledermaus."

Jessica zuckte zusammen. „Eine Fledermaus?", schrieb sie. Ihre Gedanken überschlugen sich, während die Bilder vor ihrem inneren Auge immer klarer wurden.

„Sie war plötzlich da, im Auto. Sie muss sich durch das halb geöffnete Fenster geschlichen haben, unbemerkt in der Dunkelheit. Als sie während der Fahrt plötzlich herumflatterte, geriet alles außer Kontrolle. Alle versuchten, sie zu verscheuchen. Ihre Flügel klatschten ihnen ins Gesicht. Der Fahrer ... verlor die Kontrolle über den Wagen."

Lange war es still.

„Dann flog sie davon", schrieb Ben. „Direkt durch das Fenster, als das Auto gegen den Pfeiler krachte. Und verschwand in der Nacht.

Das Bild der Fledermaus, die lautlos in die Dunkelheit flatterte, brannte sich in Jessicas Kopf ein.

„Es war kein Mord, nur ... ein Unfall."

Sie presste die Hände vor den Mund und sah die Berichte über die Prinzessin vor sich. Jeder Todestag löste eine Welle von Spekulationen aus. Jetzt kannte sie die Wahrheit. Ihre Nerven gerieten außer Kontrolle. Übelkeit überkam sie. Gerade noch rechtzeitig erreichte sie die Toilette. Gefühle von Unfassbarkeit und Entsetzen entluden sich in der Toilettenschüssel.

„LIEBE" erschien in großen Buchstaben auf dem Bildschirm. Jessica saß reglos auf dem Sofa. Bens Liebe zu ihr war ungebrochen. Das wusste sie. Seine Botschaft sprengte jede Vorstellungskraft.

„Für ihre Söhne unendliche Liebe, die sie ewig begleiten wird."

„Hat sie dir das gesagt?"

„Ja."

„Ist sie schön?"

Jessica erkannte sofort die Sinnlosigkeit ihrer Frage. Hatte das jetzt noch irgendeine Bedeutung? Der Bildschirm erlosch. Der Akku, ausgerechnet jetzt leer.

22

„Das kann ich in meiner Praxis nicht behandeln", sagte Dr. Plauer besorgt. Jessica lag bäuchlings auf dem Behandlungstisch. Von der Kniekehle aus breitete sich ein roter Ring aus. Der Arzt entfernt die Reste einer Zecke. Jessica achtete nicht weiter auf den Fleck. Erst beim Duschen entdeckte sie die Rötung. Sie breitete sich kreisförmig aus und begann zu jucken. Ihre Gedanken waren woanders. Jetzt musste sie handeln.

„Sie haben sich mit Borreliose infiziert. Ein Zeckenbiss in der Kniekehle ist die Ursache", erklärte Dr. Plauer. „Waren Sie in letzter Zeit in der Natur?"

Jessica überlegte.

„Ja, letzte Woche, eine Fahrradtour, da habe ich mich ins Gras gelegt."

Dr. Plauer nickte.

„Das ist der Knackpunkt. Sie werden stationär aufgenommen. Unser Landkreis gehört zu den Risikogebieten für Zeckenbisse. Man kann die Menschen nicht genug warnen."

Jessica begriff, wie ernst diese Infektion war. Sie hatte davon gelesen. Man durfte nicht leichtfertig damit umgehen. Ausgerechnet jetzt traf es sie.

Zwei Stunden später stand sie mit ihrer Reisetasche in der Notaufnahme des Universitätsklinikums Gießen. Die Uhr schlug zwölf. Vor einer Stunde erfolgte ihre Anmeldung. Sie spähte durch die Schwingtüren. Dahinter verbarg sich eine geheimnisvolle Welt. Rettungstragen auf Rollen, begleitet von orange gekleideten Sanitätern, tauchten auf und verschwanden wieder.

Sie umklammerte ihr Handy, als müsse sie sich daran festhalten. Es schien ihre einzige Verbindung zur Außenwelt zu sein. Was, wenn Ben sich jetzt meldete? Sie schickte Marc eine WhatsApp-Nachricht, in der sie erklärte, auf welcher Mission sie sich befand. Sie hoffte, dass ihre Nachricht ankam. Er sollte sich keine Sorgen machen.

Eine seltsame Parallelwelt entfaltete sich in der Notaufnahme. Ein Sammelsurium verschiedenster Krankheiten auf engstem Raum. Vorne im Wartezimmer saß eine Mutter mit ihrem halbwüchsigen Sohn. Seine leeren Kakaobecher stapelte er zu einem Turm. Mit der Zeit veränderte er sich. Auf seiner Haut blühten rote Pusteln. Plötzlich sank er zur Seite, das Fieber stieg bedrohlich an.

„Was ist denn? Hey? Mach die Augen auf!", rief die besorgte Mutter und tätschelte seine Wangen. Die Angst stand ihr ins Gesicht geschrieben. Sie eilt zum Aufnahmeschalter.

„Mein Sohn ist bewusstlos."

Die Dame hinter der Glasscheibe blieb unbeeindruckt.

„Sie müssen einen Moment warten", murmelte sie.

Jessica konnte es nicht glauben. Die Situation erforderte schnelles Handeln. Die Angestellte schwieg und arbeitete ungerührt weiter. Mit einer Stimme, die aus den tiefsten Abgründen ihrer Person kam, brachte sie den Klinikbetrieb abrupt zum Stillstand.

„Wenn meinem Sohn nicht in fünf Minuten geholfen wird, werde ich so lange schreien, bis jemand kommt."

Breitbeinig stand sie zwischen den Stühlen, die Hände in die Hüften gestemmt. Aus den oberen Stockwerken blickten Menschen durch das Treppenhaus nach unten.

„Wir warten schon seit sieben Stunden. Ich will, dass sich sofort jemand um meinen Sohn kümmert."
Ihre Worte hallten durch das Haus. Die Angestellte griff hastig zum Telefon.
„Haben Sie mich verstanden? Hallllloooo."
Mit einem lauten Knall öffneten sich die Flügeltüren und drei Männer in grünen Overalls eilten herbei. Sie hoben den stöhnenden Jungen auf eine Rolltrage und verschwanden eilig in den Katakomben der Klinik. Seine Mutter stolzierte erhobenen Hauptes hinterher.
Jessica konnte ihre Reaktion verstehen. Auch sie saß seit sechs Stunden im Wartebereich. War das der Dienst am Menschen? Ihre Kniekehle juckte höllisch. Ben meldete sich nicht. Sie musste in dieser Unterwelt ausharren. Die Versuchung, ebenfalls eine Ohnmacht vorzutäuschen, war groß. Gleichzeitig wusste sie, dass man ihr dann das Handy wegnehmen würde. Das durfte auf keinen Fall passieren.

23

Marc reichte Lars Klingmeyer die Unterlagen. Der nickte zustimmend und lächelte zufrieden.

„Herr Hapich, Sie schaffen das. Unsere ganze Unterstützung ist Ihnen sicher."

Marc überlegte lange, bevor er sich entschied, Bens Projekt zu Ende zu führen. Die finanziellen Rahmenbedingungen ließen keine andere Entscheidung zu. Diese Chance bekam er nur einmal. Wie lange würde es dauern, eine vergleichbare Summe anzusparen? Selbst die Hälfte war beträchtlich. Die Überlegung machte ihm die Größe der Verantwortung deutlich. Er durfte jetzt nicht die Nerven verlieren. Der Auftrag verlangte seine ganze Konzentration. Auch nach Feierabend arbeitete er weiter. Das bedeutete weniger Zeit für Jessica. Ihm blieb keine andere Wahl.

„Wenn ich das gewusst hätte. Sie sind ja ein Ass auf zwei Gebieten. Warum können Sie das?"

Marc zuckte mit den Schultern.

„Herr Goldman ist mein bester Freund."

Lars Klingmeyer hatte die beiden des öfteren beobachtet. So viel Zusammenhalt unter Männern hatte er noch nie erlebt. Das schlug sich natürlich in der Qualität ihrer Arbeit nieder.

„Und der hat Ihnen das alles beigebracht?"

„Nun, was heißt beigebracht. Wenn man eng zusammenarbeitet, schaut man sich vieles ab. Wir haben zusammen studiert.

„Für uns ein wahres Gottesgeschenk." Lars Klingmeyer schaut wehmütig aus dem Fenster. „Ich sehe Herrn

Goldman immer noch da sitzen. Und denke, er kommt gleich um die Ecke. Aber wir werden nicht gefragt. Das Schicksal hat seine eigenen Gesetze. Wir müssen damit leben, also los. Was ich sehe, ist erstklassig. Weiter so."

„Ich möchte die Hälfte meiner Arbeitszeit von zu Hause aus arbeiten. Das hat zu Coronas Zeiten ganz gut geklappt."

Lars Klingmeyer sah überrascht auf. Gerade bei Marc Hapich hatte man den Eindruck, dass er seine Arbeit im Büro trotz allem schätzte. Er wagte nicht zu widersprechen. Die Aufgabe war zu wichtig. Alles hing von ihm ab.

„Ja, kein Problem. Nennen Sie mir die Zeiten."

„Die Hälfte der Woche", antwortete Marc.

„Okay, das machen wir."

„Montag, Mittwoch und Freitag im Homeoffice. Die restlichen Tage im Büro", erklärte Marc mit fester Stimme.

Lars Klingmeyer nickte. Dieser Mann offenbarte eine Facette von Selbstsicherheit, die er nicht kannte.

„Falls etwas Besonderes ansteht, hier ist meine Privatnummer. Da bin ich immer erreichbar."

Marc staunte. Sein Vorgesetzter behandelte ihn wie einen Freund, obwohl die Autorität bei ihm lag. Das Blatt hatte sich gewendet. Die Konstellation entsprach seinen Wünschen. Eigentlich hätte er sich freuen müssen, aber ihm war nicht danach.

„Perfekt, dann ist alles geklärt", bestätigte Lars Klingmeyer. Wieder legte er seine Hand auf Marcs Schulter, und diesmal intensivierte sich das Gefühl noch. Renate Stein begrüßte ihn freudig.

„Und?" Sie platzte vor Neugier.

„Alles paletti, halbe Woche im Homeoffice", antwortete Marc.

„Also ich finde es besser, wenn du im Büro bist. Schau Dich um, hier ist fast niemand mehr. Und weißt Du was? Ich bleibe, bis alles geregelt ist. Klingmeyer wird es Dir bestätigen. Ab dann bin ich an Deiner Seite. Ben wäre stolz auf Dich", sie pausierte, „hast Du nicht auch das Gefühl, er ist noch da und lenkt unsere Schritte?"

Marc seufzte, sie war die Letzte auf seiner Liste, mit der er Kontakt halten wollte. Er konnte zu Hause effizienter arbeiten. In seinem privaten E-Mail-Postfach lag eine Nachricht von seinem Arbeitskollegen. Seltsam, denn er saß in Sichtweite. Die Botschaft enthielt eine Bitte.

„Wir müssen uns unter vier Augen unterhalten, nicht im Büro."

Marc sah auf. Sein Kollege lächelte ihn an.

24

Jessica stellte die Rückenlehne ihres Bettes höher, um die Fieberschübe besser ertragen zu können. Sie wurde sofort von der Notaufnahme in die Innere verlegt. Die Zecke hatte die Lyme-Borreliose übertragen. Dr. Plauer hatte Recht. Durch ihre Nachlässigkeit konnte sich der Erreger in ihrem Körper ausbreiten. Langsam floss das Medikament aus dem Plastikbeutel in ihre Venen. Hitzeperioden folgten auf Schüttelfrost. Mit letzter Kraft klammerte sie sich an ihr Handy. Selbst wenn sie schlief, lag es unter der Bettdecke. Mehrmals fiel es mit einem lauten Knall herunter.

Als sie es wieder aufhob, hörte sie den Unmut ihrer Bettnachbarin. Besorgt schaute Jessica auf den Ladezustand des Akkus. Zehn Prozent, das würde den Tag nicht überstehen. In den letzten 24 Stunden kam keine Mail von Ben und auch Marc lies nichts von sich hören. Warum hatte sie auch das Ladekabel zu Hause vergessen? Sie konnte nicht ahnen, dass Marcs Arbeit ihn so sehr in Anspruch nahm. Endlich signalisierte ihr Smartphone eine Nachricht.

„Ja, mache ich", war seine knappe Antwort. Er wollte ihr ein Ersatzkabel besorgen. Von der anderen Seite betrachtet, trug er eine Mitschuld an ihrer Krankheit. Er hatte sie zu dieser Radtour überredet. Sein Verhalten in letzter Zeit war ohnehin ungewöhnlich. Das Grafikbüro stand kurz vor der Schließung. Trotzdem dachte er nicht daran, sich einen neuen Job zu suchen.

Das Mittagessen wurde in der Klinik sorgfältig zubereitet. Das Fleisch erwies sich als zart, die Soße mit den

Kartoffeln als schmackhaft. Doch Jessica bekam keinen Bissen herunter.

„Möchten Sie etwas Bestimmtes?"

Ein junges Mädchen in Schwesternkleidung stellte sich vor ihr Bett. Jessica schüttelte den Kopf.

„Aber Sie müssen trinken."

Sie leerte den Schnabelbecher in einem Zug. Nicht der Durst trieb sie an, sondern der Wunsch, nach Hause zu kommen. Je schneller, desto besser. Das Antibiotikum, das ihren Körper überschwemmte, nahm sie stoisch zu sich. Für sie stand Ben an erster Stelle. Alles andere trat in den Hintergrund. Die junge Schwester brachte eine Schnabeltasse mit Tee.

„Bitte trinken Sie das bis zum Abendessen."

Jessica schlief ein und träumte von bunten Blumenwiesen. Etwas kitzelt ihren Bauchnabel, sie wacht auf. Ihr Handy war unter den Gummizug ihrer Pyjamahose gerutscht. Als sie es unter der Bettdecke hervorzog, sah sie ihre Bettnachbarin grinsen.

„Sachen gibt's", murmelte die.

Es war eine Mail von Ben. Jessicas Herzschlag beschleunigte sich, als sie die Nachricht auf dem Bildschirm neben ihrem Bett las.

„Ich bin bei dir."

„Ich bin im Krankenhaus."

Bevor eine weitere Kommunikation möglich war, wurde das Smartphone dunkel.

„So ein Mist", am liebsten hätte sie das Gerät aus dem Fenster geworfen. Sie fühlte sich im Stich gelassen. Die Verbindung zu Ben brach abrupt ab.

„Mann, oh Mann, Sie sollten daran arbeiten, nicht so abhängig von dem Ding zu sein. Bei ihnen ist das schon bedenklich", sagte ihre Bettnachbarin, ohne von ihrer Zeitschrift aufzublicken.

Jessica schnappte nach Luft.

„Halten Sie einfach Ihre Klappe und kümmern Sie sich um ihre Angelegenheiten."

Von so einer Person wollte sie sich nicht zurechtweisen lassen. Was wusste die schon? Jessica musste Marc klarmachen, wie dringend sie ein Ladekabel brauchte. Das Festnetztelefon des Krankenhauses war mit keinem Mobilfunknetz verbunden.

„Tut mir leid, Jess, aber ich bin am Arbeitsplatz. Ich kann nicht kommen und alles liegen lassen", antwortete er.

„Dann hol es bitte nach der Arbeit. Sie werden es in Linden haben. Es ist wichtig."

„Ja, aber ich kann nichts versprechen."

„Bitte, bitte lass mich nicht im Stich", flehte sie.

Das Mädchen maß Jessicas Temperatur.

„39,8 Grad. Ich gebe Ihnen ein Fiebermittel."

Jessica schluchzte: „Tun Sie, was Sie wollen."

Sie hatte nur noch einen Bruchteil ihrer ursprünglichen Kraft. Als die Krankenschwester das Handy in die Nachttischschublade legen wollte, klammerte sich Jessica daran fest. Das Einzige, was ihr von Ben geblieben war, wollte sie nicht hergeben.

„Kümmern Sie sich um sie. Das ist unheimlich", ihre Bettnachbarin schielte zu ihr herüber. Jessicas Toleranzgrenze sank. Sie griff nach dem Teebecher und schleuderte ihn in ihre Richtung. Der Deckel sprang ab und der heiße Inhalt ergoss sich auf ihre Bettdecke. Mit einem Schrei sprang sie aus dem Bett.

„Das ist die Höhe, diese Furie gehört in die Klapse."

Eine zweite Schwester kam ins Zimmer.

„Frau Keller, hören Sie sofort auf. Oder wollen Sie ein Beruhigungsmittel?"

Jessica erschrak bei dieser Aussage. Die Konsequenzen schossen ihr durch den Kopf.

„Tut mir leid. Wann kann ich nach Hause?"

„Das wird der Arzt entscheiden. Ruhen Sie sich erst einmal aus."

Eine halbe Stunde später lag die Frau wieder in einem frisch bezogenen Bett. Die jüngere Krankenschwester brachte Jessica eine Schüssel Grießbrei mit Butterflocken. Der Duft stieg ihr in die Nase.

„Das schmeckt köstlich, vielen, vielen Dank."

Sehnsüchtig wartete sie an diesem Abend auf Marc. Aber er kam nicht. Das Fieber sank. Während ihre Bettnachbarin sich in der Dusche befand, trat Jessica vorsichtig an ihren Nachttisch. Sie zog am Kabel. Eine kleine Bibel fiel heraus. Das fehlte ihr noch. Sie überlegte, ob sie die Badezimmertür abschließen sollte. Aber sie verwarf den Gedanken schnell wieder, denn es gab einen Notfallknopf. Das Pfeifen des Föhns drang durch die Tür. Eines dieser Steinzeitgeräte. Wie konnte es auch anders sein? Warum hatten sich die Hersteller nicht auf einen Stecker geeinigt?

Jessica zog die Bettdecke bis zum Kinn. Die Bilder der 20-Uhr-Nachrichten zogen an ihr vorbei wie eine Marschkolonne von Soldaten. Eine Bibel? Vielleicht hatte diese Person mehr zu bieten als vermutet. Als sie aus dem Bad kam, gebärdete sich Jessica sanft wie ein Lamm.

„Warum kommt die Menschheit nicht ohne Kriege aus?", fragte sie. „Jeden Tag sterben Menschen, weil einer übermächtig sein will."

Ihre Bettnachbarin nickte versöhnlich. Jessica ließ sich in

die Stille fallen und wusste, dass Ben auch ohne Smartphone an sie dachte. Ein geheimnisvoller Schleier aus Schutz und Geborgenheit hüllte sie ein. Sie spürte eine seltsame Unverwundbarkeit.

25

„Silke Keller?"

„Guten Tag, Mona Gerst vom REHA-Zentrum.
Entschuldigen Sie, Frau Keller, dass ich Sie störe. Aber
ich wollte mich erkundigen, wie es ihrer Tochter geht.
Wir können sie nicht erreichen. Wir haben schon ein paar
Mal probiert, Kontakt mit ihr aufzunehmen. Telefon,
E-Mail, alles bleibt unbeantwortet. Die Praxis, wir
müssen wissen, wie es weitergeht."

Jessicas Mutter drückte den Hörer ans Ohr. Sie konnte
nicht glauben, was sie da hörte. Zum ersten Mal rief
Jessicas Vorgesetzte an.

Silke Keller rang nach Worten. „Ja, äh, ich verstehe. Aber
wissen Sie, ihr Lebensgefährte ist vor drei Wochen
gestorben."

Sie dachte an Bens Domizil, in der Jessica hauste. Anders
konnte man es nicht nennen.

„Sie ist eine ausgezeichnete Mitarbeiterin und kümmert
sich um einen ansehnlichen Patientenkreis. Sie fragen
nach ihr. Für mich ist das keine einfache Situation.
Letzte Woche war sie ein paar Tage da. Wir dachten sie
hätte sich gefangen."

„Sie ist erst aus dem Krankenhaus entlassen worden.
Wussten Sie das nicht?"

„Nein."

Mona Gerst überlegte. Eine Krankmeldung lag ihr nicht
vor.

„Ich dachte, sie hätte sich bei Ihnen gemeldet.

Borreliose, ein Zeckenstich. Es ging ihr nicht gut. Sie kam
von der Notaufnahme direkt auf die Innere."

„Oh, das tut mir leid. Wir wissen von nichts."
Mona Gerst wunderte sich. Das passte nicht zu ihrer Mitarbeiterin.

„Es wird wohl noch eine Weile dauern, bis sie wieder arbeiten kann. Sie ist noch geschwächt. Und wie soll ich sagen, Frau Gerst. Ihr Schmerz über den Verlust ist tiefer, als sie nach außen hin erkennen lässt. Haben Sie Geduld!"

Silke Keller bemühte sich, Mona Gerst einen freundlichen Ton entgegenzubringen, auch wenn sie insgeheim kaum fassen konnte, dass diese überhaupt bei ihr anrief.

„Ja, natürlich, wir legen Wert auf gute Fachkräfte und das ist ihre Tochter. Wir werden Rücksicht auf sie nehmen, das verspreche ich ihnen."

„Vielen Dank, auf Wiederhören."

Silke Keller steckte den Hörer in die Station. Die Antworten entsprachen sicher nicht dem, was ihre Tochter wollte. Trotzdem handelte sie in ihrem Interesse. Sie vermutete, dass Jessica ihr etwas Unheilvolles verschwieg. Es war ihr, als würde ein geisterhafter Eindringling in ihrem Bewusstsein lauern und ihr Anweisungen geben. Silke Keller wählte Bens Nummer. Seine Stimme ertönte auf dem Anrufbeantworter.

„Hallo Jess, melde dich. Es wäre schön, wenn wir uns mal unterhalten könnten." Im letzten Moment schluckte sie das Wort „vernünftig" hinunter. „Frau Gerst, deine Chefin hat angerufen. Sie macht sich Sorgen und möchte wissen, wie lange du ausfallen wirst."

Udo Keller blieb hinter seiner Frau stehen. Er spürte, wie sich die Umstände in ein Rätsel verwandelten. Wann sollten die Eltern eingreifen? Jessica war eine erwachsene Frau. Sie war stets von einem unerschütterlichen

Selbstvertrauen in ihr Handeln erfüllt.

In Silke Keller steigen Tränen auf.

„Wir müssen ihr helfen. Sie ist unser Kind."

Udo Keller nahm seine Frau in den Arm. „Du wirst sehen, alles wird gut. Unsere Kleine ist eine Kämpfernatur."

Doch tief in seinem Inneren zweifelte er. Er konnte seinen eigenen Worten nicht ganz glauben.

26

Jessica führte mit ihrem Mini fast eine Vollbremsung
durch. Das konnte doch nicht wahr sein. Vor dem
Feuerwehrhaus in Bellnhausen stand Marcs Auto. Das
Nummernschild konnte sie nicht erkennen. Ein Busch
verdeckte den Wagen bis zur Hälfte. Sie wollte nicht
anhalten und nachsehen. Sie war sowieso spät dran. Was
zum Teufel wollte er hier? Bellnhausen war ein Ortsteil der
Gemeinde Fronhausen, und der Dorfkern mit seinen
schmucken Fachwerkhäusern weckte Erinnerungen. In
ihrer Kindheit hatte hier eine Schulfreundin gewohnt.
Die Leute in dem Dorf unterschieden sich von anderen. Ihr
Verhalten war schwer zu beschreiben. Vor einigen Jahren
verhinderten sie mit einer starken Bürgerinitiative den
Bau eines Tanzlokals am Ortsrand. Der Konflikt weitete
sich über die Gemeindegrenzen aus. Sogar die öffentlich-
rechtlichen Medien hefteten sich an die Fersen der
'Widerstandskämpfer'. Die Zerschlagung des
Bebauungsplans erwies sich als einmalig in Deutschland.
Jessica hörte noch den Kommentar ihrer Großmutter.
"Achthundert Gäste? Da bekommt ja niemand was zu
Essen oder Trinken?"
Solche Ereignisse charakterisieren die Eigenarten der
Bewohner. Jessica glaubt fest daran, dass aus diesem Dorf
einmal ein Bundeskanzler kommen würde. Aber Marc in
Bellnhausen? Adamea, wie sie sich nannte, besaß ein
kleines Häuschen in der Dorfmitte. Jessica parkte im Hof.
Den Eingang schmückten etliche Pflanzkübel. Aus ihnen
wuchsen Kräuter und Blumen, die einen süßlichen Duft
verströmten. An einer Hauswand hingen aufgearbeitete

Wagenräder. Das untrügliche Zeichen eines Neuankömmlings. Artefakte der Zugezogenen. Die Einheimischen interessierten sich nicht für solche Dekorationen. Städter träumten von einer Idylle auf dem Land. Hier ließ jemand diesen Traum Wirklichkeit werden. Spätestens nach dem ersten Nachbarschaftsstreit erwachten die Neulinge und der Zauber des Dorfes war verflogen.

Wer hätte gedacht, dass sie bei ihrer ungeliebten Zimmergenossin einmal klingen würde? Als Medium behauptete sie, mit Verstorbenen kommunizieren zu können. Trotz der Kommunikation mit Ben verspürte Jessica den Drang, dieses Ritual auszuprobieren.

„Schön, dass du da bist, komm rein."

Jessica konnte sich nicht erinnern, das „Du" mit ihr gewechselt zu haben. Aber sie wusste, dass solche Praktiken in esoterischen Kreisen üblich waren. Als sie das Haus betrat, umgab sie eine Duftwolke aus Weihrauch. Im Flur hing ein besticktes Leinentuch, sorgfältig hinter Glas gerahmt. Das Alphabet in altertümlicher Schrift, der Name 'Margarete Schwarz 1899' eingestickt.

„Einhundertvierundzwanzig Jahre. Ein Relikt wie die Wagenräder", dachte Jessica.

„Eine Stickerei aus der Schule hier. Sie wollten es wegwerfen. Ich habe sie vom Sperrmüll gerettet. Wenn man genau hinsieht, kann man die Sorgfalt und Mühe sehen und fühlen." Adameas Finger glitten über das Glas. Ein Frösteln kroch Jessica den Rücken hinunter. Das Bild wirkte unheimlich, fast lebendig. Sie konnte den Schweiß und die Erschöpfung des Kindes förmlich riechen, als wäre es mit jeder Faser des Stoffes in seine Arbeit eingewoben. Der Stoff schien noch feucht von der Anstrengung, als hielte er all die Mühen und Qualen des Mädchens seit mehr als einem Jahrhundert fest, unerlöst und schwer. Die geschlossenen Vorhänge des Wohnzimmers tauchten den Raum in ein gedämpftes Licht. Die Sprossenfenster trugen ohnehin wenig zur Helligkeit bei. Eine Vielzahl von Vasen, Schnitzereien, handgetöpferten Schalen und Kerzenhaltern zierte die Möbel. Auf dem Biedermeiersofa schlummerte eine Katze, die das Weite suchte, als Jessica hereinkam.

„Besser so", dachte sie. Katzen gehörten nicht zu ihren Lieblingstieren.

Auf einem Beistelltischchen standen eine Flasche Wasser und zwei Gläser. Es war ein seltsamer Zufall, dass Jessica dieser Frau im Krankenhaus begegnet war. Sie war ein Medium. Am Ende ihres Aufenthalts fasste sie sogar Vertrauen zu ihr.

Mit den Worten: „Wenn du mehr über deine Fragen wissen willst, melde dich bei mir", verabschiedete sie sich von Jessica und entfachte das Feuer in ihr.

Heute Nachmittag war es soweit.

„Einhundertsechzehn Euro für die erste Sitzung."

Jessica legt das Geld auf den Tisch. Dass Marcs Auto ein paar Straßen weiter geparkt war, ging ihr nicht aus dem Kopf. Doch dann nahm sie die Sitzung in ihren Bann, und alle Störfaktoren verschwanden. Adamea setzte sich auf einen hohen Stuhl mit hoher Lehne. Sie bat Jessica, ihr gegenüber Platz zu nehmen.

„Hast du etwas mitgebracht?"

Sie nickte und zog Bens Haarbürste aus ihrer Handtasche. Adamea griff danach und drehte sie hin und her. Sie strich über den hölzernen Griff.

„Kannst du mit ihm Kontakt aufnehmen? Ich vermisse

ihn", Jessica konnte ihre Nervosität nicht verbergen. Sie vertraute Adamea Bens Todesdatum an. Über ihre eigene Verbindung zum Jenseits schwieg sie. Sie sehnte sich nach der Gewissheit, dass es Ben gut ging.

„Was sehen Sie?", Jessica konnte ihre Ungeduld nicht verbergen.

„Ich bin keine Hellseherin. Vor meinem geistigen Auge entstehen keine Bilder. Ich besitze die Fähigkeit, Grenzen zu überschreiten, aber nicht in die Zukunft zu sehen. Du hast einen Hang zum Übersinnlichen", erwiderte Adamea und lächelte geheimnisvoll.

Jessica wagte kaum zu atmen. Durchschaute sie diese Frau, ahnte sie ihr Geheimnis?

„Viele belächeln und unterschätzen diese Gabe. Sie sind in ihrer Religiosität eingeschränkt, weil sie nur das glauben,

was sie sehen. So bleiben ihnen viele Möglichkeiten verschlossen. Die anderen aber können sie fühlen. Dafür ist Jesus Christus verantwortlich.

Er ist reine Liebe."

Jessica erinnerte sich an Bens Antwort: „Gott ist eine Kraft, man kann ihn nicht sehen, nur fühlen."

Die Worte hallten in ihrem Kopf nach.

„Wann hast du gemerkt, dass du diese Gabe hast?"
Jessica versuchte, ruhig zu klingen.

„Schon sehr früh, in der Grundschule. Später habe ich erfahren, dass meine Großmutter es auch konnte. Es ist ein Geschenk des Himmels, aber es ist nicht ungefährlich."

Jessica saß ihr gespannt gegenüber und brannte darauf, mehr von Ben zu erfahren. Sie spürte seine Anwesenheit. Das Lachen der Kinder vor dem Haus drang in ihr Inneres und unterbrach ihre Gedanken.

„Fangen wir an." Adamea holte tief Luft.

Jessicas Herzschlag beschleunigte sich, und ihr Mund fühlte sich trocken an wie die Wüste Sahara. Bens Haarbürste an ihre Brust gepresst, wippte Adamea kaum merklich hin und her. Sie schnaufte hörbar. Jessica wagte sich nicht zu bewegen. Sie bemerkte nicht, wie die Katze unter ihren Stuhl kroch. Sie konzentrierte sich auf Adamea. Diese richtete ihren Blick zur Zimmerdecke, was die Spannung in der Luft erhöhte.

„Ben, zeig dich!"

Jessica zuckte zusammen. Schwebte ihr Stuhl? Die Stille war erdrückend.

„Ben?", rief Adamea und legte den Kopf in den Nacken. Jessica glaubte ein Licht über ihr zu sehen. Es verschwand mit einem Wimpernschlag.

„Ben, Jessica ist hier, zeige dich!"

Das surreale Bild, dass er durch die Tür kommen würde, traf sie wie ein Blitz. Sie musste sich anstrengen, in der Realität zu bleiben, obwohl sie innerlich vor Verlangen brannte.

Adamea drückte immer noch die Haarbürste an ihre Brust und sprach mit kräftiger Stimme: „Von meinem Herzen zu dir, Benjamin Goldman, nimm Kontakt mit mir auf."

Ihre Worte spiegelten große Entschlossenheit und den Wunsch wider, eine Verbindung zu dem Verstorbenen herzustellen. Jessica beobachtete, wie die Katze sich seelenruhig putzte. Sicher hatte sie mit ihrem Frauchen schon viele ungewöhnliche Dinge erlebt. Jessica verlor das Zeitgefühl. Die Umgebung schien sich auf magische Weise zu erhellen. Ein sanfter Schein ließ die Umrisse der Möbel erkennen. Mit einem tiefen Grollen öffnete Adamea die Augen.

„Da ist nichts."

Jessica sah sie erstaunt an.

„Wie nichts? Die Haarbürste hat nichts genutzt? Ich hab noch eine Mütze von Ben dabei. Seit er tot ist, wurde sie nicht mehr gewaschen. Willst du es nicht noch mal damit versuchen?" flehte Jessica. Eine Mischung aus Verwirrung und Frustration brach aus ihr heraus.

„Ich habe keine Anzeichen einer Präsenz oder spirituellen Energie von deinem Freund gespürt. Es wird nichts nützen."

„Was soll das bedeuten?" Jessica konnte es nicht glauben.

Adamea zuckte die Schultern: „Ich weiß es nicht. Ich habe ihn auf der anderen Seite gerufen, aber da kommt keine Reaktion."

Die Entschlossenheit in Adameas Stimme verstärkte Jessicas Hilflosigkeit.

„Das kann nicht sein! Er ist im Jenseits."

Adamea sah Jessica in die Augen. „Die Menschen, die zu mir kommen, haben jemanden verloren. Ich kann immer etwas empfangen, auch wenn es nur eine kleine Energieanomalie ist. Aber bei deinem Freund?"

Jessica stopfte Bens Haarbürste in ihre Handtasche. Sie wollte so schnell wie möglich nach Hause.

Adamea ergriff ihre Hand und legte das Geld hinein.

„Ich habe es nicht geschafft."

Spätestens jetzt wusste Jessica, dass sie nicht betrogen wurde. Sie eilte zu ihrem Auto, während sich die Dunkelheit über die Umgebung legte. Als sie losfuhr, bemerkte sie, dass Marcs Auto verschwunden war. Sollte

er doch tun, was er wollte. Es gab Wichtigeres.
Die Idee, einen Abstecher zu ihren Eltern zu machen,
schoss ihr durch den Kopf. Besser nicht in diesem
Zustand. Die zauberhafte Bäckerei stach sofort ins Auge.
Sie konnte nicht vorbeifahren. Hinter der Glastheke stand
Betty, deren herzliche Art ihr gefiel. Sie strahlte eine
Gelassenheit aus, die auf ein harmonisches Leben
hindeutete. Das weckte in Jessica die Sehnsucht nach
diesem Zustand.

„Drei Puddingstückchen, ein Backhausbrot und das große
Stück Bienenstich." Damit käme sie ein paar Tage über
die Runden. Der Duft von Vanille stieg ihr in die Nase. Der
Hunger meldete sich und kaum saß sie hinter dem
Lenkrad, verschlang sie das erste Stück in großen Bissen.
Diese Bäckerei hatte etwas Verzauberndes, fast
Überirdisches. Die handgemachten Backwaren in den
Regalen schienen eine eigene Kraft auszustrahlen, als
könnten sie mit einem Bissen das Leben verändern. Allein
der Duft war wie eine warme Umarmung für die Seele, ein
Heilmittel, das selbst die tiefsten Schatten vertreiben
konnte. Fast möchte man vorschlagen, diese
Köstlichkeiten als Therapie gegen schwerste Depressionen
zu verschreiben - die Pharmaindustrie hätte viel zu
verlieren.

Adamea saß reglos auf ihrem Stuhl. Das war ihr noch nie
passiert. Warum antwortete der Angerufene nicht?
Verstorbene hofften, dass ihre Angehörigen den Weg zu
ihnen fanden. In diesem Fall blieb alles still. Ein Umstand,
den sie sich nicht erklären konnte.

27

Jessica konnte das verfluchte Telefon nicht überhören. Es war ihre Mutter, von der sie wusste, dass sie innerhalb der nächsten Stunde wieder anrufen würde.

„Hallo Jess, wie geht es meiner Kleinen?"

Sie klang seltsam. Unnatürliche Fröhlichkeit und eine unterschwellige Drohung schwangen mit. Jessica wusste, dass sich hinter den flauschigen Worten etwas Unangenehmes verbarg.

„Tja, was soll ich sagen? Der Alltag holt mich ein", antwortete sie mit einem Anflug von Desinteresse. „Ich habe gerade einen Kuchen gebacken."

Um ihre Gefühle nicht zu offenbaren, spielte sie ihrer Mutter Routine vor.

„Dann habe ich geputzt und jetzt sitze ich vor dem Fernseher."

Tatsächlich hatte sie seit Wochen keinen Blick mehr auf den Bildschirm geworfen und nichts in den Ofen geschoben. Ihre Mutter musste sie nicht die Wahrheit erzählen. Jessica log, um vor ihr zu schützen. Sie spürte den Stich der Unehrlichkeit und den bitteren Geschmack der Lüge. Aber ihr blieb keine Wahl. Sie befand sich in einem Netz aus Täuschungen. Um ihre Welt im Gleichgewicht zu halten.

„Frau Gerst hat mich angerufen."

Es ging also um ihr Verhalten gegenüber dem Arbeitgeber.

„Sie hat sich nach dir erkundigt und sich Sorgen gemacht. Du wärst nicht erreichbar."

Jessica kochte, was dachte sich ihre Chefin dabei? Sie machte sich höchstens Sorgen um ihre Abrechnungen. Es fiel ihr schwer, die aufsteigende Wut zu unterdrücken. Sie zwang sich, ihren Frust mit erhobener Stimme zu überspielen, was ihr nicht gelang.

„Entschuldige bitte, aber liegt ihr nicht meine Krankmeldung vor? Was gibt ihr das Recht, so weit zu gehen? Also, Mama, das ist doch die Höhe."

„Langsam, langsam". ihre Mutter vermied jeden Vorwurf, denn sie kannte ihre Tochter. Das Gespräch sollte nicht gleich zu Ende sein. Silke Keller wollte wissen, woher die Unstimmigkeiten ihrer Tochter kamen. Vorsichtiges Herantasten war angesagt.

„Sie war sehr höflich. Du wärst eine erstklassige Mitarbeiterin, hat sie mir versichert. Die Patienten fragen nach dir.

Damit hatte Jessica nicht gerechnet. Ihre Chefin nannte sie erstklassig? Ihr blieb nichts anderes übrig, als ihrer Mutter etwas Beruhigendes zu präsentieren.

„Ich werde ab Montag wieder arbeiten."

„Na also, das ist eine gute Idee. Du wirst sehen, es hilft. Ben hätte nicht gewollt, dass du dich zu Hause verkriechst."

Jessica rang mit ihrer Fassung. Was wusste ihre Mutter schon von Bens Gefühlen? Er teilte sie nur mit ihr. Er nahm diese Worte nie in den Mund. Ihre Mutter zitierte ihn unverblümt. Das wahre Ausmaß konnte sie nicht erfassen. Wie sollte sie auch? Jessica wollte das Gespräch beenden.

„Grüß Papa von mir."

„Ach ja, der zimmert mir im Garten ein Hochbeet. Wird toll, musst es dir mal ansehen."

„Ja. Mach ich."

„Also dann tschüs, Küsschen."

„Ja, danke."

Jessica hielt den Hörer von sich. Ein Küsschen war das Letzte, was sie von ihrer Mutter wollte. Die Reisetasche stand noch unausgepackt vor der Garderobe. Obwohl sie schon über eine Woche zu Hause war. Beim nächsten Kontakt musste sie Ben fragen. Warum er ihr keine E-Mail ins Krankenhaus geschickt hatte? Es schien, als ahnte er, dass sie keine Mails öffnen konnte. Oder konnte er sie auf geheimnisvolle Weise wahrnehmen?

Sie schlüpfte in ihre Jogginghose, stellte den Laptop auf den Couchtisch und wartete. Der Backofen piepte. Die Pizza meldete sich. Ihr Favorit war: Ananas, Sardellen, Knoblauch, Salami, Zwiebeln, Paprika. Dazu ein Potpourri aus Käseresten. Marc nannte diese Kreation scherzhaft „Biotonne".

Wo steckte er eigentlich? Schwer erreichbar und weit weg. Jessica schob den Teller hinter ihren Laptop.

Eine neue E-Mail von Ben lag im Postfach.

„Wir sind angekommen."

Was sollte das bedeuten? Jessica tippte mit fettigen Fingern ein Fragezeichen.

„Im Garten Eden", schrieb er, „blühen tausend Blumen und alles, was unsere Träume beherbergen."

Jessica erinnerte sich an ein Bild in ihrer Kinderbibel. So stellte sie sich das Paradies vor. Der Krankenhausaufenthalt spielte keine Rolle mehr. Endlich hatte sie wieder Kontakt und fühlte sich befreit.

„Ich war bei einer Frau in Bellnhausen, einem Medium. Sie hat versucht, mit dir zu kommunizieren."

„Hast du jemandem davon erzählt?", fragte Ben.

„Nein. Nicht einmal die Frau wusste von meinem Kontakt mit dir."

Bens Antwort kam unerwartet schnell.

„Ich habe es gespürt. aber mich dagegen entschieden. Wir sollten für uns behalten, was wir haben. Ich will nur mit dir reden. Nicht mit einem anderen Menschen. Unsere Verbindung ist jenseits ihres Verständnisses."

Sie spürte Erleichterung.

„Warum hast du das getan?"

„Ich habe sie im Krankenhaus kennengelernt, und ich ..."

Sie wusste nicht, was sie schreiben sollte.

„Schließ die Augen und berühre den Bildschirm!", befahl Ben.

Jessica fühlte die Wärme auf ihrer Haut. Ein elektrisierendes Kribbeln lief durch ihre Fingerspitzen. Sie spürte, wie Bens Hand langsam aus dem Bildschirm kam. Er schob ihre sanft nach vorne. Eine Rose schlängelte sich um sein Handgelenk und schlang sich auch um ihres. Die Dornen stachen nicht.

„Oh, mein Gott", dachte sie.

„Ben, komm zurück", flehte Jessica laut. Das Geheimnis der Erscheinung offenbarte sich ihr im ganzen Ausmaß. Ein Hauch von etwas Unheimlichem und Unerklärlichem lag plötzlich in der Luft. Es gab kein Oben und Unter mehr. Sie schwebte im Raum. Das Läuten der Türglocke unterbrach abrupt ihre Vision und holte sie unsanft in die Realität zurück. Ihr Kopf schnellte nach hinten, ihre Halswirbelsäule knackte.

„Nein!" Ihr Schrei, der nicht von dieser Welt zu sein schien, erschütterte die Stille.

„Ich habe schon dreimal geklingelt. Hast du es nicht gehört?" Marc sah sie vorwurfsvoll an.

„Ich hatte eine Vision", erklärte Jessica mit verklärtem Gesichtsausdruck.

„Du hattest was?"

Marc drängte sich an ihr vorbei in die Wohnung. Er schloss die Tür. Das Treppenhaus war nicht der richtige Ort für eine Diskussion über dieses Thema.

„Ben hat durch den Computerbildschirm meine Hand berührt. Ein Dornenarmband mit Rosen schlang sich um sein und mein Handgelenk. Die digitale Welt wurde zur Realität."

„Hast du das gesehen?"

„Ja, mit geschlossenen Augen."

Marc wollte nicht weitersprechen. Es schien sinnlos, Jessica zur Vernunft bringen zu wollen. Ihre Pizza war mittlerweile zu einem wenig einladenden Anblick verkommen.

„Wie geht es Ben?" Marc fragte, als wäre er im Urlaub. Sein unbekümmerter Tonfall sollte über den Ernst der Lage hinwegtäuschen.

„Hast du vergessen, dass er tot ist?", entfuhr es Jessica. Sie reagierte entsetzt auf Marcs beiläufigen Ton.

„Ja, das weiß ich. Aber schau, ich habe Verpflichtungen. Mein Leben geht weiter. Ich muss meinen Lebensunterhalt verdienen, meine Wohnung bezahlen. Und noch vieles mehr."

Diese Worte trafen Jessica wie ein Schlag. Sie verstand seine Nöte nicht. Es kam ihr vor, als seien sie Galaxien voneinander entfernt.

„Es geht ihm gut, er ist im Garten Eden", antwortete sie verärgert.

„Mein Gott, Jess, das ist wunderbar. Ich wollte heute Abend bei dir bleiben. Ist das in Ordnung?"

„Natürlich, aber seit wann fragst du um Erlaubnis?"

Sie wollte ihn nicht mit Vorwürfen überhäufen. Schließlich

nahm er sich Zeit für sie. Denn nur er kannte ihr Geheimnis.

Sie brauchte dringend Ablenkung. Jessica wärmte die Pizza in der Mikrowelle auf. Dass sie danach aussah wie ein Putzlappen, war ihr egal. Marc verneinte.

„Danke, aber ich habe schon gegessen. Ich möchte mit Ben Kontakt aufnehmen."

Jessica nickte. „Du musst auf ihn warten."

Marc nahm einen Bissen und kaute wie auf Kaugummi.

„Also hierbei muss man schon sehr hungrig sein", bemerkte er schmunzelnd.

Wie aus dem Nichts erschien eine Mail von Ben im Postfach.

„Marc ist da?"

„Mein Freund. Mein Herz empfängt deine Wellen", antwortete Benjamin.

„Wo bist du?", fragte Marc.

Jessica schluckte gedankenverloren die Stücke. Selbst eine Beilage aus Sauerkraut und Vanillepudding wäre ihr nicht aufgefallen.

„Es ist wunderschön. Alles Grün und Wiesen, so weit das Auge reicht, unterbrochen nur von vereinzelten, blühenden Bäumen, deren Kronen in den Himmel wachsen."

Jessica schluchzte. Diesen Ort hätte sie glattweg mit der Wohnung in Gießen getauscht.

„Bist du allein?", tippte sie.

„Nein. Alle, die ich liebe, sind hier. Nur die, die in den Abgrund gefallen sind, fehlen."

„In den Abgrund?"

„Ja, verschwunden für ewig"

Ein kalter Schauer lief ihr über den Rücken. Sie ahnte, was

er meinte. Marc nahm all seinen Mut zusammen.

„So jetzt wird es interessant", murmelte er. Er beugte sich vor. Bevor er seine Finger über die Tasten tanzen ließ, streckte er sie aus. Dabei knackten die Gelenke.

„Albert Einstein?" Schrieb er.

„Bist du jetzt verrückt? Was soll diese Frage?", entfuhr es Jessica.

„Er ist da", antwortete Ben sofort.

„Was sagt er?" drängte Marc ungebremst.

„Die Welt wird nicht bedroht von den Menschen, die böse sind, sondern von denen, die das Böse zulassen."

Marc lass gebannt die Zeilen. Er hatte Zugang zum Wissen eines Weltgenies. Welche Frage sollte er stellen? Wie Jessica überkam auch ihn ein Gefühl der Orientierungslosigkeit.

Sie zog den Laptopunsanft zu sich.

„Ich bin's wieder", tippte sie.

„Hallo", antwortete Ben.

„Gibt es ein Mittel gegen Alzheimer?"

Marc saß regungslos neben ihr.

Sie dachte an ihre Oma.

„Deine Frage ist auch nicht besser", meinte Marc.

„Ich habe eine Nachricht", schrieb Ben, „von deiner Oma und Alois Alzheimer ist auch anwesend."

„Nein, nein, das durfte einfach nicht wahr sein." Jessica schloss die Augen und atmete flach und hektisch.

Vor ihrem inneren Auge entstand eine surreale Szene.

„Was sagen sie?"

„Narzissen."

„Narzissen?" Jessica konnte sich keinen Reim darauf machen.

„Narzissenextrakt könnte helfen, das Fortschreiten der

Krankheit aufzuhalten - das behauptet jedenfalls deine Oma."

Eine Welle der Freude stieg in Jessica auf, auch wenn ein Hauch von Zweifel in ihr schwebte.

„KEIN SUCHEN", zeigte sich auf dem Bildschirm.

„Was soll ich nicht suchen?"

Ben antwortete nicht immer in verständlichen Sätzen.

„Keine Suche nach Oliwa, keine Beweise."

Sie drehte den Bildschirm so, dass Marc lesen konnte, was darauf stand.

„Lies das. Ich kann es nicht glauben."

Jessica fixierte die Worte. Sie strich sich die Haare aus dem Gesicht. Das Fett an ihren Händen hinterließ einen glänzenden Film auf ihren Wangen.

„Die Frau kann nicht zur Rechenschaft gezogen werden?" Jessica sah Marc fragend an.

„Es gibt keine Beweise. Deine Oma ist verbrannt worden. Wie willst du das der Polizei erklären? Indem Du mit dem Jenseits kommunizierst? Jess, das ist Wahnsinn."

„Wir haben Wissen, aber was erreichen wir damit? Offensichtlich nicht viel."

„Bist Du Dir der Tragweite bewusst?"

„Wir dürfen niemals darüber sprechen. Niemals." Marcs Worte drückten seine Verzweiflung aus. „Stell dir vor. Wir wären in absoluter Lebensgefahr."

Seine Worte hingen wie ein Damoklesschwert in der Luft. Jessica wurde zum ersten Mal mit der harten Realität konfrontiert. Marc bediente die Tastatur wie in Trance. Die Tasten glänzten vom Fett wie eine glasierte Torte. Ihn kümmerte das nicht im Geringsten. Das Gespräch zählte für ihn mehr als alles andere.

„Nazca", gab er ein und drückte entschlossen die Return-

Taste.

„Was ist Nazca?", fragte Jessica erstaunt.

„Du hast noch nie von den Nazca-Linien gehört? Eines der größten Rätsel der Menschheitsgeschichte! Riesige Zeichnungen in der peruanischen Wüste. Über zweitausend Jahre alt. Nur aus der Luft zu erkennen. Schau genau hin! Dieses Rätsel wird jetzt gelöst."

Er wollte Jessica zeigen, dass er seine Sinne unter Kontrolle hatte. Ein Fehler wie vor einer Viertelstunde durfte kein zweites Mal passieren.

„Heute willst du es aber wissen."

Jessica sah ein, dass es sinnlos war, ihn zur Vernunft zu bringen. Das wahrscheinlichste Ergebnis wäre ohnehin nur ein heftiger Streit.

Beide starrten auf den Bildschirm. Es kam keine Antwort.

Marc war zutiefst enttäuscht.

Etwas tief in ihrem Innern hinderte sie daran, ihm von Adamea zu erzählen oder zu erwähnen, dass sie sein Auto in Bellnhausen gesehen hatte.

IV Forschungsgefährten

28

Jessica legte zögernd die Hand auf die Türklinke, bevor sie eintrat. Der Geruch von Gummi, Schweiß und Körperlotion durchdrang die Luft. Ein Moment der Klarheit, der ihr zeigte, dass sie die richtige Entscheidung getroffen hatte, in den Arbeitsalltag zurückzukehren. Sie durfte den Bezug zur Gegenwart nicht verlieren. Endlos vor dem Computer zu sitzen und gebannt hineinzustarren. Das würde sie um den Verstand bringen. Sie kannte jetzt die Grenze zwischen dem Diesseits und dem Jenseits. Eine gefährliche Trennung, die sich in ihr Bewusstsein einbrannte. Ben befand sich an einem Ort, von dem es keine Wiederkehr gab. Marc hatte Recht. So sehr sie sich nach ihm sehnte. So laut hörte sie eine Stimme, die ihr sagte, dass es kein Zurück gab.

Ungewissheit und Angst durchdrangen ihre Gedanken. Wie lange würde diese Verbindung halten? Jessicas äußeres Erscheinungsbild trat in den Hintergrund. Ihr Gewicht entzog sich ihrer Kenntnis. Die Waage unter ihrem Bett verstaubte. Ihr Zustand war entsetzlich. Hervortretende Schulterknochen und glanzloses Haar sprachen ihre eigene Sprache. Schwarze Ringe unter den Augen und abgeknabberte Fingernägel taten ihr Übriges. All das nahm sie nicht wahr. Wichtigeres hielt ihre Innenleben besetzt.

„Herein", rief ihre Chefin.

Sie hielt inne, als sie Jessicas Zustand sah. Es wäre unangebracht gewesen, sie darauf anzusprechen.

„Guten Morgen, Jessica, schön, dass du da bist."

„Ich glaube, ich kann wieder arbeiten."

Mona Gerst nickte.

„Das ist gut. Ich kann mir vorstellen, wie es in dir aussieht. Wenn es Probleme gibt, komm zu mir!"

Für einen Moment hielten die beiden Frauen inne.

„Ich erstelle gerade die Pläne. Heute hast du nicht das volle Programm. Ich habe für dich Leinweber, Schlegel, Felbing und Marlie vorgesehen. Ist das okay?"

Als Jessica den Namen Felbing hörte, breitete sich ein Lächeln auf ihrem Gesicht aus. Etwas Besseres konnte es für sie nicht geben.

„Na, wenn du dich schon auf die Arbeit freust, ist das doch ein gutes Zeichen", erwiderte Mona Gerst. Es blieb schwer, Fachkräfte zu bekommen. Der Arbeitsmarkt veränderte sich immer mehr. Man musste den Leuten etwas bieten. Vorwürfe gehörten der Vergangenheit an.

„Und wenn du Fragen hast. Du weißt, wo mein Büro ist! Wir sind froh, dass du da bist."

Die aufmunternden Worte taten gut. Jessica sah auf ihre Hose. Sie rutschte. Kurzerhand griff sie sich ein paar Sicherheitsnadeln aus der Wandapotheke, das musste fürs Erste reichen. Bei ihrem Schopf benötigte sie keine Haargummis. Sie steckte ihre Armbanduhr ein und machte sich auf den Weg. Gesund mit Freude. Ein neues Therapiezentrum im Ebsdorfergrund, einer Nachbargemeinde von Fronhausen. Die modernen Räume ermöglichten es den Physiotherapeuten, auf höchstem Niveau zu arbeiten. Jessica atmete tief durch und spürte ihre Berufung. Auch wenn die Welt eine andere geworden war. Es gab keine Worte, um diesen Zustand zu beschreiben. Bens Wohnung glich einem Fuchsbau und sie hatte ihn verlassen.

„Mensch Jess, toll dich zu sehen!", rief einer der Kollegen aus dem Fitnessstudio.

„Schön, dass du da bist!"

„Ich glaube, ich sehe nicht richtig. Die Sonne geht auf." Die Kollegen erwiesen sich als Geschenk des Himmels. Elfriede Schneider, eine ältere Dame mit zwei künstlichen Hüften, strahlte.

„Schauen Sie, was ich kann", rief sie fröhlich. Es schien, als wolle sie Jessica mit ihren Fortschritten aufmuntern. Ohne Krücken stand sie auf und ging ein paar Schritte.

„Wunderbar machen Sie so weiter", ermutigte Jessica sie. Sie mochte die alte Dame. Sie erinnerte sie an ihre Großmutter.

Ihr Kollege Holger reichte ihr ein belegtes Brötchen. Erst jetzt bemerkte sie, dass sie kein Essen dabei hatte. Der Hunger meldete sich, und nach langer Zeit verschlang sie wieder eine Mahlzeit. Sie spürte die Energie. Keiner ihrer Kollegen verlor ein Wort über ihr Aussehen. Alle wussten, wie schwer es war, einen geliebten Menschen zu verlieren. Und was Trauer bewirken konnte.

„Wunder sind leise wie die Sterne. Das gibt es doch nicht. Meine Lieblingstherapeutin ist wieder da. Da geht es mir gleich besser."

Das brachte das Fass zum Überlaufen. Jessica schaffte es nicht, ihre Gefühle zu unterdrücken. Sie versuchte, Haltung zu bewahren, vergeblich. Ihre Tränen durchnässten die Untersuchungsliege.

„Na, na, na, was ist denn los, das wollte ich nicht." Rolf Felbing konnte nicht ahnen, welche Wirkung seine Worte hatten. Jessica setzte sich neben ihn.

„Ich muss mich wieder in den Arbeitsalltag einfinden."

„Ja, okay, kein Problem. Wir können auch nur reden."

Sie wischte sich die Tränen von den Wangen und lächelte.
Ein solches Angebot hatte ihr noch kein Patient gemacht.
„Aber Ihr Rücken fordert seinen Tribut."
Sie forderte ihn auf, die üblichen Verrenkungen zu
machen. Durch die sitzende Tätigkeit hatte sich seine
Muskulatur verhärtet.
„Ich sage meinen Studenten: 'Lerne aus der
Vergangenheit. Aber mach sie nicht zu deinem Leben'.
Die Gegenwart ist das Wichtigste. Wir sollten den
Moment erfassen.
„Hatten Sie nie das Gefühl, dass die Vergangenheit
wichtiger ist?" Jessica sah ihn an.
Rolf Felbing hielt die Luft an.
„Bitte weiteratmen", ermahnte sie ihn. Sobald ein Patient
während der Behandlung zu viel nachdachte, geriet der
Ablauf durcheinander. Das führte zu einem
Bewegungschaos.
„Wir machen fünf Minuten Entspannung." Jessica wollte
Rolf Felbing trainieren, sich trotz des Gesprächs auf seinen
Körper zu konzentrieren.
„Durch die Nase ein und durch den Mund ausatmen. Und
noch mal."
Er gehorchte.
„Nur das Hier und Jetzt soll wichtig sein?" Jessica blieb
hartnäckig.
„Weitermachen! Ja, dafür sind wir geschaffen, alles
andere ist verwirrend."
„Und die Vergangenheit, warum haben wir dann die
Fähigkeit, uns zu erinnern?"
„Die Vergangenheit ist eine Tür, die wir nicht öffnen
können. Die Zukunft ist eine verschlossene Tür.
Konzentriere dich auf das, was vor dir liegt. Die

Gegenwart – das ist der Weg, der beschritten werden muss."

Rolf Felbing spürte, dass sie mehr wissen wollte.

„Was wäre, wenn sich das Gesetz ändern würde? Wenn es etwas gibt, dass noch nie ein Mensch erlebt hat?"

Jessica erkannte in Dr. Felbing die Fähigkeit, über den Horizont hinaus zu denken. Er setzte sich. Mit über dreißig Jahren Lehrerfahrung hatte er die Fähigkeit entwickelt, die Absichten seiner Schüler mit einem Blick zu erfassen. Seine Überzeugung: Es gab nichts, was nicht sein konnte.

„Was genau meinen Sie?", fragte er und sah Jessica an.

„Nun, wie soll ich es erklären?", stammelte sie.

„Wenn etwas passiert wäre, etwas ..."

„Ja?"

Ein Klopfen unterbrach das Gespräch. Holger spähte durch den Türspalt.

„Ich brauche zwei Fastienbälle. Die sind bei dir im Schrank. Entschuldige die Störung."

Rolf Felbing ließ sich nicht beirren. Er meinte zu wissen, dass sie ein Geheimnis barg, das seine Neugier weckte.

„Was ist los?"

Jessica sah auf die Uhr.

„Wir haben noch fünf Minuten. Sie haben ein Recht auf Ihre Übungen."

„Die sind jetzt unwichtig. Was ist passiert?"

Entschlossenheit lag in seiner Stimme. Jessica dachte an die Abmachung, die sie mit Marc getroffen hatte. Sie konnte ihn nicht verraten. Auch wenn seine Zurückhaltung ihr wenig half. Ihr Blick wanderte von einer Wand zur anderen. Sie zögerte.

„Es ist ... ich weiß nicht genau." Die Unsicherheit stand ihr ins Gesicht geschrieben.

„Sie können sich mir anvertrauen. Ich verspreche Ihnen, dass ich schweigen werde."

Jessica konnte ihre Gefühle nicht länger unterdrücken, und Rolf Felbing war sicher der verschwiegenste Mensch, den sie je getroffen hatte. Das fühlte sie.

„Ich habe Kontakt zu meinem Freund", gestand sie.

„Aber ist er nicht tot?"

„Ja."

Er schluckte.

„Und wie sieht der Kontakt aus?"

Rolf Felbing geriet ins Wanken. Konfrontierte ihn hier eine neurotische Trauernde oder geschah hier etwas Unerklärliches?

„Nun, es gibt Dinge, die ich nicht wirklich wissen kann", antwortete Jessica.

„Was sind das für Dinge?", fragte Rolf Felbing.

Die Stunde neigte sich dem Ende zu. Jessica musste das Zimmer für den nächsten Patienten vorbereiten.

„Bitte kein Wort zu irgendjemandem", flehte sie.

„Sie können sich auf mich verlassen."

Rolf Felbing rollte sein Handtuch zusammen. Er spürte, dass er behutsam vorgehen musste.

„Wir reden das nächste Mal", sagte er und schenkte ihr ein warmes Lächeln.

Jessica fühlte sich trotz ihrer Angst befreit. Sie teilte jemandem mit, was sie mit sich herumschleppte. Eine tonnenschwere Last wurde von ihr genommen. Marc segelte auf anderen Schiffen. Er brauchte nicht zu wissen, dass es einen Dritten gab.

Rolf Felbing blieb einen Moment in seinem Auto sitzen. Was braute sich da zusammen? Er musste der Wahrheit auf den Grund gehen. Jessica kam ihm nicht wie eine

Betrügerin oder eine Angeberin vor. Da war etwas, das über alles hinausging. Etwas, auf das er sein ganzes Leben gewartet hatte.

29

„Das hätten wir alle nicht gedacht. Wirklich beeindruckend, wie du das Projekt durchziehst." Jan Gellert nippte an seinem Cappuccino.

„Ben fehlt uns an allen Ecken und Enden. Erst wenn jemand weg ist, merkt man, was er geleistet hat." Marc nickte. „Du sagst es."

„Wie lange kanntet ihr euch?"

„Schon vor dem Studium." Marc fragte sich, wann sein Kollege wohl die Katze aus dem Sack lassen würde. Er hatte ihn noch nie in einem Café getroffen. Jan Gellert schabte den Milchschaum von der Kaffeeoberfläche.

„Du weist ja, in fünf Wochen ist Schluss. Für dich ein bisschen länger. Das wissen wir alle, und ehrlich gesagt, manche sind fassungslos. So wie der Klingmeyer dir den Job von Ben gegeben hat, dachten wir, der hat nicht alle Tassen im Schrank. Versteh mich nicht falsch. Ich gönne aber bei allem Respekt, das hätte sich keiner von uns zugetraut. Ben war ein Ass auf seinem Gebiet. Wie er Kreativität in den Computer transferierte, alle Achtung. Aber hast du dir überlegt, was danach kommt?"

Marcs Geduld begann zu schwinden. „Worauf willst du hinaus?"

„Hör zu. Tom, Fred und ich steigen bei einer Firma in Frankfurt ein. Solide finanzielle Basis, TOP Aufträge mit Auslandseinsätzen. Ich sage nur Kapstadt und Fernost. Mit deinen Fähigkeiten wärst du genau der Richtige. Ich hab da bei meinem zukünftigen Chef was angedeutet. IT und Grafik auf höchstem Niveau. Du verdoppelst quasi dein Gehalt."

Marc spürte, wie sich ihm fast der Magen umdrehte. Frankfurt - eine der hektischsten Städte Deutschlands. Eine Mischung aus Möchtegern-Managern, Schlips-Aficionados und vornehm posierenden Bürodamen - ein Hexenkessel der Eitelkeiten.

„Mensch, das ist doch nur ein Katzensprung von Heuchelheim. Die Firma liegt am Europagarten, Parkplätze inklusive."

Jan Geller bemühte sich, ihm das Unternehmen mit dem Enthusiasmus eines Staubsaugervertreters schmackhaft zu machen.

Marc kannte die Staus auf der A5 Richtung Frankfurt. Die abgestandene Luft, gepaart mit der Geschäftigkeit der Metropole und den pompösen Gebärden der Bankenbonzen, die ihm wie Affentheater vorkamen.

„Ich werde Bens Projekt zu Ende führen", antwortete er. Die Provision erwähnte er nicht, da er mit seinem Vorgesetzten Stillschweigen vereinbart hatte.

„Wirf es ihm vor die Füße. Er soll sehen, wie er damit zurechtkommt. Denk an seine Loyalität. Hast du die Sache in Staufenberg vergessen?"

Marc erinnerte sich an die angebliche Weiterbildungswoche, die sein Chef großspurig als „Meet and Greet" inszeniert hatte. Ein hochtrabender Name für eine schmutzige Täuschung. Später stellte sich heraus, dass es nur darum ging, herauszufinden, welches „Äffchen" am besten tanzte – und wer am meisten aneckte. Sein engagierter Kollege Jürgen Flemming fiel dabei durch das Raster. „Bei der Firma ist nichts mehr zu holen", kommentierte Lars Klingmeyer trocken. Vier Wochen später wurde auch er entlassen.

Marc überlegte. Wenn er auch mit ihm ...? Das konnte

nicht sein. Deutschlands größte Supermarktkette, die den Auftrag finanziert hatte, meldete nie Insolvenz an. Seine Stärke war die Informatik. Nur für dieses eine Projekt überschritt er seine Grenzen.

„Du, das ist nicht mein Ding."

Fassungslos blickte Jan Gellert seinen Kollegen an. Wie konnte er bei solchen Konditionen ablehnen? Es kam einem Akt der Selbstzerstörung gleich.

„Das kann doch nicht dein Ernst sein. Hast du ein besseres Angebot?"

Marc schüttelte den Kopf.

„Erklär mir, warum? Willst du noch mehr Geld verdienen?"

„Jan versteh doch. Das ist nicht mein Metier. Ich muss mich neu orientieren. Vielleicht will ich nicht mehr in der IT-Branche arbeiten." Ein anderes Argument fiel ihm nicht ein.

„Das glaube ich nicht. Du als Top-Performer willst aufgeben? Willst du dich in ein orangefarbenes Gewand hüllen? Eine Holzkette umhängen und mit Jesuslatschen betteln gehen?"

Warum nicht?" Marc lutschte an seiner Zitronenscheibe.

„Sei doch vernünftig! Wer weiß, ob du noch mal so eine Chance bekommst." Jan rieb sich die Stirn. Wie sollte er Marc überzeugen? Er erzählte seinem potenziellen Vorgesetzten schon von ihm. Sollte sich das als unbegründet

herausstellen, wäre er in einer unangenehmen Situation.

„Wie stellst Du Dir die Zukunft vor? Irgendwann gehörst Du zum alten Eisen. Willst Du Dich dann von einem Wichtigtuer herumkommandieren lassen?"

Marc atmete tief durch: „Wie viele Leben hast Du? Eins,

da gibst Du mir doch recht? Sollte man sich nicht fragen, was man will? Wohin die Reise gehen soll? Ist die Jagd nach Geld alles oder liegt der Sinn woanders?"

Jan Gellert entgegnete: „Ich kann es Dir sagen. Ich möchte mein eigener Herr sein. Ich will in meinen eigenen vier Wänden sitzen, ohne dass mir jemand auf dem Kopf herumtrampelt, meinen Schlaf stört und meinen Balkon mit Zigarettenrauch einnebelt. Ich will nicht, dass meine Frau mit vierzig aussieht wie eine vergessene Orange unterm Weihnachtsbaum. Weil sie mitverdienen musste. Ich habe Ansprüche an das Leben.

„Ich auch, aber die sind anders als deine."

„Okay, ich verstehe, ich will keinen Streit mit dir. Aber es ist für mich unbegreiflich, was du tust."

Jan Gellert kämpfte wie ein Löwe, musste aber kapitulieren. Für seine Vermittlung stand ihm eine beträchtliche Provision zu, die er verschwieg. Marc wollte vor seinem Arbeitskollegen keinen Seelenstriptease aufführen. Er tat, was getan werden musste.

„Ich verstehe dich. Und ich finde es lobenswert, dass du so uneigennützig an mich denkst. Ich hoffe, wir können uns ohne Streit verabschieden."

Jan nickte versöhnlich. Er beruhigte sich.

„Es waren gute Jahre. Aber wenn ein Wokkapitalist einen Betrieb aufkauft, ist es vorbei. Das beobachte ich schon eine ganze Weile. Bist du noch mit Bens Freundin zusammen?"

Marc schoss das Blut in den Kopf? „Ja, ab und zu."

„Wie geht es ihr?"

„Sie trauert. Aber es muss weitergehen. Sie arbeitet wieder als Krankengymnastin.

„Ist ein hübsches Mäuschen. Von der würde ich mir gern

mal die Muskeln bearbeiten lassen", stellte Jan mit einem verschmitzten Lächeln fest.

„Ich rate dir: Lass die Finger von ihr."

„Ach du meine Güte. Hast du ein Auge auf sie geworfen?" Marc zog sein Portemonnaie aus der Tasche.

„Lass nur, ich zahle. Dann kannst du dir die Sache noch mal überlegen. Bis morgen."

Ehe Marc sich versah, hatte er das Café verlassen. Mit einem beherzten Sprung in seinen offenen Porsche raste er davon. Das Dasein schien auf unerklärliche Weise komplizierter geworden zu sein. Marc erinnerte sich an die Radtour vor einem Monat. Die Unbeschwertheit dieses Sonntagnachmittags kam ihm wieder in den Sinn. Sogar der grimmige Schlossherr erschien ihm sympathisch. Er dachte an die Falten auf seiner Stirn. Während sie wie verängstigte Kinder davonradelten. Konnte man an diesem Punkt die Zeit nicht zurückkehren? Zeit ist relativ, hat Einstein gesagt. Marc hielt inne. Beim Hinausgehen blieb sein Blick an einer Ausgabe der *Gießener Allgemeinen* hängen. Das durfte nicht wahr sein. Maul- und Klauenseuche auf Gut Friedelhausen. Er überflog den Artikel. Ein grausamer Befehl war ergangen: Alle Schafe wurden geschlachtet. Man wusste nicht, wo die tödliche Seuche ausgebrochen war. Im Umkreis von zwei Kilometern wurde ein Weideverbot verhängt. Das Veterinäramt in Gießen rätselte. Woher kam der Erreger und wie konnte er sich so schnell ausbreiten? Marc erinnerte sich an das tote Schaf. Ein Viruspartikel genügte, um weitere Tiere zu infizieren. Erkrankte Tiere mussten sofort verbrannt oder isoliert werden. Der Artikel betonte, dass das Virus nicht auf den Menschen übertragbar sei. Marc merkte nicht, dass er einem Mann den Weg versperrte.

„Verdammt, kauf die Zeitung", murmelte er mürrisch. Sollte er den Vorfall der Polizei melden? Lieber nicht. Er hatte schon genug am Hals.

30

„Das ist ja eine Überraschung", entfuhr es Renate Stein.
Freude und Erstaunen mischten sich in ihrer Stimme.
Jessica blieb in der Tür des Großraumbüros stehen. Sie
staunte nicht schlecht. Die Schreibtische verwaist, die
Bürostühle in die Ecke geschoben. Sie wusste, dass die
Schließung der Filiale unmittelbar bevorstand. Aber
warum arbeiteten Marc und die Sekretärin noch so eifrig?
Bens Arbeitsplatz samt Computer gab es nicht mehr. Vor
den Fenstern stapelten sich Umzugskartons. Fast wäre sie
über ein Telefonkabel gestolpert.
Marc sprang auf: „Jess, was machst du denn hier?" Sein
Blick wanderte zum Eingang, als wollte er nachsehen, ob
noch jemand da war. Die Nervosität war ihm anzusehen.
Jessica wunderte sich. Gab es etwas, das sie nicht wusste?
„Alles in Ordnung", beruhigte sie ihn, „dein Chef hat mich
gebeten zu kommen."
„Was will er von dir?" Marc bemühte sich ruhig zu
bleiben. Es gelang ihm nicht. Sein Blick richtete sich auf
den Bereich, in dem Lars Klingmeyer saß. Seine
Abwesenheit verstärkte das Gefühl der Unsicherheit.
„Wo sind die anderen?", fragte Jessica.
Renate Stein erhob sich: „Alle haben neue Jobs. Aber
bei dem Fachkräftemangel ist es leicht, eine
Beschäftigung zu finden. Wir sind die letzten Heiligen,
was Marc?" Sie zwinkerte ihm zu, versuchte die Situation
mit einer Prise Humor zu entschärfen. Irgendetwas
stimmte nicht, und das spürte Jessica.
„Mit was beschäftigt ihr euch?" Sie sah sich um.
Marc rollte ihr rasch einen Stuhl heran. „Setz dich", rief

er.

Lars Klingmeyer stürmte herein. Einen Karton unter dem Arm.

„Tut mir leid, Frau Keller", entschuldigte er sich und reichte ihn ihr.

„Im Lager waren noch ein paar Sachen."

Marc hielt den Atem an. Warum hatte Jessica ihm nichts gesagt? Die Neugier raubte ihm fast die Sinne.

„Danke. Ich sehe mir die Dinge zu Hause an."

Marc entspannte sich. Es war nur das, was Ben von seinem Büro und der Teeküche übrig gelassen hatte.

„Ich bin überrascht, was ich sehe Herr Klingmeyer." Jessicas Aufmerksamkeit richtete sich auf den leeren Schreibtisch. Hoffentlich hatte sich ihr Chef nicht verplappert.

„Nun, wir werden das Projekt Ihres Lebensgefährten zu Ende bringen. Mit Herrn Hapich haben wir den Richtigen dafür gefunden. Er arbeitet genauso professionell. Wir wussten gar nicht, was für ein Potenzial in ihm steckt." Wieder legte er seine Hand auf Marcs Schulter.

„Ah, ich verstehe", erwiderte Jessica und sah ihn an. In diesem Moment glaubte er, das Kind zu sein, das Ostereier aus dem Nachbargarten gestohlen hatte, kurz bevor die Kinder zur Eiersuche aufbrachen. Schnell legte er die gestohlenen Eier wieder zurück. Spaß hatte es ihm nicht gemacht. Doch diesmal gab es keine Spuren seines „Verbrechens". Keine handfesten Beweise, um Jessica zu erklären, warum er die Arbeit seines Freundes tat. Wie sollte er ihr den Konflikt erklären, in dem er sich befand?

„Herr Goldman fehlt uns an allen Ecken und Enden", sagt Lars Klingmeyer melancholisch, „zum Glück muss er das nicht mehr miterleben. Wir waren ein tolles Team, nicht wahr, Herr Hapich?"

Marc nickte. Warum hatte Marc ihr nicht gesagt, dass er an Bens Entwürfen arbeitete? Daran war nichts Verwerfliches. Sie ergänzten sich immer. Ben, ein Genie auf seinem Gebiet und Marc, ein ausgezeichneter Informatiker. Jessica erinnerte sich an sein Auto in Bellnhausen. Sie wollte die Puzzleteile zusammensetzen und verstehen, warum er sich so verhielt.

Lars Klingmeyer spürte ebenfalls, dass etwas nicht stimmte.

„Ich habe alle persönlichen Sachen Ihres Lebensgefährten eingepackt."

„Das hätte ich auch gemacht", platzte Marc heraus. Sofort ärgerte er sich über seine unbedachte Äußerung.

Renate Stein brachte vier Tassen Kaffee und eine Schale mit Teegebäck. Sie wollte die Stimmung auflockern. Sie spürte, dass jeder mit anderen Erwartungen ins Büro gekommen war. Die Nachmittagssonne tauchte die Umgebung in orangefarbenes Licht. Hier hatte Ben die letzten Tage verbracht. Jessica nippte an ihrer Kaffeetasse und steckte sich einen Keks in den Mund. Dann klemmte sie sich den Karton unter den Arm. Es klapperte. Marc hätte ihn ihr am liebsten entrissen.

„Ruf mich an", rief Jessica ihm zu.

Lars Klingmeyer und Renate Stein verabschiedeten sich mit einem langen Händedruck. Nach den Wirren der Corona-Pandemie war das wieder salonfähig geworden.

Als Jessica das Büro verlassen hatte, wandte sich Lars Klingmeyer an Marc. „Herr Hapich, ich habe es vermieden, Sie mit dieser Aufgabe zu belasten. Sie sollen sich auf Ihre Arbeit konzentrieren können und sich nicht mit unnötigen Dingen belasten. Frau Keller wollte kommen. Sie brauchen sich um nichts Organisatorisches zu kümmern."

Lars Klingmeyer dachte an Jessica. Eine von Schmerz gezeichnete Frau sah anders aus. Und ihr ihr Verhalten? Er konnte es nicht einordnen. Man konnte einem Menschen nur vor den Kopf sehen, nicht dahinter. Er nickte Marc wohlwollend zu. Das Konzept kam gut an. Obwohl das Tempo schneller sein könnte, vermied er es, Druck auszuüben. Marc Hapich war seine letzte Hoffnung. Das Projekt musste um jeden Preis zu Ende gebracht werden. Zu viel Geld stand auf dem Spiel. Die Hoffnung starb zuletzt.

31

„Kannst du mir das erklären?" Marcs Onkel hielt ihm ein Foto unter die Nase. Ein Schauer überfiel ihn, als er das Bild betrachtete. Es verlor jede Farbe. Zwei dunkel gekleidete Personen öffneten die Tür zum Hintereingang des Bestattungsinstituts.

„Sag nicht, dass du das nicht bist." Seine Gesichtszüge und die Leuchtstreifen seines Anoraks waren deutlich zu erkennen. „Das Foto ist vor drei Wochen entstanden." Sein Onkel saß mit verschränkten Armen hinter seinem Schreibtisch. Dagegen wirkte ein Tribunal fast harmlos. „Von wem ist das?", fragte Marc.

„Ist das alles, was du zu sagen hast? Ich will wissen, was los ist. Du hast einen Schlüssel und schleichst dich wie ein Dieb durch die Hintertür? Wer ist die andere Person? Das ist doch eine Frau?"

Marcs Onkel kochte vor Wut. Er vertraute seinem Neffen, und dieser Vertrauensbruch hatte schwerwiegende Folgen. Marc war fassungslos - der nächtlicher Ausflug blieb nicht unbemerkt. Jemand hat sie fotografiert. Es konnte nur diese Schnüfflerin aus dem Nachbarhaus sein. Allen bekannt durch ihre Klatschgeschichten. Mit dem Kissen auf dem Fensterbrett entging ihr nichts. Eine Witwe in den Siebzigern, aber wie sollte sie sich sonst den Tag vertreiben? Doch ihre nächtlichen Spionageaktionen brachten das Fass zum Überlaufen. Ein Monster in Reinkultur. Der Aufnahmewinkel des Fotos entsprach ihrem Platz.

„Das ist die alte Schleicher. Du hast dich schon oft über ihre Neugier geärgert", versuchte Marc sich zu verteidigen.

„Ja, das mag sein. Aber lenk nicht ab. Erkläre mir, was ich auf dem Foto sehe!" Ohne eine Antwort abzuwarten, zog er ein weiteres aus einem Umschlag. „Eine Dreiviertelstunde später ist der Spuk vorbei? Was sehe ich da?"

Marc fühlte sich in die Enge getrieben. Am liebsten hätte er diese Neugierkrake in die Luft gejagt. Er musste sich schnell eine Erklärung einfallen lassen.

„Das war eine Bekannte", stotterte Marc.

„Und was macht ihr 'Bekannten' nachts im Bestattungsinstitut?"

„Äh, na ja ..."

„Antworte mir! Du kannst froh sein, dass die Alte nicht die Polizei gerufen hat. Sie erkannte dich und nahm nur Rücksicht auf mich."

„Soll ich ihr noch dankbar sein?" Rutschte es Marc heraus.

„Du weist, was Störung der Totenruhe bedeutet?" Die Gesichtsfarbe seines Onkels verfärbte sich alarmierend rot. Seine heftige Reaktion überraschte ihn. Er kannte ihn bisher als freundlichen und verständnisvollen Menschen und hätte nicht gedacht, dass er sich so aufregen konnte. Er musste sich rasch etwas einfallen lassen.

„Nun, ich meine, wie soll ich es erklären?"

„Wie es war. Du stehst nicht auf, bis ich die Wahrheit kenne!"

Marcs Onkel trommelte mit den Fingern auf den Tisch. Das Geräusch erinnerte an ein Soldatenheer.

„Maria ist Schriftstellerin. Sie sehnt sich nach dem Nervenkitzel nächtlicher Ereignisse und der Begegnung mit dem Tod. Das ist Teil ihrer Recherche."

„Und was ließ ihre Nerven kitzeln?"
Marc spürte, die feinen Rinnsale des Schweißes. Mit aller
Kraft verbarg er sein Innerstes.
„Wir haben nur geguckt."
Das Gespräch mit seinem Onkel nahm den Charakter eines
Polizeiverhörs an.
„Ich hab nachgesehen. Eine ältere Frau aus Lollar, eine
aus Fernwald und ein junger Mann lagen zu der Zeit im
Kühlraum. Was habt ihr da gemacht?"
„Eigentlich nichts. Sie lies die Situation mit den Särgen
auf sich wirken."
„Und das war alles?"
„Ja."
„Was ist das?" Marcs Onkel hielt ihm eine
Sargflügelmutter unter die Nase. „Ich habe sie in einer
Ecke gefunden und mich gefragt, woher sie kommt."
„Damit habe ich nichts zu tun", erklärte Marc. Er
erinnerte sich, dass ihm eine aus der Hand gerutscht war,
als der Sargdeckel zu Boden fiel.
„Habt ihr Särge geöffnet?"
Er tischte seinem Onkel eine plausible Lüge auf, um sich
aus dessen Fängen zu befreien.
„Nein, wir waren nur eine halbe Stunde drin."
„So, so, und das soll ich dir glauben?"
„Du kennst mich doch. Ich helfe dir schon so lange."
Marc musste auf der Hut sein. Bloß kein falsches Wort.
Sein Onkel zog ein drittes Foto aus der Brusttasche seines
Hemdes.
„Und was hast du zwei Stunden später hier allein
gemacht?"
Marc wurde fast übel. Die Schreckschraube hatte die ganze
Nacht auf der Lauer gelegen.

„Ich habe meinen Hausschlüssel vergessen." Die
dümmste Antwort, die ihm einfiel.
Sein Onkel stand auf, ging um den Schreibtisch herum und
griff ohne Vorwarnung in seine Jackentasche.
„Das ist dein Schlüsselbund. Da hängen alle dran. Sonst
hättest du nicht mit dem Auto wegfahren können. Oder
ist dein Schlüssel so groß, dass du ihn in einem
Stoffbeutel tragen musst? Schau auf das Foto! Er hängt
über deiner Schulter. Den Bären kannst du jemand
anderem aufbinden."
„Es war so, wie ich es gesagt habe."
Marcs Onkel wusste, dass er nichts mehr aus seinem
Neffen herausbekommen würde. Er wollte auch nicht
weiter diskutieren und drehte den Schlüssel des
Bestattungsinstituts vom Schlüsselbund.
„Du kannst helfen, aber ohne Schlüssel. Und wenn du
versuchst, einem Mädchen zu imponieren. Dann bitte
nicht so."
Das ging gründlich schief. Als Marc durch die Hintertür
den Hof betrat, sah er niemanden. Aber er spürte sie. Sie
lauerte hinter dem Vorhang wie eine Spinne in ihrem Netz.
Er zog ihn aus der Tiefe und spukte den grünen Frosch mit
einem Ruck vor ihren Balkon.
Jessica durfte auf keinen Fall etwas von diesem Gespräch
erfahren. Zudem benötigte er nicht mehr die finanzielle
Unterstützung seines Onkels. In Zukunft würde er über
andere Summen verfügen. Er betrat die Licher Straße. Die
Menschen eilten wie getrieben von einem Ort zum
anderen. Sein Dasein verwandelte sich in ein
unentwirrbares Geflecht von Intrigen und Drohungen.
Was bedeutete ihm Freundschaft noch? Fragen umgaben
ihn wie undurchdringliche Nebelwände. Die Zeit drängte

und ließ ihm keine Zeit zum philosophieren. Sein Chef verlangte Ergebnisse, und zwar schnell.

32

Jessica trank einen Schluck aus ihrer Teetasse. Die warme Flüssigkeit benetzt ihre Lippen. Der Wecker hatte noch nicht geklingelt, aber seit einer Stunde lag sie wach im Bett. Am Horizont zeigte sich allmählich ein mattes Licht, das sich über Gießen ausbreitete. Erst um elf Uhr sollte sie im Therapiezentrum sein. Eine kostbare Ruhe lag über dieser Morgenstunde. Sie glaubte zu spüren, dass dieser Tag etwas Besonderes in sich trug.

Sie rieb ihre nackten Füße aneinander, während das Nachthemd ihre Beine streichelte. Im Flur hörte sie das Tapsen von Hundepfoten. Ihre Nachbarin führte ihre Beagles aus. Lola und Luis waren zwei liebenswerte Tiere. Vor ein paar Tagen war sie ihnen im Treppenhaus begegnet. Ihre Welt strahlte eine beneidenswerte Einfachheit aus. Fressen, schlafen, sich dem Tag hingeben. Fast sehnte sie sich danach.

Außer der Telefonrechnung und ein paar Newslettern gab es keine neue Post. Ben schickte seine Nachrichten am liebsten abends. Sie wickelte sich in die Kamelhaardecke und gab sich dem Gefühl seiner Umarmung hin. Sie dachte an sein Gesicht. Die markanten Konturen und die schön geschwungenen Lippen. Die behaarten Arme mit den Lederbändern an den Handgelenken - er trug nie eine Uhr. „Fesseln am Puls" nannte er das. Sein dichtes Haar war kaum zu bändigen. Gerade das zeichnete ihn als einen Mann aus, der allen Stürmen trotzte.

Und eine Glatze? Unwahrscheinlich. Sein Großvater, dem er verblüffend ähnlich sah, trug bis zuletzt volles Haar. Die Liebe zum Sport hatte seinem Körper die richtigen

Proportionen gegeben, und der Familiensinn steckte tief in ihm.

Jessica hielt inne. Sie bereute ihren Scherz zutiefst. Erst jetzt wurde ihr bewusst, was sie ihm angetan hatte. Bens Erscheinung zog das weibliche Geschlecht magisch an. In seiner Gegenwart sehnte sich jede Frau danach, von ihm in den Arm genommen und für immer beschützt zu werden. Jessica bemerkte die E-Mail in ihrem Posteingang nicht. Beinhahe hätte sie den Tee über ihrem Nachthemd verschüttet. Hastig warf sie die Decke beiseite.

„Sei die Sonne, dann brauchst du keine Angst vor der Dunkelheit zu haben", hatte Ben geschrieben.

Er meldete sich zu einem ungewöhnlichen Zeitpunkt. Jessica wischte sich eine Träne aus dem Augenwinkel.

„Siehst du die Sonne?", fragte sie.

„Ja, wenn ich will."

„Kannst du mit mir reden?", fragte Jessica.

„Ja, sie ist immer bei dir. Sie ist die Wurzel allen Lebens." Jessica grübelte. Nicht alles, was Ben sagte, klang schlüssig, aber das machte nichts. Sie wollte einfach nur eins mit ihm sein. „Immer bei mir" - was für eine schöne Vorstellung.

„An der Angelegenheit beteiligten sich keine anderen Lebewesen."

Jessica zuckte zusammen.

„Welche Lebewesen?"

„Die Linien von Nazca in Peru. Nach denen du gefragt hast."

Sie brauchte einen Moment, um sich an die Zusammenhänge zu erinnern. Tatsächlich, Marc hatte gefragt.

„Marc ist nicht da", teilte sie Ben mit.

„Die Linien von Nazca wurden von Menschenhand geschaffen. Die Bevölkerung der Paracas-Kultur besaß die Fähigkeit, in großen Dimensionen zu denken. Sie schwebten nie in der Luft. Aber sie waren in der Lage, die Welt aus einer überirdischen Perspektive zu erfassen.
„Ich werde es Marc erzählen", schrieb Jessica.
Sie wusste nicht genau, was es mit diesen Linien auf sich hatte. Und ehrlich gesagt, es interessierte sie auch nicht.
Jessica nahm all ihren Mut zusammen. „Wann komme ich zu dir?"
Sie wagte kaum, sich zu bewegen, starrte auf den Bildschirm.
„Das kann ich nicht sagen. Hier sind die Toten. Es ist unmöglich, die Zukunft vorherzusagen. Aber sei dir meiner Liebe gewiss."
Jessica bemerkte, wie ihre Verbindung immer müheloser wurde. Das unsichtbare Band wurde stärker. Ein Gefühl von Vertrautheit und Verbundenheit breitete sich in ihr aus.
„Steht dein Laptop vor dir?"
„Ja, ich bin er und er ist ich."
Eine unheimliche Erkenntnis legte sich wie ein Schatten über Jessicas Gedanken. Wo sie in der einen Sekunde noch jubelte, breitete sich im nächsten Moment eine tiefe Sehnsucht aus. Die Grenzen verschwammen.
„Soll ich zu deinen Eltern gehen? Sie würden sich sicher freuen, von mir zu hören."
„Nein, das wäre nicht gut. Das ist jenseits ihres Verständnisses. Behalte den Kontakt in deinem Herzen. Nur du und Marc sollen davon erfahren. Die Zeit ist noch nicht reif."
Dass sie dieses Wissen für sich behalten musste, lastete

schwer auf ihr, ob sie wollte oder nicht. Sie dachte an Rolf Felbing. Vielleicht hatte sie den größten Fehler ihres Lebens begangen.

„Ist jemand bei dir?", fragte Jessica.

Wieder dauerte es eine Weile.

„So viel ich will. Es geschieht, was ich will. Es kommt von oben. Die Liebe ist das Größte."

Sie versuchte, die Bedeutung dieser Worte zu verstehen. Ehrfurcht und Furcht lagen in ihrem Empfinden dicht beieinander, so intensiv, wie sie es noch nie erfasst hatte.

„Ein schriller Ton riss sie aus ihrer Gedankenreise. Der Radiowecker erinnerte sie an die Arbeit.

„Spürst du meine Gegenwart?" Jessica suchte nach einem Zeichen seiner Anwesenheit. Es war still. So hatte sie in ihrer Einsamkeit nur ihre Gedanken als Begleiter.

Sie schaltete den Computer aus. Auf dem Weg zum REHA-Zentrum wunderte sie sich über die häufigen Gesprächsunterbrechungen. Der Zugang zum Jenseits ähnelte keineswegs einem gewöhnlichen Chatroom. Als sie den Eingangsbereich betrat, sah sie, dass die therapeutischen Aktivitäten in vollem Gange waren.

„Hallo, Jess", rief ihre Kollegin im Vorbeigehen, „es sieht so aus, als müsstest du einige von Holgers Behandlungen übernehmen. Er hat sich krank gemeldet." Jessica warf einen Blick auf ihren lückenlosen Behandlungsplan.

„Corona", erklärte ihre Kollegin.

„Wissen wir, wo er sich angesteckt hat?"

Sie schüttelte den Kopf.

„Wenn du etwas brauchst, ruf mich an!"

Sie wusste, dass sie sich auf das Team verlassen konnte. Ein breites Lächeln huschte über ihr Gesicht.

„Felbing, zwölf Uhr."

Sie freute sich auf die Therapiestunde. Eine ältere Frau hatte Schwierigkeiten, sich an ihr neues Kniegelenk zu gewöhnen.

„Ach, es ist alles so schwer geworden. Die Medikamente", seufzt sie, „das Blutdruckmittel vertrage ich nicht. Der Hausarzt sagt, ich muss es nehmen. Und das Aufstehen vom Sofa. Es dauert ewig, bis ich oben bin."

Jessica nickte: „Ja, Sie müssen sich schonen. Es ist wichtig, auf seinen Körper zu hören. Wir schaffen das."

Eine typische Physiotherapiestunde, in der die Patientin um sich selbst kreiste. Ihre Welt war auf die eigenen vier Wände beschränkt. Jessica hatte gelernt, damit umzugehen. Ehrlich gesagt, spielte es für sie heute keine Rolle mehr. Ihre Gedanken schweiften ab.

„Ja, das ist schön, weiter so", antwortete sie.

Die Frau stutzte: „Wie, was soll ich denn weitermachen?"

Jessica hörte ihr nicht zu.

„Meine Schmerzen müssen weggehen."

„Ja, das meine ich auch. Sprechen Sie mit Ihrem Hausarzt." Jessica half ihr auf und hielt ihr die Tür. Auf der Suche nach Rolf Felbing blieb sie am Fenster stehen und sah in die Ferne. Sie vergaß, sich das Rezept unterschreiben zu lassen. Ihr nachlaufen? Auf keinen Fall. So ein Mist. Sie musste ihre sieben Sinne zusammenhalten.

Die Uhr zeigte fünf vor zwölf. Keine Spur von Rolf Felbing. Jessica warf einen Blick auf den Parkplatz und atmete erleichtert auf. Er stieg gerade aus seinem Wagen. Sie empfing ihn mit einem freundlichen Gesicht. Er breitete ein neues Badetuch auf der Liege aus.

„Oh, ist das schön", entfuhr es ihr.

„Ja, bunt wie ein Regenbogen. Meine Sekretärin hat es

mir geschenkt."

In der Mitte stand in goldenen Lettern: „Ich bin immer bei dir." Umringt von Sternen und einem Christuskreuz. Jessica erschrak, als sie den Spruch las, und ließ es fallen. Rolf Felbing hob es auf. Stirnrunzelnd sah er zu ihr. Sie drückte sein Knie bis zur Brust.

„Langsam loslassen und durchatmen!"

Jessica war erschrocken über ihre Reaktion. Wie konnte ein Handtuch mit einem Gottessymbol sie so erschrecken? Nach einer Weile unterbrach Rolf Felbing das Schweigen.

„Das tut verdammt weh."

„Wir machen eine Pause."

Sie drehte sich um und spürte ihre eigene Unsicherheit.

„Nun lassen Sie uns alle Bedenken beiseite legen."

„Ich habe über Ihre letzten Worte nachgedacht." Rolf Felbing bemühte sich um einen versöhnlichen Ton. Jessica vermied den Augenkontakt.

„Sie müssen nicht glauben, dass ich übergeschnappt bin", murmelte sie.

„Das glaube ich überhaupt nicht."

Es gab viele Fragen. Im Moment vertraute ihr ein Mensch und das war das Wichtigste.

Sie drehte sich um: „Sie müssen mir versprechen ...", begann sie und faltete die Hände, „... um Gottes willen, mit niemandem darüber zu reden."

Rolf Felbing nickte: „Da können Sie sich hundertprozentig auf mich verlassen."

Sie konnte die Last nicht mehr allein tragen. Ihre Seele drohte unter der Last zu zerbrechen. Ein Strudel aus Schmerz und Ungewissheit drohte sie zu zerreißen. Sie griff nach der Hand, die sie herausziehen sollte.

„Glauben Sie mir, ich habe in meinem Beruf viel erlebt.

Ich bin offen für alles. Menschen, deren Horizont an der Wohnungstür endet, können mit solchen Informationen nichts anfangen. Die tun das als Spinnerei ab, das weiß ich", sagt Rolf Felbing mit Nachdruck. Seine Erfahrung hat ihn gelehrt, dass die Grenzen des Vorstellbaren fließend sind. Die Wahrheit oft geheimnisvoller als die wildesten Phantasien. Nicht jeder konnte diese Realität akzeptieren. Manche blieben in ihrer Welt gefangen. Unfähig, über den Tellerrand zu schauen und die Möglichkeiten jenseits des eigenen Ichs zu erkennen. Für ihn war die Welt voller Geheimnisse, die es zu erforschen galt.

„Bitte wiederholen Sie, was Sie mir zuletzt anvertraut haben."

Jessica unterbrach die Übung. Sie stemmte sich mit dem Rücken gegen die Tür. So konnte sie sicher sein, dass kein Kollege hereinstürmte. Sie senkte die Stimme:

„Sie wissen, dass mein Lebensgefährte gestorben ist?"

Rolf Felbing nickte. Dann hörte er den Satz, der ihm eine Gänsehaut über den Rücken jagte.

„Nun, ich kann mit ihm sprechen."

Er traute seinen Ohren nicht. In einem von der Wahrheit losgelösten Universum entfaltete sich etwas, das alle Grenzen sprengte.

„Wie sieht das aus?"

Zwanzig Minuten blieben ihnen noch.

„Alles begann so. Marc und ich haben seinen Laptop in den Sarg gelegt. Er liebte seinen Computer. Sein erweitertes Bewusstsein sozusagen."

„Sie haben was? Das macht doch kein Bestatter mit", warf Rolf Felbing fassungslos ein.

Jessica zögerte. Sie wollte Marcs Onkel nicht in

Schwierigkeiten bringen. Aber sie konnte die Wahrheit nicht länger verheimlichen.

„Jedenfalls haben wir es bis zu seinem Sarg geschafft. Einen Tag, bevor er zur Einäscherung gebracht werden sollte. Ein riskanter Schritt. Aber wir mussten es tun."

Jessica sammelte sich.

„Dann eines Tages bekam ich eine E-Mail von Ben. Marc, er ist Informatiker und hat die IP-Adresse gesehen. Er versicherte mir, dass sie nirgendwo auf der Welt gäbe. Trotzdem war sie in meiner Mailbox."

„Und was hat er gesagt?"

„Er berichtete, dass er mit Hilfe seines Laptops die Grenze zwischen dem Jenseits und dem Diesseits überwunden habe. Es klingt unglaublich, aber es ist wahr. Er nannte unser Codewort, das nur wir beide kannten. Ein Liebeswort."

Rolf Felbing hörte gebannt zu.

„Weiter", forderte er.

Jessica atmete tief durch.

„Er behauptet, an einem Ort zu sein, den wir uns als Garten Eden vorstellen müssen. Und das Unfassbare ist, dass er Kontakt zu denen aufnimmt, die die Schwelle bereits überschritten haben. Er gibt mir Einblicke, die unglaublich sind. Und er entschlüsselt Geheimnisse, die die Menschheit seit jeher beschäftigen. Es ist, als öffne er eine Pforte zu den Geheimnissen unserer Existenz.

Rolf Felbing bekam eine Gänsehaut. Der Gedanke faszinierte und erschreckte ihn zugleich. Das wäre ein neues Kapitel in der Menschheitsgeschichte. Was spielte der Krieg in der Ukraine und in Israel noch für eine Rolle?

„Marc wollte mehr über die Nazca-Linien wissen."

„Und?" Rolf Felbing konnte seine Neugier nicht zügeln.

Jessica seufzte: „Wir wurden unterbrochen. Später hat er es mir erklärt. Ein Volk, das anders denken konnte. Ein Gespräch, das meine Vorstellungskraft und Verständniss überstieg."

Rolf Felbing sah sie überwältigt an, fasziniert von dieser geheimnisvollen Welt.

„Nazca-Linien? Heerscharen von Forschern versuchen seit Jahrzehnten, dieses Rätsel zu lösen. Das kann doch nicht wahr sein."

„Doch und nicht nur das. Ben behauptet, dass es noch mehr Geheimnisse gibt, die er lösen kann."

Es klopfte und ein älterer Mann öffnete.

„Wo finde ich Frau Birkum?"

„Warten Sie bitte draußen. Sie werden aufgerufen."

Jessica schob den Störenfried hinaus. Rolf Felbings Therapiestunde neigte sich dem Ende zu.

„Gibt es eine Möglichkeit, dass wir uns unter vier Augen sehen?"

Jessica nickte. Sie dachte an Marc. Er sollte nichts von diesem Besuch erfahren. Rolf Felbing reichte ihr seine Visitenkarte.

„Rufen Sie mich an, am besten im Büro. Wenn ich nicht da bin, bitten Sie meine Sekretärin, Frau Kronlei, Sie zurückzurufen."

„Ja, okay."

Rolf Felbing nahm ihre Hand und legte freundschaftlich die seine darauf. Die Aufregung der letzten Stunde legte sich. Es kam ihr vor, als würde die Spannung aus einem Ballon entweichen, der kurz vor dem Platzen war. Ihr Instinkt ließ sie nicht im Stich. Der Tag also doch etwas Besonderes für sie bereit.

Mona Gerst ließ die vergangene Woche Revue passieren.

Jessica hat sich nach dem Verlust ihres Freundes verändert. Es war schwer in Worte zu fassen. Aber ihre Trauer nahm eine seltsame Form an. Sie trug eine unsichtbare Last. Ihr Äußeres wirkte geheimnisvoll und entrückt.

In ihrem Inneren hegte sie die Hoffnung, dass Jessica wieder zu sich fand. Sie konnte sich glücklich schätzen, jemanden wie sie im Team zu haben. Das durfte nicht durch übertriebene Fürsorge aufs Spiel gesetzt werden. Rolf Felbing dachte im Auto über Jessicas Worte nach. Was war das für eine unglaubliche Geschichte? Sie konnte nicht alles aus der Luft gegriffen haben. Da steckte mehr dahinter. Das spürte er.

Sein Blick fiel auf die goldenen Lettern auf dem Handtuch: „Ich bin immer bei dir."

Wie passend. Plötzlich fühlten sich diese Worte viel mehr wie eine Botschaft an.

Er musste einen kühlen Kopf bewahren. Zu viele unvorstellbare Dinge gingen ihm durch den Sinn. War es möglich, dass es eine Verbindung zwischen dem Diesseits und dem Jenseits gab? Oder war es nur ein Gedankenspiel, das Jessica über ihre Trauer hinweghelfen sollte?

Eines war klar: Rolf Felbing musste sie wieder treffen und mehr über die rätselhaften Ereignisse herausfinden.

33

Udo Keller pfiff durch die Zähne. Er hielt sich die Zeitung vors Gesicht. „Aller Achtung, das ist ja ein Ding."

Silke Keller blickte von ihrer Stickerei auf.

„Und tausend Euro Preisgeld. Die Bellnhäuser haben immer die Nase vorn. Das muss ihnen im Blut liegen."

„Lass mich bitte auch an der Sensation teilhaben!"

Ihr Mann murmelte und las weiter.

„Also, Udo, bitte. Raus mit der Sprache", drängte sie. „Was sind das für Neuigkeiten? Oder willst du mich unwissend sterben lassen?"

„Du kennst doch das Hirtenhäuschen in Bellnhausen?"

„Ich habe davon gehört. Wo steht das?"

„In der Chronik von Bellnhausen gibt es ein Kapitel darüber. Da hat ein Heimatdichter gewohnt. Mit dem Auto kommt man da nicht hin."

„Ach ja, jetzt erinnere ich mich." Silke Keller kannte den Ort von Fotos. „Sollen wir uns das mal ansehen?"

„Hör mal! Das hat ein Ehepaar vor vier Jahren gekauft und renovieren lassen. Kannst du dir das vorstellen? Die haben den Denkmalschutzpreis des Landkreises Marburg-Biedenkopf bekommen", zitierte Udo Keller aus dem Zeitungsartikel.

„Haben die nicht einen Sohn in Bens Alter?" Er nickte.

„Genau, die beiden waren gut befreundet. Durch ihn hat Jessica Ben kennengelernt. Ich erinnere mich noch, wie sie in dem Häuschen Partys gefeiert haben."

„Und dafür haben sie einen Preis bekommen? Nicht schlecht", meinte Silke Keller.

„Ich wundere mich, dass er Jessica nach Bens Tod nicht

besucht hat. Wenn man jemandem so nahe steht."
„Vielleicht war er in Gießen bei ihr." Silke Keller
überlegte. „Und was macht er jetzt?"
„Ich habe gehört. Er soll ein erfolgreicher
Unternehmensberater in Frankfurt sein. Start-up oder
so."
„Fährt er jeden Tag dorthin? Und wen berät er?", hakte
Silke Keller nach.
„Fleischbetriebe im großen Stil. Der ist richtig erfolgreich.
Bei diesem Veggie-Wahnsinns ist das umso löblicher. Ich
glaube, er war mal im Fernsehen. Tausende fahren jeden
Tag nach Frankfurt. Das ist nichts Ungewöhnliches."
Es passte zu Bens Freundeskreis, der aus Überfliegern
bestand.
Silke Keller sah ihren zukünftigen Schwiegersohn noch vor
sich. Eine Tragödie. Alles zu früh. Seit seinem Tod hatte
sich ihre Tochter zurückgezogen. Der Blitzbesuch vor einer
Woche erwies sich als keine gute Idee.
„Wie war sein Name?"
„Philipp Stirnberg. Die Eltern sind auf dem Foto in der
Zeitung."
Udo Keller betrachtete das Bild.
„Sie haben es vorbildlich renoviert. Da kann man drin
wohnen. Hat sicher viel Geld gekostet."
Silke Keller sah den Artikel. Auch sie konnte sich ein
anerkennendes Nicken nicht verkneifen. Es war ein
Schmuckkästchen geworden.
Ihr Mann faltete die Zeitung zusammen. „Wie gut,
dass es Menschen gibt, die einen Sinn für Altertümliches
haben. Mit Geld ist es nicht getan. Ich sag's ja:
Bellnhausen ist immer für eine Überraschung gut."
„Weißt du was? Wir fahren am Wochenende mit dem

Fahrrad hin."

„Gute Idee." Udo Keller war auch neugierig geworden.

„Ich schau mal nach den Fahrrädern."

„Alles klar. Wir essen um sieben."

„Bis, dahin hab ich die Drahtesel durchgecheckt."

Beide freuten sich auf die Tour. Sie genossen das unbeschwerte Leben.

34

„Vorzimmer Professor Dr. Felbing, Kronlei, guten Tag.
Was kann ich für Sie tun?" Die reservierte Stimme
der Sekretärin drang an Jessicas Ohr.
„Ich möchte Herrn Felbing sprechen."
„Worum geht es?"
Jessica zögerte: „Es handelt sich um eine private
Angelegenheit."
Sie hoffte, dass sie damit ihr Ziel erreichen würde.
„Tut mir leid, Professor Felbing ist gerade im Hörsaal.
Kann ich ihm etwas ausrichten?"
Immer dasselbe: Die Vorzimmerdame erwies sich als
unüberwindbares Hindernis.
„Rolf Felbing erwartet meinen Anruf."
„Ich kann ihn nicht aus dem Hörsaal holen", antwortete
sie bestimmt.
„Wenn er meinen Namen hört, ist die Vorlesung sofort
vorbei", dachte Jessica.
„Er möchte mich bitte zurückrufen."
„Das werde ich ihm ausrichten. Geben Sie mir Ihre
Nummer. Sie ist auf dem Display unterdrückt."
Jessica buchstabierte. Die Mitarbeiterin antwortete mit
einem schnellen: „Ich richte es ihm aus." Sie zögerte,
ihren Namen zu nennen, während die erfahrene Sekretärin
darauf verzichtete, danach zu fragen.
Jessica konnte sich Rolf Felbing nicht als Respektsperson
vor einer Gruppe junger Menschen vorstellen. Sie kannte
ihn in Sporthose, T-Shirt oder Unterwäsche. Nachdem sie
einen halben Liter Buttermilch getrunken hatte, schlief sie
in Slip und BH auf dem Sofa ein.

Das Klingeln des Handys riss sie aus ihren Träumen. Sie fuhr erschrocken hoch.

„Felbing.“

Er klang gehetzt. Seit ihrem Anruf war eine Stunde vergangen.

„Ich habe mit Ihrer Sekretärin gesprochen.“

„Sie hat mich sofort informiert. An der unterdrückten Nummer hab ich gesehen, dass nur sie es sein konnten. Ja, ja, sie ist gewissenhaft. Manchmal ein wenig zu viel. Ich hielt eine Vorlesung.“

Rolf Felbings klang anders als auf der Therapieliege.

„Soll ich kommen?“

Jessica spürte seine Ungeduld. Sie durchbrach die Schwelle des Schweigens. Marc würde außer sich sein. Etwas in ihrem Inneren warnte sie vor zu schnellem Handeln. Marcs Präsenz bei ihr schrumpfte auf ein Minimum. Es war unwahrscheinlich, dass er Rolf Felbing treffen würde. Seit er Bens Auftrag übernommen hatte, machte er eine Wesensveränderung durch, die sie sich nur schwer erklären konnte. Er war nicht mehr der Mann, den sie zu kennen glaubte. Seine Welt geriet aus den Fugen. Rolf Felbing verfügte über Fachwissen. Sie konnte schließlich über ihr Leben entscheiden, wie sie wollte.

„Meißinger Weg 26 in Gießen Wieseck. Klingeln Sie bei Goldman. Wie wäre es morgen um achtzehn Uhr?“, schlug Jessica vor.

„Ach, morgen?“

Rolf Felbing dachte daran, sofort loszufahren. Sie spürte seine Enttäuschung. Aber die Dinge mussten ihren eigenen Rhythmus haben. Die Wohnung musste in Ordnung gebracht werden. Es war ihr wichtig, das alles den Anschein der Unauffälligkeit zu wahren. Rolf Felbing sollte den Eindruck bekommen, dass sie alles im Griff hatte. Auch Ben würde sie nichts verraten. Sie durfte ihre Beziehung zu ihm nicht gefährden.

Sie musste auf der Hut sein.

„Also dann bis morgen."

35

Marc kämpfte mit heftigen Kopfschmerzen. Sie kamen wie
eine unaufhaltsame Welle, um im nächsten Moment
wieder zu verschwinden. Schweiß rann ihm die Schläfen
hinunter. Mit zitternden Händen hielt er sich das Gesicht.
Die Arbeit zehrte an ihm. Da braute sich noch etwas
anderes zusammen. Lars Klingmeyer setzte sich zu ihm.
„Geht es ihnen nicht gut?"
„Ich weiß nicht, mein Kopf glüht. Alles dreht sich."
„Kann ich etwas für sie tun?"
Seit drei Tagen waren sie die Einzigen. Renate Stein hatte
sich wegen der Krankheit ihrer Tochter abgemeldet. Lars
Klingmeyer schrieb Geschäftsbriefe, nahm Telefonate
entgegen und kümmerte sich um die Büroorganisation.
Marc Hapich und er bildeten ein Team, welches die Fäden
zusammenhielt. Krankheit konnten sie sich nicht leisten.
„Ich möchte von zu Hause aus arbeiten. Ich muss mich
hinlegen", bat Marc mit letzter Kraft.
„Natürlich, ich rufe ihnen ein Taxi. Die Kosten
übernimmt die Firma."
Seine Sorge war so groß, dass er sogar eine Limousine
bestellt hätte. Der Taxifahrer kam ins Büro und stützte
Marc. Obwohl er sich kaum selbst tragen konnte, hängte er
sich die Laptoptasche um. In der dunklen Leere seines
Büros saß Lars Klingmeyer allein. Er betete in die Stille,
dass sein Kollege schnell wieder gesund werden möge.
Marc Hapich war der einzige Hoffnungsschimmer. Das
durfte nicht sein. Sein Schicksal hing von dieser Provision
ab. Angst und Unruhe erfüllten ihn. Marc Hapich musste
an dem Projekt weiterarbeiten. Komme, was wolle.

Die Raten für sein neu erbautes Haus stiegen ins Unermessliche. Er vereinbarte keinen festen Zinssatz und hoffte auf ein Sinken. Niemand hatte den Zusammenbruch der Wirtschaft vorausgesehen. Der russische Despot setzte ihm zu, der Ukrainekrieg erreichte sein Haus. Das Anwesen, welches sein Stolz und die Verkörperung seiner Lebensvision war, stände vor der Zwangsversteigerung. Die Not würde Frau und Tochter veranlassen, das geliebte Heim voller Hoffnungen und Träume zu verlassen.

Die Dunkelheit hüllte ihn ein wie ein nasser Mantel. Die Realität zeigte sich unbarmherzig und wies ihm den Ausweg. Die Lebensversicherung würde die Restschuld übernehmen. Er lockerte seine Krawatte.

„Lieber Gott, lass ein Wunder geschehen."

Der Taxifahrer hielt vor Marcs Haus.

„Soll ich mitkommen?", fragte der Chauffeur.

Marc lehnte ab: „Schon gut."

Trotzdem wartete er, bis Marc hinter der Haustür verschwunden war. Zum Glück wohnte er im Parterre. Die zwei Stufen konnte er bewältigen. Das Licht im Flur erlosch. Mit letzter Kraft stemmte er sich gegen das Geländer. Schweißgebadet öffnete er die Wohnungstür, sank zu Boden und blieb dort liegen.

Es dauerte eine Weile, bis er sich wieder aufrichten konnte. Jeder Muskel schmerzte. Mühsam schaffte er es zur Toilette. Seine Wange klebte an den kalten Kacheln, was ihm Erleichterung verschaffte. Ein Moment der Ruhe sollte ihm helfen, wieder zu Kräften zu kommen.

Er zog sein Hemd aus und blickte erschrocken auf seinen Oberkörper. Er war mit roten Pusteln übersät, die bis zu den Knien reichten. Einige sonderten eine klare Flüssigkeit ab. Von Minute zu Minute ging es ihm schlechter. Er brauchte sofort einen Arzt.

Schwankend lief er den Flur entlang, getrieben von dem dringenden Wunsch, Hilfe zu rufen. Es gelang ihm, den Notruf abzusetzen und die Tür zu öffnen. Die Sanitäter hoben ihn auf die Trage.

Leise flehte er: „Die schwarze Tasche, bitte."

Vor dem Haus versammelten sich einige Leute. Angelockt vom Blaulicht des Rettungswagens.

„Es geht nach Gießen, Asklepios", erklärte einer der Sanitäter mit ruhiger Stimme.

Das Licht im Inneren des Wagens verschwamm. Seine Arme fühlten sich bleischwer an. Das Letzte, was er wahrnahm, war ein Stich in die Armbeuge und eine Sauerstoffmaske auf Nase und Mund. Die Konturen der Realität verwischten. Er glitt in die Obhut der Sanitäter.

36

Rolf Felbing umrundete die Häuserzeile zum dritten Mal. Die Parkplätze im Gießener Stadtteil Wieseck waren genauso überfüllt wie in der Innenstadt. Schließlich entdeckte er einige Straßen weiter eine Lücke. Jessica kam es komisch vor, einen ihrer Patienten außerhalb der Praxis zu treffen. Die physiotherapeutische Betreuung ging nie über den Rahmen der Anwendung hinaus.

„Hallo, wie geht's dem Rücken?" begrüßte sie ihn.

„Oh, ganz gut. Ich habe eine ausgezeichnete Physiotherapeutin. Sie kann zaubern."

„Setzen Sie sich!"

Jessica balancierte zwei Tassen mit dampfendem Tee auf einem Tablett. Auf dem Couchtisch thronte der aufgeklappte Laptop, unter dem ein paar Bücher lagen.

„Bitte leeren Sie Ihre Taschen!"

Rolf Felbing sah sie erstaunt an: „Wie bitte?"

„Alles auf den Tisch. Ich möchte, dass nichts passiert, was ich nicht will."

„Ja, kein Problem."

Außer dem Smartphone, Taschentüchern und einem Nasenspray kam nichts zum Vorschein.

„Zufrieden?"

Jessica betrachtete das ausgeschaltete Smartphone.

Rolf Felbing setzte die Lesebrille auf. Das dunkle Gestell verlieh ihm Autorität. Jessica konnte sich vorstellen, wie er während seiner Vorlesungen auf die Studierenden wirkte. So verschaffte er sich Respekt.

„Erzählen Sie mir die ganze Geschichte", bat er.

Sie begann mit dem Fahrradausflug, dem toten Schaf, dem grimmigen Schlossbesitzer und der nächtlichen Aktion im Bestattungsinstitut. Sie vermied es, die Namen von Marc und seinem Onkel zu erwähnen. Es sollten keine unerwünschten Assoziationen oder Fehlinterpretationen entstehen.

Rolf Felbing sah sie an: „Zum ersten Mal in der Geschichte der Menschheit gibt es diese Symbiose zwischen Computer und Mensch. Mit ihrer Hilfe könnten Grenzen überwunden werden."

Er zweifelte keine Sekunde an dem, was sie sagte. Jessica kam ihm weder schizophren noch verrückt vor. In ihr lag eine Entschlossenheit, wie er sie selten erlebt hatte. Er geriet in einen unaufhaltsamen Strudel. Die großen Entdeckungen der Menschheit waren nicht dem Denken von Erbsenzählern entsprungen. Es bedurfte des Willens von Visionären. Menschen, die die Grenzen des Denkbaren überschreiten, um das Unmögliche zu erforschen.

Jessica umklammerte ihre Teetasse. Und hörte Rolf Felbing zu.

„Galilei litt unermessliche Qualen. Dennoch hielt er durch. Die Tatsachen, die er entdeckte, loderten wie eine Flamme in ihm. Es bedeutete, sich gegen die katholische Kirche zu stellen, die damals große Macht besaß. Ein mutiger Schritt. Jahre später, nach unzähligen Kämpfen und Opfern, kam die Wende. Die Heiligen mussten ihre Position revidieren und anerkennen, dass Galileis Erkenntnisse der Realität entsprachen."

Rolf Felbing nahm einen Schluck aus seiner Tasse und fuhr fort: „Die Intrigen und Taktiken, die ihm das Leben zur Hölle gemacht hatten, verschwanden. Die Wahrheit siegte. Ein fulminanter Triumph über die Unterdrückung und ein Wendepunkt in der Geschichte. Charles Babbage stellte 1843 seinen Computer vor. Aber die Welt war noch nicht so weit. Ein Jahrhundert verging, und die Menschheit verpasste wichtige Fortschritte. Was hätte in dieser Zeit erreicht werden können? Es ist überwältigend und frustrierend, die verpassten Gelegenheiten zu sehen. Wo stünden wir heute, wenn Babbages Vision ernst genommen worden wäre?"

Der Gedanke, dass einige Fachleute über ihn lachten, jagte ihm eine Gänsehaut über den Körper. Das darf auf keinen Fall noch einmal passieren.

Rolf Felbings Worte legten sich wie Fesseln um Jessica. Sie ließen die Welt in einem unheilvollen Dunst verschwimmen.

Kennen Sie den Song „Let it be"?

„Wer kennt ihn nicht?", antwortete Dr. Felbing mit einem kurzen Lächeln.

„Es ist nicht das, was die meisten Leute denken", sagte Jessica und sah ihn aufmerksam an.

„Was meinen Sie?", fragte Dr. Felbing überrascht und zog eine Augenbraue hoch.

Jessica nahm einen Schluck aus ihrer Teetasse, ihre Augen schienen für einen Moment in die Ferne zu schweifen. „Es ist eine alte Melodie, die von Familie zu Familie weitergegeben wird. Ein Volkslied, das die Kinder vor mehr als zweihundert Jahren gesungen haben."

Dr. Felbing rückte seine Brille zurecht und runzelte die Stirn. „Interessant", murmelte er nachdenklich.

Es ist auch eine Art Hommage an die Geschichte".

Dr. Felbing wiederholte die Worte leise, als hätte er eine neue Bedeutung darin entdeckt. „Interessant...", sagte er schließlich und lehnte sich zurück, während er das

Szenario vor seinem inneren Auge sah. Der Stadt Gießen stand ein möglicher Ansturm von Studierenden bevor, welche der Justus Liebig Universität zu Anerkennung und Weltruhm verhelfen könnte. In seiner Vision erhob sich Jessica Keller als Denkmal, ähnlich der Ehrung der Jeanne d'Arc. Eine Bronzestatue, die sich unaufhaltsam in seine Gedanken drängte. Dann würden die Schwätzer vom Seltersweg nicht mehr allein das Stadtbild prägen - sie bekämen Gesellschaft.

„Glauben Sie mir?" Jessicas Blick durchbohrte ihn wie eine Pfeilspitze.

„Mit der ganzen Kraft meiner Seele."

Seine Finger umschlossen ihre Handflächen: „Ich bin dankbar, dass Sie mir Ihr Vertrauen geschenkt haben."
Ein leises Flüstern der Verschwörung lag in der Luft. Sie umklammerte seine Hände.

„Nur wir beide."

„Ja", versprach Rolf Felbing.
In diesem Moment waren ihre Herzen vereint. Ein Band, das ihre Schicksale verband.

„Wenn Ben sich meldet, sage ich nichts. Ich will kein Risiko eingehen. Die Verbindung darf nicht abreißen", erklärte Jessica mit Nachdruck.

„Kann er uns sehen?"

„Nein, wir schreiben nur über den Computer."
Sie verharrten in angespanntem Schweigen, kurz bevor der Sturm losbrach. Rolf Felbing probierte den heißen Chaitee mit Milch. Er genoss das wohlige Gefühl auf seinen Lippen. Warum hatte er dieses köstliche Getränk nicht schon früher für sich entdeckt?

„Ist das Ihre Wohnung?"

„Sie gehört meinem Freund. Aber ich bin meistens hier.

Ich komme aus Fronhausen. Da wohnen meine Eltern."
Rolf Felbing erinnerte sich an die Schlagzeilen, die der Ort
vor einigen Jahren gemacht hatte. Ein Student aus dem
Ort saß bei ihm in der Vorlesung. Er bezeichnete die
Bürgerinitiative als „wild gewordene Horde".
Als Rolf Felbing dicht neben Jessica saß, erschien er ihr in
einem anderen Licht. Er entfaltete seine ganze
Männlichkeit. Und sie konnte nicht leugnen, dass er trotz
seines Alters attraktiv war. Ein unerwartetes Gefühl
machte sich in ihr breit, das sie überraschte und verlegen
machte. Mit einem Räuspern rückte sie zur Seite.
„Vermisst Sie wirklich niemand?" Jessica hielt sich an
ihrer Teetasse fest.
„Ich war nie fest liiert. Mein Beruf ist mein Lebenselixier.
Da ist kein Platz für eine Frau. Ist es nicht das Glück, das
wirklich zählt - ein Zustand dauerhafter Zufriedenheit?
Sollte das nicht unser aller Ziel sein?"
Jessica dachte an Marc. Warum mutete er sich diese Arbeit
zu? Seit fünf Tagen hatte sie nichts mehr von ihm gehört.
Gerade kam eine WhatsApp-Nachricht von ihm auf ihrem
Handy an. „Bin in der Asklepios Klinik in Gießen. Auf der
Isolierstation."
Jessica konnte es nicht glauben.
„Corona? Wann fand der letzte Kontakt zu ihm statt?"
Schoß es ihr durch den Kopf.
„Kein Corona, überall Pusteln, ich bekomme Infusionen,
Fieberschübe."
„Was ist es?", fragte Jessica.
„Unbekannt muss untersucht werden."
„Soll ich morgen kommen?"
„Geht nicht. Isolierzimmer, intensiv, melde mich tschüs."
Jessica entfuhr ein Seufzer.

„Schlechte Nachrichten?"

„Wie man's nimmt. Der Freund, der andere Insider, liegt auf der Intensivstation. Mit Flecken übersät."

Jessica dachte an Bens Projekt. Die Aussichten waren düster. Sie wünschte, sie könnte ihm helfen. Es war einundzwanzig Uhr. Es gab keine Kommunikation mehr.

„Können Sie Ihrem Freund nicht schreiben?"

Sie schüttelte den Kopf.

„Das funktioniert nur, wenn er sich meldet. Dann kann ich reagieren."

„Das verstehe ich nicht."

Der Schein des Bildschirms diente wieder als einzige Lichtquelle. Rolf Felbing wirkte ein wenig enttäuscht.

„Ich bin ratlos." Jessica zuckte die Schultern.

„Macht nichts", beschwichtigte er, „ein andermal?"

Sie gab nicht auf. Er sollte schon die Erfahrung machen, wie sich der Zugang zur anderen Seite darstellte.

„Wie schnell können Sie da sein?"

„Sie meinen Marburg-Gießen?"

„Ja."

„Eine halbe Stunde."

„So machen wir das. Ich rufe Sie an, wenn ich Kontakt habe."

„Gute Idee. Dann fahre ich sofort los."

„Können Sie Ihren Arbeitsplatz verlassen?"

„Wer hindert mich daran? Keine Sorge!"

Jessica reichte ihm die Hand.

„Danke, dass Sie sich die Zeit genommen haben."

Rolf Felbing spürte ihre Wärme. Er hatte das Gefühl, das sie sich mit seiner vermischte. Der Frühling war nicht zu leugnen. In einigen Gärten sprossen Krokusse. Rolf Felbing konnte dem unwiderstehlichen Reiz des

Übernatürlichen nicht widerstehen. „Gießen", ein Name, der in die Geschichtsbüchern eingehen würde. Die Stadt konnte sich rühmen, den Erfinder des Suppenwürfels hervorgebracht zu haben. Dennoch überstieg dies alles bisher Erfahrene. Gießen stünde in einer Reihe mit Orten wie Rom oder Gizeh. Die Dramatik war mit Händen zu greifen. Der Stadt stand eine epochale Zukunft bevor. Sie würde in die Annalen der Geschichte eingehen. Sie versprach, die Welt der Wissenschaft und Forschung von Grund auf umzukrempeln.

Er verbannte jeden Zweifel in die fernsten Winkel seines Verstands. Jessica Keller - ein Name, den man sich merken musste. Sie war außergewöhnlich. Das spürte er in jeder Faser seines Seins.

Jessica fühlte sich zum ersten Mal seit Wochen erleichtert. Rolf Felbing nahm ihr einen Teil ihrer Sorgen ab. Mit aller Kraft versuchte sie, Ben zu erreichen. Doch an diesem Abend blieb ihr nichts anderes übrig, als ohne ein Wort von ihm schlafen zu gehen.

37

Die alte Lahnbrücke bei Sichertshausen erwies sich als begehrtes Fotomotiv. An diesem Wochenende zog es alle in die Natur. Nach dem Winter erwachte die Natur zu neuem Leben. Silke und Udo Keller wählten den Lahntalradweg. Er führte sie über dieses Monument.

„Guck mal, Forellen im Wasser!" Silke Keller freute sich über die Fische, als wären es Koi-Karpfen.

„Wem gehören die?"

Ihr Mann lachte: „Dem lieben Gott. Fischen darfst du Sie trotzdem nicht."

„Also gehören sie doch jemandem."

„Wenn du einen Angelschein hast, ist das etwas anderes."

„Also liegt ihr Schicksal in den Händen eines anderen."

Silke Keller sah auf das fließende Wasser. Die Fische zählten zu den Elementen der Natur, jedoch unter Fremdbestimmung. In diesem Land schien für alles eine Genehmigung nötig zu sein. Autos durften die Brücke nicht befahren. Die Verbreitung von Elektrofahrrädern nahm zu. Es tauchten Menschen auf, die sich nie für Naturerlebnisse interessiert hatten. Man wurde mühelos durch die Natur gezogen. Der Strom kam aus der Steckdose. Eine heimliche Umweltzerstörung. Silke Keller fühlte sich nicht schuldig. Ihr Elektrorad zählte wenig im Vergleich zu den schwerwiegenderen Delikten. Innerhalb kurzer Zeit wurde in Fronhausen ein Einkaufszentrum geschlossen. Um 500 Meter weiter ein größeres zu bauen. Ohne Rücksicht auf Verluste wurde Land versiegelt. Durch eine Freundin kannte sie die andere Seite. Bei privaten Bauvorhaben wurde strenger reguliert. Sie überquerten die alte Bundesstraße und fuhren durch Sichertshausen. Die Straße war menschenleer. Die Fachwerkhäuser wurden liebevoll restauriert. Viele Scheunen wurden geschickt zu Wohnhäusern umgebaut. Das Zusammenspiel von Vergangenheit und Moderne machte den Reiz des Ortes aus.

Vorbei an der alten Wassermühle ging es nach Bellnhausen. Sofort spürte man die Vielfalt der Glaubensrichtungen im Dorf. Auf einem Plakat war ein beeindruckender Satz zu lesen: „Jesus liebt dich". Wer könnte sich diesem Ruf entziehen?

"Kennst du den Weg? fragte Udo Keller.

„Ich suche ihn schon, seit ich denken kann", antwortete seine Frau.

Udo Keller hielt inne: „Was redest du da? Wir sind nicht zum ersten Mal in Bellnhausen."

„Ach, ich dachte, du meinst den Lebensweg."

„Nein, ich fragte nach dem Weg zum Hirtenhäuschen." Silke Keller nickte. „Geradeaus. Am Kreisverkehr links. Dann müsstest du in das alte Dorf kommen."

Bunt und abwechslungsreich schmiegten sich die Häuser aneinander. Aus dem alten Gemeindebackhaus drang der Duft von frischem Brot. Man konnte erahnen, wie vielen Generationen dieses Häuschen gedient hatte. Ein schmaler Pfad führte an der Kirchenmauer entlang über den unterirdischen Felsenkeller zum Henshäuschen. Vor ihnen lag das preisgekrönte Gebäude.

„Meine Güte, das ist ja kaum wiederzuerkennen. Da hat aber jemand ganze Arbeit geleistet", rief Udo Keller. Beide bestaunten das Ergebnis.

„Moin", grüßte Philipp Stirnberg, der sie erkannt hatte.

Unsicher setzte er einen Fuß vor den anderen.

„Das habt ihr meisterhaft hinbekommen. Wir haben es in der Zeitung gelesen."

Er zeigte leichte Verlegenheit: „Vielen Dank. Da steckt viel Arbeit drin."

„Sind deine Eltern da?", fragte Silke Keller.

Philipp zögerte: „Meine Eltern? Äh, die sind, die sind, äh, in Südafrika."

„Südafrika? Was machen die denn da?", wiederholte Udo Keller.

„Eine Frühjahrsreise", erklärte Philipp Stirnberg.

„Ach so. Eine Frühjahrsreise."

Silke Keller lehnte ihr Fahrrad an den hölzernen Zaun. Zielstrebig durchquerte sie den Garten. Sie legte die Hände an die Fensterscheibe und spähte hinein. Philipp Stirnberg folgte ihr. Er umklammerte den Schlüssel in seiner Hosentasche.

„Oh, da ist eine Küche. Wie schön. Dürfen wir mal rein?"

Philipp Stirnberg wehrte ab: „Die Statikarbeiten sind noch nicht abgeschlossen. Eine Prüfung steht noch aus. Zu gefährlich."

Was Silke Keller vor sich hatte, sah nicht nach Baustelle aus. Statikprüfungen mit Möbeln? Ungewöhnlich.

„Ben war ein Freund von dir?"

„Ja, das stimmt. Ich kann es immer noch nicht glauben, dass er nicht mehr da ist. Ich denke jeden Tag an ihn. Das Schicksal geht manchmal schreckliche Wege. Ich habe mich noch nicht mit seinem Tod abgefunden. Wer kann einem erklären, warum so etwas passiert? Es ist so grausam. Man wird einfach nicht gefragt, ob einem das gefällt. Man muss damit zurechtkommen. Der Alltag geht weiter. Und dann …"

„Fährst du jeden Tag nach Frankfurt?", unterbrach ihn Udo Keller.

„Ja, seit zwei Monaten."

Philipp Stirnberg war erstaunt, wie schnell sich Informationen in einem Dorf verbreiten.

„Och, das ist okay. Die Zugverbindungen sind gut. Ich steige in Fronhausen ein und in Frankfurt aus. In die Stadt pendeln täglich über fünfzigtausend Menschen. Da ist ganz

schön was los. Ich habe mir gedacht, nach dem Studium muss ich was wagen. Wie heißt es so schön: Wer nicht wagt, der nicht gewinnt. Mein Start-up läuft super. Die Mitarbeiter sind top. Das Büro ist mitten in der Stadt und ..."

„Was genau machst du?" Udo Keller versuchte, seinen Redefluss zu unterbrechen.

„Ähm, wir, wir beraten Unternehmen, damit sie besser, ähm, ich meine wirtschaftlicher arbeiten können. Wir haben letztlich ein großes Unternehmen in Berlin gehabt. Ich kann Ihnen sagen. Da konnte man Eloquenz erleben."

Udo Keller zupfte seine Frau am Arm. Sie verstand. Sein Überfall kam zur Unzeit.

„Gut. Dann machs gut. Grüß deine Eltern!"

„Ja. Auf Wiederhören, äh Wiedersehen." Philipp Stirnberg atmete auf. Unangemeldete Denkmalbesucher, das fehlte ihm noch. Warum fand die Preisverleihung ausgerechnet jetzt statt? Im Spätsommer hätte es besser gepasst. Musste er sich jetzt mit lästigen Gaffern herumschlagen? Das Schicksal meinte es nicht gut mit ihm.

Nachdem Philipp Stirnberg weg war, fand Silke Kellers

ihre Sprache wieder.

„Du liebe Güte. Ein bisschen zu gesprächig, der junge Mann. Kaum zu bremsen."

„Hast du gesehen? Er stand komplett neben sich. Was der von sich gegeben hat! Dabei gilt er doch als kluger Kopf. Und seine Blässe verstärkt den Eindruck noch."

Silke Keller grübelte und ließ das merkwürdige Verhalten noch einmal Revue passieren.

„Einer von Bens besten Freunden. Vielleicht ist das Geschwätz seine Art, mit dem Verlust umzugehen", meinte Udo Keller nachdenklich.

„Und diese anonyme Seebestattung? Das verstehe ich nicht. Was geht in den Köpfen dieser jungen Leute vor? Schau dir unsere Tochter an. Wie ein Schlossgespenst irrt sie umher. Als hätte sie Schneewittchen im Sarg gesehen".

Beide radelten auf dem Rother Weg durch das Naturschutzgebiet 'Alter Lahnarm'. Am Rande des Dorfes hatte jemand ein kleines Wohnhaus gebaut. Es fügt sich harmonisch in die Landschaft ein. Der Besitzer ließ die Natur an sich heran. Schnitt das Gras nicht mit der Nagelschere. Wie ein Chamäleon der Architektur verschmolz es mit der Landschaft.

Silke Keller ließ ihren Blick über das Lahntal schweifen.

„Schau, was für eine malerische Gegend. Unsere Gemeinde ist eine Naturschönheit."

Udo Keller pflichtete seiner Frau bei. Sie brauchten keine Worte, um ihre Gefühle auszudrücken. Je weiter sie sich vom Dorf entfernten, desto schlimmer wurde es.

Hundekot säumte den geteerten Feldweg. In allen Größen und Zuständen - vertrocknete, große, kleine und frische Exemplare präsentierten sich den Spaziergängern.

Fliegenschwärme stoben auseinander, wenn man ihnen zu nahe kam. Die Zahl der Hunde nahm zu, begleitet von skrupellosen Besitzern. Ein widerlicher Anblick.

38

Jessica glaubte zu wissen, wann Ben sich melden würde. Bei Rolf Felbing entsprach das nicht ihrer Intuition. Sie musste Geduld haben. Der Einkauf nach der Arbeit kostete sie Kraft. Sie fuhr in die Kleinstadt Kirchhain. Kein bekanntes Gesicht sollte ihr über den Weg laufen. Alltagsgespräche waren ihr zuwider. Sie durchquerte das Amöneburger Becken. Eine Ebene mit Wiesen und Feldern. In der Mitte erhob sich ein mächtiger Basaltkegel. Auf ihm thronte das 1300 Jahre alte Städtchen Amöneburg mit seiner mächtigen Stiftskirche St. Johann. Davor ragte ein Kreuz nach Osten. Weithin sichtbar. Jessica blieb am Straßenrand stehen. Ihr Blick stieg zu dem Gottessymbol empor. Eine Kraft durchströmte sie, begleitet von einer überwältigenden Dominanz. Ein Symbol, das sie faszinierte. Gab es etwas Mächtigeres auf der Erde? Bisher hatte sie es nicht gewagt, Ben die Frage aller Fragen zu stellen. Ihr Leben hatte eine unvorhersehbare Wendung genommen. Früher lebte sie in den Tag hinein gelebt. Jetzt fühlte sie sich gefangen zwischen der Last der Welt und dem Glauben. War die Geschichte von vor zweitausend Jahren wahr? Einige Autofahrer bremsten ab, als sie die junge Frau am Straßenrand sahen. Jessica atmete erleichtert auf, als sie in die Straße nach Wieseck einbog. Zum Glück hielt niemand auf Bens Parkplatz. Für Kleinigkeiten fehlte ihr die Kraft. Die Beagles aus der Nachbarschaft versteckten sich hinter ihrem Frauchen. Sie schielten durch ihre Beine. Ihre Freundlichkeit verwandelte sich in Misstrauen.
  „Was sind denn das für Sachen?"

Die Nachbarin forderte sie auf, weiter zu gehen. Sie blieben stehen.

„Was ist denn los? Ihr seid doch sonst die reinsten Wirbelwinde." Sie zuckte mit den Schultern.

Hunde haben den siebten Sinn, dachte Jessica. Vielleicht spürten sie etwas, das den Menschen verborgen blieb. Es schien, als witterten die Tiere die Verbindung zur jenseitigen Welt.

Sie drückte auf den Power-Knopf des Laptops. Während sie Tiefkühlpizza und Himbeerjoghurt wegräumte, kam eine Mail von Ben.

„Zu viel nutzlose Zeit."

Sofort widmete sie sich der Nachricht. „Was meinst du?" Ihr Smartphone klingelte. Sie kramte in ihrer Handtasche. Verdammt, wo war das Ding? Ben auf der einen Seite, das Handy auf der anderen - Chaos pur. Das dumpfe Geräusch kam aus dem Kühlschrank. Oh Gott. Die Bauwolltasche mit den Pizzen und dem Smartphone lag darin.

Was für ein Glück. Das hätte teuer werden können. Sie ärgerte sich über ihre Unachtsamkeit. Der Anrufer hatte aufgelegt. Ihm war bestimmt kalt, dachte Jessica amüsiert. Sie wählte die Nummer.

„Kronlei Vorzimmer Professor Dr. Rolf Felbing."

Jessica ahnte es.

„Ich möchte Herrn Felbing sprechen."

„Er ist gerade in einer Besprechung."

„Was dein Herz dir sagt, erschien auf dem Laptop."

Wem sollte sie jetzt Aufmerksamkeit schenken?

„Sie haben mich gerade angerufen?"

„Ich?", wunderte sich Sarah Kronlei.

„Ja. Ihre Nummer wird mir angezeigt."

„Entschuldigen Sie, aber das muss Dr. Felbing gewesen

sein. Ich war kurz weg."

„Also doch", dachte Jessica.

„Geben Sie mir bitte Herrn Felbing!"

„Ich sagte doch, er ist in einer Besprechung."

„Das Leben sendet dir leise Botschaften." Ben erging sich in poetischen Sätzen.

„Dann holen Sie ihn verdammt noch mal da raus. Sagen Sie ihm, dass ich angerufen habe!", schrie Jessica in ihr Handy.

„Ihr Name?", fragte Sarah Kronlei mit gespielter Gelassenheit.

„Keller", antwortete Jessica verärgert. Vorzimmerdamen waren ein Hindernis, das es zu beseitigen galt. Seit es die neue Bezeichnung Office Assistentin gab, hatte sich das noch verstärkt. Sie war einfach eine Sekretärin geblieben. Was hatte sich diese Tippse nur dabei gedacht? Jessica zog ihren Trenchcoat aus und entledigte sich ihrer Schuhe mit den Füßen. Der linke Strumpf verfing sich in den Schnürsenkeln.

„Felbing, hallo?"

„Endlich sind Sie dran."

„Was gibt's?"

„Das müsste ich Sie fragen", antwortete Jessica irritiert.

„Wir sind alle verbunden", war die nächste Nachricht von Ben.

„JA, ICH BIN DA", tippte Jessica mit ihrer linken Hand.

„Ich meinte ..." Jessica unterbrach Rolf Felbing.

„Ich hab Kontakt. Jetzt."

Er erinnerte sich an die Abmachung: „Ich fahre sofort los."

Sie musste trinken. Die Aufregung ließ sie Sterne sehen. Aus dem zerrissenen Mandarinennetz rollte eine unter ihren Fuß. Sie konnte sich nirgends festhalten und landete auf dem Boden. Ihre Wange schlug gegen die Lehne des Küchenstuhls. Zum Glück floss kein Blut, aber der Vorfall zeigte ihr, dass sie dringend eine Pause brauchte.

Rolf Felbing meldete sich per WhatsApp. „Bin auf der Höhe von Bellnhausen."

Jessica presste sich einen kühlen Waschlappen auf das Gesicht.

„Ich habe eine Blume für dich. Fühlst du sie?" Sie schloss die Augen und legte die Handfläche auf den Computerbildschirm. Sie war blau, klein und zart.

„Siehst du sie?"

„Ja, Vergissmeinnicht, wunderschön."

„Lass sie in deiner Seele blühen."

Sie ließ den Waschlappen fallen. Ein heftiges Verlangen erfasste sie. Ihre Hand wanderte zu ihrem Bauchnabel. Die Flamme der Leidenschaft erwachte. Jede Berührung entfachte ein Feuerwerk der Gefühle. Ihre sinnlichen Bewegungen wurden vom Läuten der Türklingel unterbrochen. Sie erschrak.

Rolf Felbing stürzte ins Wohnzimmer. Er bemerkte weder ihre geschwollene Wange noch dass sie in Strümpfen und Unterwäsche neben ihm stand. Zum ersten Mal sah er eine Nachricht von Ben. Sprachlos sank er auf das Sofa.

„Beugt euch also unter seiner starken Hand, damit er euch erhören kann, wenn die Zeit gekommen ist", las er ergriffen.

„Das ist absolut unglaublich", entfuhr es ihm.

Er sah zur Zimmerdecke und flüsterte ehrfürchtig:

„Magne Deus, in tuo nomine hic eveniunt miracula. In deinem Namen geschehen hier Wunder.

39

Der Turm der Gießener Brauerei überragte die Häuser.
Für Marc war er das eigentliche Wahrzeichen der Stadt.
Von seinem Zimmer im obersten Stockwerk der Klinik
hatte er einen grandiosen Ausblick auf die Umgebung. Die
dunklen Silhouetten der Burgen Vetzberg und Gleiberg,
die sich in der Ferne auf zwei Hügeln erhoben, zogen ihn
in seinen Bann. Das Panorama ließ seine Gedanken
schweifen. Die Mauern wirkten wie feindliche Schwestern.
Inmitten dieser Dramatik stach die Schönheit des Lahntals
hervor. Die roten Dächer zeichneten Farbkleckse in die
Weite der Wiesen.

Das Kopfteil des Bettes stand senkrecht. Ein Essenstablett
diente als stabile Unterlage für den Laptop. Nach langem
Bitten überließen ihm die Krankenschwestern eins zur
dauerhaften Nutzung. Die Bettdecke blockierte die
Lüftungsschlitze, und es drohte ein Blackout durch
Überhitzung. Das durfte auf keinen Fall passieren. Sein
Körper war mit einem mattweißen Film einer Sulfatcreme
überzogen. Die Ursache seines Leidens blieb unklar. Ein
neuer Virus? Und er, Marc Hapich aus Heuchelheim. Der
Erste, der erkrankte.

„Gott bewahre. Ein schlechter Grund, um weltberühmt zu
werden", dachte er.

Dr. Schlund betrat den Raum. Er trug keine
Schutzausrüstung, nur einen Mundschutz und
Gummihandschuhe.

„Volltreffer, Herr Hapich."

Bevor Marc einen Blick auf den Bildschirm seines Laptops
werfen konnte, klappte er ihn zu.

„Wir haben etwas gefunden. Windpocken, Sie leiden an
einer Kinderkrankheit."
Marc versuchte sich zu erinnern. Er hatte einige
durchgemacht, aber welche? In einer Großfamilie mit fünf
Geschwistern nahm man es nicht so genau.
„Ich habe mir ihren Impfpass angesehen. Sie sind nicht
dagegen geimpft, und wie es aussieht, auch ohne
Infektion. Waren Sie in letzter Zeit an Orten, wo viele
Menschen sind?"
Marc dachte an das Großraumbüro. Dort war das
Gegenteil der Fall. Er schüttelte den Kopf.
„Egal, wir haben Ihnen ein neues Medikament gegeben.
Es fließt in Ihre Vene, und wie ich sehe, wirkt es. Mit
Kinderkrankheiten im Erwachsenenalter ist nicht zu
spaßen. Erstaunlich ist, dass Sie keinen Juckreiz
verspüren. Deshalb hat die Diagnose so lange gedauert.
Herr Hapich, ich muss Ihnen sagen. Ein nicht
unbeträchtlicher Prozentsatz überlebt es nicht".
Dr. Schlund untersuchte die Pusteln mit einem
Dermatoskop.
„Seien Sie froh, dass es so ausgegangen ist. Ein paar Tage
Isolation sollten reichen."
„Wie lange denn genau?", fragte Marc besorgt.
„Ich denke fünf. Das Wichtigste ist, die Leberwerte im
Auge zu behalten. Die sind bei Ihnen nicht die Besten.
Das ist bei dieser Krankheit nicht ungewöhnlich. Ihr
Hausarzt wird sich darum kümmern. Sie müssen alle drei
Monate zur Blutuntersuchung."
Marc lächelte gequält. Dr. Schlund sah ihm beim
Rausgehen noch einmal an.
„Legen Sie das Ding beiseite, entspannen Sie sich. Die
Welt dreht sich auf jeden Fall weiter."

Was wusste dieser Weißkittel schon von seiner Arbeit? Das Krankenhaus entfaltete sich wie ein Kosmos mit eigenen Gesetzen und einer selbstbestimmten Realität. Mühsam kämpfte er darum, das Gerüst der Arbeit aufrechtzuerhalten, während das Tempo in den ersten Gang zurückfiel. Die Last der Ungewissheit drückte auf sein Gemüt. Und dieser Gesundheitsinspektor schwadronierte über Weltanschauungen. In fünf Tagen würde der Spuk vorbei sein. Geduld blieb seine wichtigste Option.

Lars Klingmeyer sprach ins Handy: „Alles in Ordnung? Weiß man, was ihnen fehlt? Ich halte auf jeden Fall die Stellung."

Trotz seiner Bemühungen, ruhig zu bleiben, spürte Marc die Anspannung.

„Allein?"

„Ja, Frau Stein ist eine Weile nicht da. Ihre Tochter ist an Windpocken erkrankt. Das kann dauern. Wie geht es Ihnen?"

„Ganz gut, ich komme langsam, aber stetig voran."

Marc hörte, wie Lars Klingmeyer ausatmete.

„Hatten Sie die Windpocken?"

„Windpocken? Ja, ich erinnere mich."

Lars Klingmeyer wunderte sich über die Frage. Hatte sein Mitarbeiter keine anderen Sorgen? Um nicht noch mehr Verwirrung zu stiften, beschloss Marc seinem Chef nichts von der Art seiner Erkrankung zu sagen.

Renate Stein kam letzte Woche kurz nach Feierabend noch einmal ins Büro. Sie vergaß ihren Schlüssel. Ihr Mann wartete im Auto, sie trug ihre Tochter auf dem Arm.

„Schau, hier arbeitet Mami", sagte sie und setzte die Kleine auf den Bürostuhl. Er und Lars Klingmeyer freuten sich über das Kind. Marc erinnert sich, wie er ihr über die Wange streichelte.

„Wenn etwas ist, melden Sie sich!"

„Ja mach ich."

Marc hoffte, dass sein Vorgesetzter ihm mehr Autonomie bei der Arbeit einräumen würde. In ein paar Tagen konnte er glücklicherweise wieder in seine gewohnte Umgebung zurückkehren. Gut, dass er in einem Einzelzimmer war. Die Isolation hatte auch ihr Gutes. Er konnte sich auf sein Projekt konzentrieren. Die Ruhe umgab ihn wie eine heilsame Decke.

Wie sagte Tucholsky: „In der vollkommenen Stille hört man die ganze Welt."

40

Rolf Felbing saß regungslos auf dem Sofa. Jessica setzte sich neben ihn.

„Glauben Sie mir?"

„Ja. Ich habe nie an Ihnen gezweifelt."

Er hatte das Gefühl, bisher blind durch die Welt getappt zu sein.

„Wie haben Sie das die ganze Zeit allein geschafft?"

Jessica senkte den Kopf. Eine Träne bahnte sich ihren Weg über ihre Wange. Ein glitzernder Tropfen, der ihr inneres Glück ausdrückte.

„Er ist da und das bedeutet mir alles. Ein Gefühl tiefer Ruhe überkommt mich dann. Und das zu wissen, verkörpert unsere einzigartige Verbundenheit."

Auch Rolf Felbing spürte es.

„Am Anfang ging es mir auch so wie Ihnen. Es ist ein Schockmoment. Realität und Fantasie prallen aufeinander", erklärte ihm Jessica.

Er nahm die Position des Schülers ein.

„Wann wird er sich zeigen?"

„Das lässt sich nicht vorhersagen. Tagsüber weniger - zum Glück, sonst könnte ich nicht arbeiten. Nachts lässt er mich auch schlafen. Er pendelt sich zwischen sechs und zwölf Uhr abends ein."

Rolf Felbing rieb sich die Augen, als wolle er einen Schleier von ihnen nehmen. Sein Weltbild stand Kopf. Dennoch musste er einen klaren Verstand bewahren. Er erinnerte sich an den überwältigenden Moment, als er die Himmelsscheibe von Nebra in den Händen hielt. Mit einem Mitstreiter überlistete er die Hehler. Viertausend

Jahre Menschheitsgeschichte in seiner Obhut - ein beeindruckendes Erbe vergangener Künstler. Doch was er nun erlebte, übertraf diese Reliquie sogar noch. Eine Enthüllung, die alle Visionen übertraf. Geheimhaltung war oberstes Gebot. Jessica reichte ihm eine Tasse Tee.

„Wann hatten Sie den ersten Kontakt?"

„Vor drei Wochen."

Sein Handy klingelte.

„Ja, das ist gut. Wir verschieben die Abstimmung. Ich bin auf einem Außentermin. Den Rest machen wir nächste Woche. Ja, ich bin am Montag im Büro."

Sarah Kronlei wollte den Grund für seine überstürzte Abreise wissen.

„Auf Wiedersehen. Sie ist eine wunderbare Sekretärin, aber furchtbar neugierig. Sie scheint ein detektivisches Gespür zu haben. Sie kennt jeden Klatsch und Tratsch und liefert mir alles frei Haus. Ich bin immer auf dem Laufenden, ohne einen Finger rühren zu müssen", sagte Rolf Felbing mit einem Anflug von Dramatik in der Stimme.

Die Klänge der nahen Michaelskirche drangen zu ihnen herüber. Die Abendglocke verkündete zwanzig Uhr. Seit zwei Stunden gab es keine Nachricht von Ben. Das Warten zog sich wie ein träger Fluss in die Länge. Rolf Felbing machte sich zum Aufbruch bereit. Er wusste, dass er zu Hause keine Ruhe finden würde. Jessica konnte an seinem Gesichtsausdruck ablesen, was in ihm vorging.

„Ich sag Ihnen was", begann sie resolut, „Sie bleiben heute Nacht hier, und wenn es sein muss, auch morgen! Wir sind doch erwachsen, oder?"

„Ja, natürlich."

Seine Anspannung spiegelte sich in seinem schnell

steigenden Puls wider. Insgeheim hatte er auf diese
Gelegenheit gehofft. Nicht um der jungen Frau näher zu
kommen, sondern um die Enthüllungen zu erfahren. Die
nächste Vorlesung war erst am Montag. Er brannte auf die
Neuigkeiten. Jessica verschwand im Schlafzimmer. Sie
kam mit Bettzeug und einer Jogginghose zurück.
„Ist das auf dem Sofa in Ordnung?"
Er nickte.
Sie kannte Rolf Felbing von ihrer beruflichen Tätigkeit in
Unterwäsche. Sie hatte kein Problem damit, ihn in ihrer
Wohnung übernachten zu lassen. Er verschwand im Bad.
„Die Handtücher auf dem Regal rechts sind für Gäste",
rief sie ihm hinterher. Das kalte Wasser erfrischte ihn. Er
hängte seine Hose über den Heizkörper. Wann hatte er
das letzte Mal bei einer Frau übernachtet? Sie war anders
als alle anderen. Er kam mit einem tiefen Seufzer heraus.
„Sollen wir ein paar Übungen machen?"
„Bitte nicht. Das verschieben wir in das REHA-Zentrum.
Außerdem wird die Zeit dort von der Kasse bezahlt."
Jessica balancierte einen Teller belegter Brote vor sich her.
Rolf Felbing verspürte Hunger. Nach einer Viertelstunde
übermannte ihn der Schlaf. Jessica nickte in Bens
Lieblingssessel ein. Eine kleine Tischlampe erhellte den
Raum.
Ein plötzlicher Farbwechsel auf dem Computerbildschirm
ließ Rolf Felbing zusammenzucken.
„Alles ist miteinander verbunden."
Bens Nachricht leuchtete auf dem Bildschirm auf. Jessica
brauchte einen Moment, um zu sich zu kommen. Sie
wandte sich an Rolf Felbing:
„Sie sind ab sofort nicht anwesend! Verstanden?"
Er nickte und blickte auf die Buchstaben, die ihm wie

apokalyptische Reiter vorkamen.

„Was machst du?", fragte Jessica.

Die Antwort kam prompt.

„Ich liebe dich."

Ein Schauer lief ihr über den Rücken. Rolf Felbing nahm an ihren intimsten Gedanken teil. Beängstigend und faszinierend zugleich. Er hielt seinen Notizblock hoch, auf dem er ein Wort notierte. Jessica nickte.

„Hast du Ötzi gesehen?"

Ben brauchte einen Moment. „:) :) :) erschienen gefolgt von einem „Ja".

Rolf Felbing fügte ein paar Worte zu seinen Notizen hinzu.

„Wie alt war er?", schrieb Jessica.

„Er spricht meine Sprache nicht, aber er ist ein lustiger kleiner Mann, der sehr klug zu seine scheint."

„Und jetzt?" Jessica sah Rolf Felbing an.

„Fragen Sie irgendetwas."

„Marc hat Windpocken."

Überlegt und präzise drückte Jessica die Tasten des Computers. Rolf Felbing war fasziniert von Jessicas fließenden Bewegungen, vor allem von ihrer mühelosen Art zu navigieren. Es war, als würde sie mit jeder Aktion direkt sein Herz erreichen. Ihre Anwesenheit löste ein warmes, undefinierbares Gefühl in ihm aus, das ihn berauschte.

„Könnte ausgerottet werden, wird von Chemiekonzernen blockiert."

Die eisige Präsenz des Unbekannten kroch Rolf Felbing in den Nacken. Er musste mitschreiben. Unsicher, ob die Erinnerung später noch abrufbar sein würde. Bei der brisanten Frage wurde Rolf Felbing leiser.

„Frag ihn, welche Firma ihn blockiert."

„Wir können reden, er sieht und hört uns nicht“,
versicherte Jessica und wandte sich wieder dem
Computer zu.

Sein Blick ruhte auf dem elegant geschwungenen Bogen
ihres Halses. Keine Antwort. In einem Strudel aus
Begeisterung und Ekstase verlor Rolf Felbing beinahe die
Kontrolle. Eine unbändige Kraft hielt ihn gefangen.

„Ludwig, König, Bayern, Tod? Los fragen Sie!“ Er glühte.

Jessica blies die Wangen auf.

„Nun den.“

„König Ludwig?“, schrieb sie.

Wieder dauerte es eine Weile.

„Ja, er ist hier.“

Rolf Felbing befand sich in einer Zeitmaschine.
Vergangenheit und Gegenwart verschwammen zu einer
Illusion.

„Wie starb er?“

„Schreiben sie!“

„Du interessierst dich für Geschichte? Es gibt wichtigere
Dinge, die ich dir sagen möchte.“ Ben erinnerte sich an
ihre Leidenschaften.

Jessica erschrak. „Was soll ich jetzt tun?“ Hilflos sah sie
Rolf Felbing an.

„Schreiben Sie ihm, dass Sie es im Fernsehen gesehen
haben.“

Sie beugte sich über ihren Laptop.

„Hab ich im Fernsehen gesehen. Sissi, ich liebe die
Geschichten, du weißt doch.“

Die Antwort kam erst nach einer Weile. „Ziemlich groß ...
Hedwig Steinfeller, eine Frau in Soldatenuniform, die sich
in die Truppe eingeschlichen hat. Sie hat ihn erschossen.“

Rolf Felbings Körper zitterte.

„Eine Frau?", schrieb Jessica.

„Ihr Mann war Soldat. In seinem Namen ermordet. Sie hat Rache genommen. Sie war der Zeit voraus."

Mit dieser Information konnte Jessica nichts anfangen. Ihr fehlte das historische Hintergrundwissen. Rolf Felbing fuhr sich durchs Haar. Die Fülle der Informationen überforderte ihn fast. Wieder hielt er Jessica den Notizblock unter die Nase. Das nächste Wort wagte er nicht auszusprechen. Sie verschränkte die Arme und schüttelte den Kopf.

„Hitler - nein."

„Bitte", Rolf Felbing legte die Handflächen aneinander und flehte stumm.

Hier war ihre Grenze erreicht. Er musste akzeptieren, ob es ihm gefiel oder nicht. Noch am Vormittag hatte er Studierenden in vollen Hörsälen Geschichte näher gebracht. Jetzt saß er neben ihr auf der Zuhörerbank und bat um Informationen. Eine ungewohnte Position für den Dozenten. Die vertraute Sicherheit löste sich in Nichts auf. Er stieg hinab in die dunklen Abgründe der Geschichte.

„Napoleon Bonaparte", kritzelte er auf eine Seite seines Blocks.

Jessica löste ihre Arme und nickte. Sie tippte den Namen des französischen Kaisers in die Tastatur. Die Antwort ließ lange auf sich warten.

„Kein Kontakt, nicht hier", meldete er sich.

„Kein Napoleon?", fragte Rolf Felbing.

„Warum?" Jessica musste nachhaken. Es schien ihr, als wolle Rolf Felbing gerade über diese historische Persönlichkeit mehr erfahren.

„Hier nicht erreichbar", fügte Ben hinzu.

„Romy Schneider?" Jessica erinnerte sich an die

anrührenden Sissi-Filme.

Rolf Felbing kämpfte gegen die aufkommende Ungeduld an. Eine so einmalige Begegnung, und dann fragte Jessica nach so belanglosen Menschen. Dennoch zwang er sich zum Schweigen.

„Sehr schön", bemerkte Ben.

„Ist sie da?", fragte Jessica.

„Ja."

Eine Welle der Überraschung und Bewunderung durchströmte sie. Ben und Romy Schneider - unglaublich. Noch vor einem halben Jahr hätte sie jeden für verrückt erklärt, der ihr so etwas erzählt hätte. Die Aussicht, mit weiteren historischen Persönlichkeiten zu kommunizieren, brachte Rolf Felbing fast um den Verstand.

Jessica legte ihre Hand auf seine. Eine starke Energie durchströmte ihn - ihr Zusammensein war ein himmlisches Geschenk von unschätzbarem Wert.

„Fragen Sie ihn nach der „Nebra-Scheibe, Machu Picchu, den Keltenfürst aus der Wetterau, Osteri....'"

„Stopp, so geht das nicht. Ich kann nicht alles auf einmal fragen. Langsam."

Ob er wollte oder nicht. Jessica machte eine vertraute Atemübung mit ihm. Als sie merkte, wie er sich entspannte, wandte sie sich wieder dem Computer zu. Aber es gab keine Antworten mehr.

Rolf Felbings Gedanken sprudelten lebhaft, aber kontrolliert. Es gab ein Jenseits jenseits von Vermutungen und wissenschaftlichen Abhandlungen. Das Dasein bekam einen Sinn. Der Weg endet nicht mit dem Tod. Ein Wiedersehen ist möglich.

Rolf Felbing dachte an seine längst verstorbenen Eltern. Dort waren sie nun. Während Jessica schlief, surfte er mit seinem Smartphone im Internet. Obwohl er Zugang zu einigen der umfangreichsten historischen Datenbanken der Welt hatte, konnte er Hedwig Steinfeller nirgends finden. Unfassbar, welchen Wissensvorsprung er besaß.

41

Philipp Stirnberg kontrolliert, ob das Henshäuschen verschlossen war. Seit in der Lokalpresse der Artikel über den Denkmalschutzpreis erschienen war, hatte sich ein unangenehmer Besucherandrang entwickelt. Seine Eltern waren in Südafrika - zum Glück. Sie hätten das Chaos und die Unruhe auf ihrem Grundstück nicht gutgeheißen. Neugierige begutachteten die Kübelpflanzen im Hof und drückten sich die Nasen an den Scheiben des Henshäuschens platt
Die Idylle zerbrach unter dem Ansturm. Beklemmung machte sich breit. Sein Haus wurde zum Ziel neugieriger Menschenmassen. Zum Glück wohnte er im Obergeschoss des Hauses. Selbst das Abschließen des Hoftores konnte die Menschen nicht davon abhalten, auf das preisgekrönte Objekt zuzustürmen. Man stapfte durch die kniehohe Hecke. Tulpen, Osterglocken, Petersilie, alles fiel der Neugier zum Opfer. Das Bellen des Hundes im Haus blieb wirkungslos. Er konnte nicht den ganzen Tag auf der Lauer liegen. Musste die Preisverleihung ausgerechnet jetzt sein? Wegen der verschachtelten Anordnung der Häuser im alten Ortskern betraf auch den nachbarn das Treiben. Ein angesehener Dorfhistoriker, welcher die Öffentlichkeit nicht scheute. Der Verkauf seiner Bücher und Kalender stieg sprunghaft an. Viele Besucher staunten über die Schätze, die sich in den hintersten Winkeln Bellnhausens verbargen, und niemand ging ohne ein Buch von ihm nach Hause. Philipp freute sich, dass der alte Herr sich um das Henshäuschen kümmerte und seine Bellnhäuser Literatur so gut ankamen. Das Pendeln in die

Metropole war für ihn kein Zuckerschlecken. Züge und Autobahnen kämpften mit Staus. Dennoch erwies sich die Entscheidung, eine Unternehmensberatung zu gründen, als die beste, die er je getroffen hatte.

Eine Verabredung mit Marc an diesem Samstagnachmittag fiel ins Wasser. Eine Kinderkrankheit im Erwachsenenalter - wer hätte gedacht, dass sie solche Ausmaße annehmen würde.

Zwei Männer in Radsportkleidung lehnten ihren E-Bikes an der Hauswand. Sie sprinteten über die Beete zum Häuschen. Jetzt reichte es ihm! Was nahmen sich manche Leute eigentlich heraus?

42

An diesem Samstagvormittag pulsierte die Stadt. Der Selterweg, Gießens größte Einkaufsstraße, war belebt wie selten zuvor. Udo und Silke Keller genossen die quirlige Atmosphäre und fragten sich, ob die Normalität wie vor der Corona-Pandemie wieder einkehren würde. Vereinzelt sah man Menschen mit Mundschutz. Doch alles deutete darauf hin, dass das Schlimmste vorbei war. Die Lebensfreude zeigte sich. Wie ein großer Föhn blies die Frühlingsluft durch die Häuser, in deren Erdgeschossen sich die Geschäfte befanden.

Mit einem sperrigen Karton bahnte sich Udo Keller seinen Weg durch die Menge. In Absprache mit seiner Frau entschied er sich für einen Saugroboter. Nach einer enttäuschenden Erfahrung im Onlinehandel wollten sie sich vor Ort von der Qualität überzeugen.

„Wir wollten nicht die Katze im Sack kaufen", betont Udo Keller. Die virtuelle Welt könne mit der Realität nicht mithalten.

„Du willst dich doch nicht anstellen, oder?" Er blickte auf die Menschenschlange.

„Hast du keinen Hunger?" Silke Keller freute sich auf die Köstlichkeiten, die das Fischrestaurant in seiner Auslage präsentierte. Die Verkäuferinnen packten mit geröteten Gesichtern die belegten Brötchen und Baguettes ein.

Udo Keller nahm auf einem der Stühle vor dem Lokal Platz, während seine Frau sich in die Schlange der Wartenden einreihte. Er kannte ihren Blick. Einmal entschlossen, gab es für sie kein Halten mehr. Auf der anderen Straßenseite gab es eine Eisdiele. Eine Kugel für

1,40 Euro. Meine Güte, wer konnte sich das leisten?
Seine Frau kam auf ihn zu, den Arm voller Tüten mit
belegten Brötchen.

„Für Jessica, die wird sich freuen."

Er wusste, dass es keinen Sinn hatte, seine Frau vom
Gegenteil zu überzeugen. Unangemeldeter Besuch bei der
Tochter? Das war schon einmal schief gegangen.

„Ruf wenigstens vorher an", ermahnte er sie.

„Du hast recht."

Und als ihr Auto aus dem Parkhaus fuhr, wählte sie
Jessicas Nummer. Mit unverkennbar heiserer Stimme
meldete sie sich, offensichtlich gerade aus dem Schlaf
gerissen. Silke Keller wunderte sich. Es war Viertel vor
zwei.

„Äh, vorbeikommen? Essen? Ich bin gerade erst
aufgewacht", stammelte Jessica.

Ihr Kopf war wie leergefegt. Kein einziger Gedanke kam
ihr, um den Besuch aufzuhalten. Die Einladung erforderte
schnelles Handeln. Zehn Minuten blieben ihr noch. Als
ihre Eltern klingelten, schlüpfte sie hastig in ihren
Jogginganzug. Sie brauchte einen Moment, um die Tür zu
öffnen.

„Oh ja, das ist aber aufmerksam", nahm Jessica die Tüte
an sich.

Vorsichtig schaute sich Silke Keller um. Die Wohnung
präsentierte sich aufgeräumt und sauber, und doch gab es
eine undefinierbare Veränderung. Sie merkte, wie sehr
sich Jessica bemühte, ruhig zu bleiben.

„Geht es dir gut?"

„Ja. Ich habe gestern lange ferngesehen. Und eine
anstrengende Arbeitswoche."

„Ist es nicht zu viel im Reha-Zentrum?", fragte ihre

Mutter.

„Ach, die Patienten sind verständnisvoll und der Umgang mit ihnen lenkt mich ab. Ich habe noch keinen Hunger."

„Macht nichts, das hast du was für heute Abend."

Silke Keller stand auf, um Frischhaltefolie aus dem Hauswirtschaftsraum zu holen. Jessica konnte sie nicht mehr aufhalten. Mit einem Schrei wich Silke Keller erschrocken zurück. Ihr Mann eilt ihr zu Hilfe. Was sie sahen, verschlug ihnen die Sprache. Auf dem Boden saß ein Mann in Unterwäsche.

„Guten Tag", sagte Rolf Felbing höflich und versuchte so, die Situation zu retten. Er stand auf und reichte ihnen die Hand. Jessica hielt den Atem an, der Vorhang fiel. Silke Keller war die Erste, die ihre Sprache wiederfand.

„Das glaube ich nicht", stammelte sie.

Vor ihr stand ein alter Mann in schwarzen Boxershorts und weißem Rippunterhemd. Die nackten Beine waren von Falten und vereinzelten Krampfadern durchzogen. Die Muskeln zeigten eine leichte Erschlaffung. All das erinnerte sie an ihren Mann. Die Atmosphäre knisterte vor Spannung. Ein intensiver Blick traf Jessica.

Ihre Mutter sprach die Worte mit einem scharfen Zischen:

„Jetzt verstehe ich, warum Du keine Überraschungsbesuche magst, vor allem nicht von Deinen Eltern. Wo hast du ihn das letzte Mal versteckt?"

„Es ist nicht so, wie ihr denkt", flehte Jessica.

„Wir brauchen keine Erklärung. Uns reicht, was wir sehen", entgegnete ihre Mutter. „Du hast dich aber schnell getröstet, nachdem Ben gestorben ist. Ich fasse es nicht."

Udo Keller fehlten die Worte. Dieser Mann und seine

Tochter? Jessicas Schlafanzughose lugte unter der Jogginghose hervor.

Silke Kellers Tonfall glich einem eisigen Windhauch.

„Haben wir euch gestört?"

„Darf ich auch mal was sagen?" Rolf Felbing verbarg mit beiden Händen den Eingriff in seiner Unterhose. Seine Erscheinung wirkte wenig würdevoll, und in dieser Position deutete nichts auf einen Professor hin.

Jessica legte den Finger auf den Mund und sah ihn an. Das hielt ihn nicht davon ab, weiterzusprechen.

„Ihre Tochter und ich ..."

„Danke, das reicht mir", erwiderte Silke Keller verächtlich.

„Schämen Sie sich eigentlich nicht?" Das war alles, was Udo Keller herausbrachte.

Sie verließen fluchtartig den Raum. Die Papiertüte mit den Fischbrötchen lag auf der Garderobe. Jessica trat wütend nach ihr.

„Ich kann machen, was ich will. Das geht meine Eltern einen Scheißdreck an. Als ob ich nicht genug um die Ohren hätte."

Tränen überwältigten sie. Rolf Felbing legte den Arm um sie.

„Sie werden sich beruhigen. Sie wollen ihre einzige Tochter nicht verlieren, glauben Sie mir."

Jessica verbarg ihr Gesicht hinter dem Schoß.

„So, und jetzt könnte ich ein leckeres Fischbrötchen vertragen."

Sie blickte auf und musste lachen. Seine Worte waren wie warmer Vanillepudding, süß und beruhigend. Eine Welle der Geborgenheit und des Vertrauens überflutete sie, und dankbar lehnte sie ihren Kopf an seine Schulter.

Erst im Auto fand Udo Keller seine Worte wieder.
„Das hätte ich von ihr nicht gedacht. Ob sie ihn schon
kannte, als sie mit Ben zusammen war?"
„Jedenfalls kann ich mir jetzt ihr merkwürdiges
Verhalten erklären, das schon eine ganze Weile anhält",
ergänzte Silke Keller. „Erinnere dich an ihren Zustand,
als sie nach der Arbeit zu uns gebracht wurde. An dem
Tag, als Ben verunglückte. Und jetzt geht sie ihrer Arbeit
nach, als wäre er nicht gestorben - unglaublich. Und dann
diese Liebelei mit einem Mann, der ihr Vater sein
könnte."
Zum ersten Mal durchzuckte Udo Keller die unerbittliche
Erkenntnis seines Alters; die Jugend gehörte der
Vergangenheit an.
Auf der Heimfahrt wechselten sie kein Wort mehr. Der
Schlager im Radio verkündete die Wahrheit „... die Zeit
geht abends schlafen und wacht als Neugeburt auf, doch
Wahrheit gestern wird nur langsam eine Frau."
Die Musik offenbarte die Gefühle und Gedanken der
beiden.

43

Es war einer dieser grauen, nicht allzu kalten
Frühlingstage. Petra und Dirk Goldman steuerten ihren
Einkaufswagen durch die weitläufigen Regale des
Supermarktes. Die Kleinstadt Lollar vor den Toren
Gießens bot gute Einkaufsmöglichkeiten. Und viele
Parkplätze auf der grünen Wiese. Petra Goldman stellt die
Packung Nudeln zurück ins Regal.
„Unglaublich, die Preise sind so gestiegen, da muss man
dreimal überlegen."
„Du musst dich bücken", sagte ihr Mann.
Sie ging in die Knie, es stimmte. Dort kostete alles
weniger. In der Hocke einkaufen, dachte sie.
„Schau mal, Bio ist erschwinglich", hielt sie ihrem Mann
eine Tüte Milch unter die Nase.
„Ich traue dem Frieden nicht, dieses Symbol soll das
Allheilmittel gegen den Klimawandel sein? Das ist ein
Alibi-Siegel für Preiserhöhungen", antwortete er
skeptisch. Gebannt schaute er in seinen Einkaufskorb
oder starrte auf ein Regal. Jeder wandelte in seiner
eigenen Welt. Der Discounter, ein Ort fast erschütternder
Einsamkeit, geprägt von Individuen, die nur mit sich
selbst beschäftigt waren. An der Kasse vergaßen die
menschen ihre Manieren, in den Warteschlangen brach
Krieg aus. Man beschimpfte sich gegenseitig, die
Vordrängler wurden mit Schimpfwörtern attackiert. Petra
Goldman hielt ihren Mann am Arm fest.
„Bloß weg hier", flüsterte sie.
Er folgte ihr zwischen die Regale mit Toilettenpapier und
Slipeinlagen. Was um Himmels willen war in seine Frau

gefahren?

„Schau mal!"

Beide spähten durch den weißen Stapel. Silke und Udo Keller standen an der Fleischtheke.

„Ach du meine Güte."

Jetzt wusste Dirk Goldman, um was es ging.

„Denen will ich nicht begegnen."

Er duckte sich.

Sie hatten sie vor einiger Zeit besucht. Sie entsprachen in keiner Weise dem, was man sich als Familienmitglied wünscht. Der geistige Horizont endete an den Grenzen von Fronhausen. Tiefgründige Gespräche waren Mangelware. Man begnügte sich mit oberflächlichem Smalltalk. Das Verständnis für den anderen Glauben fehlte. Und auch das Einfühlungsvermögen in die Erziehung ihres Sohnes. Ben sollte aktiv denken und nicht reaktiv handeln. Einen Fernseher gab es im Haushalt von Petra und Dirk Goldmann nicht. Die Abende wurden im Familienkreis verbracht. Spiele und Lesen boten ebenso viel Abwechslung. Aufmerksam verfolgten sie die Fortschritte in der Gehirnentwicklung. In den ersten drei Lebensjahren gab es wenig Anregungen von außen, die zu einem komplexeren Denken hätten beitragen können. Aber genau das war in dieser Familie selten.

Dass Ben seine Fähigkeiten in ein Informatikstudium steckte, kam bei ihnen nicht gut an. Und dass er sich diese Frau ausgesucht hatte, irritierte sie. Ausgerechnet heute gingen die beiden zum Supermarkt.

„Wir haben alles. Komm, lass uns gehen", schlug Petra Goldman vor.

Zielstrebig steuerten sie auf die Kassen zu und räumten schnell die Waren aufs Band. Petra Goldman blickte sich

um, erleichtert, die „Gefahrenzone" verlassen zu haben.
Silke und Udo Keller sollten ihnen nicht begegnen. Am
Ende würden sie noch unangenehme
Beileidsbekundungen über sich ergehen lassen müssen.
   „Warum fährst du nicht?"
Dirk Goldman hielt den Zündschlüssel in der Hand.
   „Verhalten wir uns richtig?"

44

„Der Tod mag ein Irrtum sein, den man aus dem Leben verbannen möchte, doch egal was man unternimmt, so irrational er erscheint, es bleibt nichts anderes übrig, als ihn rational zu akzeptieren."
Jessica ließ das Buch sinken, das wie ein Mahnmal ihrer Ausweglosigkeit vor ihr lag.
„Akzeptieren", flüsterte sie. Das Wort schmeckte bitter. Akzeptieren, als ob man den Verlust eines geliebten Menschen einfach so abtun könnte. Ben, ihr Lebensfaden, durchtrennt, und jetzt das Unfassbare einfach hinnehmen? Wie sollte das aussehen? Die Mailadresse löschen? Den Laptop verkaufen? Ben auf der anderen Seite allein lassen? Das käme einem vorsätzlichen Mord gleich.
Lars Gustafsson galt zweifellos als großer Philosoph, aber hatte er diese Worte in ihrer existenziellen Tiefe erlebt? Bens Informationen stellten die Philosophie auf den Kopf. Es gab eine Verbindung, die über das Menschliche hinausging. Ein Portal, das metaphysische Ausmaße annahm, wie ein Pakt mit einer unbekannten Macht.
Jessica spürte die Veränderungen, aber erst jetzt zeigte sich ihre wahre Natur. Ben entfesselte eine Kraft, die außer Kontrolle geriet. Eine Kraft, die sich ihrer Umgebung entzog.
Es war unausweichlich, dass sie auf das, was geschah, reagierte. Im Nachhinein tat sie diese Verwandlungen als vorübergehendes Ungleichgewicht ab. Aber wie sollte sie unter diesen Umständen trauern? Sie konnte mit ihm sprechen, ihn fühlen. Die Rose kam ihr in den Sinn.

Konnte die Situation nicht noch intensiver werden? Wenn sie heute sterben müsste, käme sie dann zu ihm? Trotz der Sehnsucht nach seiner Nähe zögerte sie. Es kostete große Überwindung, das Bild der leidenden Gefährtin aufrechtzuerhalten. Wenn sie ihr Gesicht in seinen Pyjama drückte und sein vertrauter Geruch in sie eindrang, wurde es unerträglich, ihn nicht an ihrer Seite zu haben. Die ersten Kontakte führten zu einer dramatischen Wende. Plötzlich wurde ihr bewusst, dass ihr soziales Leben am absoluten Nullpunkt angelangt war. Ihre Wohnung verwandelte sich in ein Gefängnis voller Erinnerungen und sie verlor sich immer mehr in ihrer Trauer.

Rolf Felbing und Marc teilten ihr Geheimnis. Marc schien gefangen in seiner Arbeit an Bens Projekt. Diese Besessenheit kam ihr bizarr vor. Nur einmal vergoss er in ihrer Gegenwart Tränen.

Wie sagte ihre Mutter? „Trauer hat viele Gesichter." Vielleicht musste sie das erst noch lernen? Bei Bens Eltern wurde das deutlich. Der buddhistische Glaube zielte darauf ab, dass die Trauernden versöhnt weiterleben konnten.

Jessica kämpfte mit dem Gedanken, der Welt die Wahrheit zu sagen. Doch die Konsequenzen wären verheerend – ein apokalyptischer Sturm würde über sie hereinbrechen. Schlagzeilen würden explodieren, Talkshows sie zerreißen, religiöse Führer sich auf sie stürzen. Draußen lauerten dunkle Mächte, gierig nach ihrem Geheimnis, bereit, sie zu verschlingen. In ihren Augen war sie keine Person mit außergewöhnlichen Kräften, sondern eine lebende Offenbarung - vielleicht sogar die Vorbotin des Weltuntergangs. Ihr Geheimnis hatte das Potential, sie entweder zur Heldin oder zur Zielscheibe zu machen.

Jeder Schritt glich einem Tanz auf dem schmalen Grat zwischen Ruhm und Verderben. Sie musste mit Scharfsinn und Vorsicht handeln.

Oliwa kam ihr in den Sinn. Zu spät erkannte sie ihre Absichten. Viele der Pflegebedürftigen waren Frauen aus osteuropäischen Ländern - ein alltägliches Phänomen. Ironischerweise war es ausgerechnet ihre Großmutter, die den faulen Apfel bekam. Dass Oliwa geistig so weit abrutschen würde, wäre ihr nie in den Sinn gekommen. Religiosität zeigte sich in ihrer extremsten Form. Sie wurde von Menschen hervorgerufen, die geschickt mit ihren Manipulationsfähigkeiten jonglierten, wie ein Artist mit seinen Bällen.

Jessica empfand Abscheu vor diesen falschen Heilspredigern. Die Gier nach Geld blieb ihre Triebfeder. Oliwa folgte bedenkenlos dem Weg des Betrügers und beging eine abscheuliche Tat. Die Welt schien ein Ort des Betrugs zu sein, und Jessica verspürte eine tiefe Sehnsucht nach Ruhe. Sie umklammerte ihren Laptop, den letzten Anker in einem Sturm aus Ungewissheit und Verlust. Sie spürte, wie sich eine wohlige Wärme in ihr ausbreitete.

45

Marc spürte den Schmerz in seinen Ellenbogen, in denen eine Woche lang Infusionsnadeln steckten. Ungeachtet der Unordnung stopfte er seine Sachen in die Reisetasche. Viel blieb ihm nicht – schließlich landete er als Notfall im Krankenhaus. Die Station hatte ihn mit dem Nötigsten versorgt, während er seinen Laptop fest unter den Arm geklemmt hielt. Die Schwester inspiziert den Schrank.

„Ohne den geht es auch nicht, oder?“, bemerkte sie.

Marc nickte: „Stimmt, aber wir haben alle unsere Schwächen.“

„Richtig. Ich habe auch ein unwiderstehliches Hobby.“

Ihr Ton forderte zu einer Gegenfrage heraus.

„Und welches?“

„Klöppeln, wissen Sie, was das ist?“

Marc sah sie unwissend an.

„Eine asiatische Kampfkunst?“

Sie lachte: „Klar, ihre digitale Welt kennt das nicht. Im Grunde sieht es aus wie Häkeln. Man muss Garn mit Holzstäbchen auf einem runden Kissen verdrehen.“

Marc amüsiert sich: „Was für eine unbedarfte Leidenschaft. Der Zugang zum Jenseits ist ihr definitiv verwehrt geblieben“, dachte er.

„Wann kommt ihr Freund?“

„In einer Viertelstunde.“

„Wissen Sie was, ich bringe Ihnen etwas zu essen. Ist schon da. Sehr lecker heute. Tafelspitz mit Meerrettich.“

Marc genoss ihre mütterliche Art und fühlte sich für einen Moment geborgen. Er ließ seinen Blick über die Hügel des Gießener Lahnbeckens schweifen. Eine Kinderkrankheit zwang ihn in die Knie. Die unerwartete Heftigkeit des vermeintlich harmlosen Leidens überraschte ihn. Der Tafelspitz war butterweich. Er verschlang ihn, als gäbe es kein Morgen.

Lars Klingmeyer stürmte herein.

„Das war's", rief er so laut, dass es jeder hören konnte. Beim Anheben der Reisetasche glitt sie Marc aus den Händen. Er hatte keine Kraft mehr in den Armen.

„Moment, ich mach das schon", Lars Klingmeyer griff nach den Henkeln. Für Marc war das ungewohnt. Sein Chef kümmerte sich um ihn. Kein Wunder, es stand viel auf dem Spiel. Ohne den Auftrag würde sich seine Hilfsbereitschaft sicher ändern?

Im Auto roch es nach Schokolade und Kindercreme. Auf der Rückbank lag eine Sitzerhöhung. Da war also der Familienvater. Eine Rolle, die sich Marc nur schwer vorstellen konnte. Sie hielten vor seiner Wohnung.

„Vielen Dank für Ihre Hilfe. Wir sehen uns am Montag." Lars Klingmeyer nahm die Tasche.

„Schon gut, ich trage sie selbst", widersprach er.

Sein Chef winkte ab: „Quatsch, das hab ich im Krankenhaus gesehen. Gehen Sie schon!"

Marc protestierte: „Aber ich kann doch ..."

Vergeblich, Lars Klingmeyer ließ die Tasche nicht los. In der Küche verteilte sich das schmutzige Geschirr auf Tisch und Arbeitsplatte. Marcs Chef ließ sich nicht davon abhalten, die Wohnung zu betreten. Erstaunen und Bewunderung standen ihm ins Gesicht geschrieben.

„Donnerwetter, Sie sind aber bestens ausgestattet", entfuhr es ihm.

Auf einem Podest standen drei Computerbildschirme. Auf dem Boden und den Tischen lagen Skizzen und

Zeichnungen. Zwei Drehstühle standen im Raum. Lars Klingmeyer erkannte die Unterlagen als Teile von Ben Goldmans Projekt. Ein durchsichtiges Computergehäuse gab den Blick auf die Technik frei. Begleitet vom Summen der Elektronik blinkten violette und blaue Dioden. In dieser Umgebung entwickelte die Technik ein Eigenleben. An der Wand hingen zahlreiche Elektrokabel, die an Garderobenhaken befestigt waren. Darunter eine Lötstation. Im Schlafzimmer stand ein Computer auf einem Teewagen.

„Ich bin beeindruckt. Sie können auch am Computer Hand anlegen?", staunte Lars Klingmeyer.

Sein Mitarbeiter zeichnete sich nicht nur durch erstklassige Programmierkenntnisse aus, sondern auch durch handwerkliches Geschick. Vor ihm taten sich Welten auf. Marc verspürte ein wachsendes Unbehagen, das nicht von seinem gesundheitlichen Problem herrührte. Das alles sollte sein Vorgesetzter nicht sehen.

„Es hilft. Manchmal braucht man praktische Fähigkeiten, um digitale Probleme zu lösen."

Marc bedauerte zutiefst, dass er am Telefon eingewilligt hatte, als sein Chef ihn vom Krankenhaus abholen wollte. Lars Klingmeyer kam auf ihn zu. Die Anspannung in seinem Gesicht verriet seine Nervosität.

„Schaffen wir das?"

Marc nickte.

„Keine Sorge. Warum hatte ich wohl meinen Laptop dabei?"

Er ahnte, auf welch schmalem Grat sein Chef wandelte. Für ihn wie für ihn spielte der finanzielle Aspekt die wichtigste Rolle. Endlich hatte er seine Ruhe. Er musste so schnell wie möglich mit Jessica Kontakt aufnehmen.

46

„Ich arbeite heute und morgen nicht", erklärte Jessica und lehnte sich zurück. Jede Bewegung schmerzte.

„Fällt dann die Physio aus?", fragte Rolf Felbing mit einem Anflug von Enttäuschung.

„Es geht nicht. Ich habe am Wochenende Großreinemachen geübt. Eine falsche Bewegung, und schon war es passiert. Ein Hexenschuss wie aus dem Lehrbuch."

„Eine Physiotherapeutin mit Muskelkater? Das kann ich kaum glauben."

„Dachten Sie, ich wäre aus Eisen?"

Rolf Felbing merkte, wie unsensibel er geantwortet hatte.

„Tut mir leid, das war nicht so gemeint."

Sie spürte den Druck, den er auf sie ausübte, war aber fest entschlossen, sich nicht beeinflussen zu lassen. Rolf Felbings Stimme klang unnatürlich, fast unwirklich.

„Sie müssen verstehen. Ich bin etwas verwirrt. Jenseitskontakte stehen bei mir nicht auf der Tagesordnung. Es ist eine Revolution in der Wahrnehmung von Realität und Existenz. Es lässt uns erkennen, dass es zwischen dem Unendlichen und dem Tiefsten mehr gibt, als wir zu träumen wagen. Eine Botschaft, die darauf hinweist, dass unsere Existenz Teil eines höheren Plans ist. Die Öffentlichkeit sollte das zu diesem Zeitpunkt auf keinen Fall erfahren."

Dann waren er und Jessica in Gefahr. Er mochte den Gedanken an die Reaktionen der Weltreligionen nicht zu Ende denken. Die Vorstellung von fanatischen Anhängern, die Jessica als göttliches Medium verehrten oder als ketzerische Außenseiterin verdammten, ließ Unruhe in ihm aufsteigen. Die Weltbühne, ein Schlachtfeld der Ideologien, und unweigerlich avancierte sie zum Spielball der Interessen. Die Wirklichkeit konnte eine Waffe sein, die Befreiung brachte, aber Vernichtung nicht ausschloss. Eine fast obsessive Energie erfüllte Rolf Felbing. Doch an Umkehr war nicht mehr zu denken. Die Büchse der Pandora war geöffnet.

„Sie haben gemerkt, wie anstrengend der Austausch ist", unterbrach Jessica das Schweigen.

„Ja, das weiß ich."

Sie hörte seinen Atem leise durch den Telefonhörer.

„Am Nachmittag steht ein Treffen mit anderen Professoren auf dem Programm. Ich werde mich bemühen."

Die Vorstellung, dass fanatische Anhänger Jessica als göttliches Medium verehrten, beunruhigte ihn zutiefst. Jessica konnte sich das Treffen lebhaft vorstellen. Respektierte Männer mit Brillen und Rollkragenpullovern, die sich für den Mittelpunkt der Welt hielten. Sie wusste es besser. Der Zenit aller Ereignisse manifestierte sich in Gießen, und ihr Laptop war das Tor zu dieser einzigartigen Sphäre. Rolf Felbing, Dozent an der Uni, lag fest in ihrer Hand – eine Macht, die sie auf eigenartige Weise faszinierte.

„Sie können eine Stunde Physiotherapie mit meiner Kollegin machen."

„Kollegin? Das kommt nicht in Frage. Ich setze einmal aus", wehrte Rolf Felbing ab.

„Okay, dann sehen wir uns nächste Woche."

„Äh halt, ich dachte, ich könnte noch mal kommen?", stammelte Rolf Felbing.

„Ach so", Jessica kaute nervös auf ihrer Unterlippe, „wann wäre das?"

„Ab fünfzehn Uhr."

Jessica dachte an ihren Rücken, der dringend Schonung brauchte.

„Übermorgen passt besser."

„Gut. Um die gleiche Zeit?"

„Ja."

Rolf Felbing wurde von einer ungewohnten Unruhe erfasst, als hätte er den Zugang zu seinem inneren Gleichgewicht verloren. Er hatte das Gefühl, sich selbst fremd geworden zu sein. Getrieben von Sorge und Angst. Nicht auszudenken, wenn dieser jungen Frau etwas zustoßen würde. Wenn das Band zerriss, stürzte er ins Nichts. Niemand würde ihm glauben. Er musste mehr über die andere Seite erfahren. Die Bücherwand in seinem Büro erschien ihm wie eine Ansammlung nutzloser Weisheiten. Waren all diese Theorien und Erkenntnisse noch relevant? Dann betrat er den Hörsaal und sollte den Studierenden Wissen vermitteln, das er seit einer Woche in Frage stellte. Zum Glück hatte er genug Erfahrung, um sein Manuskript herunterzuleiern. Hoffentlich gab es nicht zu viele Fragen.

„Hier sind die Unterlagen für die Besprechung", Sara Kronlei legte die Mappe auf seinen Schreibtisch.

Er unterschrieb die Dokumente, ohne sie zu lesen. Sich auf seine Sekretärin hundertprozentig verlassen zu können, erwies sich als äußerst vorteilhaft. Kaffeeduft durchzog das Büro.

„Wie wäre es mit einer Veränderung?"

Sara Kronlei schaute ihren Chef verdutzt an.

„Kennen Sie Chai Tee?"

Sie nickte: „Schwarztee mit Milch und Gewürzen."

„Wissen Sie was? Ich steige um. Besorgen Sie den Tee am besten mit Vanille. Weg mit der Turbobrühe. Ist auch viel gesünder."

Sara Kronlei spürte, dass sich etwas Unbekanntes zusammenbraute. Ihr Chef, der Unmengen von Kaffee trank, hatte sich plötzlich verändert. Was bewirkte diese Veränderung?

47

„Ich fühle mich wie auf einem fremden Planeten. Schau dir all die Menschen an! Sie wandern ziellos von einem Ort zum anderen. Es ist, als hätte ich meinen Platz in dieser Welt verloren und müsste mich erst wieder zurechtfinden." Jessica saß mit Marc auf dem Rand eines Blumenkübels aus Waschbeton.

Jeden Sommer freute sie sich auf das 'Golden Oldies Festival' in Wettenberg. Eine Veranstaltung, die Besucher aus ganz Deutschland ins Gießener Land lockte. Die Petticoatkleider, aufpolierten Oldtimer und Elvis-Imitationen ließen Jessica kalt. Ihre Gedanken kreisten beharrlich um Ben. Die Erlebnisse, die sie sonst an seiner Seite genoss, verblassten ohne ihn. Letztes Jahr hatte er sich beim Friseur eine Schmalztolle machen lassen. Und stand unangefochten im Mittelpunkt. Die Erinnerung schmerzte.

„Du darfst das alles nicht so schwer nehmen", sagte Marc und blickte in den wolkenlosen Himmel.

Jessica kochte innerlich: „Wie bitte?" Ihr Schrei ließ ihn zusammenzucken, und die Aufmerksamkeit der Passanten richtete sich auf sie.

„Glaubst du, das ist ein verdammtes Kinderspiel für mich?", fuhr sie fort, ihre Stimme lauter werdend.

Marc erkannte die Unangemessenheit seiner Worte.

„Beruhige dich, bitte. Ich verstehe schon", versuchte er die Situation zu entschärfen und griff nach ihrer Hand.

Jessica rang nach Luft, ihr Atem ging stoßweise. Ihr Gesicht verlor jede Farbe, rote Flecken breiteten sich wie Feuer auf ihrem Hals aus.

„Bitte, Jess, alles wird gut. Du brauchst dich nicht aufzuregen." Er fürchtete einen Ohnmachtsanfall. Eine Katastrophe in der Menge.

Hastig zog er seine Trinkflasche aus dem Rucksack. Jessica leerte sie in einem Zug.

„Ich verstehe, was in dir vorgeht, und ich würde wirklich gerne öfter mit dir zusammen sein", erklärte er mit spürbarer Anstrengung in der Stimme, „aber du weißt, wie wichtig dieses Projekt ist. Aber ich verspreche dir, wenn alles vorbei ist, werde ich mir mehr Zeit für dich nehmen.

Die drohende Ohnmacht verschwand. Die Farbe kehrte in ihr Gesicht zurück.

"Was soll das heißen? Alles vorbei?" fragte sie, ihre Stimme zitterte zwischen Wut und Verzweiflung.

„Glaubst du wirklich, dass eines Tages alles einfach ... verschwindet? Denkst du, ich würde einfach aufgeben?„

Sie schüttelte den Kopf, als könnte er allein mit dieser Geste den Gedanken vertreiben. Ich bin noch lange nicht fertig. „Was ist so wichtig an dieser Arbeit?" Der Ausdruck des Ernstes zeigte sich in ihrer Mimik. Ihre ehemals humorvolle Seite war nicht mehr vorhanden.

Marc holte tief Luft. „Weißt du, das Konzept lag Ben sehr am Herzen. Ich sehe es als meine Pflicht an, es zu Ende zu bringen."

Sie nickte. Sie hatte keine Ahnung von der Arbeitswelt der Computer. „Arbeitest du schon wieder?"

„Ja, mehr schlecht als recht. Ich kann nicht den ganzen Tag zu Hause sitzen."

„Unser Geheimnis verraten wir aber niemandem, ja?", fragte er plötzlich.

„Wo denkst du hin?" Jessica fiel Rolf Felbing ein.

Schließlich musste Marc ja nicht alles wissen.

„Ich verspreche dir, dass ich morgen Nachmittag komme, ja?"

Jessica fiel ein, dass Rolf Felbing morgen vorbeikommen würde. „Nein, äh, das geht nicht", sagte sie fast verzweifelt. Marc sah sie erstaunt an. Zuerst hatte sie gejammert, jetzt wehrte sie sich.

„Hallo", rief Jessica und winkte zwei Leute zu sich heran. „Guck mal, das sind Philip und Mary."

Ein heißer Strahl schoss Marc durch den Magen. Das durfte nicht wahr sein. Zu spät, sie konnten nicht mehr in der Menge verschwinden.

„Kommt näher. Was macht ihr denn hier?", fragte Jessica lächelnd.

Philip und Mary schauten sie überrascht an. Jessica erinnerte sich gerne an ihre erste Begegnung mit Ben auf Philips Party im Herrshäuschen. „Steht die Partylocation noch?", fragte sie.

Philip und Mary sahen sich verlegen an. „Äh, ja", stammelte er nervös. „Alles wie immer."

Die mitteilungsbedürftige Mary blieb stumm.

„Ich habe ein Weizen getrunken. Keine gute Idee bei der Hitze", stammelte er.

„Komm, erzähl keine Märchen, du bist doch trinkfest! Wenn einer was verträgt, dann du."

Mary hüstelte: „Oh, ich hätte nicht gedacht, dich hier anzutreffen?"

„Ja, die Sache mit Ben ist schlimm, aber ich muss mal unter Menschen. Nur zu Hause ist nicht gut."

Jessica schaute die beiden verwundert an. Sie standen da, als hätten sie etwas angestellt und wären erwischt worden. Wo war die frühere Eintracht geblieben?

„Wir müssen weiter", murmelte Philipp. Dann verschwanden sie in der Menge.

„Was war das denn?"

Jessica sah Marc verwundert an.

Ein verwirrtes Stirnrunzeln lag auf seinem Gesicht.

„Vielleicht haben sie sich gestritten", sagte Marc, aber Jessica spürte, dass etwas nicht stimmte.

„Die haben mit dir kein Wort gewechselt", meinte sie irritiert.

„Wer weiß, welche Laus ihnen gerade über die Leber gelaufen ist."

Jessica wunderte sich, wie leichtfertig Marc damit umging.

„Dienstag", sagte er dann plötzlich.

„Dienstag?", fragte Jessica erstaunt.

„Ja, Dienstag komme ich."

Sie nickte. Am Ende der Festmeile entdeckte Jessica den kleinen Stand einer Handleserin. Mit allerlei mystischer Dekoration und Räucherstäbchen weckte sie Jessicas Interesse. „Komm, das ist Betrug. Sie zieht dir das Geld aus der Tasche", warnte Marc.

Doch Jessica ließ sich nicht aufhalten. Der bunte Schnickschnack zog sie magisch an.

„Für zwanzig Euro ein Blick in die Zukunft. Das lasse ich mir nicht entgehen."

Die Frau, jünger als sie, trug ein buntes Seidenkleid. Ein silbernes Haarband mit roten Glassteinen schmückte ihre Stirn. Jessica konnte sich nicht erinnern, jemals solche Augen gesehen zu haben. Ihr Ausdruck war tiefbraun.

„Mensch Jess, komm schon! Das ist Blödsinn."

Marcs Worte hörte sie nicht. Wie in Trance ließ er sich auf einem Holzstuhl gegenüber der Frau nieder. Sie zog den Samtvorhang ihres Zeltes zu. Die Geräusche des Festivals verstummten und Jessica tauchte in eine geheimnisvolle Welt ein. Der Blick der Wahrsagerin drang tief in ihr Inneres. Die Umgebung verdichtete sich zu einer geheimnisvollen Atmosphäre, als würde die Zeit stehen bleiben. Ein Duft von Patchouli und Bergamotte hüllte Jessica ein und benebelte sie ein wenig.

Die Seherin nahm ihre Hände behutsam in die ihren, als hielte sie etwas Kostbares und Zerbrechliches. Ihre Augen verengten sich, als sie über die Finger glitt, als könnte sie die Geheimnisse ihres Lebens ertasten. Langsam wanderte ihr Blick zu den Handflächen und verharrte dort, als hätte sie etwas Erschütterndes entdeckt.

Die Luft schien von einer unerklärlichen Spannung erfüllt. Jeder Atemzug fiel schwer, die Zeit selbst schien den Atem anzuhalten. Ein Schauer lief Jessica über den Rücken, als die Seherin plötzlich aufblickte, ihr tief in die Augen sah und flüsterte:

"Du hast einen langen, dunklen Weg vor dir... und etwas lauert in den Schatten."

Die Worte hallten in Jessicas Kopf wider wie ein Echo, das keinen Frieden fand. Sie ließ ihre Hände los, als hätte sie eine brennende Glut berührt, und senkte den Blick, als hätte sie Dinge gesehen, die kein Mensch je erfahren sollte.

Jessica schluckte. Die Stille tat fast weh. Nach einer Weile begann sie erneut zu sprechen: „Ein Rätsel fesselt Sie auf beklemmende Weise. Mehr als Ihnen lieb ist. Suchen Sie nicht nach einer rationalen Erklärung. Geben Sie diesem Rätsel die Freiheit, im Schatten seiner Geheimnisse zu bleiben."

Ihre Stimme klang unergründlich und eindringlich.

„Noch ist die Zeit nicht reif für Antworten. Wenn es so weit ist, wird die Wahrheit ans Licht kommen."

„Wenn es so weit ist?" Jessica starrte sie an.

Die Frau blickte stirnrunzelnd nach unten, während die Glassteinchen klirrten.

Jessica saß reglos vor ihr, gefangen in einem Strudel der Spannung, auf der Suche nach einem Ausweg. Was geschah hier? War das alles nur Theater oder besaß diese Person tatsächlich die Gabe, in die Zukunft zu sehen? Jessica zog ihre Hand zurück.

„Zwanzig Euro, bitte." Ihr Ton änderte sich schlagartig.

Jessica warf ihr den Schein auf den Tisch und verließ eilig die

Lokalität. „Lass uns gehen!"

Eine seltsame Beklemmung breitete sich in ihr aus.

„Siehst du, was habe ich dir gesagt? Es geht um Geld. Du hättest mir die zwanzig Euro genauso gut geben können. Meine Geschichte hätte dir gefallen."

„Woher kennst du so etwas?", fragte Jessica gereizt. Ich dachte, dein Heil liegt in der virtuellen Welt?"

„Was hast du erwartet, dass sie dir das Paradies zeigt?", fragte Marc spöttisch.

„Ja, vielleicht", murmelte Jessica. Vergiss nicht, was wir gerade erleben. Ich halte nichts mehr für unmöglich."

Jessica drehte sich noch einmal um. Die Frau sah sie hinterher.

„Oh Gott", murmelte sie stumm, die Hände fest ineinander gekrallt, „bitte... bewahre mich davor, den Verstand zu verlieren. Lass mich nicht fallen..."

48

Pünktlich um fünfzehn Uhr klingelte Rolf Felbing an der Tür. Obwohl er sich nicht rechtfertigen musste, sah er er um sich. Parkende Autos säumten die Straße. Jessica arbeitete nur einen halben Tag. Ihre Chefin war großzügig mit ihrer Arbeitszeit. Sie verstand ihre Lage. Es gab ohnehin einen Mangel an qualifizierten Physiotherapeuten. Ihre Mitarbeiterin war nicht mehr so belastbar wie früher.

Rolf Felbing trug die Kleidung, in der er vor einer Stunde im Hörsaal unterrichtet hatte. Eine Stoffrolle klemmte unter seinem Arm.

„Darf ich das Badezimmer benutzen?"

Jessica nickte.

„Was sollte das denn bedeuten?", dachte sie.

Fünf Minuten später tauchte er in Sporthose und T-Shirt auf. „So, jetzt ist alles leichter." Er rieb sich die Hände.

Jessica sah ihn skeptisch an. Sie war froh, dass er gekommen war, aber er sollte auch wieder gehen. Sie plante keine weitere Übernachtung.

Er ließ sich auf dem Sofa nieder und schaute sich um. Seine Aufmerksamkeit blieb auf ihr ruhen.

„Geht es Ihnen gut?" Sein Tonfall verriet, dass er sich zwar nach Jessicas Befinden erkundigte, aber sein Hauptinteresse galt den Geheimnissen, die sich hinter dem Computerbildschirm verbargen.

„Ja, alles okay."

Jessica initiierte den Startvorgang, indem sie den Powerknopf betätigte.

Der Computer erwachte zum Leben.

„Ich hatte heute noch keinen Kontakt." Sie öffnete ihr E-Mail-Postfach. Nichts Neues.

„Es ist erstaunlich, wie schnell man sich an etwas gewöhnt. Das merke ich besonders bei Updates. Am Anfang ist es ärgerlich, wenn eingeübte Arbeitsschritte über den Haufen geworfen werden, aber nach ein paar Tagen ist alles wieder in Ordnung", erklärt Jessica.

„Woran haben Sie sich gewöhnt?"

Sie legte den Kopf in den Nacken, schaute an die Decke und seufzte. „Dass mein Leben so anders geworden ist. Ich habe noch nie so viel gelernt wie jetzt."

Rolf Felbing dachte an seine Studenten. Ursprünglich hatte er geplant, an diesem Nachmittag mit ihnen die Zeiteninsel vor den Toren von Marburg zu besuchen. Ein archäologisches Projekt in der Nähe von Argenstein. Er strich es. Zum Glück hatte er ihnen noch nichts von der Exkursion erzählt. Inmitten der verschobenen Realitäten seines Daseins verlor das an Wert. Sie bekamen eine Hausaufgabe, die sie eine Weile beschäftigte. Sara Kronlei durfte sich den Nachmittag als Freizeit gutschreiben lassen, eine scheinbar harmlose Geste, die sie zufriedenstellte.

Jessica fragte sich, ob Rolf Felbing ihr zuhörte.

„Ich war gestern auf dem Oldiefestival in Wett..." Sie stockte, unterbrochen von einem Klingeln. Eine E-Mail von Ben erschien in ihrer Mailbox. Rolf Felbing nahm eine Haltung ein, die den Eindruck vermittelte, als herrsche er mit ruhiger Souveränität über das Chaos.

Die Sekunden dehnten sich zu einer Ewigkeit, während Jessica die Nachricht öffnete. Ihr Blick klebte auf dem Bildschirm. Seine Nervosität ließ sich nicht verstecken.

„Was lesen Sie da?"

Ein Lächeln umspielte Jessicas Lippen, als sie die Situation begriff. Hier saß dieser angesehene Mann, der über den beruflichen Werdegang junger Menschen entschied. Jetzt bestimmte sie, wohin die Reise ging. Sie spürte die ungeheure Tragweite dessen, was ihr widerfahren war - eine Welt tat sich vor ihr auf, die weit über die Grenzen ihres bisherigen Daseins als Angestellte in einer Reha-Studio hinausging.

Rolf Felbing knetete seine Finger, dass es knackte. Er stand im Zentrum seines eigenen Universums, während sich vor ihm ein Meer von Möglichkeiten auftat.

„Geht es dir gut?", schrieb Ben.

„Fragen Sie etwas Spektakuläres", drängte Rolf Felbing. Jessica hielt inne und sah ihn an: „Warum?"

„Es muss etwas Bedeutendes sein."

„Bedeutend? Reicht das nicht?" Jessica nahm die Hände von der Tastatur.

Rolf Felbing erschrak.

„Ja, natürlich, Entschuldigung, Sie müssen wissen, ich, ich ...", stotterte er.

„Ich spreche jetzt mit meinem Freund, und bitte reißen Sie sich zusammen!"

Jessica sprach mit einer so unerwarteten Entschlossenheit, dass es ihm für einen Moment die Sprache verschlug. Ihre Augen funkelten im Halbdunkel, ein unerschütterliches Leuchten, das ihm eine fast ehrfürchtige Gänsehaut über den Rücken jagte. Sie schien sich in diesem Moment zu verwandeln, eine neue, kraftvolle Seite von ihr kam zum Vorschein, die er noch nie gesehen hatte.

„Tu genau, was ich dir sage", befahl sie, und ihre Stimme hatte einen kalten, festen Ton, der keinen Widerspruch duldete. Er hätte nie gedacht, dass er jemandem so kompromisslos vertrauen könnte, aber irgendetwas an ihrer Haltung, an ihrem Blick ließ ihn keinen Moment zögern. Instinktiv wusste er, dass das Befolgen ihrer Anweisungen die einzige Möglichkeit war, mehr zu erfahren.

Warum fühlte er sich von dieser unerwarteten Dominanz so angezogen, so fasziniert?

„Mir geht es gut. Ich habe heute bis Mittag gearbeitet", tippte sie.

Sie legte die Hände in den Schoß und wartete. Die Spannung stieg, während sie reglos nebeneinander saßen; das leise Ticken der Küchenuhr wirkte wie ein unheilvolles Trommeln. Jessica hatte Rolf Felbing schon oft massiert und ihn auch schon bis auf die Unterhose entkleidet gesehen. Doch in diesem Moment kam sie ihm näher als je zuvor und nahm ihn noch intensiver wahr. Sie konnte den Blick nicht abwenden von seinen leicht behaarten, muskulösen Armen. Die goldene Armbanduhr mit dem blauen Zifferblatt wirkte elegant. Er trug sie zum ersten Mal. Das weiße T-Shirt, das seine Brust umspannte, verlieh ihm eine jugendliche Frische, die man bei Männern seines Alters selten fand.

„Was ist deine Sehnsucht?"

Bens Frage riss sie aus ihren Gedanken.

„Schreiben Sie..." Rolf Felbing hatte Mühe, sich zu beherrschen.

Jessicas Gesichtsausdruck mahnte ihn zur Geduld.

„Gibt es einen Weg zurück?" Diese Frage hatte sie sich schon am Abend zuvor gestellt.

Stille breitete sich aus. Rolf Felbings Muskeln spannten sich wie ein schussbereiter Bogen. Langsam baute sich der Satz vor ihnen auf. „Hier ist keine Zeit und kein Weg.

Aber die Liebe bleibt. Sie ist ewig, ohne Schranken und Grenzen."

Es war endgültig. Jessicas stille Tränen, leise Boten wahrer Erkenntnis. Rolf Felbing legte den Arm um sie. Ihr Kopf fand Halt an seiner Brust.

„In der Endlichkeit liegt die Einzigartigkeit des Lebens", sagte er verständnisvoll. Seine Worte wirkten heilsam auf sie. Er war der einzige Mensch, der den außerordentlichen Schmerz ihrer Trauer nachempfinden konnte.

„Was wollen Sie wissen?", antwortete Jessica und schnäuzte sich.

Das war der Moment, auf den er so lange wartete. Er zog ein Blatt Papier aus der Hosentasche und entfaltete es.

„Fragen Sie ihn nach der dunklen Energie."

Jessica sah Rolf Felbing überrascht an.

„Was soll ich denn da fragen?"

„Fragen Sie ihn, ob es die dunkle Energie gibt und nach dem Urknall!"

„Mit diesen Themen habe ich mich noch nie beschäftigt. Wie soll ich das erklären?"

„Stellen Sie ihm einfach die Frage!"

Jessica konzentrierte sich und begann zu tippen.

Für ein paar Minuten breitete sich tiefe Stille aus.

Schließlich kam eine Nachricht.

„Warum?"

„So, jetzt haben wir den Salat. Er weiß, dass es mich nie interessiert hat?"

„Schreiben Sie, dass Sie es im Fernsehen gesehen haben. Dadurch sind Sie neugierig geworden", schlug Rolf Felbing vor.

„Ja, dunkle Energie existiert hypothetisch in der Raumzeit. Die Menschen sind noch nicht auf der Stufe angekommen, um das zu verstehen. Leben ist Veränderung und wir sterben in jedem Moment ein wenig...... ich trage deine Liebe in mir."

Jessica presste die Hand an die Stirn.

„Ich kann das nicht tun. Ich stelle solche Fragen nicht mehr. Bitte, das hier ist keine Vorlesung. Ich entscheide, verstanden?"

Rolf Felbing hielt den Atem an. Wenn einer seiner Studenten in diesem Ton mit ihm reden würde, würde er aus dem Hörsaal fliegen. Er steckte den Zettel in die Hosentasche.

„Ja, ja, schon gut, Entschuldigung."

„Wo bist du?", schrieb Ben.

„In Gießen, in deiner Wohnung."

„Bist du allein?"

Jessica sah Rolf Felbing an.

„Und jetzt?"

„Um Himmels willen, schreiben Sie, dass niemand bei Ihnen ist! Denken Sie daran, wenn die Verbindung abbricht, ist alles verloren. Ich flehe Sie an."

Jessica zitterte. Es war das erste Mal in ihrem Leben, das sie Ben belog. Rolf Felbing hatte Recht, der Kontakt durfte nicht abreißen.

„Ja", schrieb Jessica.

„Was machst du?"

Ihre Hände flogen über die Tastatur.

„Ich sitze auf dem Sofa und esse."

Sie erschrak über sich selbst, wie mühelos ihr die zweite Lüge gelang. Fast unmerklich schüttelte sie den Kopf. Rolf Felbing strich ihr über den Rücken. Seine sanfte Berührung tat ihr gut. Sie spürte eine seltsame Verbindung zu ihm. Er bemerkte ihre quälende Unruhe, ohne dass sie es erklären musste. Vorsichtig legte er seine Hände um ihre Wangen. Langsam näherten sich seine Lippen. Jessica neigte den Kopf, bereit für diese Nähe. Ein Piepton kündigte eine neue Nachricht an. Sie fuhr zusammen. Was geschah mit ihr?

„Ich kann deine Kraft spüren. Ich liebe dich mehr, als Worte es ausdrücken können." Es schien, als wüsste Ben, was vor sich ging, und wollte das Spiel unterbrechen.

Als Jessica die Liebeserklärung las, war sie wie gebannt von den Worten und alles um sie herum verschwand. Mit geschlossenen Augen küsste sie den Bildschirm. Es störte sie nicht, dass Rolf Felbing unfreiwillig Zeuge dieses seltsamen Liebesbeweises wurde. - Eine seltsame Intimität inmitten der digitalen Finsternis.

Rolf Felbing war überwältigt von der Intensität des Moments. Seine Gedanken waren ein Wirbel aus Faszination, Eifersucht und Ehrfurcht. Alles, was er bisher über Beziehungen, Realität und das Leben an sich geglaubt hatte, schien sich in Luft aufzulösen. Jessicas Nähe, ihre Emotionen, die fast greifbare Verbindung zu Ben – all das stellte sein rationales Denken auf eine harte Probe.

Sie löste sich schließlich vom Bildschirm, die Augen voller Tränen, aber auch mit einem Ausdruck des Friedens, den Rolf Felbing so nie zuvor an ihr gesehen hatte. Sie wischte sich über die Wangen und setzte sich wieder gerade hin.

„Er ist immer bei mir", sagte sie leise, „und er wird es immer sein."

Rolf Felbing wusste nicht, was er darauf antworten sollte. Er fühlte sich wie ein Eindringling in eine Sphäre, die für ihn nicht bestimmt war. Die tiefen Geheimnisse, die Jessica mit Ben teilte, lagen außerhalb seiner Reichweite, und das erkannte er nun schmerzlich.

Er verstand nicht alles, aber er wusste, dass dieser Moment für Jessica entscheidend war. Es ging nicht nur um die Kommunikation mit Ben, sondern um ihre eigene Reise durch Trauer, Verlust und Liebe. Eine Reise, die sie noch lange nicht abgeschlossen hatte.

49

Rolf Felbing saß in seinem Büro und blickte auf die Marburger Altstadt. Die Häuser schmiegten sich an den Hügel, auf dessen Spitze das majestätische Landgrafenschloss thronte. Mit seinen in den Himmel ragenden Mauern und Türmen strahlte es eine Aura der Unbesiegbarkeit aus. Obwohl Marburg zu den mittelgroßen Städten in Deutschland zählte, war sie reich an Geschichte, die sich in ihren Bauten und Denkmälern spiegelte. Die Stadt wurde unweigerlich mit ihrer Universität in Verbindung gebracht. Studenten gehörten seit jeher zum Stadtbild. Auch über die Landesgrenzen hinaus verband man die kleine hessische Metropole mit dem theologischen Diskurs Martin Luthers.

Zum jugendlichen Flair passte der Bürgermeister mit seiner verschmitzten Art. Die Menschen zeigten sich freundlich, liebenswürdig und ein wenig entschleunigt. Die Lebendigkeit der Stadt übte auch auf Rolf Felbing einen starken Reiz aus. Nach dem Studium wollte er nicht in seine Heimatstadt Bottrop zurückkehren. Drei Jahrzehnte lehrte er an der Universität. Aber Jessicas Enthüllung änderte alles.

Er überlegte, in welche Richtung sich sein Leben entwickeln würde. Ein exzellenter Ruf eilte ihm voraus. Wenn er mit der Sache an die Öffentlichkeit ging, gab es nur zwei Möglichkeiten: einen kometenhaften Aufstieg in den erlauchten Kreis der größten Gelehrten der Wissenschaft oder einen Absturz in den Sumpf der Lächerlichkeit.

Er vertraute Jessica, aber das Wissen, das er sich während

seines Studiums angeeignet hatte, zeigte ihm, dass es auch andere Wege gab. In ihm brodelte es, denn er wusste, dass die Wahrheit Facetten hervorbringen konnte, die auf den ersten Blick nicht sichtbar waren. Eine junge Frau, die den Bildschirm ihres Computers küsste. In diesem flüchtigen Moment erkannte er die Zerbrechlichkeit dieser Geste. Die Zeit hatte ihre Spuren hinterlassen. Eine nie gekannte Leere überkam ihn. Ein Gefühl der Verlorenheit, durchdrungen von der unbeständigen Natur des Lebens. Etwas Großes lauerte im Verborgenen. Er lebte allein, und das weibliche Geschlecht brachte ihm kein Glück. Jetzt erschien ihm diese Einsamkeit wie eine Befreiung. Er war niemandem Rechenschaft schuldig. Je länger er darüber nachdachte, desto sicherer wurde er sich, dass diese Entwicklung seinen Lebensweg auf eine noch unbekannte Weise prägen würde.

Jessica war anders als andere Frauen. Was mit ihr geschah, verwirrte ihn auf eine unbekannte Weise. Sie strahlte eine außergewöhnliche Anziehungskraft aus, ohne diese zu betonen. Eine subtile Kombination, die ihn faszinierte.

Seine Sekretärin reichte ihm einen Prospekt: „Auf Burg Staufenberg findet ein Symposium zur historischen Entwicklung Hessens statt. Soll ich Sie anmelden?"

Rolf Felbing verneinte. Obwohl die Tagung in seiner Nähe stattfand, hatte er keine Lust, sich mit den vertrauten Kollegen zusammenzusetzen. Außerdem wusste er, was es mit den „bahnbrechenden Neuigkeiten" auf sich hatte. Er faltete die Broschüre auseinander und überflog die Zeilen; die Informationen wirkten auf ihn wie eine veraltete Nachricht. Er kannte Professor Vitol gut genug, um zu ahnen, dass ein kurzer Anruf bei ihm genügen würde, um sich die Konferenz zu ersparen. Sara Kronlei nickte überrascht über die Zurückhaltung ihres Chefs. Bei solchen Treffen war er es gewohnt, selbst einen Vortrag zu halten. Jetzt schien er kein Interesse daran zu haben. Seine Veränderung war nicht zu übersehen.

„Ist alles in Ordnung? Kann ich etwas für Sie tun?" Sara Kronlei konnte nicht anders, als energisch vorzutreten.

„Wie bitte? Ja, alles in Ordnung", erwiderte er geistesabwesend. Doch seine Miene verriet eine dunkle Unruhe.

„Geben Sie mir bitte Frau Keller!"

Die Stimmung vermittelte den Eindruck, dass etwas Unsichtbares im Verborgenen lauerte. Es war nicht ihre Aufgabe, ihn direkt auf diese Änderung anzusprechen. Als seine Sekretärin musste sie jeden seiner Schritte akzeptieren.

„Wie geht es Ihnen?"

„Gut. Ich habe letzte Nacht versucht, mit einer Schlaftablette zur Ruhe zu kommen."

Jessica wollte nichts beschönigen. Die Anwesenheit von Rolf Felbing vermittelte Trost und Unbehagen, ein Drahtseilakt zwischen Wohlbefinden und unterschwelliger Anspannung.

„Ist schon o. k., solange es kein Dauerzustand wird."

Er senkte die Stimme und fragte mit einem Anflug von Besorgnis: „Hatten Sie wieder Kontakt?"

„Nein, ich habe geschlafen. Die Tür zum Jenseits blieb verschlossen."

„Wann kann ich wiederkommen?"

Sie überlegte. Einerseits empfand sie seine Besuche als anstrengend, andererseits blieb er der Einzige, mit dem sie angemessen kommunizieren konnte. Er verfügte über das

Wissen, das ihr fehlte. Und sie musste zugeben, dass sie sich bei ihm mit jedem Treffen wohler fühlte.

„Am Freitag habe ich um zwölf Uhr Feierabend", sagte Rolf Felbing.

„Ja, das wäre gut." Auch Jessicas Arbeitstag endete mittags.

„Wir behalten unser Geheimnis doch für uns?", hakte Rolf Felbing nach. Irgendetwas in ihm befahl ihm, diese Frage zu stellen.

„Glauben Sie wirklich, dass ich jemandem davon erzählt habe?"

„Nein, eigentlich nicht."

„Dann sehen wir uns am Freitag."

50

„Warum sind wir so anders geworden? Wo ist das Leben geblieben?", fragte Marc wehmütig.

„Ben, er hat die Schwelle überschritten und uns zurückgelassen."

„Er ist doch nicht freiwillig gestorben? Oder glaubst du das?"

„Auf keinen Fall, aber es ist passiert. Leben ist Veränderung und wir sterben in jedem Moment ein bisschen."

„Das darf nicht wahr sein", Jessica fasste sich an den Kopf, „genau das, hat Ben mir gestern geschrieben."
Marc verbarg seine wahren Gefühle geschickt.

„Siehst du, es gibt eine Verbindung zwischen uns. Du hast das größte Geschenk bekommen, das ein Mensch je bekommen hat."

„Na hör mal. Was soll denn das heißen? Ich bin am Boden zerstört. Mein Freund ist tot, tot, kapiert? Viel zu früh. Ob das ein Geschenk ist, bezweifle ich? Ich weiß nicht, wie das bis ans Ende meiner Tage durchhalten soll. Ich habe eine Beziehung mit einem körperlosen Wesen, weißt du, was das heißt? Gestern habe ich den Bildschirm geküsst", gestand Jessica.

„Du hast was?", fragte Marc bestürzt.

„Ja, du hast richtig gehört. Mein Verlangen nach ihm war so stark, dass ich dachte, er würde mich durch den Bildschirm küssen."

Die Sorge um ihr Verhalten belastete ihn. Hilflos und unfähig, die Situation zu verbessern, griff er nach zwei Tassen im Küchenschrank und setzte einen Wasserkessel auf. Er kannte Bens Zuhause gut. In der Spüle entdeckte er zwei Teller, Gabeln und Messer.

„Hattest du Besuch?"

„Wie kommst du darauf?", erwiderte Jessica nervös.

„In der Spüle stehen zwei Teller."

„Ach so, ich sammle das Geschirr immer im Spülbecken. Und räume es später in die Maschine", erklärte sie hastig.

Jessica ärgerte sich. Sie musste besser aufpassen, denn sie bewegte sich auf dünnem Eis.

„Was ist mit Bens Projekt?" Ihr Ton sollte unbekümmert klingen, aber es gelang ihr nicht.

„Ich komme gut voran", rief er aus der Küche, „aber ich wusste nicht, dass es ein derartiges Ausmaß annehmen würde. Der Kunde will das Design für eine ganze Produktlinie - eine gewaltige Arbeit."

„Und das macht dir keine Schwierigkeiten? Ich will dich nicht beleidigen, aber Ben war auf seinem Gebiet der Beste."

Marc schüttete den Zucker in den Tee und verbarg dabei gekonnt seine Unruhe.

„Nö, es ist alles dokumentiert. Der Klingmeyer unterstützt mich nach Kräften."

„Und das alles nur, um den guten Ruf der Firma zu retten?"

„Ja klar. Und es ist Bens Arbeit. Für mich ist das selbstverständlich. Er war mein bester Freund."

„Und im Notfall kannst du ihn ja fragen", bemerkte Jessica. Marc lutschte an seinem Löffel und verschluckte sich. Es dauerte einen Moment, bis er sprechen konnte.

„Den Klingmeyer meine ich."

Jessica streifte sich ein T-Shirt über.

„Das stimmt." Marc schluckte.

Dass Lars Klingmeyer ihn aus dem Krankenhaus abgeholt hatte, verschwieg er Jessica.

„Entschuldige, aber du weißt doch, dass ich keinen Zucker im Tee mag." Jessica verzog das Gesicht.

Marc ärgerte sich, er musste besser aufpassen.

„Weißt du, ich verstehe die Reaktion seiner Eltern nicht. Sie haben ihren Sohn verloren. Und sie machen weiter, als wäre nichts gewesen."

Nachdenklich blickte sie über die Dächer von Wieseck. Die bedrückende Erinnerung an den Besuch lastete schwer auf ihr. Sie suchte nach Antworten. Statt Klarheit umgab sie eisige Kälte. Deutlich prägten sich ihr die Gesten der beiden Männer ein.

„Das sind Buddhisten, die ticken anders."

Es klingelte an der Tür. Jessica sprang auf. Niemand außer ihren Eltern wusste, wo sie war. Vorsichtig spähte sie durch die Vorhänge. Zwei Frauen standen vor der Haustür. Die eine zierlich in einem grau geblümten Kleid und mit Kurzhaarschnitt. Die andere, fülliger, mit einem Zopf, der ihr bis zur Taille reichte. Mit ihrer dunklen Hose und der blaugrünen Windjacke war sie für die Jahreszeit zu warm angezogen. Wieder klingelte es. Eine Welle des Unbehagens erfasste Jessica. Sie suchten etwas, denn ihre Blicke schweiften umher.

Marc schaute Jessica über die Schulter.

„Kennst du die?"

„Nö, ich lasse sie auf keinen Fall rein."

Wieder klingelte es. Beide reckten die Köpfe und schauten nach oben. Erst jetzt bemerkte Jessica den Blumenstrauß, den die eine in der Hand hielt. Erschrocken trat sie zur Seite.

„Wir sind in Gießen. Hier gibt es viele seltsame Gestalten,

die um alles Mögliche betteln", sagte Marc mit einer leichten Anspannung in der Stimme. Jessica hörte es nicht, denn ihr Herz schlug bis zum Hals. Nach fünf Minuten waren sie in einer Seitenstraße verschwunden. Durch die Unterbrechung verpassten sie eine neue Mail von Ben. Die Worte ließen sie innehalten.

„Im Schatten tanzt der Frieden."

Die Information machte sie stutzig.

„Was meinst du?", fragte sie, während ihre Finger hastig über die Tastatur huschten.

„Da sind sie: Adenauer, Schmidt, de Gaulle und auch die anderen", überflog Jessica, während tausend Fragen in ihr aufkeimten.

Es ergab alles keinen Sinn. Was verband diese historischen Persönlichkeiten mit der Gegenwart?

Sie sah Marc an. „Und was soll ich jetzt mit dieser Information anfangen?"

„Keine Ahnung, frag ihn."

Jessica antwortete mit einem Fragezeichen. Kurz darauf kam die Erklärung.

„Keine Sorge, kein Krieg vertraut dem Fluss des Schicksals."

„Ein Blick in die Zukunft wäre doch unmöglich", schrieb sie hastig.

„Doch. Diese Männer wissen es aus Erfahrung."

Jessica war überwältigt von der Vielfalt von Bens Antworten. Sie musste sich anstrengen, um alles zu verstehen und richtig einzuordnen. Aber sie fragte sich, ob an diesem Ort, an dem er sich befand, überhaupt menschliche Gesetze galten.

„Frag ihn, wie sie aussehen", warf Marc ein.

Die Antwort ließ nicht lange auf sich warten. „Wie man

sie kannte."

„Marc ist hier." Jessica bemühte sich, ihre Nervosität in den Griff zu bekommen.

„Geht es ihm gut?"

„Ja. Er arbeitet an deinem Projekt."

Einen Moment lang herrschte Schweigen.

„Noch einmal mit dem Fahrrad."

Bens Worte erschütterten Jessica zutiefst. Sie kämpfte mit den Tränen. Marc drehte den Laptop zu sich.

„Hi, ich bin es Marc", schrieb er.

Marc legte seine Finger auf die Tasten des Computers, als wären es glühende Kohlestücke.

„Irgendwann kommen wir."

Dann schob er den Laptop von sich weg. Jessica kam diese Bemerkung völlig absurd vor.

„Hast du keine weiteren Fragen?" Sie sah ihn ungläubig an. Er schüttelte den Kopf. Sein Blick verriet Desinteresse.

„Ich habe dein Auto in Bellnhausen gesehen."

„Mein Auto?"

„Die gleiche Farbe. Ich konnte das Nummernschild nicht erkennen, aber ich bin mir sicher", erklärte Jessica eindringlich.

„Mensch, Jess, weißt du, wie viele türkisfarbene Autos es gibt?"

„Ja, aber ich glaube nicht in Bellnhausen."

„Dem Dorf traue ich alles zu, da gibt es schon ein paar außergewöhnliche Exemplare."

Marc stieß die Teetasse an. Sie tanzte auf dem Tisch.

„Was hast du denn da gemacht?", fragte er neugierig.

Jetzt wurde Jessica die Dummheit ihrer Bemerkung bewusst. Marc durfte auf keinen Fall von Adamea erfahren.

„Ich war in Eile, wollte zum Bäcker. Du weißt schon, der Laden mit der magischen Anziehungskraft", versuchte sie abzulenken. Das schrille Klingeln des Telefons unterbrach das Gespräch.

„Ja?"

Am anderen Ende war Jessicas Mutter.

„Jess Kind", begann sie versöhnlich. Mit dem Rücken zu Marc gewandt, schaltete Jessica rasch das Mithören aus.

„Papa und ich verzeihen dir. Alles ist gut. Wir wollen, dass du glücklich bist, und wenn du bei diesem Mann Trost findest, ist das in Ordnung."

Die Worte ihrer Mutter wirkten auf Jessica wie die Vorboten eines aufziehenden Gewitters. Gleichzeitig breitete sich so etwas wie Erleichterung in ihr aus. Marc saß neben ihr und lauschte. Sie durfte jetzt keinen Fehler machen. Ihrer Mutter musste ein abruptes Ende gesetzt werden.

„Du, ich habe Besuch. Wir können uns ein andermal unterhalten." Jessicas Ton blieb reserviert.

„Na ja, dann sag dem Herrn Grüße von mir und Papa! Ach ja, ich wollte dich übermorgen zu meinem Geburtstag einladen. „Ich habe eine Überraschung für dich", fügte ihre Mutter hinzu.

Jessica atmete tief durch. Wenn ihre Mutter von einer Überraschung sprach, steckte meistens etwas Unangenehmes dahinter. Sie riss sich zusammen, um nicht die Fassung zu verlieren. Ein Nein hätte größere Diskussionen ausgelöst, und jetzt zählte jedes Wort.

„Ja, ich komme."

„Gut, ich freue mich. Tschüs und beste Grüße. Na ja, du weißt schon."

Marc schnappte ein paar Wortfetzen auf.

„Stress mit deinen Eltern?“

Sie zögerte.

„Ja. Es geht um das Erbe meiner Großmutter. Da tauchen Probleme auf, mit denen wir nicht gerechnet haben. Schöne Grüße übrigens.“

Sie log schon wieder, aber was machte das schon. Marc stand auf.

„Willst du schon gehen?“

„Ich bin schon seit zwei Stunden hier. Von Ben kommt bestimmt nichts mehr.“

Jessica sah auf den Bildschirm. Die Zeit lief ihr davon.

„Wenn was ist, ruf mich an.“

„Ja, mach's gut.“

Jessica sah aus dem Fenster. Die Straße lag verlassen da.

Marc winkte und legte die Hände um den Mund: „Vor der Tür unten liegt etwas. Komm runter!“

Jessica eilte die Treppe hinunter. Der Blumenstrauß lag auf dem Boden.

„Was hat das zu bedeuten?“, rief Jessica.

„Ich weiß nicht, aber es sieht aus, als wäre es für dich bestimmt.“

Sie hob ihn auf. Ihr Verstand wehrte sich gegen den Gedanken, aber er ließ sich nicht vertreiben. War das eine Nachricht von Ben?

„Alles okay?“

Er griff nach ihrer Hand.

„Ja, alles in Ordnung.“

Sie umarmten sich, und es war, als würde jeder von ihnen einen Besenstiel liebkosen.

V Einswerden

51

„Stundenlang hab' ich gegrübelt, keinen Schlaf gefunden, rastlos gewälzt. Wie wird es sein, wenn alles zu Ende ist, wenn der letzte Vorhang fällt? Wird es einen Ort geben, der uns aufnimmt? Wird noch jemand bei mir sein? Oder verschwindet alles still und leise und ich bleibe ganz allein?", klang es dumpf aus den Lautsprechern im Auto. Jessica verlangsamte ihre Fahrt. Sie lenkte den Wagen auf den Parkplatz hinter dem Viadukt am Bahnhof Friedelhausen. Sie lehnte sich mit der Stirn ans Lenkrad und drehte das Radio auf volle Lautstärke. Die heißen Tränen benetzten das Leder, das die Flüssigkeit gierig aufsaugte. Es war ihr egal, ob man sie sah. Die Autos der Pendler warteten auf ihre Besitzer.

Sie ließ ihren Gefühlen freien Lauf. Die Musik übertönte ihr Schluchzen, während sie sich in ihrer Trauer verlor. Inmitten von Verzweiflung und Hoffnungslosigkeit parkte sie allein auf dem Gelände. Der Drang, ihrem Schmerz Ausdruck zu verleihen, war unwiderstehlich. Ein Güterzug ratterte vorbei und die Vibrationen erfassten sie. Sie hatte nicht mit der Heftigkeit des Gefühls gerechnet, es kam ohne Vorwarnung. Nach einer Weile rieb sie sich das Gesicht und putzte sich die Nase.

Sonnenstrahlen drangen durch das Laub der Linden und erzeugten ein malerisches Spiel von Licht und Dunkelheit. Ihr Blick verweilte auf dem Tanz der Blätter. Sie lachte laut, überwältigt von aller Vernunft. Sie konnte nicht unterscheiden zwischen Glück und Schmerz. Die Enge in ihrer Brust begann sich zu lösen. Die Wogen des

Gefühlstornados glätteten sich, während sie „Ein Zug nach Nirgendwo" aus dem Radio auf ihre eigene Reise mitnahm. Sie wollte über Berge und Seen fliegen, um an den Ort zu gelangen, an dem sie ihren Liebsten in die Arme schließen konnte.

Was sollten die Kaffeegäste bei ihrer Mutter denken, wenn sie verweint aussah? Aber erschien es nicht verständlich angesichts ihrer Situation? Sie strich sich mit dem Lippenstift über den Mund und startete den Wagen. Im nächsten Dorf ärgerte sich ein Raser über das Tempolimit. Er fuhr so dicht auf, dass seine Scheinwerfer im Rückspiegel verschwanden. Offensichtlich fehlte ihm der Verstand. Für manche Fahrer endete der Horizont hinter der Schule oder den Fabriken von Fronhausen. Als das Auto abbog, erkannte sie es als Fahrschulwagen - unglaublich. Ein Fahrexperte, der drängelte. Sein Ruf war weithin bekannt.

Winkend begrüßte sie ihre Mutter auf der Treppe. Jessica wedelte mit einem Blumenstrauß. Es war doch ein wunderbares Gefühl, zu Hause willkommen zu sein. Silke Keller schloss ihre Tochter in die Arme.

„Schön, dass du gekommen bist."

„Alles Gute, Mama, und möge jeder Tag mit Glück, Gesundheit und Liebe erfüllt sein."

„Danke, danke, komm rein. Ich habe eine Überraschung für dich."

Ihre Mutter strahlte vor Freude. Jessica hängte ihre Jacke an die Garderobe. Im Flur war Frau Schnitters vertrautes Lachen zu hören. Aber das konnte nicht die Überraschung sein. Die Nachbarin kannte sie seit ihrer Kindheit. Jessica spürte, wie Neugier in ihr aufkeimte.

„Guck mal, wer das ist!"

Ihre Mutter schob sie an den Kaffeetisch. Ein Gefühl von Entsetzen und Hass stieg in ihr auf. Dort saß Oliwa. Ihre Gegenwart ließ Jessica zusammenzucken. Die Erinnerung an das, was Ben ihr gesagt hatte, drängte sich in ihr Bewusstsein. Die Begegnung fühlte sich an wie ein dunkler Tauchgang in die Tiefen ihrer polnischen Seele. Der Blick klebte an ihr, während sie sich gut gelaunt ein Stück Kuchen in den Mund schob.

„Cześć, da du bist überrascht co? Ich freue mich, dich zu sehen", sagte sie und streckte Jessica die Hand entgegen. Jessica stand immer noch wie angewurzelt vor dem Tisch. Sie konnte sie nicht berühren und setzte sich wortlos. Oliwa wunderte sich. Die sympathische Frau wirkte kühl und abweisend.

„Sie ist extra aus München gekommen. Dort kümmert sie sich um einen Mann. Mit dem Zug hat sie sechs Stunden bis zu uns gebraucht. Toll, was?", erzählte Silke Keller stolz.

Jessica fühlte sich überrumpelt. Entschlossen riss sie sich zusammen, um nicht den Geburtstag platzen zu lassen. Was bildete sich diese Person ein, an so einem Tag aufzukreuzen? Es fiel ihr schwer, ruhig zu bleiben. Ihre Körpersprache verriet ihr Unbehagen. Trotzdem machte sie gute Miene zum bösen Spiel, was ihr nach der Schrecksekunde auch gelang. Niemand traute sich, nach ihrem Befinden zu fragen. Die Frauen am Tisch kannten sie gut genug, um zu wissen, dass Jessica mit schlagfertigen Antworten aufwarten konnte.

„Ich habe Linzertorte gebacken", rief ihre Mutter, „dein Lieblingskuchen."

Udo Keller kam verschwitzt mit zwei Getränkekisten aus dem Vorratsraum. Er legte ihr die Hand auf die Schulter.

Ein stilles Zeichen des Friedens. Er wollte keinen Streit mit seiner Tochter.

Als Jessica aus der Toilette kam, stand Oliwa in der Tür. Die Schuld war ihr deutlich anzusehen. Im leeren Flur nutzte Jessica die Gelegenheit und drückte sie gegen die Wand. Ihr intensiver Blick erschreckte die Polin.

„Du Schwein, was hast du dir dabei gedacht, hier aufzutauchen? Eine feine Pflegekraft bist du. Lässt dich noch dafür bezahlen. Ich weiß, was du getan hast. Du hast deine Spuren verwischt, aber ich sage dir, es wird herauskommen. Dann bekommst du die Strafe, die du verdienst", zischte sie mit Bestimmtheit.

Die Worte hallten durch den Gang. Oliwa zitterte, eingeschüchtert von Jessicas Wut und ihrer Drohung. Nackte Angst stand ihr ins Gesicht geschrieben. Eine zum Zerreißen gespannte Atmosphäre erfüllte den Flur, als die beiden Frauen einander ansahen. Sie schnappte nach Luft.

„Ale, ale ...", stammelte sie.

Jessica erkannte ihre Halskette. Es war der Aquamarin ihrer Großmutter. Sie riss sich ihr das Schmuckstück vom Hals.

„Die steht dir nicht zu", drohte sie furchterregend.

Dann ließ sie von ihr ab.

„An dir mache ich mir die Hände nicht schmutzig. Du, Schattenflüsterin, fahr zur Hölle."

Oliwas Körper zitterte. Als sie das Wohnzimmer betrat, sah man ihr den Vorfall nicht an. Sie nahm sich ein Stück Kuchen und plauderte scheinbar unbeschwert mit ihrer Tischnachbarin.

„Eine Pflegerin, deren Inneres schwer zu durchschauen ist", dachte Jessica und fixierte sie weiter.

Unter den Anwesenden bemerkte nur die Bürgermeisterin

eine subtile Veränderung - es musste etwas Bedeutendes passiert sein. Ihre Erfahrung im Umgang mit den unterschiedlichsten Menschen hatte ihren Blick geschärft. Aber es gab dringendere Verpflichtungen, als sich um Familienstreitigkeiten zu kümmern. Eine halbe Stunde später verabschiedete sich Oliwa. Ihre Mutter begleitete sie zum Ausgang und rief Jessica zu, sie möge kommen.

„Nein, nein, nicht nötig", wehrte Oliwa ab.

Silke Keller überhörte es und rief ungeduldig: „Komm mal!"

Jessica presste ihre Hand so fest, wie sie konnte. Oliwa biss die Zähne zusammen und ließ sich nichts anmerken. Ihre Mimik verriet die Anspannung eines unerbittlichen Zweikampfes.

„Gute Reise", lächelte Jessica.

„Und komm uns mal wieder besuchen", rief Silke Keller. Oliwa drehte sich nicht um. Mit schnellen Schritten entfernte sie sich in Richtung Bahnhof.

Nachdem alle Gäste gegangen waren, setzte sich Jessicas Vater neben sie.

„Wir haben verstanden, dass du alt genug bist, um selbst über dein Leben zu entscheiden", begann er ohne Vorwurf.

Jessica unterbrach ihn: „Ihr versteht das falsch ..."

„Wir wollen nicht mehr darüber reden. Schwamm drüber, ein für alle Mal", befahl er.

Sie lehnte sich zurück. Schwamm drüber. Ein guter Vorschlag. Warum sollte sie sich schon wieder in Lügen verstricken? Ihren Eltern konnte sie die Wahrheit sowieso nicht sagen.

Silke Keller trat vor die beiden, als stünde die Verkündigung der Ankunft des Messias unmittelbar bevor.

„Ich habe eine Überraschung für euch. Nächste Woche liest die Autorin, deren Krimi in unserer Gemeinde spielt, im Sichertshäuser Bürgerhaus. Ich lade euch ein."
Jessica schüttelte den Kopf. Ihr Bedarf an Kriminalgeschichten war mehr als gedeckt.

52

Jessicas Arbeitstag drehte sich wieder um die Belange von Patienten mit Muskel- und Knochenerkrankungen. Viele von ihnen gehörten der älteren Generation an. Schmerzende Hüften, Knie und Rücken konnten sie nicht akzeptieren. Als ob Alterungs- und Verschleißprozesse ignoriert werden könnten. Jessica stand vor der Herausforderung, ihre Patienten zu unterstützen. Sie musste die Realität einfühlsam vermitteln. Die vitalen Senioren auf den Hochglanzplakaten strahlten ewige Jugend aus. Die einst leidenschaftliche Hingabe an den Beruf glich einer verschwundenen Schatzkarte. Ihr strahlendes Gesicht verlor sich im Nebel der Monotonie. Stoisch erfüllte sie ihre Aufgaben, und das einstige Feuer wich einer eintönigen Routine. Sie hörte die immer gleichen Geschichten von den immer gleichen Menschen. Sie wehrte sich dagegen, dass ihre Unzufriedenheit die Oberhand gewann.

Die Sache mit Ben veränderte ihr Leben. Was einst von Bedeutung war, verblasste in der Gegenwart. Die Wendung des Schicksals zerstörte jede Bedeutung und verwandelte das Bekannte in ein undurchsichtiges Netz. Sie verbrachte ihre Freizeit vor dem Laptop. Am liebsten auf dem Sofa, wo sie sich mit einer Tiefkühlpizza oder Dosenravioli begnügte - ihre kulinarischen Bedürfnisse schienen damit befriedigt. Auch ihr äußeres Erscheinungsbild rückte in den Hintergrund. Wann sie das letzte Mal einen Friseursalon betrat, wusste sie nicht mehr.

Ein Zufall lenkte ihre Schritte in die richtige Richtung. Auf dem Weg nach Heuchelheim stand sie an einer Ampel. „Friseursalon" stand in großen Lettern an der Eingangstür. An einem Bistrotisch vor dem Laden saßen zwei Frauen und unterhielten sich entspannt rauchend. Zweifellos waren es Mitarbeiterinnen, keine aufgedonnerten Damen in modischer Kleidung. In diesem Moment spürte sie, dass sie ihren Friseur gefunden hatte. Das Hupkonzert hinter ihr ließ sie kalt. Die Ampel schaltete bereits zum zweiten Mal um. Wütende Autofahrer zogen an ihr vorbei. Die Reaktionen ließen Jessica kalt, denn sie wusste nicht, was dahinter steckte. Es war offensichtlich, in welchem Zustand ihre Haare waren und dass sie selbst Hand angelegt hatte. Es dauerte eine Weile, bis sie das wilde Durcheinander in den Griff bekam.

Nach einer Stunde blickte Jessica in den Spiegel auf eine neue Frau. Ein junges Mädchen hatte ihr einen asymmetrischen Kurzhaarschnitt gezaubert. Das durfte nicht wahr sein. Sie sah aus wie Victoria Beckham auf dem Laufsteg. Die Chefin trat hinter ihren Stuhl. „Elfenzauber", murmelte sie und kämmte mit den Fingern durchs Haar. Eine solche Verwandlung sahen sie nicht alle Tage. Mit neuem Selbstbewusstsein trat sie auf die Straße. Ihr Haarschnitt verlieh ihr eine frische Ausstrahlung.

Die Umgehungsstraße nach Gießen war wegen Bauarbeiten gesperrt. Deshalb quälte sich der Verkehr durch Lollar, und Jessica stand an diesem Nachmittag im Stau. Ihr entgingen nicht die Blicke einiger Männer, die lässig den Arm aus dem Seitenfenster hängen ließen. Vor kurzem war sie mit Ben und Marc hier entlang geradelt. Mit dem Wissen von heute würde sie alles tun, um ihn davon abzuhalten, dieses Auto zu kaufen.

Der Ausstellungsfläche des Autohändlers war voll mit seinen glänzenden Verkaufsobjekten. Sie bog ab und fuhr auf den Hof. Einige Autofahrer hupten und gestikulierten wild, weil sie nicht blinkte. Keiner bemerkte die Absurdität der Situation, denn sie warteten ohnehin. Zwei Männer unterhielten sich angeregt, der eine zwei Köpfe größer als der andere. Sie fachsimpelten über Hubraum, Zündkerzen und Straßenlage.

Jessica bewegte sich zielstrebig durch die Reihen, ihre Schritte waren fast sinnlich. Wer war wohl der Inhaber? Die Luft um sie herum schien dichter zu werden, je näher sie dem Größeren kam. Der Duft des Rasierwassers wurde schwerer, intensiver, zog sie fast magisch in seine Richtung. Sein Blick glitt über sie wie eine unsichtbare Hand, forschend und verlangend zugleich. Seine Augen schienen jede Kurve ihres Körpers zu streicheln, als könnte er sie allein mit seinen Blicken entkleiden.

Ihre Haut prickelte unter seiner stummen, aber eindringlichen Aufmerksamkeit, und eine flüchtige Wärme stieg in ihr auf. Es war, als stünde die Zeit zwischen ihnen für einen Moment still, nur um den elektrisierenden Augenblick zu verlängern.

Sie verabschiedeten sich mit einem Händedruck. Der Kleinere kam auf sie zu.

„Also der Inhaber", stellte Jessica fest.

Der Größere hielt ihren Blick fest, seine Augen glitten langsam über ihr Gesicht, als suchte er etwas in ihr, dass nur er sehen konnte. Einen Herzschlag lang hielt die Welt den Atem an, dann - ohne ein weiteres Wort - wandte er sich abrupt ab, stieg in seinen Wagen und ließ den Motor aufheulen. Er raste davon.

Ein leises, triumphierendes Lächeln umspielte ihre

Lippen. Sie konnte förmlich spüren, wie seine Augen und die der anderen Männer um sie herum noch immer an ihr klebten. Der Gedanke jagte ein leises Kribbeln durch ihre Adern, eine prickelnde, stille Befriedigung. Es war nicht nur ihr Aussehen, es war die Kraft, die sie ausstrahlte - die sie wie ein unsichtbares Netz umgab.

Sie wusste, dass diese Männer sie beobachteten. Es war ein Gefühl, das sie mit jeder Faser genoss.

„Kann ich Ihnen helfen?"

„Ja, aber ich will kein Auto kaufen", erklärte Jessica.

„Kein Problem, lassen Sie sich Zeit. Wenn Sie Fragen haben, ich bin in meinem Büro", erklärte der Händler und verschwand.

Sie strich über den Kotflügel eines Geländewagens. Die angenehme Haptik stand im Kontrast zur latenten Bedrohung. Im Büro des Autohändlers mischte sich der Geruch von frisch gebrühtem Kaffee mit dem von Polierwachs. Das Rasierwasser gehörte also dem anderen. Offensichtlich benutzte er seinen auf Hochglanz polierten Luxuswagen als Mittel zur Verführung. Ein weibliches Wesen, das sich einmal in seinem Netz verfangen hatte, konnte ihm nicht so leicht entkommen.

„Vor vier Wochen stand bei Ihnen ein schwarzes Cabrio mit weißen Ledersitzen", begann Jessica.

„Ja, das war der Audi 5. Ich erinnere mich ein Sahnestückchen", bemerkte der Autohändler mit hochgezogenen Augenbrauen, „der ist weg. Da kommen Sie zu spät."

„Ich weiß, mein Freund hat ihn gekauft. Er ist damit tödlich verunglückt."

Herr Eckstein schaute sie entsetzt an. Er konnte sich an keinen Unfall mit diesem Wagen erinnern, obwohl er über alles, was mit seinen Autos passierte, gut informiert war.

„Oh, das tut mir leid. Möchten Sie einen Kaffee?"

„Ja, gerne."

Jessica setzte sich auf einen dieser schrecklichen Schwingstühle, bei denen jede Bewegung den Körper in Resonanz versetzte.

„Erinnern Sie sich an den Verkauf?"

„Tut mir leid, aber ich spreche nicht über meine Kunden. Privatsphäre."

Woher sollte er wissen, dass sie die Wahrheit sagte? Es gab genug Betrüger. Seine Fahrzeuge gehörten zur Oberklasse. Diskretion eine Selbstverständlichkeit.

„Hat er etwas gesagt, an das Sie sich erinnern?", versuchte Jessica es noch einmal.

Herr Eckstein blieb hartnäckig. „Es tut mir leid, aber darüber kann ich Ihnen keine Auskunft geben."

Sein Blick verriet, dass er das Thema nicht weiter vertiefen wollte. Jessica sah ein, dass sie nicht weiterkam. Wortlos verließ sie das Büro.

Hanno Eckstein wunderte sich. Eine seltsame Begegnung. Charmant, aber verschroben. Niemals würde er Informationen über seine Kunden weitergeben, geschweige denn Kriminellen den Weg ebnen. Ihr Auftreten ließ ihn nachdenklich werden. Was wollte diese Person von ihm? Er schaute in seine Unterlagen. Eine Kopie des Ausweises lag ihm vor. Benjamin Goldman, Jahrgang 1988.

Er sah ihn deutlich vor sich. Vor vier Wochen hatte er mit strahlendem Gesicht sein Auto abgeholt. Die Nachricht von seinem tragischen Unfall ließ ihn über das irdische Dasein nachdenken. Als hätte das Schicksal eiskalt an den Grundfesten seines Glaubens gerüttelt. Das Auto, eben noch Symbol für Freiheit und Mobilität, wurde zum düsteren Zeichen der Vergänglichkeit. Das Glücksgefühl des Kaufs war verflogen.

In diesem Schreckmoment reflektierte der Autohändler über die Fragilität des menschlichen Lebens. Wie schnell konnte Glück in Schmerz umschlagen? Wie schnell war das Vergnügen, das wir im Alltag genossen, verflogen? Das Leben konnte einem wie Sand durch die Finger rinnen. Und plötzlich erschien jeder Verkauf, jeder Erfolg, jede Freude in einem anderen Licht.

Ein Hauch von Erinnerung durchdrang plötzlich sein Bewusstsein und zog ihn unwillkürlich zurück. Vor seinem inneren Auge blitzten die Bilder des viel zu schnellen Cabrios auf - jedes Detail scharf und lebendig, als wäre es gestern gewesen. Er sah das Fahrzeug vor sich, wie es mit atemberaubender Geschwindigkeit vorbeiraste.

Was hätte es gebracht, ihr jetzt davon zu erzählen?

Die Welt, die er aus dem Autohandel kannte, hüllte sich in einen düsteren Schleier. Sie erinnerten ihn an die Unberechenbarkeit des Schicksals. Die Betrachtungen wurden zu Reflexionen über die Vergänglichkeit aller Dinge. Nachdem er den Laptop zugeklappt hatte, ermahnte er sich, nicht zu tief in die Materie einzudringen. Schließlich verdiente er sein Geld als Autohändler und nicht als Philosoph.

„Guten Tag, was kann ich für Sie tun?" Hanno Eckstein wandte sich seinem nächsten Kunden zu.

53

„Liebe Gläubige! Macht euch bereit, die Herzen zu öffnen und eine einzigartige Botschaft des Glaubens zu empfangen. Ein überwältigender Glanz der Herrlichkeit ist auf der Erde sichtbar geworden. Lasst euch von dieser Botschaft erfüllen, denn sie wird eure Seelen mit dem Licht des Heils durchdringen und sie bis in die tiefsten Tiefen des Glücks tragen. Und wie heißt es in Genesis 2, Vers 15: Und Gott, der Herr, nahm den Menschen und setzte ihn in den Garten Eden. Liebe Brüder und Schwestern. Mit Freude verkünde ich euch, dass der Garten Eden seine Pforten geöffnet hat. Wir dürfen die Herrlichkeit in ihrer ganzen Pracht empfangen. Es geschieht vor unserer Haustür und das ist ein wahrhaftes Wunder. Er ist auserwählt von Gott, dem Herrn. Und wir als Jünger der Harmonie-Gemeinde der Hoffnung sind dankbar für dieses göttliche Geschenk".

Sara Kronlei und die anderen Gemeindemitglieder verneigten sich in Ehrfurcht. Die Kirche war bis auf den letzten Platz gefüllt. Eine geheimnisvolle Aura lag in der Luft. Gerüchte machten die Runde, das Tor zum Jenseits sei geöffnet worden. Einzelheiten blieben im Dunkeln. Das Geschehen schien sich in unmittelbarer Nähe abzuspielen. Tiefe Ehrfurcht und Bewunderung lag auf den Gesichtern der Gemeindemitglieder. Mit demütiger Neugier ließ man sich auf das Unbekannte ein. In dieser Atmosphäre spürte jeder, dass Glaube und Spiritualität Außergewöhnliches bewirken konnte. Ein Zeichen offenbarte sich. Die Luft vibrierte vor Spannung und Ehrfurcht.

Der Priester wandte sich noch einmal an die Gemeinde:

„Liebe Brüder und Schwestern in Christus. Ich sehe euch alle vor mir und weiß, dass wir bereit sind. Bereit für die Ankunft. Ich flehe euch an, aus tiefstem Herzen: Haltet zusammen, wie eine Gemeinschaft, die stärker ist als jede einzelne Seele. In den Zeiten, die vor uns liegen, werdet ihr einander mehr brauchen als je zuvor. Steht zueinander, seid ein unerschütterliches Band, das selbst in der Dunkelheit Bestand hat. Wisset, der Messias ist bereits unter uns. Doch er erscheint nicht so, wie wir ihn erwartet haben. Seine Gestalt ist verborgen, sein Wirken still. Öffnet eure Herzen und euren Geist, denn er wird sich nur denen offenbaren, die bereit sind, ihn jenseits der gewöhnlichen Augen zu sehen. Er hat die Fesseln der Sünde und des Todes gesprengt. Wir müssen jedoch daran denken, dass das Göttliche ein zweischneidiges Schwert ist. Wir sind angehalten unseren Schutz auf diejenigen ausdehnen, die er berufen hat."

Seine Worte hüllten die Umgebung in ein Geheimnis und machten allen klar, dass es nun darauf ankam, unerschütterlich fest im Glauben zu verharren. In andächtiger Stille lauschten alle und versuchten, den Worten ihren tieferen Sinn zu entlocken. Der Geistliche erhob seine Hand zum Zeichen der Erhebung. Die bunten Mosaikfenster filterten die Sonnenstrahlen, die ein mystisches Licht auf die andächtig verharrende Menge warfen. Der gedämpfte Lärm des Straßenverkehrs drang in den Versammlungsraum. Leises Schnäuzen und Räuspern unterbrach die Stille. Selbst den Männern rannen Tränen über die Wangen. Eine neue Zeit brach an. Sie durften Zeugen werden, wie das Göttliche in ihre Gemeinschaft eintrat.

„Liebe Glaubensgemeinschaft. Noch müssen wir Geduld

haben. Die Wahrheit ist soeben an den Tag getreten, und ihr werdet sie in euren Herzen bewahren. Aber verbreitet sie noch nicht, denn die Mächte, die wir beschworen haben, sind stärker, als ihr euch vorstellen könnt."

Er machte eine Pause.

„Wir haben von nun an einen weiteren Gottesdienst am Mittwochabend eingerichtet. Kommt und hört aus den Schriften, die uns gegeben wurden. Wir singen jetzt das Lied 'Sein Reich bricht hier herein'."

Sara Kronlei empfand eine tiefe Verbundenheit mit Gott. Sie verkörperte ein entscheidendes Element im Glaubensgeschehen. Eine unerklärliche Fügung wies darauf hin, dass sie in Zukunft eine wichtige Rolle im Gefüge der Gemeinde spielen würde. Seit ihrer Volljährigkeit gehörte sie dieser Gemeinde an. Im Schutz der Gemeinschaft spürte sie den wahren Glauben. Ganz anders als ihre Eltern. Für sie war die Kirche ein Dienstleister, den man zu Anlässen wie Weihnachten, Taufe und Beerdigung in Anspruch nahm.

Der Übertritt in diese Gemeinschaft führte zu vielen Diskussionen mit ihnen. Sie konnten ihre Entscheidung nicht verstehen. Es gab Kritiker, die der Gemeinschaft einen sektiererischen Charakter zuschrieben. Diese Vorurteile beruhten auf oberflächlichen Informationen. Sara Kronlei nahm an einem Aufklärungsseminar teil. Die sieben Tage intensiven Bibelstudiums verlangten den Teilnehmern Heldenhaftes ab. Viele kamen an ihre Grenzen. Geschlafen, gegessen und gebetet wurde in einem Raum ohne Stühle und Tische. Sie akzeptierte die Einfachheit und verbrachten die Tage in Besinnung. Es kam zu einer geistlichen Wiedergeburt.

Die Erfahrung, sich ganz dem Herrn hinzugeben, hatte sie

nie vergessen. Ihre Sitznachbarin ergriff ihre Hand und die Energien aller Gläubigen vereinten sich in einer überwältigenden Harmonie. Ein tiefes, überwältigendes Gefühl der Verbundenheit durchströmte sie. Es war, als würde sich der Himmel selbst öffnen und die Herrlichkeit Gottes in strahlenden Wellen auf sie herabströmen. Jeder Atemzug schien von einer heiligen Gegenwart erfüllt zu sein, die sie sanft umfing und zugleich mit unermesslicher Kraft durchdrang. Eine sakrale Präsenz lag in der Luft und verlieh dem Augenblick eine heilige Erhabenheit.

„Gottes Segen und Gnade möge euch alle begleiten und in eurem Glauben stärken. Im Namen Jesu Christi, Amen."
Ein Kreuz aus dunklem Eichenholz hing majestätisch über dem Eingang. Es war der stumme Aufruf, den Glaubens wie ein mystischen Juwel zu hüten. Fest und unerschütterlich im Glauben zu bleiben. Sara Kronlei spürte die Blicke der anderen auf sich gerichtet. Niemand sprach ein Wort. An diesem Abend füllte sich der Opferteller reichlich mit Scheinen und Münzen. Eine unsichtbare Hand lenkte die Herzen der Gläubigen zu großzügigen Gaben.

54

Die Burggaststätte Krofdorf Gleiberg lag auf einem Hügel vor den Toren Gießens. Jessica hatte das Gemäuer schon unzählige Male gesehen – die wuchtigen Umrisse fielen ihr schon beim Vorbeifahren auf. Aber dass sich dort ein so schmuckes Restaurant verbarg, verschlug ihr fast den Atem.

Der Oberkellner begrüßte Rolf Felbing mit einem vertrauten Lächeln und einer Geste, die deutlich machte, dass er hier bei weitem kein Fremder war. Schon beim Eintreten empfing den Gast eine Herzlichkeit, die zum Verweilen einlud. Die Eleganz des Gastraumes mit seinen liebevollen Details und der geschmackvollen Dekoration war überwältigend.

Jessica versank förmlich in den herrschaftlichen Polsterstühlen mit den mannshohen Rückenlehnen und majestätisch geschwungenen Armlehnen. Das gedämpfte Gemurmel der Gäste verschmolz zu einer dezenten, fast beruhigenden Geräuschkulisse. Mit einer geschmeidigen Bewegung griff sie nach der Stoffserviette, ihre Finger berührten den weichen Stoff, als wäre jede Geste Teil eines sorgfältig einstudierten Moments. Die edle Tischdecke und das erlesene Geschirr vermittelten ihr ein Gefühl von Luxus, wie sie es selten erlebt hatte.

Rolf Felbing holte sie mit dem Auto ab. Sie musste unter Menschen, denn er sah, wie sie sich veränderte. Ihre hagere Gestalt und die blasse Haut sprachen Bände. Mit dem neuen Haarschnitt schien sie über Nacht vom Mädchen zur Frau geworden zu sein.

„Die Frisur steht Ihnen sehr gut. Ich hätte Sie fast nicht

wiedererkannt. Wie kam es?"

„Nun, ich stand in Gießen an der Ampel und sah die Friseurinnen vor dem Salon rauchen. Da hat es bei mir Klick gemacht. Einfach so."

Rolf Felbing verstand die Antwort nur bruchstückhaft, beschloss jedoch, keine weiteren Fragen zu stellen und es dabei zu belassen. Die Atmosphäre sollte ungetrübt bleiben.

„Schön, dass Sie so ausgeglichen sind." Seine Worte klangen aufmunternd.

„Und außerdem sehen Sie bezaubernd aus."

„Ja, es gibt auch eine Frau Keller ohne Sportkleidung und Turnschuhe."

Jessica trug einen roten Hosenanzug und schwarze Pumps. Dieses Outfit hatte sie sich zur Hochzeit von Philip und Mary zugelegt. Damals verglich Ben ihr Aussehen mit dem einer verführerischen Göttin.

Sie atmete tief ein, als würde die Luft sie neu beleben. Für einen flüchtigen Moment löste sich der Alltag auf, als wäre er nie mehr als eine ferne Erinnerung gewesen.

„Die Rheinische Küche ist ein wahrer Genuss und für mich Heimat. So hat meine Mutter gekocht. Kein Vier-Gänge-Menü, aber wenn ich hier esse, denke ich an sie. Und diese Woche ist eben Heimat dran."

In Rolf Felbings Stimme schwang Wehmut mit. Für ihn war die Wahl des Restaurants sehr wichtig. Er hatte kein Talent am Herd und konnte seine Abneigung gegen alles, was Fast Food hieß, nicht verbergen.

„Echte rheinische Küche?" Jessica runzelte skeptisch die Stirn und schnaubte leise. „Ich kenne nur Handkäse, Grüne Soße, Rippchen mit Kraut typisch hessisch - und dann wird's auch schon dünn." Sie sah blickte sich um.

„Ehrlich gesagt, ich war noch nie hier und noch nie in einem so noblen Restaurant."

Rolf Felbing lachte. Es klang geheimnisvoll.

„Dann wird es aber Zeit. Lassen Sie sich überraschen, was der Koch hier auf die Teller zaubert. Er ist Mâitre Rotisseur und Euro-Toques Chef."

Jessica sah Rolf Felbing an, ihre Augen weiteten sich wie die einer Erstklässlerin. „Was ist das?", fragte sie, als stünde sie vor der ersten Stunde einer neuen, fremden Sprache.

Er beugte sich vor, seine Stimme senkte sich zu einem verschwörerischen Flüstern. „Zauberei, es geht nicht nur um das Essen. Es ist eine Erfahrung, bei der man nicht mehr weiß, ob das, was man schmeckt, echt ist - oder eine Illusion."

Jessica spürte, wie ihr Herz schneller schlug, und ein leichtes Kribbeln breitete sich in ihrer Brust aus, obwohl sie noch keinen Bissen probiert hatte. Die Gäste, hauptsächlich Paare mittleren Alters.

„Das Restaurant hatte sich unter Feinschmeckern einen Namen gemacht. Jede Woche überraschte die Küche mit neuen, kreativen Gerichten, die selbst eingefleischte Feinschmecker ins Schwärmen brachte. Hier wird aus vertrauten Zutaten etwas Außergewöhnliches gezaubert, dass man nicht so schnell vergisst.

Rolf Felbing lehnte sich in seinem Sessel zurück, als wäre das Restaurant sein persönlicher Thronsaal, von dem aus er das Geschehen souverän überblickte.

Jessica hatte das Gefühl, all die Jahre an einer Welt vorbeigegangen zu sein, die direkt vor ihr lag - greifbar, aber unbeachtet.

„Und man trifft keine bekannten Gesichter."

„Tun wir etwas Verbotenes?" Überrascht sah sie Rolf
Felbing an.

Er schüttelte den Kopf. „Auf keinen Fall. Aber wir wollen
unser Geheimnis doch für uns behalten und brauchen
keine Zuhörer."

Sie nickte. „Ja, da haben Sie recht."

„Darf ich Ihnen die Weinkarte reichen?"

„Danke, Jacob, ich nehme heute etwas Alkoholfreies."
Jessica zögerte und entschied sich schließlich für einen
Orangensaft.

Dann brachte der Kellner einen Salat mit karamellisiertem
Schafskäse und Baguette. Der Duft stieg Jessica in die
Nase. Nach langer Zeit hatte sie wieder Appetit.

„Essen die schon? Das ist erst der Anfang!"

Als sie den Käse in den Mund steckte, erfüllte sie ein
Gefühl von Lebendigkeit, das sie in den letzten Wochen
vermisst hatte. Ein fein abgestimmter, ausgewogener
Geschmack. Sie gab sich dem Genuss hin und meinte über
dem Boden zu schweben.

Rolf Felbing sah sie amüsiert an.

„Wusste ich's doch."

Die anschließende Süßkartoffelsuppe mit Kokosmilch und
gerösteten Kichererbsen und Garnelen bot einen
Kontrast zum frischen Salat. „Ein interessantes
Geschmackserlebnis, oder?"

Jessica ließ sich von dem Aroma verführen.

„Ich wusste nicht, äh, ich kannte das nicht. Mir fehlen die
Worte."

„Schon gut, genießen Sie es einfach."

Er hob sein Glas. Als sie ihres daran stieß, klang es wie
eine Melodie aus dem Paradies.

Rolf Felbing war eigentlich ein wunderbarer Mensch. Er

hatte sich in den letzten Wochen mehr um sie gekümmert als Marc, hatte sie ernst genommen und mit ihr durch die neue Lebenssituation gekämpft. Ihre Eltern dachten sowieso, er sei ihr „Liebhaber."

Sie wollte sich nicht rechtfertigen und ließ die Vermutung unbeantwortet.

Der Ober kam wieder an den Tisch. „Regionaler Milchkalbsrücken, rosa gebraten, mit Rotwein-Schalottensauce, glasiertem Wurzelgemüse und Kartoffel-Sellerie-Püree. Das Gemüse gibt der Sauce eine leicht nussige Note, das Püree ein elegantes, erdiges Aroma. Guten Appetit."

Jessica starrte auf den Teller. Ohne die Erklärung hätte sie nur erahnen können, was vor ihr lag. Rolf Felbing genoss die Mahlzeit mit allen Sinnen. Die Aufregung stand ihm ins Gesicht geschrieben.

„Das ist eine Offenbarung!" Er schloss die Augen.

Jessica erlebte eine wahre Geschmacksexplosion. Zweifellos das Köstlichste, was sie je probiert hatte. Nach dem Dessert, das aus Melonen-Basilikum-Sorbet und karamellisiertem Nusskuchen bestand, fühlte sich Jessica schwerelos und überwältigt zugleich, als hätte sie die Grenze zwischen Genuss und Traum überschritten. Sie ließ den Blick über das Lichtermeer der Stadt schweifen. Von hier oben wirkte alles wie ein Miniaturmodell, als hätte jemand die Welt unter eine Glasglocke gestellt.

Wie viele Geschichten, wie viele Leben verbargen sich hinter den funkelnden Scheiben? In all dem Gewimmel war Ben nicht mehr Teil dieser Welt. Aber für sie war es das hellste Licht - das einzige, das wirklich zählte.

„Da unten", sagte sie schließlich, ihre Stimme leise, fast verträumt, während sie mit dem Finger auf einen Punkt in der Ferne zeigte, „da finden immer die Golden Oldies statt."

Rolf Felbing folgte ihrem Blick und runzelte die Stirn..
„Sehen Sie, Das kenne ich nun wieder nicht."

Seine Antwort klang beiläufig, aber in seinen Augen blitzte etwas auf - Neugier, vielleicht auch ein Hauch von Sehnsucht, als zöge ihn ihre Welt an einem unsichtbaren Faden an sich.

Trotz der üppigen Mahlzeit fühlte sich Jessica nicht schwer, im Gegenteil. Eine ganz andere, sinnliche Spannung lag auf ihrer Brust, schwer und drängend, als würde sie von etwas Unsichtbarem und Verführerischem umklammert. Im Auto streifte sie ihre Pumps ab und spürte den erfrischenden Luftzug an ihren Füßen. In der Dunkelheit genoss sie die Zweisamkeit mit Rolf Felbing.

„Gibt es noch einen Wunsch, der für Sie unerfüllt ist?"

„Oh ja, Machu Picchu. Es ist ein Traum von mir, diese Kulturstätte höchster architektonischer und zivilisatorischer Kunst einmal persönlich zu sehen."

„Warum ist dieser Wunsch nicht in Erfüllung gegangen?"

„Termine, Verpflichtungen, Verantwortung. Für Machu Picchu braucht man Zeit."

Jessica sah ihn an, und eine warme, betörende Spannung legte sich wie ein unsichtbares Netz um sie. Es war, als hätte er eine Macht über sie, der sie sich nicht entziehen konnte - eine stille Intensität, die sie tiefer in ihren Bann zog, als sie es je für möglich gehalten hätte.

Ob er seine Studentinnen auch zum Essen einlud? Was für ein Unsinn. Rolf Felbing war einer der höflichsten Männer, die ihr je begegnet waren.

Schwerelos glitten sie durch die dunklen Hügel von

Wettenberg. Majestätisch wachte die Burg über die stillen Dörfer, als hüte sie ihre Geheimnisse im Dunkeln.

„Danke für die Einladung. Ein wunderbarer Abend. Ich habe mich schon lange nicht mehr so frei und entspannt gefühlt." Jessica lächelte Rolf Felbing herzlich an.

„Gern geschehen, mir hat es auch gefallen. Aber morgen müssen Sie mich zum Schwitzen bringen, damit ich die Kalorien wieder loswerde."

„Ja, versprochen."

Sie freute sich auf die Stunde und drückte ihm zum Abschied sanft die Hand. Im halbdunklen Wohnzimmer saß sie noch eine Weile in Gedanken versunken. Der Duft von Gebratenem und Gekochtem umwehte sie. Keine Post von Ben. Durch die Fensterscheibe sah sie den Abendstern. Vielleicht gab es doch ein kleines Paradies in dieser unendlichen Weite?

Unbemerkt folgte ihnen an diesem Abend ein dunkler Wagen. Am Steuer saß ein schwarz gekleideter Mann, der geduldig auf dem Parkplatz des Restaurants gewartet hatte, bevor er ihnen unbemerkt folgte.

55

Kriegsverbrechen, Terrorismus, Völkermord - Jessica widmete sich seit langem wieder der Weltpolitik. Während sie durch die Programme zappte, konnte sie nicht begreifen, wie grausam und barbarisch die Welt geworden war. Sie blieb bei einem Sender hängen, der eine Rangliste der lustigsten Videoclips aus aller Welt zeigte. Die Filmchen zauberten ihr ein amüsiertes Lächeln ins Gesicht. Sie konnte den lustigen Szenen nicht widerstehen. Tollpatschige Katzen und unbeholfene Hochzeitstänze brachten sie zum Lachen. Sie schnaufte und prustete. Ein befreiendes Gefühl durchströmte sie. Selbst inmitten der Dunkelheit fanden sich wieder gute Momente.

Plötzlich erstickte ihre Fröhlichkeit und ihr Gesicht verfinsterte sich. Wie konnte man diese Szene einem Millionenpublikum präsentieren? Jessica war wie gelähmt. Ein kleiner Junge saß mit heruntergelassener Hose in einer Pfütze. Er saugte es in seinen After. Dann spritzte er es in einem Strahl wieder heraus. Die Leute am Straßenrand jubelten und klatschten. Er wiederholte das Schauspiel immer wieder. Die Umgebung deutet darauf hin, dass der Clip in einem Slum aufgenommen wurde. Die bittere Armut und das Elend präsentierten sich unerträglich in ihrer schrecklichsten Form.

Überwältigt von der erschütternden Szene überkam sie ein Gefühl der Ohnmacht. Ihr wurde übel, sie eilte sie zur Toilette. Salami- und Gurkenstücke schwammen im Wasser. Sie würgte, bis nichts mehr aus ihr herauskam. Erschöpft sank sie auf den Boden und betrachtete das Dilemma vor sich - ein Teil des Erbrochenen war über die

Türschwelle geflossen. Die übel riechenden Papiertücher, mit denen sie hektisch versuchte, alles aufzuwischen, mussten unbedingt aus der Wohnung verschwinden. Dieser Gestank, dieses Chaos durfte nicht bleiben.

In Schlafanzug und Pantoffeln eilte sie die Treppe hinunter zu den Mülltonnen. In der würzigen Luft verharrte sie.

„Eine gute Gelegenheit, sich zu erden", ging es ihr durch den Kopf.

Der Nachthimmel leuchtete mit unzähligen funkelnden Sternen. Ihr Spiel wirkte, als erzählten sie längst vergangene Geschichten. Der Zauber der Dunkelheit nahm sie gefangen. Sie beschloss den Rest des Abends auf den Fernseher zu verzichten. Ruhe und Entspannung stand ganz oben auf ihrer Wunschliste. Die kleine Stehlampe in der Sofaecke spendete schwaches Licht. Als Jessica den Deckel ihres Laptops aufklappte, überkam sie plötzlich ein unheimliche Gefühl. War jemand Fremdes im Raum? Ein leichtes Frösteln lief ihr über den Rücken, als der Bildschirm erwachte - als würde sich durch das flackernde Licht eine unsichtbare Präsenz in ihrer Nähe manifestieren. Ihr Herz begann schneller zu schlagen. Der Eindringling saß auf dem Sofa ihr gegenüber. Sie hatte vergessen, die Wohnungstür zu schließen, als sie zum Mülleimer eilte. Wie ein eisiger Stich, der ihren ganzen Körper zum Zittern brachte, durchfuhr sie die Erkenntnis. Der Vorhang des Unbegreiflichen glitt lautlos zur Seite und gab den Blick frei auf ein Unheil, das im Verborgenen gelauert hatte. Für einen Moment war sie wie gelähmt, dann sprang sie in Panik vom Sofa auf und rannte los. Dabei stieß sie mit einer anderen Person zusammen, die sich ihr in den Weg stellte. Im Halbdunkel suchten ihre

Augen verzweifelt nach Anhaltspunkten, doch sie konnte nichts erkennen. Ein Hauch von Panik stieg in ihr auf, als die Dunkelheit sie vollständig zu umhüllen schien. Nackte Angst trieb sie an. Ihre Gedanken rasten, suchten nach einem Ausweg. Der Wille, dieser schrecklichen Situation zu entkommen, überlagerte alle Gefühle. Mit hektischen, unkoordinierten Bewegungen stolperte sie durch die Wohnung. Der Wunsch, sich vor den Eindringlingen zu schützen, trieb sie an. Aus dem Küchenblock riss sie ein Messer, das sie mit beiden Händen umklammerte. Sie hörte Schritte.

„Kommen Sie mir nicht näher", rief sie.

Sie stoppten im Küchentürrahmen. Die Umrisse lösten sich in dem schummrigen Licht auf. „Haben Sie keine Angst. Wir wollen Ihnen nichts tun. Wir möchten Sie schützen. Haben Sie Vertrauen."

„Wer sind Sie? Was wollen Sie von mir?" Jessicas Unterlippe begann unkontrolliert zu zittern.

„Beruhigen Sie sich. Wir kommen in guter Absicht", beide hoben die Hände. Jetzt erkannte sie Jessica. Es waren die Frauen, die vor ein paar Tagen an ihrer Tür geklingelt hatten. Mit zitterndem Rücken lehnte sie sich an den Kühlschrank, dessen kaltes Metall ihr einzigen Halt bot. Noch immer hielt sie das Messer mit beiden Händen, als könnte sie damit die Schatten vertreiben, die sich bedrohlich um sie scharten.

„Wir wissen, was sich hier abspielt. Es ist das, worauf wir schon lange warten. Für Sie hat sich das Tor zum Jenseits geöffnet."

„Warum dringen Sie hier ein?" Das Entsetzen über das, was sie wussten, stand Jessica ins Gesicht geschrieben.

„Wir haben geklingelt."

„Sie sind verrückt. Glauben Sie, das gibt Ihnen das Recht, bei mir einzubrechen?"

„Wir sind nicht eingebrochen. Die Tür stand offen", versuchten sie sich zu verteidigen.

„Halten Sie den Mund! Was wollen sie von mir?"

Jessica hielt immer noch das Messer vor ihrem Körper.

„Wir kommen von der Harmoniegemeinde der Hoffnung und wollen Sie beschützen. Sie sind die Auserwählte. Gott eröffnet Ihnen die Chance, das größte Abenteuer zu erleben, das einem Menschen jemals widerfahren ist."

„Woher wissen Sie das?"

Jessica war entsetzt. Es gab eine undichte Stelle.

„Glauben Sie uns, wir sind Freunde. Ich bin Karoline Haber, das ist Andrea Duft. Wir passen auf sie auf, es darf ihnen nichts passieren."

„Mir kann nichts passieren? Ich glaube, Sie sind völlig von Sinnen! Wer hat Ihnen diesen Wahnsinn eingeredet?" Jessica kochte vor Wut und Entsetzen.

„Lassen Sie sich in unserer Mitte aufnehmen. Wir sind eine große Schar. Wir beten für Sie."

Jessicas Verstand raste. Für sie beten? Ein grauenhafter Gedanke.

„Beten Sie lieber für sich selbst. Ich möchte, dass Sie sofort verschwinden."

Der Tonfall wurde immer bedrohlicher, ihre Angst wich. Die beiden kamen näher. Im Licht der Dunstabzugshaube konnte sie ihre Gesichter genauer erkennen. Sie mussten um die fünfzig sein. Sie versuchten höflich zu bleiben. Trotz ihrer Fassade spürte Jessica ihre unheimliche Aura.

„Bleiben Sie stehen."

„Wir beschützen und wollen ihnen helfen."

„Wenn Sie nicht sofort meine Wohnung verlassen,

brauchen Sie Schutz. Ich habe raus gesagt."

Jessicas Adrenalinspiegel stieg auf ein Niveau, das sie bereit machte, zuzustechen. Beide legten ihre Handflächen aneinander. Jessica ignorierte diese Geste der Demut. Es kam ihr so vor, als ob die Lüge zum Leben erweckt worden sei.

„Wir wollen Sie unterstützen. Bitte, wir sind Ihre Begleiter."

„Jetzt reicht es mir aber. Verschwinden Sie, oder ich rufe die Polizei."

Jessica wurde sich der Absurdität ihrer Drohung bewusst. Sollte sie den Beamten erklären, dass sie Kontakt zum Jenseits hatte und die Frauen sie deswegen bedrohten? Lächerlich. Ihre Blicke trafen sich kurz, dann drehten sie sich wortlos um und traten den Rückzug an.

„Gott sei mit ihnen", flüsterte eine von ihnen und schloss die Tür hinter sich.

Jessica drehte den Schlüssel um und eilte zur Toilette. Die Aufregung ließ ihre Eingeweide wieder verrückt spielen. Sie spähte durch den Vorhang. Auf dem Bürgersteig war niemand zu sehen. Sie sank auf das Sofa. Die Anspannung ließ nach, und sie spürte, wie ihre Beine zu zittern begannen.

Nur Marc und Rolf Felbing waren eingeweiht. Sie konnte sich beim besten Willen nicht vorstellen, dass auch nur einer von ihnen etwas verraten haben könnte. Die kalte Cola erfrischte sie. Die prickelnde Flüssigkeit belebte ihre Sinne. Das Messer lag neben ihr. Ihre Mutter hatte es ihr zum Geburtstag geschenkt. Niemand wäre je auf die Idee gekommen, es als Waffe zu benutzen. Getrieben von einer Mischung aus Neugier und Aufregung suchte sie im Internet nach der 'Harmoniegemeinde der Hoffnung'. Eine

Glaubensgemeinschaft in Marburg. Ihre Gebetsräume lagen in der Südstadt. Jessica hatte noch nie von ihnen gehört. Jeder Instinkt in ihr mahnte zur Vorsicht. Sie musste auf der Hut sein, bereit für das Unvorhersehbare.

56

„Können Sie kommen?"

Rolf Felbing hielt den Atem an. Jessicas Bitte überraschte ihn. Irgendetwas musste passiert sein.

„Ist alles in Ordnung?", fragte er besorgt.

Sie bemühte sich, ruhig zu bleiben, aber er spürte ihre Nervosität.

„Nicht jetzt."

„Ich habe bis siebzehn Uhr Vorlesungen."

„Okay, bis dann."

Jessica hatte aufgelegt. Rolf Felbing wartete angespannt auf ein Zeichen, eine Andeutung – doch vergeblich. Der Nachmittag zog sich endlos hin. Halbherzig trug er seinen Stoff vor, was sich in der Unaufmerksamkeit seiner Schüler widerspiegelte.

„Ich verbitte mir dieses Desinteresse!", brüllte er und schlug mit der Faust auf den Tisch. Sofort trat Stille ein. Alle Blicke waren auf ihn gerichtet. So verhielt sich der sympathische Professor sonst nie. Rolf Felbing erschrak über sich selbst.

„Bearbeiten Sie bis übermorgen die Kapitel vier bis acht. Ich bitte um eine schriftliche Erörterung. Sie können jetzt schon beginnen."

Die bedrückende Atmosphäre gefiel ihm und den Studierenden nicht. Am Ende verließen alle wortlos den Hörsaal.

Die Fahrt nach Gießen wurde an diesem Abend zur Nervenprobe. In der Abfahrt nach Fronhausen stand ein Auto in Flammen. Ein Heer von Feuerwehrfahrzeugen, Krankenwagen und Polizeiautos umsäumten die Szenerie.

Schaulustige versammelten sich an den Böschungen. Die Sperrung der Schnellstraße brachte den Verkehr zum Erliegen. Rolf Felbing trommelte ungeduldig mit den Fingern auf das Lenkrad. Die Sensation war ihm egal, er wollte schnell weiterkommen. Dann ging es auf einer Fahrspur weiter. Als er an der Unfallstelle vorbeifuhr, erkannte er die Umrisse einer verkohlten Leiche. Sie saß am Steuer des ausgebrannten Wagens. Ein Schauer überlief ihn, als ob unsichtbare Hände über seinen Rücken strichen.

„Du liebe Zeit. Was hält der Tag noch für Überraschungen bereit?", murmelte er.

Er umklammerte das Lenkrad. Der Rettungshubschrauber landete auf der Gegenfahrbahn. Die Sirenen der Einsatzfahrzeuge dröhnten in seinen Ohren. Ihm fehlte die Zeit für Anteilnahme. Er trat das Gaspedal voll durch und raste mit Höchstgeschwindigkeit über die leere Fahrbahn. Das Bild aus seinem Kopf zu verbannen, erwies sich als Herausforderung. Selbst als er am Gießener Nordkreuz abfuhr, kreisten seine Gedanken um diesen Moment. Das war nichts für Jessica.

Sie riss die Tür auf und fiel ihm schluchzend um den Hals.

„Was ist passiert?"

Sie stammelte unzusammenhängende Worte.

„Zwei Frauen ..., eingedrungen ..., bedroht ..."

Rolf Felbing führte sie zum Sofa.

„Wischen Sie sich erst einmal die Tränen ab. Ich bin ja da. Jetzt erzählen Sie mir alles von vorne."

Er versuchte, sie zu trösten. Erst jetzt wurde ihr die emotionale Belastung bewusst. Sein Händedruck gab ihr Sicherheit.

„Ich weiß nicht, woher sie das alles wussten. Von einer

Harmoniegemeinde der Hoffnung habe ich noch nie gehört."

Jessica beruhigte sich langsam. Rolf Felbing erschrak. Das durfte nicht wahr sein. Seine Sekretärin gehörte dieser Freikirche an. Offensichtlich kam die Information von ihr. Nun nahmen die Ereignisse ihren Lauf. Und wie es aussah, keinen guten. Wut stieg in ihm auf, während er versuchte, sich zu beherrschen. Er überlegte, ob er sie zur Rede stellen oder kündigen sollte. Er musste mit klarem Kopf handeln. Keine übereilten Entscheidungen. Ohne konkrete Beweise konnte er sie nicht entlassen. Entschlossen, nichts von der Verwicklung zu erwähnen, setzte er sich zum Ziel, herauszufinden, wie tief Sara Kronlei in die Sache verstrickt war. Er ahnte nicht, dass die Machenschaften dieser Religionsgemeinschaft so weit gehen würden. Er zwang sich zur Ruhe, um seine Haltung zu bewahren. Bevor Schritte unternommen werden konnten, mussten alle Fakten zusammengetragen werden.

„Ich würde dem Vorfall nicht zu viel Bedeutung beimessen. Wir sind wachsam und vielleicht haben sie geblufft. Beruhige dich!"

Jessica fühlte eine tiefe Sicherheit in seiner Nähe.

„Wollen wir uns duzen?" Ihre Frage kam unerwartet, und obwohl er sie hätte stellen sollen, war sie ihr völlig gleichgültig.

„Ja. Das ist längst überfällig. Rolf."

„Jessica, aber meine Freunde nennen mich Jess."

„Dann tue ich das auch", erwiderte er augenzwinkernd.

Jessica spürte, dass sie die Aufregung hinter sich lassen konnte.

„Pizza?", schlug sie vor.

Rolf Felbing hatte außer seinem Frühstück noch nichts zu

sich genommen. Er nickte.

„Bis die geliefert wird, bekommst du einen Mückentee",
scherzte sie.

„Mückentee? Was ist das denn?"

Fünf Minuten später brachte sie ein Tablett mit zwei
Tassen. Sie zog den Teelöffel aus der Flüssigkeit und
drückte ihn gegen ihr Schienbein.

„Erklär mir bitte, was du da machst."

„Siehst du den Fleck? Das ist ein Mückenstich. Die
Wieseckau ist ganz in der Nähe. Im Sommer
gibt es Tausende von diesen Plagegeistern. Sie stechen
gnadenlos zu. Wenn man den heißen Löffel auf die Stelle
drückt, hört der Juckreiz auf."

Bei jedem roten Fleck wiederholte sich das Szenario.
Zwischendurch nippte sie ihrer Teetasse.

„Interessant, ich lerne noch dazu. Denn in Marburg habe
ich diese Viecher nicht."

Nach einer halben Stunde saßen sie vor den fettgetränkten
Kartons. Rolf Felbing fühlte sich um Jahre verjüngt. Die
Pizza beeindruckte nicht nur durch ihren exquisiten
Geschmack, sondern auch durch ihr Aussehen. Der Duft
von Knoblauch lag in der Luft. Jessica klappte ihren
Laptop auf. Vor drei Stunden hatte sie Ben das letzte Mal
geschrieben. Wie konnte sie nur so nachlässig sein?

„Kein Wort von den Frauen, jedenfalls noch nicht",
mahnte Rolf Felbing.

„Bitte vergib mir meine Fehler. Ich bitte um Frieden und
Versöhnung."

Jessica las Bens Zeilen und hielt abrupt inne, das Kauen
hatte sie völlig vergessen.

„Es gibt nichts zu vergeben. Die Zeit mit dir war die
schönste meines Lebens. Meine Liebe stirbt nie", schrieb

sie unter Tränen.

Ein Mantel der Ruhe legte sich über alles, in dem noch das leiseste Rascheln die Wucht eines Orchesters entfaltete.

Rolf Felbing saß neben ihr.

„Kannst du mich fühlen?"

Sie spürte seinen warmen Atem in ihrem Nacken.

„Ja", schrieb sie und versank in einen Moment der Stille. Auf ihren Geliebten konzentriert, ließ sie sich fallen. Sie hielt die Augen geschlossen. Ben war im Nirgendwo, und das unsichtbare Band, das sie mit ihm verband, war stärker denn je. Die Gegenwart von Rolf Felbing und die Erinnerung an Ben verschmolzen zu etwas Unerklärlichem. Sie lehnte sich an seine Brust. Er strich ihr über den Kopf. Jessica sah Bens Gesicht, sein dunkles Haar, die tiefbraunen Augen und seine schönen Lippen. Er küsste sie auf Mund, Hals und Brust. Sie schmiegte sich an ihn. Sein dichtes Brusthaar, seine muskulösen Oberarme, sein Duft. Sie spürte ihn. Wie ein Gemälde tauchten die Erinnerungen vor ihr auf. In Bens Armen verschwamm die Welt, die Wirklichkeit zerfiel. Seine zärtlichen Küsse entfachten ein Feuer in ihr. Nur dieser Augenblick der Nähe zählte.

„Mein Liebster", hauchte sie sehnsüchtig.

Ihre Worte überwanden die Grenzen von Vergangenheit und Gegenwart. Seine Anwesenheit versetzte sie in eine Art Trance. In einem Akt der Vereinigung überwanden sie menschliche Grenzen und bildeten eine leidenschaftliche Einheit. Jessica hörte sein Stöhnen und Seufzen, und ein prickelndes Verlangen durchflutete sie. Fest umklammerte sie ihn, zog ihn enger an sich, bis sie das Gefühl hatte, ihn tiefer zu spüren als je zuvor. Mit jedem Kuss steigerte sich die Lust. Die Berührungen auf ihrer Haut lösten einen

Sturm der Gefühle, eine Mischung aus Sehnsucht und Ekstase aus. Ein Schrei entfuhr ihr, roh und fremd, als stamme er aus den Tiefen einer anderen Welt. Schweißperlen glitzerten auf ihrer Haut und sammelten sich in kleinen, zitternden Seen. Rolf Felbing richtete sich verwirrt auf, sein Kopf war benebelt. Was zum Teufel war hier passiert? Jessica lag reglos auf dem Sofa, ihr Atem flach, fast unhörbar. Vorsichtig zog er ihr T-Shirt zurecht, während sie langsam, wie aus weiter Ferne, ins Bewusstsein zurückkehrte. Ein Gefühl der Leichtigkeit erfasste sie, löste die letzten Schatten der Anspannung aus ihrem Körper. Erschöpft schleppte sie sich ins Badezimmer, setzte sich auf die Toilette und atmete tief durch. Der Raum schien sich in einen stillen, heiligen Ort der Besinnung zu verwandeln, an dem die Müdigkeit von ihr abfiel und sich etwas Neues in ihr regte - eine sanfte Klarheit, die Körper und Geist gleichermaßen reinigte. Eine Stunde später tauchte sie wieder auf, die nassen Haare an ihrem Gesicht klebend, in ein Handtuch gehüllt, eine Ruhe ausstrahlend, die fast greifbar war.

„Das war wundervoll", flüsterte sie Rolf Felbing ins Ohr.

„Ja, für mich auch, aber ..."

Jessica legte den Finger auf seine Lippen: „Pst, es sollte sein."

Ein Schauspiel reiner Liebe, wie sie es noch nie erlebte. Das Universum zeigte sich in seinen romantischsten Farben. Ben verstand es, Grenzen zu überwinden und sie seinen Körper spüren zu lassen. Es war Magie, die keine Worte brauchte. Rolf Felbings letzte sexuelle Begegnung mit einer Frau lag lange zurück. In ihm erwachte eine verschüttete Leidenschaft. Eine Lust, die er für immer verloren glaubte. Jessica setzte sich auf seinen Schoß und schlang die Arme um seinen Nacken.

„Du bist Bens Seelenverwandter. Ich kann gar nicht in Worte fassen, wie dankbar ich bin, dass es dich gibt."

„Mir geht es genauso. Du bist eine außergewöhnliche Frau."

Sanft strich er ihr die Haare aus dem Gesicht. Wenn es ihr gut ging, ging es ihm auch gut.

Die Nacht hüllte die beiden in eine trügerische Stille, als ob das Schicksal für einen Moment innegehalten hätte, um ihnen diese intime, schwerelose Zeit zu schenken.

57

Als Jessica erwachte, umgab sie der vertraute Duft von
Rolf Felbings Rasierwasser, der noch sanft am Kopfkissen
haftete. Sie hörte ihn im Halbschlaf und erinnerte sich an
einen Kuss. Das Morgenlicht schimmerte durch die
Vorhänge und verlieh dem Zimmer eine warme
Atmosphäre.
Noch schläfrig atmete sie die Frische des neuen Tages ein,
während in ihr allmählich eine lebendige Energie
erwachte. Langsam richtete sie sich auf; ihre Arbeit
begann erst um elf Uhr. In diesem Moment wurde ihr klar,
dass sie nicht länger im Schatten ihres Schicksals
verkümmern durfte. Sie spürte eine tiefe, fast magische
Verbundenheit mit der ganzen Welt.
Tief in sich trug sie noch die Wärme und Nähe der
Liebesmomente der vergangenen Nacht. Sie kuschelte sich
tiefer unter die Decke, dachte an die Geborgenheit in Rolf
Felbings Armen, die in ihren Gedanken unmerklich zu
Bens Armen geworden waren. Mehr als Leidenschaft - ein
Moment der Verbundenheit mit dem Geliebten im
Jenseits. Sie fanden einen Weg durch die Dimension des
Daseins. Konnte überhaupt jemand erahnen, was möglich
war?
Jessica trat ans Fenster. Als sie den Vorhang zur Seite
schob, spürte sie eine Enge, die ihr fast den Atem raubte.
Ein dunkelgrüne Wagen stand seit dem Vorabend vor dem
Haus. Am Steuer saß ein Mann. Sie wich zurück. Es
dauerte einen Moment, bis sie den Mut aufbrachte, einen
weiteren Blick zu wagen.
Er stieg aus und sah zu ihr hoch. In seiner dunklen Jeans

und dem blauen Polohemd wirkte er unauffällig. Er
zündete sich eine Zigarette an. Sie wurde beschattet. Was
sagte eine der Eindringlinge? Wir passen auf Sie auf.
Die Aussage bewirkte das Gegenteil. Was sich nun
bewahrheitete. Jessica fürchtete, den Verstand zu
verlieren.

„Entspann dich! Niemand hat versucht, dich zu entführen
oder zu töten", murmelte sie.
Aber die Worte konnten ihre Nervosität nicht vertreiben.
Die Gewissheit, beobachtet zu werden, war nicht gerade
beruhigend. Sie konnte nicht ahnen, was die Eindringlinge
als Nächstes vorhatten. Woher zum Teufel wussten diese
Leute von ihrem Geheimnis?
Das Auto verschwand. Abgesehen vom Durchgangsverkehr
passierte nichts Ungewöhnliches. Rolf Felbing zu
verständigen, erschien ihr übertrieben.
Das heiße Wasser der Dusche nebelte sie ein. Sie genoss
es, die Anspannung fiel von ihr ab. Es umhüllte sie wie ein
tröstlicher Kokon, der ihr Geborgenheit gab. Plötzlich
überkam sie eine unerklärliche Beklemmung. Als wäre
jemand in ihrer Wohnung. In ihrer nackten Verletzlichkeit
fühlte sie sich noch schutzloser.
Sie drehte das Wasser ab und lauschte angestrengt. Sollte
sie nachsehen oder in der vermeintlichen Sicherheit des
Badezimmers bleiben? Ein Handtuch um den Körper
geschlungen, wagte sie den Schritt nach draußen. Es war
niemand in der Wohnung. Die Angst täuschte ihre Sinne.
Sie atmete erleichtert auf.
Es gab keine E-Mail von Ben. Es schien, als ob er im
Jenseits ihren Tagesablauf kannte. Spielte Zeit dort
überhaupt eine Rolle? Sie hielt inne. Um vierzehn Uhr
kam Rolf Felbing zur Physiotherapie. Bei dem Gedanken

musste sie lächeln.

Als sie die Wohnung verlassen wollte, erschrak sie. Die Tür war verschlossen. Rolf Felbing hatte keinen Schlüssel und wusste auch nicht, wo sie ihn aufbewahrte.

58

Das Weiß der Wände wurde durch das Bild des Bodhibaumes unterbrochen. Der Feigenbaum, unter dem Buddha seine Erleuchtung erlangte. Eine Nachbildung von ihm im Lotussitz stand auf einem altarähnlichen Podest. Daneben ein Blumenarrangement mit einer Lotusblüte in der Mitte. Dahinter ein Glöckchen.

Beim Betreten des Raumes umhüllte einen die spirituelle Atmosphäre so intensiv, dass das leise Summen im Hintergrund ein Gefühl der Erhabenheit hervorrief, als tauche man in eine andere Welt ein. Petra und Dirk Goldman wurden freudig begrüßt. Man tauschte intensive Blicke aus. Räucherstäbchen verbreiteten den Duft von Sandelholz und Jasmin. Die Flucht aus der Routine und die Suche nach innerer Ruhe waren dringender denn je. Seit geraumer Zeit gehörten sie der buddhistischen Gemeinde in Gießen an. Eine Touristenreise nach Indien veränderte ihr Leben. In den faszinierenden Tiefen des Landes erwachten ungeahnte spirituelle Sehnsüchte, die ihren christlichen Glauben herausforderten. Die Rückkehr nach Deutschland war nicht das Ende einer Reise, sondern der Beginn eines inneren Wandels, der ihr Leben revolutionierte. Trotz erheblicher Bedenken vermeintlicher Weggefährten wählten sie den Weg der Suche nach Erleuchtung.

Mit dem Wandel kristallisierten sich die wahren Freunde heraus. In der geschützten Gemeinschaft ihrer buddhistischen Mitbrüder gab es ideale Bedingungen, um ihrer spirituellen Suche nachzugehen. Hier fanden sie Verständnis und Schutz. Ihr Geist konnte frei von Fesseln und Konventionen fliegen. Der zarte Klang der Glocke kündigte den Beginn der Meditation an. Sie diente als Erinnerung an Achtsamkeit und Frieden.

Man setze sich in den Meditationslotus. Der Geist sollte zur Ruhe kommen. Die Dehnungs- und Konzentrationsübungen fielen ihnen im Moment nicht leicht. Dennoch waren sie entschlossen, an den Lehren festzuhalten. Sie fühlten eine tiefe Verbundenheit mit dieser transzendenten Praxis, die ihr Innerstes berührte. Sie gab ihnen Halt in ihrem täglichen Leben.

Über ihren Sohn wollten sie nicht sprechen. In der Stille spürte Petra Goldman normalerweise Trost. Aber heute schaffte sie es nicht, sich zu konzentrieren. Die Worte des Lehrers brannten wie Feuer in ihrem Kopf.

„Der Sterbende kann dem Leiden nicht entfliehen."

Die Bedeutung durchdrang sie bis ins Innerste. Es gab Fragen, auf die es keine Antwort gab. Das Meditieren wurde zur Herausforderung. Ihr Geist irrte umher und versperrte beiden den Weg zur inneren Ruhe. Die buddhistische Philosophie lehrte, dass es ratsam sei, Situationen zu vermeiden, die erregte Reaktionen hervorrufen könnten.

Das schien leichter gesagt als getan. Der schmale Grat zwischen Wollen und Dürfen war schwer zu spüren. Ein Drahtseilakt, bei dem Wünsche und ethische Grundsätze dicht beieinander lagen. Es brauchte viel Liebe und Mitgefühl, um die Mitmenschen voranzubringen. Das Herz des Buddhismus. Eine kleine Unwahrheit, um dem Dogma gerecht zu werden, galt als legitim. Sogar der Dalai Lama unterstützte dies. Der Buddhismus vermittelte Lehren, die in ihrem früheren Leben wenig Bedeutung hatten. Petra Goldmann spürte, wie tausend Nadelstiche ihre Haut durchbohrten. Sie stand vor einer unüberwindbaren Herausforderung. Ihr Mann litt ebenfalls. Ihre Blicke trafen sich und sie erkannten in den Augen des anderen die gleichen Ängste und Unsicherheiten.

Dirk Goldmann erkannte, dass die Wirklichkeit letztlich durch Gedanken geformt wird - Gedanken, die auf subtile Weise ihre Wirkung entfalten.

„Wesen, die leiden und sich nicht wehren können, müssen wir mit unserer Liebe schützen. Je mehr man ihnen beisteht, desto mehr entwickelt sich das Gefühl, gebraucht zu werden."

Die Räucherstäbchen verglimmten. Das Glöckchen verkündete das Ende der Meditation. Petra Goldman dauerte die Stille zu lange. Jede Sekunde wurde zur Qual. Arme und Beine fanden keine Entspannung. Ihre Seele sehnte sich allem zu entfliehen. Das Dasein wurde zum Drahtseilakt. Die Grenzerfahrung war eine Herausforderung. Nach den Prinzipien des Buddhismus zu leben, wurde von Tag zu Tag schwieriger. Sie spürte die Hand ihres Mannes auf dem Rücken. Worin bestand ihr Glaube? Bezog er sich auf die Teilnahme an der Zeremonie oder ging er darüber hinaus?

„Braucht ihr Hilfe?"

Der Meditationslehrer kam mit besorgter Miene auf sie zu. Die Frage hallte durch die Stille. Wie ein Echo ihrer inneren Unsicherheit.

„Nein", antworteten sie gleichzeitig.

Ihre Stimmen klangen zittrig, während ihre Blicke umherwanderten.

„Ihr wisst, dass wir für euch da sind", fügte er hinzu. Sie nickten, vermieden es aber, mit den anderen Gläubigen zu sprechen. Sie trugen eine Last, die sie nicht teilen konnten.

Als sie die belebte Frankfurter Straße stadtauswärts fuhren, wechselten sie kein Wort. Unter der Fußgängerbrücke, dem sogenannten Elefantenklo, mussten sie anhalten. Petra Goldman hatte das Gefühl, dass die Schwere des Betonbaus sie fast erdrückte. „Fahr doch", rief sie ihrem Mann zu.

Ein älterer Herr schimpft, weil sie mit quietschenden Reifen bei Rot losfuhren. In der Stadt wirkten die Menschen an diesem Nachmittag gehetzt und ruhelos. Oder befanden sie sich in einem Zustand, in dem das innere Gleichgewicht nicht mehr stimmen wollte?

59

Der Eingangsbereich hüllte sie in einen intensiven Geruchskokon aus Schweiß, Desinfektionsmittel und Gummi. Zu dieser Uhrzeit herrschte im Fitnessstudio wenig Betrieb. Im Therapiebereich warteten zahlreiche Patienten. Jessica holte ihren Terminplan ab.

„Neuankömmling", rief ihr die Sekretärin beim Hinausgehen zu. Anne Bentin, neunzehnhundertachtundsiebzig.

Den Namen kannte sie nicht.

„Neunzig Prozent Rücken", murmelte sie.

„Geb ich dir recht."

Jessica hörte nicht, wie ihr Kollege sich näherte.

„Kenn ich nicht, aber 'Carpe diem'", rief er ihr zu und verschwand.

In einer Stunde würde Rolf Felbing eintreffen. Ein Kribbeln machte sich in ihrem Bauch breit. Doch zunächst richtete sie ihre Aufmerksamkeit auf Frau Kästner. Die alte Dame hatte zwei künstliche Hüftgelenke. Sie bemühte sich, ohne Krücken gehen zu können. Ihre silbergrauen Haare bildeten einen Knoten am Hinterkopf. Die Falten in ihrem Gesicht erzählten von vergangenen Tagen. Sie ließ sich von ihren Bewegungseinschränkungen nicht entmutigen. Ihre 'Ersatzteile', wie sie sie nannte, sollten ihr helfen, ihre Unabhängigkeit zu bewahren.

In ihrer Jugend fuhr sie mit dem Motorrad bis zum Bodensee. Jessica mochte sie und ein Hauch von Bewunderung schwang mit. Wie würde sie in ihrem Alter aussehen? Ben blieb jung, seine irdische Reise ging nicht weiter. Und Rolf Felbing? Er war zweiunddreißig Jahre älter. Das hatte Spuren hinterlassen, aber sie wollte sich die Laune nicht verderben lassen.

Als sie sich von Frau Kästner verabschiedete, saß er im Wartezimmer und lächelte. Dabei ließ er seine Zeitschrift nicht aus den Augen. Jessica holte die Karteikarte. Die Wartenden blickten auf, als sie seinen Namen etwas zu laut rief. Sie hängte das Holzschild mit ihrer Nummer an die Türklinke. Ein Zeichen, dass das Zimmer besetzt war. Sie lehnte an der Tür, als Rolf Felbing auf sie zukam, das Handtuch achtlos auf die Liege geworfen. Mit einer langsamen, entschlossenen Bewegung schloss er sie von innen und ließ keinen Raum mehr zwischen ihnen. Seine starken Arme umfingen Jessica, sein Körper schmiegte sich sanft an ihren, seine Lippen fanden die ihren. Sie spürte seinen festen Griff, seine Finger glitten in ihr Haar, und der Augenblick pulsierte mit einer Intensität, die alles um sie herum verblassen ließ.

„Ich will nicht, dass jemand Wind von uns bekommt. Nicht hier am Arbeitsplatz.", sagte sie besorgt.

„Das ist mir völlig egal", erwiderte er und küsste ihren Hals.

„Die Zeit tickt. Deine Kasse bezahlt meine Leistung. Komm, lass uns anfangen!"

„Wunderbar, dann sind deine Dienste also nicht freiwillig?", frotzelte er.

„Wenn du das so siehst, bin ich für die nächste halbe Stunde eine heimliche Prostituierte."

„Bitte, bitte fang an", flehte Rolf Felbing spöttisch.

Noch vor zwei Monaten hatte sie ihn für einen intellektuellen Langweiler gehalten. Jessica war erstaunt, wie schnell sich ihre Wahrnehmung ändern konnte. Und sie konnte nicht leugnen, dass es ihr gefiel. Auf der Matte liegend hob er Beine und Arme, während sie ihn führte.

„Halten und noch ein bisschen halten", ermahnte sie ihn.

„Ich kann die Übung auch bei dir zu Hause durchführen."

Sein Atem ging schnell und hastig. Mühsam brachte er die Worte hervor, während sich auf seiner Stirn Schweißperlen bildeten. Jessica gönnte ihm einen Moment der Ruhe, bevor sie die Stunde beendete.

„Da sind andere Übungen erwünscht", flüsterte sie.

„Kommst du heute?"

Er nickte.

„Neunzehn Uhr?"

„In Ordnung."

„Auf Wiedersehen bis nächste Woche", rief sie ihm in der offenen Tür hinterher.

Anne Bentin wartete schon. Sie reichte Jessica das Rezept. Zehnmal Physiotherapie wegen Rückenschmerzen.

„Vielleicht sollten sie mit ihren Kollegen mal eine Wette abschließen. Wer erkennt die Leiden am Alter", dachte Jessica amüsiert.

Anne Bentin, von schlanker Statur, strahlte mit ihrer aufgeweckten Erscheinung Energie und Zielstrebigkeit aus. Ihr jugendlicher Charme zog die Blicke der Männer auf sich. Ihr Gesicht zeichnete sich durch weiche Konturen und eine natürliche Harmonie aus. Sie gewann sofort Jessicas Sympathie.

„Hier tut es beim Aufstehen und Bücken weh."

Jessica tastete den Lendenwirbelbereich ab. Sie erkannte die typischen Beschwerden einer sitzenden Tätigkeit.

„Was machen Sie?"

„Ich bin Sekretärin in einem pharmazeutischen Unternehmen. Nach der Arbeit gehe ich an der Lahn joggen. Aber im Moment macht mein Rücken nicht mit.

Also habe ich mir das Lesen angewöhnt. Die Welt der Bücher ist riesig und E-Books sind so praktisch. Wissen Sie, das Außergewöhnliche interessiert mich. Ich kann mich im Mysteriösen verlieren. Ich habe auch eine Katze. Sie ist mein absoluter Liebling und völlig stubenrein. Lesen Sie auch?"

„Äh, was? Ach, lesen? Ja, das ist in letzter Zeit etwas zu kurz gekommen."

Anne Bentin richtete sich auf.

„Wir Frauen sind schon seltsam, nicht wahr?"

Jessica lächelte.

„Na ja, ich finde, jeder sollte sein Vergnügen haben dürfen."

Lebhaftes Lachen erfüllte den Therapieraum und eine warme Atmosphäre breitete sich aus. Beide waren auf einer Wellenlänge.

„Endlich ein normaler Mensch", dachte Jessica.

Anne Bentin strahlte eine ansteckende Freude aus. Sie verkörperte alles, was sie verloren hatte. Jessica freute sich auf die nächste Sitzung mit ihr. Dennoch war es seltsam. Sie ließ sie im Stehen Dehnübungen machen. Trotz möglicher Schmerzen bei bestimmten Bewegungen plauderte sie unbekümmert weiter. Jessica fiel es schwer, dieses Verhalten zu deuten; es gab viele unerforschte Krankheitsbilder. Dabei litt die Frau gar nicht unter Rückenschmerzen. Sie wollte einfach nur die wohltuende Wirkung der Physiotherapie erleben - Entspannung pur.

„Na, du strahlst ja wie die Sonne ohne Wolken", sagte ihr Kollege Oliver und stellte sich neben sie. Er nahm einen Schluck aus seinem Kaffeebecher.

Jessica nickte.

„Es gibt so viele ganz unterschiedliche Menschen, weißt

du.

Das gefällt mir an meinem Beruf. Man weiß nie, wen man vor die Füße bekommt."

„Kein Wunder, die steht ja schon mit einem Bein im Paradies", bemerkte Jörge, der das Gespräch mitbekommen hatte. Er kam zu ihnen.

Jessica sah ihn fragend an.

„Ja, aber sie gehört mir. Keine Chance, dass ihr sie mir wegschnappt. Selbst ein blindes Huhn findet ein Korn."

Beide freuten sich über die ausgelassene Stimmung, zumal sie ihre Kollegin schon lange nicht mehr so erlebt hatten. Jörge senkte die Augenlider und mimte Glückseligkeit.

„Kein Wunder", fügte er blinzelnd hinzu.

„Was meinst du?"

Er stellte seine Tasse auf die Theke.

„Ich hab sie mal in Marburg gesehen, bei der Taufe eines Neffen. Ne krasse Sache. Der Pfarrer hat sich so in Rage geredet, man hätte meinen können, er will die Leute auf den vorderen Stühlen mit taufen. Sie reichte ihm die Sachen. Den Wasserkrug und den ganzen Kram. Nicht evangelisch oder katholisch, irgendwas. Mir fällt der Name nicht ein."

Jessica zuckte zusammen. Ihre Miene verfinsterte sich.

„Harmoniegemeinde der Hoffnung?"

„Ja. Genau so haben sie sich genannt. Ein verrückter Haufen."

Jessica sah ihren Kollegen verstört an.

„Hey, so schlimm war es auch nicht", entgegnete er, „aber interessant, so etwas zu beobachten. Unglaublich, was manche Menschen im Namen Gottes tun. Ich habe sie sofort erkannt. Süßer Käfer, aber zu esoterisch für mich."

Jörge hob die Arme.

„Tut mir leid, die nächsten Kunstknochen warten. Ach, Jess, übrigens, deine Frisur ist der Hammer."

Mit einem Augenzwinkern verschwand er. Ihr Gesicht verlor jede Farbe, und in ihren Zügen spiegelte sich Entsetzen. Ihre fröhliche Stimmung verwandelte sich in eine düstere Schwere, die jede Spur von Heiterkeit hinwegfegte.

„Hey, Jess, alles in Ordnung?", fragte Oliver besorgt.

Er bemerkte ihre Veränderung.

„Ja, ja, mir geht es gut."

„Du siehst aber gar nicht so aus. Willst du dich hinlegen?"

„Es geht schon. Ich spüre, dass ein Gewitter aufzieht", stammelte sie und entfernte sich mit schnellen Schritten.

Er sah zum Himmel. Es sah überhaupt nicht nach einem Wetterumschwung aus.

60

Tränenüberströmt fiel Jessica Rolf Felbing in die Arme und klammerte sich an ihn.

„Ganz ruhig, was ist passiert?", fragte er besorgt. Sie klammerte sich an ihn, als könnte er sie vor allem Unheil dieser Welt bewahren.

Sie schnappte nach Luft. Seine Gegenwart gab ihr ein Gefühl von Sicherheit. Ihre Spannung berührte ihn bis ins Innerste.

„Diese Frau, ... sie war so freundlich, ... die Täuschung, ... ich habe Angst, ..."

Er wischte ihr das Gesicht trocken.

„Nun mal von vorne! Welche Frau? Wann und wo?"

„Nach dir ist heute eine Frau mit Rückenschmerzen in die Rehazentrum gekommen. Ich hatte das Gefühl, dass ihre Beschwerden nicht so schlimm waren. Sie spielte ein furchtbar nettes Spiel. Ich freute mich, eine so freundliche Patientin zu haben und ... und."

„Ja?"

Jessica schluchzte. Rolf Felbing brachte ihr ein Glas Wasser. Sie trank es in einem Zug aus. Das erfrischende Getränk half ihr, weiter zu reden.

„Und dann habe ich mit meinem Kollegen Kaffee getrunken. Und, und ... Er hat sie erkannt. Kannst du dir das vorstellen?"

Jessica fuhr sich durchs Haar, als wollte sie mit dieser Geste die quälenden Gedanken vertreiben.

„Woran hat er sie erkannt?"

„Sie gehört zur Harmoniegemeinde in Marburg. Das ist doch kein Zufall."

Rolf Felbing blieb äußerlich unbewegt. Jessica durfte nicht sehen, welche Wirkung diese Nachricht auf ihn hatte. Dass seine Sekretärin dahinter steckte, musste er verbergen. Er bemühte sich, ruhig und klar zu bleiben. Die Wahrheit würde seine Beziehung zu ihr höchstwahrscheinlich gefährden.

„Das heißt doch gar nichts. Das kann Zufall sein", antwortete er gelassen. Sein schauspielerisches Talent stach hervor, sicher auch durch seine täglichen Auftritte vor den Studenten.

„Mein Kollege meinte, die machen total verrückte Gottesdienste".

„Ich kann es kaum glauben. Aber selbst wenn sie wirklich deinetwegen kommt, was kann sie schon ausrichten? Das sind doch Menschen, die an Gesetz und Moral glauben. Sie werden sich hüten, etwas Böses zu tun."

„Verstehst du denn nicht, dass ich Angst habe?"

Jessica sah ihn mit großen Augen an. Rolf Felbing bemühte sich, seine Worte ehrlich klingen zu lassen. Tief in seinem Inneren zweifelte er. Seine Sekretärin durfte jetzt nicht zur Rede gestellt werden. Stattdessen nahm er sich vor, sie zu beobachten, um herauszufinden, was die Gemeinde vorhatte.

„Solange sie zur Krankengymnastik kommt, ist alles in Ordnung. Im Gegenteil, bei den Übungen hast du das Zepter in der Hand."

Rolf Felbing gelang es, ihre Angst zu lösen. Ein kleines Lächeln umspielte seine Lippen. Er holt eine rosafarbene Schachtel mit englischer Aufschrift aus seiner Jacke. Erdbeer-Schokokekse mit weißer Glasur. Jessica konnte nicht widerstehen und gab ihm einen zärtlichen Kuss auf die Wange.

„Für dich. Schon mal probiert?"

Sie schüttelte den Kopf und faltete das Seidenpapier auseinander. Ein verführerischer Duft stieg ihr in die Nase. Vorsichtig kostete sie. Die Kombination aus knusprigem, buttrigem Teig und einem Hauch Vanille entfaltete sich auf ihrer Zunge. Der Geschmack löste eine Sinnesexplosion aus.

„Wow, was ist das? So was hab ich noch nie probiert."

„Aus England. Hergestellt von der königlichen Hofbäckerei."

Sie genoss den Moment in völliger Hingabe. Der Zauber und das Bewusstsein, dass ihr Leben eine neue Wendung nahm, erfüllten sie mit Hoffnung. Rolf Felbing hängte seine Jacke im Flur auf. Jessicas Blick fiel auf seine Schuhe. Edle Dior-Sneaker in Schwarz. Die kannte sie bisher nur aus der Werbung. Überrascht und bewundernd nickte sie. Er spielte eine besondere Rolle in ihrem neuen Leben.

„Möchtest du etwas essen? Ich habe aber nur Tiefkühlpizza und Brot zu Hause."

„Nein, danke. In der Mensa gab es Hühnchen mit Brokkoli. Hat sich Ben wieder gemeldet?"

„Ja, gestern kurz. Herzensbekundungen."

Er hielt ein dickes Notizbuch mit dunklem Ledereinband in der Hand.

„Was ist das?"

„Entschuldige, aber stört es dich, wenn ich mir während unserer Kommunikation mitschreibe?"

Er wollte Jessica nicht bedrängen und bemühte sich, mit seinem Ton höflich zu klingen. Ihr Nicken drückte Vertrauen aus: Er war der Letzte, der sie betrog. Sie setzte sich auf seinen Schoß und schmiegte sich an seine Brust. Noch vor einem halben Jahr hätte sie sich nicht vorstellen können, so etwas mit einem Mann zu tun, der ihr Vater sein könnte. Als sich ihre Lippen trafen, entflammte die Leidenschaft. Ein Netz aus Verlangen und sehnsüchtiger Hingabe umhüllte sie. Jessica spürte, wie Bens Aura stärker wurde. Es war, als säße er neben ihr. Die Welt um sie herum verschwamm, und die Zeit dehnte sich aus wie die glatte Oberfläche eines stillen Sees.

Der Ton der E-Mail-Benachrichtigung durchbrach die Intimität wie ein schriller Schrei und zerstörte ihre Intimität. Der Bildschirm leuchtete auf und enthüllte den Namen „Ben". Spannung lag in der Luft. Sie öffnete die Mail.

„Dein Platz ist in meinem Herzen. Ich bin für immer bei dir."

„Ja, ich kann dich auch tief in mir spüren." Jessica dachte an die intime Nacht mit Rolf Felbing.

„Eines Tages werden wir vereint sein", fügte er hinzu.

Ob er wusste, wie weit sie ging? Rolf Felbings Notizbuch lag aufgeschlagen vor ihm. Für Jessica war es nur ein Durcheinander von Kritzeleien und unzähligen Fragezeichen.

„Sind das alles Fragen an Ben?"

Er nickte.

„Das wird nicht funktionieren. Er weiß, dass ich mich nie dafür interessiert habe."

„Daran habe ich auch gedacht. Sag ihm, dass du einen Geschichtsprofessor als Patienten hast und wir uns über historische Themen unterhalten haben. Dein Interesse war geweckt und du wolltest mehr wissen."

In Jessicas Gesicht zeichnete sich Skepsis ab.

„So eine Chance bekommen wir nie wieder. Und glaub mir. Es tut mir genauso leid wie dir, dass er nicht mehr am Leben ist. Ehrenwort - du bist meine Physiotherapeutin."

Seufzend ließ Jessica die Schultern sinken. Sie wischte sich eine Träne aus dem Auge. Ein mutiger Schritt, der sie trotz innerer Zweifel hoffentlich in eine neue Zukunft führte. Sie sah Rolf Felbing mit ernster Miene an.

„Aber zuerst möchte ich noch etwas anderes klären."

Jessica drehte sich zum Laptop und begann zu tippen.

„Hallo Ben. Ich habe Oliwa getroffen und ihr gesagt, dass ich alles weiß. Sie war völlig aufgelöst."

Bens Antwort kam ungewöhnlich schnell.

„Hast du ihr gesagt, woher du es weißt?"

„Auf keinen Fall."

Es dauerte trotzdem eine Weile, bis die er reagierte.

„Sie würden dir nicht glauben."

„Das weiß ich auch, aber ihr Gesicht hat mir gereicht, und ich hoffe, sie verbringt den Rest ihres Lebens mit Schuldgefühlen."

Jessica richtete sich auf.

„Ich habe einen Patienten, einen Geschichtsprofessor, der unter Rückenschmerzen leidet. Unsere Gespräche über die Vergangenheit und die Geschichte haben meine Neugier geweckt. Darf ich dir dazu ein paar Fragen stellen?"

„Weiß er von uns?"

„Nein, natürlich nicht."

Wieder überkam sie dieses schreckliche Gefühl, wenn sie zu einer Lüge greifen musste.

„Was willst du wissen?"

Rolf Felbings angespannte Körperhaltung war nicht zu

übersehen. Jeder Moment des Wartens kam ihm wie eine Ewigkeit vor.

„Einstein, frag ihn nach Albert Einstein!"

„Was soll ich fragen? Ich kann doch nicht einfach den Namen aufschreiben."

„Frag ihn, ob du ihm eine Frage über den Wissenschaftler stellen kannst."

Jessica zögerte, bevor sie antwortete. Die Sekunden dehnten sich zu einer Ewigkeit. Jetzt saß Rolf Felbing an der Quelle seines eigenen Seins. Kein Archiv, keine Bibliothek der Welt besaß dieses uralte Wissen. Vergangenheit und Gegenwart schienen zu verschmelzen, das Unmögliche greifbar nah.

„Großer Gott, in Demut und Ehrfurcht beuge ich mich vor Dir", flüsterte er stumm in seinen Gedanken. Sein Bewusstsein pulsierte. Seine Instinkte erwachten, kristallklar wie Sterne am Nachthimmel, die ihm unmissverständlich den Weg zeigten.

„Es muss sich der inneren Dimension geöffnet werden", las er.

„Frag, ob er da ist, schnell!"

Rolf Felbing zitterte. Jessica hob die Finger von der Tastatur.

„Beruhige dich! Wir machen das zusammen. Ben hat immer geholfen, so gut er konnte. Hab keine Angst!"

Rolf Felbing befand sich plötzlich wieder in der Position eines kleinen Kindes, und obwohl Jessica mehr als dreißig Jahre jünger war, übernahm sie in diesem Moment die Rolle seiner Mutter. Sein Blick fiel auf ein Foto von Ben und Jessica auf dem Sideboard. Mitleid überkam ihn. Unweigerlich stellte er sich vor, wie viel Leid sie durchgemacht haben musste.

„Frag ihn nach der inneren Dimension."
Jessica schrieb die Nachricht und lehnte sich
erwartungsvoll zurück.
„Die innere Dimension ist das Bewusstsein jenseits der
physischen Welt".
„Wie erreicht man die? Mach weiter!" befahl Rolf Felbing.
Seine Gedanken klärten sich und jede Frage kam klar und
deutlich über seine Lippen, auch wenn seine Nervosität im
Raum spürbar blieb und sein Herz in den Ohren
hämmerte. Jessica begann, seine Fragen zu mögen.
„Spirituelle Praktiken. Durch sie erlangt man eine
Verbindung zu sich selbst und ein Verständnis für Zeit
und Dimension."
„Welche spirituellen Praktiken?" Rolf Felbing konnte vor
Aufregung kaum sprechen.
„Meditation, Achtsamkeit, Naturverbundenheit – nur die
Harmonie dieser drei führt zum Ziel."
Er kritzelte in sein Heft. Jessica schaute auf die Uhr und
erschrak. Zwei Stunden waren wie im Flug vergangen.
„Ich mache uns was zu essen."
Rolf Felbing hielt sie am Arm fest.
„Nein, essen können wir später."
Er handelte mit unerwarteter Intensität. Jessica setzte
sich.
„Frag, wer Mona Lisa war."
Rolf Felbing thronte auf dem Sofa wie ein unbesiegbarer
Imperator, der über alles herrschte. Keine irdische Macht,
kein göttlicher Wille, nichts im gesamten Universum
konnte seine Autorität erschüttern.
„Warum antwortet er nicht?"
Sein Fuß wippte auf und ab.
„Antworten kommen nicht immer sofort", beruhigte

Jessica ihn.

Seine Finger glitten sanft über ihren Nacken, während er sie an sich zog, die Hände fest um ihre schmale Taille. Der Duft ihres Haares durchströmte ihn, betörend und vertraut. Er hielt inne, seine Finger griffen nervös nach der Brille, die verrutscht war. Mit einem flüchtigen Schauer und plötzlich scharfem Blick erkannte er das es eine Antwort gab.

„Katryna Lisa Tornabuoni, Schwester von Lucrezia Tornabuoni."

Rolf Felbing schob Jessica etwas zur Seite. Hastig notierte er die Namen.

„Wer war das? Schreib schnell!" befahl er.

Jessica entging nicht, wie die wachsende Nervosität ihn an den Rand des Wahnsinns zu treiben schien. Das würde ihre letzte Frage für heute sein. Vor zwei Stunden hatte er sie noch auf den Boden der Tatsachen zurückgeholt. Jetzt verhielt es sich umgekehrt.

Ben setzte das Schreiben fort.

„Ihre Ausstrahlung übte eine unerklärliche Faszination aus, als besäße sie eine geheime Kraft. Da Vinci fühlte sich magisch von ihr angezogen. Er musste sie malen, um diese Gabe in seinem Gemälde einzufangen".

Kaum in der Lage, alles zu erfassen, hechelte Rolf Felbing mit halb geöffnetem Mund.

„Wie ist das passiert?"

„Keine weiteren Fragen."

Jessica klappte den Laptop zu.

„Du schnappst mir sonst über."

Er umklammerte ihr Handgelenk. Erschrocken sah sie ihn an.

„Du tust mir weh, lass los!"

Nachdem sie sich aus seinem Griff befreit hatte, rieb sie ihren Arm. Was war in ihn gefahren?

„Entschuldige, aber ich weiß nicht … Du hast recht. Wir machen Schluss für heute."

Sein Blick zu Boden verriet Bedauern. Er umarmte sie in der Hoffnung, seinen Fauxpas wieder gut zu machen.

„Bleib", flehte Jessica.

Sie wollte Ben in dieser Nacht ganz nah sein.

61

„Ich bin froh, dass wir das Projekt erfolgreich
abgeschlossen haben."

„Da geb ich Ihnen recht."

Marc wirkte erleichtert, während Lars Klingmeyer
langsam durch das leere Großraumbüro schritt. Nur zwei
Schreibtische und einige Umzugskartons blieben zurück,
die einst so geschäftige Atmosphäre war verschwunden.
Lars' Blick wanderte durch den Raum, und Erinnerungen
an Vergangenes kam hoch. Der Mietvertrag lief Ende des
Jahres aus. Man sah Lars Klingmeyer an, dass etwas auf
seiner Seele lastete.

„Haben Sie schon einen Job?"

„Um ehrlich zu sein, hatte ich keine Zeit, mich darum zu
kümmern."

„Und was machen Sie jetzt?"

Marc lächelte: „Einfach ausspannen. Vier Wochen
Santorin, ein Ferienhäuschen an der Steilküste."

Sein Chef zwirbelte nervös an seinem Oberlippenbart.

„Tja, wie soll ich es sagen? Es tut mir leid, aber gewisse
Umstände haben dazu geführt. Ich meine, es gibt
Probleme mit der Bezahlung."

Marcs Miene verhärtete sich, während er seinen Chef mit
gerunzelter Stirn ansah.

„Was für Umstände? Was für Probleme?"

„Ich weiß, das kommt für Sie überraschend. Ich möchte
aber betonen, dass ich alles tun werde, um diese
Verzögerung so schnell wie möglich zu beheben."

„Sind die Unterlagen nicht korrekt? Soll ich sie noch
einmal durchgehen?" Marcs Stimme schwankte.

„Nein, nein, die Vorschläge sind in Ordnung. Die
Bezahlung wird sich nur etwas verzögern. Zahlen müssen
sie.

Aber sie behalten sich eine Probephase vor."

„Eine Probephase? Davon war nie die Rede. Was soll
denn da getestet werden? Das glaube ich nicht."

Marcs Mund fühlte sich trocken wie Sand an.

„So drastisch dürfen Sie das nicht sehen?"

Marc Hapich kämpfte, um seine Gefühle in den Griff zu
bekommen. Ein Sturm von Erinnerungsblitzen fegte durch
seinen Kopf. Vor drei Wochen hatte er den Reisevertrag
ohne Rücktrittsversicherung unterschrieben. In einer
Woche musste er seine Miete bezahlen und morgen sollte
ein Luxuskühlschrank geliefert werden.

„Das kann doch nicht wahr sein. Sie haben mir das Geld
versprochen."

Die Reaktion seines Kollegen überraschte Lars Klingmeyer
nicht. Er nahm sie mit vorhersehbarer Gelassenheit.

„Ich werde alles in meiner Macht Stehende tun, um die
Unannehmlichkeiten aus der Welt zu schaffen. Seien Sie
versichert. Wir werden eine Lösung finden."

„Ich habe mich auf das Geld verlassen. Die Verzögerung
bringt meinen Alltag völlig durcheinander."

Marc rang um Fassung. Gleichzeitig wurde ihm klar, dass
er keinen Anspruch auf die Auszahlung des Geldes hatte.
Als sein Chef ihm den verlockenden Vorschlag
unterbreitete, wurde nichts schriftlich vereinbart. Ein
ungutes Gefühl beschlich ihn. Er schwor sich, nie wieder
so etwas zu tun, ohne es schriftlich festzuhalten. Jetzt war
das Kind in den Brunnen gefallen. Vielleicht ließe sich ja
mit dem Auftraggeber ein Kompromiss aushandeln, der
ihn aus dieser Zwickmühle befreien würde.

„Wie wäre es mit einer Teilzahlung?"

„Herr Hapich", Lars Klingmeyer holte tief Luft.

„Bei dieser Summe muss Ihnen doch klar gewesen sein, dass wir auf eigene Rechnung arbeiten."

„Auf eigene Rechnung, was heißt das?" Marc verschränkte die Arme.

Lars Klingmeyer beugte sich vor und senkte seine Stimme fast zu einem Flüstern. „Die Firma weiß nichts davon. Sie wissen genau, worüber ich rede. Sein Blick war ernst, fast eindringlich, als könnte jede weitere Frage eine Gefahr bedeuten.

Marc meinte, den Boden unter den Füßen zu verlieren.

Lars Klingmeyer legte ihm die Hand auf die Schulter. Eine Geste, die ihm leicht fiel, weil Marc auf seinem Stuhl saß.

„Jetzt passen Sie mal auf!"

„Immer wieder dieser Körperkontakt, als wollte er sich so erden", dachte Marc und spürte eine starke Beklemmung, die sich in seinem Körper ausbreitete. Seine Muskeln versteiften sich.

„Ich gebe Ihnen dreitausend Euro als Vorschuss. Damit kommen Sie erst einmal über die Runden. Und ansonsten machen Sie sich keine Sorgen. Die Zahlung ist so sicher wie das Amen im Paradies."

62

„Inmitten der Hektik des Alltags verliere ich mich oft in Grübeleien über den Sinn unseres Daseins. Hinter all den banalen Ereignissen scheint sich ein Geheimnis zu verbergen. Ich spüre, dass es eine unsichtbare Wirklichkeit gibt. Ich frage mich, warum das alles geschieht. Wir hetzen durchs Leben, und wenn sich der Staub gelegt hat, bleibt die Frage: Was soll das alles? Wenn am Ende keiner den Sinn kennt? Ein Rätsel breitet sich vor mir aus. Und ich habe das Gefühl, dass niemand den Schlüssel dazu hat. Ich versuche, Licht ins Dunkel zu bringen. Jedes Mal, wenn ein Funke aufleuchtet, verschwindet er wieder. Es ist, als ob ich in der Dunkelheit stochere, ohne zu wissen, wohin. Die Frage, was aus uns wird, wenn es soweit ist, lässt mich nicht los. Das Unbekannte liegt wie ein Schatten über mir. Inmitten all der Ungewissheit versuche eine Erklärung für meine Mühen zu finden. Aber die Antworten sind wie flüchtige Gestalten, die mir durch die Finger gleiten."

Jessica breitete die Arme aus. Die Sonne auf ihrer Haut, der weite blaue Himmel und die vorbeiziehenden Wolken ließen sie aufatmen. Im Gießener Stadtpark Schwanenteich war an diesem Nachmittag nicht viel los. Marc saß im Schneidersitz, überwältigt von seinen neuen philosophischen Einsichten. Seine angespannte Haltung und Mimik verrieten, dass er sich nicht wohlfühlte. Jessica, in Gedanken versunken, bemerkte es nicht.

Plötzlich sagte sie, mehr zu sich selbst als zu Marc: „Weißt du, neulich habe ich den Song *Jenny will zum*

Mond von Frank Wesemann gehört. Du weißt doch Marys Lieblingssänger. Es hat mich total verzaubert. Dieses Lied ist so viel mehr als nur Musik - es ist wie ein Ruf, der dich auf eine Reise mitnimmt. Die Art, wie er singt, die Worte, sie berühren, einen tief. Ich habe das Gefühl, es sagt mir, dass der Mond erst der Anfang ist. Ich will weiter... Viel weiter. Da draußen gibt es unendlich viel zu entdecken."

Dann begann sie leise die ersten Worte des Liedes zu singen: *„Jenny will zum Mond..."*. Ihre Stimme war sanft und voller Sehnsucht. Marc sah sie an, beeindruckt von der Intensität ihrer Worte und der leisen Melodie, die fast wie ein Geheimnis zwischen ihnen hing. Sein Blick wanderte zum Horizont, während er versuchte, die Weite und die Träume zu verstehen, die sie beschrieb.

Die Worte kamen stoisch über seine Lippen: „Es ist faszinierend, wie sich die Unendlichkeit über uns erstreckt. Wir fühlen uns verloren und sind in Gedanken über unser Schicksal gefangen. Ich frage mich, ob es eine Aufgabe gibt, die wir erfüllen müssen."

„Genau das meine ich", stimmte Jessica zu.

„Manchmal ist es, als ob alle Erfahrungen und Begegnungen uns zu diesem Rätsel führen sollen - dem Grund, warum wir auf der Erde sind."

Sie stützte sich auf die Ellbogen. Ihre Augen verrieten eine tiefe Sehnsucht.

„Erinnerst du dich noch an unsere Zeit zu dritt?"

Marc nickte. Melancholie lag in seinem Gesichtsausdruck, während Tränen in ihm aufstiegen. Endlich zeigte er seine verletzliche Seite. Jessica verlor fast den Glauben an ihn und daran, dass er um Ben trauerte.

„Weißt du noch, wie überzeugt wir waren, dass uns nichts

erschüttern könnte?", sagte er mit schluchzender Stimme.

„Eine unzertrennliche Einheit, die durch dick und dünn gehen wollte. Mit einem Mal ist alles zusammengebrochen. Was ist aus unseren Wünschen und Träumen geworden?"

Jessica legte ihm die Hand auf den Arm. „Wir können nichts dafür, dass Ben sterben musste. Im Herzen lebt er weiter. Aber wir haben noch uns. Gemeinsam können wir versuchen, das Beste aus allem zu machen. Wir bleiben Freunde für ewig", antwortete sie mit gebrochener Stimme.

Der Schmerz, den sie in sich trug, bahnte sich seinen Weg. Tränen tropften in ihr Dekolleté. Ein heißer Strom aus ihrem Inneren, wie der Ausbruch von Lavamassen aus einem Vulkan. Sie durchlebte die Erinnerungen, die eine fast befreiende Wirkung hatten. Wortlos umarmten sie sich, als wollten sie einander Halt und Trost geben. Ein Jogger verlangsamte sein Tempo. Er schaute zu den beiden hinüber. Zufriedenheit durchzog sein ganzes Gesicht. Ein berührender Ausdruck für die Schönheit kostbarer Momente.

„Wie läuft das Projekt, das du von Ben übernommen hast?"

„Es klappt ganz gut." Marc bemühte sich um eine emotionslose Miene. „Ich bin so gut wie fertig. Nur noch ein paar Kleinigkeiten."

„Ich finde es bewundernswert, dass du das im Gedenken an Ben zu Ende bringst", sagte Jessica anerkennend. „Es ist eine respektable Art, seinen Geist weiterleben zu lassen und ihn zu ehren."

„Wie reagiert die Firma auf dein Engagement reagiert?"

„Och, mein Chef steht hinter mir und unterstützt mich
voll und ganz. Er ist von meiner Arbeit begeistert. Wir
sind zu zweit und ziehen das gemeinsam durch."
„Hast du schon einen neuen Job?"
„Nein, das hat Zeit. Außerdem habe ich viel zu tun."
Bei diesem Satz blieb Marc still und in sich gekehrt.
„Und die Kollegen?"
„Die sind alle weg."
„Konnte niemand etwas für dich tun?"
Marc dachte an Jan Gellert. Er zögerte: „Nein, ich lasse es
langsam angehen. Verstehst du? Die Sache mit Ben hat
mich ganz schön mitgenommen. Täglich mit seiner Arbeit
konfrontiert zu sein ist, wenn ich ehrlich bin, ein ständiges
Wechselbad der Gefühle.
Zwei Eichhörnchen flitzten an ihren Füßen vorbei.
Neugierig suchten sie nach Nüssen. Jessica und Ben
hatten ihre Handys für diesen Nachmittag ausgeschaltet.
Sie empfanden es als befreiend, sich von den
Verlockungen der Technik zu lösen und ungestört
unterhalten zu können.
„Vielleicht liegt der Sinn des Lebens darin", begann
Jessica, „herauszufinden, wo unsere wahren
Leidenschaften und Talente liegen. Wenn wir sie nutzen,
können wir anderen helfen und die Welt positiv
beeinflussen. Es geht darum, vielen Menschen gute
Gefühle zu ermöglichen, verstehst du?
„Ja, das mag sein", stimmte Marc zu, „aber es stellt sich
die Frage, ob unser Beruf wirklich die Möglichkeit bietet,
das Beste in uns freizusetzen, unser Feuer zu entfachen
und es am Brennen zu halten."
Jessica legte den Kopf in seinen Schoß. „Oder liegt der
Schlüssel darin, sich nicht zu sehr auf die Suche nach

einem bestimmten Ziel zu konzentrieren? Sondern den Augenblick genießen und uns von unseren Werten und Neigungen leiten lassen. Es ist ein Prozess der Selbstreflexion und des Wachstums, der uns auf unserem Weg begleitet. Zeigt sich wahre Größe in Titeln oder im Gehalt? Spielt es eine Rolle, wie Fähigkeiten einsetzt werden, um Veränderungen herbeizuführen?"

Sie schwiegen. Marc beobachtete zwei Libellen, die ihre Bahnen zogen. Lebten sie nicht hundertmal besser als er? Ein Leben frei von tiefen philosophischen Überlegungen. Ohne finanziellen Sorgen und Verstrickungen in dubiose Geschäfte.

„Trauer ist Dunkelheit, die unser Herz umhüllt. In der Tiefe liegt die Möglichkeit des Neuen. Wir stellen uns dem Verlust und finden im Licht der Erinnerung einen neuen Sinn."

Mit seinen Antworten sprengte Marc die Grenzen seiner Selbstwahrnehmung und wunderte sich über seine geistige Entwicklung. Er beobachtete die filigranen Tiere, wie sie über die Wasseroberfläche glitten und verschwanden.

„Ja, du hast Recht, aber wie soll ich nach etwas Neuem streben, wenn Ben noch da ist? Oh Mann, wie soll ich mit dieser Erfahrung umgehen? Ich befinde mich in einer Art Zwischenwelt. Einerseits will ich ihn festhalten. Andererseits entgleitet mir mein Leben."

Jessica biss sich auf die Lippen. Mit jedem Augenblick wurde ihr der Konflikt deutlicher. Sie musste ihre Gefühle verbergen. Mark durfte nicht einmal erahnen, was sich in den Tiefen ihres Wesens verbarg. Sie wusste um die Folgen einer Enthüllung. Sie war Marc gegenüber nicht verpflichtet von Rolf Felbing zu erzählen. Sie verzog das Gesicht. Eine Mauer aus Geheimnissen umgab sie, während sie sich gegenseitig dem Verbergen und Verstecken hingaben.

Marc unterbrach das Schweigen: „Was würdest du tun, wenn er vor dir stünde?"

Jessicas Atem stockte. Zögernd begann sie: „Ich würde, ich meine, es wäre unglaublich, ... Ich würde alles dafür tun."

Ihre Stimme bebte, als sie den Entschluss fasste, Marc endlich ihren tiefsten Wunsch anzuvertrauen. „Ich habe noch nie mit jemandem darüber gesprochen, aber ... Ich wünschte mir so sehr, dass Ben und ich ein Kind hätten."

Sie hielt inne und wählte ihre Worte mit Bedacht.

„Ich wollte mit ihm darüber reden, aber es war zu spät ..."

Marc zuckte zusammen, während Schock und Verwirrung in ihm aufstiegen.

„Das wusste ich nicht", flüsterte er. Nichts hatte zuvor darauf hingedeutet, dass diese Sehnsucht in ihr schlummerte.

„Ich habe noch nie jemandem davon erzählt. Den Scherz, den ich mir erlaubt habe, bereue ich zutiefst. Wie konnte ich nur?"

Jessicas Enthüllung traf ihn wie ein unerwartetes Beben, das die Fassade seiner Wahrnehmung erschütterte und eine trübe Dunkelheit aufkommen ließ. Die kühle Brise, die durch die Baumkronen wehte, fühlte sich an, als würde ein eisiger Windstoß durch Marcs Adern fahren. Zum Glück lag Jessica auf dem Rücken und hatte die Augen geschlossen. So bekam sie seine Reaktion nicht mit.

Die Zeit schien stillzustehen, und Marc war unfähig zu einer wirklichen Reaktion. Der Gedanke, dass Jessica ein Kind mit Ben haben wollte, sollte ihn berühren, aber er tat es nicht. Er wusste, dass er etwas sagen musste, etwas, das Mitgefühl zeigte.

„Ich wusste nicht, dass du dir das so sehr gewünscht hast. Es … tut mir leid, dass es nicht geklappt hat."
Die Worte kamen mechanisch, ohne wirklichen Glauben dahinter. Jessica starrte in den Himmel, als könnte sie dort eine Antwort finden.

„Es war ein Traum, den ich niemandem erzählt habe", flüsterte sie, als müsse sie sich selbst davon überzeugen.
„Vielleicht war er naiv, aber er hat mir geholfen, weiterzumachen."
Auch sie sprach, als wäre die Bedeutung längst verblasst, aber sie tat so, als wäre sie noch immer wichtig.
Marc legte ihr die Hand auf die Schulter, eine Geste, die mehr Pflichterfüllung als echte Zuneigung war.

„Daran ist nichts falsch", murmelte er, wohl wissend, dass weder sie noch er diesen Trost wirklich empfanden.

63

Immer am Abend suchte Ben den Austausch mit Jessica,
als würde er die Zeit aus dem Jenseits beobachten.
Auf dem Bildschirm stand nur: „Hallo."
Aus jessica sprudelte es heraus.
„Du bist für mich wie Atemluft - unentbehrlich. Mein
Herz schreit nach deiner Liebe und ich vermisse dich so
sehr. Wenn es nur einen Weg gäbe, dich zurückzuholen...",
schrieb Jessica sehnsüchtig.
Bens Ankündigung klang düster, als er schrieb: „Ich habe
eine Nachricht für dich." Aufgeregt und unsicher zugleich
verharrte Jessica regungslos, während sich jeder Moment
zu einer scheinbar endlosen Ewigkeit dehnte.
  „Mary ist bei mir."
Die Worte trafen sie wie ein vernichtender Schlag. Sie
konnte es nicht glauben. Wollte es nicht glauben. Die Welt
stand still. Sie presste die Hände vor den aufgerissenen
Mund, als könne sie so das Unheil abwenden. Mary konnte
nicht tot sein. Aber wenn er es sagte, musste es wahr sein.
Die Wirklichkeit drang in sie ein und durchtrennte ihre
Seele.
Philip und Mary hatte sie kürzlich in Wettenberg
getroffen.
„Jessica?" Ihr Name erschien auf dem Bildschirm.
Sie konnte es nicht mehr sehen und kämpfte um das
Begreifen des Unvorstellbaren.
  Das „Nein", das aus ihrem tiefsten Inneren kam, zerriss
  die Stille und durchdrang die Luft. Der Schrei, roh und
unkontrolliert, schleuderte alle Emotionen aus ihr heraus.
Mary verkörperte das Wesen der Liebe. Ihr rotblondes

Haar, ihre einzigartigen Tattoos und Piercings ließen auf den ersten Blick eine andere Person vermuten. Doch sie strahlte Akzeptanz, Mitgefühl und Einfühlungsvermögen aus. Ihre Liebe öffnete Türen und überwand Grenzen. Sie feierte das Anderssein und schätzte jeden Menschen in seiner Einzigartigkeit. In dem Discounter, in dem sie arbeitete, schuf sie eine Wohlfühlatmosphäre. Sie sollte tot sein?

Jessica eilte zum Telefon. Ihr Atem ging schneller.

„Mama, Mary ist tot."

Silke Keller kannte die junge Frau mit ihrer charismatischen Ausstrahlung.

„Ja, ich weiß. Deshalb rufe ich dich ja an. Es ist so schrecklich."

Silke Kellers Stimme schwankte. Ihre Aufregung war deutlich zu hören.

„Es ist also wahr?"

„Ja. Es gab einen Verkehrsunfall im Kreisverkehr vor Fronhausen. Ein Lkw hat die Vorfahrt missachtet. Er kam vom Logistikzentrum in Wenkbach. Sie hatte mit ihrem Mini keine Chance."

Jessicas Welt stand still. Sie fühlte sich wie gelähmt.

„Woher weißt du von dem Unfall?", fragte ihre Mutter.

„Äh, was? Woher? Ich ... ... ich. Ich weiß nicht."

Jessicas Kopf war leer.

„Bist du noch da? Kind, antworte!"

„Ja, Mama, ich fass es nicht. Philip und sie waren seit acht Jahren ein Paar."

„Wer hat dir von dem Unglück erzählt?"

„Marc. Er hat mich angerufen. Ich muss etwas unternehmen."

Jessica hörte die Worte ihrer Mutter nicht.

„Ich überlege, ob ich morgen Stirnbergs einen Trauerbesuch
abstatte."
„Ja, ist mir egal, tschüss." Jessica wollte das Gespräch
beenden. Ihre Mutter sollte tun, was sie nicht lassen
konnte.
„Halt stop! Wann kommst du uns besuchen?"
Sie ließ nicht locker.
„Ich weiß es nicht. Aber versteh doch, ich will jetzt
verdammt noch mal allein sein."
„Ja. Natürlich. Wenn was ist, ruf mich an!"
Silke Keller vernahm nur noch das das Besetztzeichen. Das
arme Kind musste so viel ertragen, und wenn es bei einem
älteren Mann Zuneigung suchte, schien das verständlich.
Jessica wusste nicht, wie lange sie schon auf dem Boden
im Flur saß, als ihr Handy klingelte.
„Hallo Jess", es war Marc.
„Ich habe es schon gehört", schluchzte sie, „es ist
unfassbar. Wie kann ich Philip helfen? Soll ich zu ihm
fahren? Ich war doch mit Mary befreundet".
„Das ist keine gute Idee. Er möchte wirklich niemanden
um sich haben, glaub mir.", widersprach Marc vehement.
„Bist du allein?"
„Ja. Was glaubst du denn?"
„Wer hat dir das mit Mary erzählt?"
„Ben hat sich gemeldet. Sie ist bei ihm." Ihre Worte
klangen wie eine verstörende Melodie des Grauens, die
sich durch die Leitung schlängelte.
„Was?" Marc brüllte in sein Telefon, sodass Jessica ihres
vom Ohr weghalten musste.
„Ja, gerade eben."
„Was hat er noch gesagt?" Er rang nach Luft.

„Danach hat meine Mutter angerufen. Ich habe ihm nichts mehr geschrieben. Ich bin völlig durcheinander. Oh Marc."

„Du hast deiner Mutter nicht ..."

„Nein, was denkst du denn von mir? "

„Entschuldige, aber das ist zu viel für mich. Die Nerven sind mir durchgegangen."

„Soll ich kommen?"

„Nicht nötig, es geht schon. Ich will alleine sein."

Marc gehörte zu den Menschen, die sie jetzt am wenigsten in ihrer Nähe haben wollte.

„Bist du dir sicher?"

„Ja. Hör auf, mich zu drängen!"

Als sie den Laptop aufklappte, richtete sie ihre Aufmerksamkeit auf den Posteingang. Vier Nachrichten von Ben.

„Jess, wo bist du?"

Schluchzend begann sie zu schreiben: „Hallo Ben, ich bin bei dir in der Wohnung. Ich habe mit meiner Mutter telefoniert. Alle wissen Bescheid. Ist Mary jetzt bei dir?"

„Ja, sie ist ohne Schmerzen gestorben."

Jessica spürte einen Kloß im Hals, während sie die Worte niederschrieb.

„Ich bin schockiert. Schmerz und Entsetzen fühlen sich schrecklich an. Alles vermischt sich. Ich liebe dich. Sag Mary, dass sie einen Platz in meinem Herzen hat. Ich werde sie nie vergessen."

Schweigen.

„Ich verspreche, immer für dich da zu sein", waren Bens letzte Worte.

Sie schlüpfte unter die Bettdecke, die qualvollen Erinnerungen legten sich wie ein dunkler Mantel über sie.

Im Halbschlaf schwebten Ben und Mary in den Tiefen der Unendlichkeit. An ihr Kissen gedrückt, wich mit jeder Minute die Anspannung aus ihrem Körper, begleitet von der Stille der Dunkelheit, die sie umhüllte und in eine Welt jenseits des Greifbaren führte, wo die Zeit stillstand und jeder Atemzug sie weiter trug.

64

Jessica hatte keine Lust, sich mit Patienten zu unterhalten. Sie beherrschte die Routine ihrer Arbeit perfekt. Bevor Rolf Felbing kam, behandelte sie vier Leute, die sich in ihre eigenen Themen vertieften. Frau Elwing hatte die Nase vorn und plapperte wie ein Papagei auf Speed mit Durchfall.

Jessica beschränkte ihre Kommentare auf „aha", „mm", „so" und „ja".

Nach fünfundvierzig Minuten endete der Spuk.

Nun stand Rolf Felbing im Mittelpunkt. Marys Tod wirkte sich spürbar auf die Qualität der Massage aus. Ihre ehemals hervorragenden Fähigkeiten waren auf ein Drittel dessen geschrumpft, was er von ihr kannte. Besorgt legte er seine Hand auf ihren Arm.

„Ich habe von dem Unfall in der Zeitung gelesen, wirklich schrecklich", seufzte er.

„Mach Schluss und geh nach Hause. Du musst nicht arbeiten. Nicht in diesem Zustand. Lass mich mit deiner Chefin reden."

„Um Himmels willen", flehte sie, „dieser stressige Alltag, dieses ständige emotionale Auf und Ab - ich habe das im Griff. Glaub mir, ich schaffe das."

Er sah ihre Hartnäckigkeit. Seine Gefühle drängten ihn, nicht untätig zu bleiben. Er musste ihr helfen und durfte sie nicht ihrem Schicksal überlassen.

„Ich komme heute Abend", murmelte er und rollte sein Handtuch zusammen.

Sie nickte. Er streichelte ihre Wange. In einem Meer von widersprüchlichen Erlebnissen verbarg sie ihr Ich, das zwischen der Unschuld eines Kindes und der Stärke einer erwachsenen Frau schwankte.

Im Flur wartete Anne Bentin. Bei ihrem Anblick verkrampfte sich Jessica. Selbstbewusst ging sie ins Behandlungszimmer und setzte sich auf die Liege. Der heiße Kaffee lag ihr wie geschmolzenes Blei im Magen. Dieser Mensch durfte nicht in die verborgensten Winkel ihres Wesens vordringen. Sie warf den Kopf in den Nacken und stellte sich hinter sie. Mit den letzten Reserven ihrer Kraft widmete sie sich der Therapiesitzung.

Ohne zu zögern, begann Anne Bentin zu plaudern: „Haben Sie heute in der Presse gelesen?"

Entsprechend ihrer Vorahnung trafen Jessica die Worte wie ein gezielter Messerstich. Am liebsten hätte sie ihr das Theraband um den Hals gewickelt und gnadenlos zugezogen.

„Dazu bin ich noch nicht gekommen. Was steht drin?"

Jessica beherrschte das Spiel des emotionalen Theaters meisterhaft.

„Ein schrecklicher Unfall in Fronhausen. Aua, das tut weh", stöhnte Anne Bentin und verkrampfte sich.

„Tut mir leid, aber wir müssen ihre Rückenschmerzen in den Griff bekommen. Die Muskelkräftigung kann unangenehm sein. Das gibt sich mit der Zeit."

Mit unerbittlicher Beharrlichkeit und zusammengebissenen Zähnen setzte Jessica die Therapie fort. Ihre Trauer verwandelte sich in Wut auf diesen Haufen heiliger Betrüger. Wie konnten sie es wagen, sich in ihre Angelegenheiten einzumischen? Welche Arroganz trieb sie dazu, sich als göttliche Essenz zu inszenieren? Jessica fand ein heimliches Vergnügen daran, Anne Bentin wie eine Marionette zu behandeln, während sie keuchend die Knie anhob. Jede verzweifelte Bewegung von Anne steigerte Jessicas sarkastische Genugtuung, als sie die Übung gnadenlos fortsetzte.

Mit einer gehörigen Portion Spott trieb sie sie an: „Oh ja, noch ein bisschen höher. Toll, Sie sind ja schon fast ein Profi", meinte sie anerkennend.

Anne Bentin war schweißgebadet. Tropfen fielen auf den Boden und zogen eine feuchte Spur. An ein Gespräch war nicht mehr zu denken. Jessicas Zufriedenheit durchströmte sie mit einer beruhigenden Intensität. Offensichtlich hatte diese Frau zum ersten Mal ein Rehabilitationszentrum von innen gesehen. Sie empfand Genugtuung als Lohn für ihre Schnüffelei.

Jessica freute sich auf die nächsten Therapiesitzungen mit ihr. Die Fahrt von Heskem nach Gießen war wie ein Schmetterlingsflug. Es schien, als würden alle Baustellen, Unfälle und Demonstranten ihren freien Abend für sich beanspruchen.

Rolf Felbing saß in seinem Wagen vor Jessicas Haus. Er nahm ihr den Schlüssel aus der Hand und führte sie in ihre Wohnung. Sie schwieg über die Tortur, die sie Anne Bentin angetan hatte. Erschöpft und kraftlos ließ sie sich auf das Sofa fallen, zu müde, um sich auszuziehen.

Er half ihr, indem er ihr Mantel und Schuhe auszog.

„Das Leben ist wie ein Buch. Jeder Tag ist eine neue Seite", sagt er.

„Ist das von dir?"

„Nein, das ist von Konfuzius."

Als er ihre Tasche an die Garderobe hängte und sich neben sie setzte, spürte Jessica, wie die Sorgen und die Müdigkeit des Tages von ihr abfielen. Tiefe Geborgenheit erfüllte sie. Behutsam hob er sie auf seine Arme und trug sie ins

Schlafzimmer. Jessica ließ sich fallen, leicht wie eine Feder im Wind, unfähig, ihre aufkeimende Leidenschaft zurückzuhalten. Die Anstrengungen des Tages fielen von ihr ab, als er sie sanft auf das Bett legte und ihr mit zarten Fingern durchs Haar strich.

Sie spürte seine Wärme bei jeder Berührung. Wann hatte sie sich zuletzt so geliebt und umsorgt gefühlt?

Nach einer Weile erwachte sie und fand Rolf Felbing in Hose und Hemd neben sich schlafend. Sanft lockerte sie seine Krawatte und öffnete die Hemdknöpfe, er blinzelte. Mit einem Ausdruck tiefer Dankbarkeit und Zuneigung küsste sie ihn.

„Als ich dich heute sah, habe, habe ich meine letzte Vorlesung sausen lassen. Ich bin nicht mehr nach Marburg gefahren", gestand er ihr.

„Wegen mir?", fragte sie verblüfft.

„Deinetwegen. So gefällst du mir besser", stellte er mit einem Blick fest, der mehr sagte als Worte. Ein intensives Verlangen, dem sie nicht widerstehen konnte, nahm von ihr Besitz. Ihre Körper verbanden sich in einer leidenschaftlichen Umarmung. Sie versank in einem Meer aus Sehnsucht, Lust und Schmerz. Von der Intensität des Augenblicks ergriffen, nahm Ben die Züge Rolf Felbings an. Sie tauchte ein in die Tiefe der Liebe und empfing die Unendlichkeit mit offenen Armen. Eng umschlungen genoss sie die Nähe zu dritt.

„Ich bin zu einem Symposium an der Humboldt-Universität in Berlin eingeladen. Willst du mitkommen?

Jessicas Gedanken überschlugen sich. Kurfürstendamm, Museumsinsel, Gendarmenmarkt, Checkpoint Charlie. Neben Neugier und Freude spürte sie eine leise Unsicherheit. Sie schwankte. Wie würde Ben reagieren?

„Mit Handy und Laptop?", fragte sie.

„Auf jeden Fall. Im Hotel gibt es WLAN."

„Und wann?"

„Nächsten Donnerstag. Da ist Feiertag und am Sonntag geht es zurück."

Jessica dachte an die Meldung, die sie am Morgen im Radio gehört hatte. Das englische Königspaar war zu Besuch in Berlin. Charles und Camilla wohnten in der Hauptstadt. In ihrem Kopf tobte ein wildes Durcheinander. Was für eine Gelegenheit? Eine Chance, die sich nicht jeden Tag bot. Ben wollte ohnehin schon immer einmal nach Berlin, und an diesem Brückentag war die Praxis geschlossen. Jessica schloss die Augen und flüsterte: "Ja, ja, ja!"

65

Philipp Stirnberg fühlte nichts als eine tiefe, unerträgliche Leere. Die Tränen blieben aus, der Schmerz blieb stumm, wie in ihm gefangen. Jede Bewegung war ein Kampf, als schleppte er eine tonnenschwere Last, die ihn erdrückte. Sein Körper schien vom Schmerz gelähmt, und die Welt um ihn herum verschwand in einer dumpfen, hoffnungslosen Stille. In seiner inneren Welt lebten die kostbaren Erinnerungen an seine geliebte Freundin wie ein schmerzliches Echo vergangener Glückseligkeit. Ihr Lachen, ihre Wärme, ihre zärtlichen Berührungen – all das war fort, wie ausgelöscht, und doch auf quälende Weise lebendig.

Warum nur? Er fand keine Antwort, nur endlose Fragen, die alles erschütterten, was er je für sicher gehalten hatte. Bitterer Zorn brannte in ihm, gerichtet gegen das höhere Wesen, das er einst Gott genannt hatte. Hatte es nicht geheißen, Jesus sei Mensch geworden, auf Erden gewandelt? Wenn er die Gefühle der Menschen kannte, warum ließ er ihn leiden und nahm ihm das Liebste? Was für ein heuchlerischer Gott, dachte er. Die Gewissheit, die ihm einst Halt gegeben hatte, löste sich auf wie Rauch im Wind. Er fühlte sich im Stich gelassen von einer Macht, die er nur noch verfluchen konnte - einer Macht, an deren Existenz er mit jedem Herzschlag mehr zweifelte.

Seine Mutter steckte den Kopf durch die Tür und hielt ihm das Telefon hin: „Jess ist dran."

Er überlegte kurz, nahm dann das Telefon entgegen.

„Okay. Gib her!"

Er schnappte nach Luft.

„Hey Philip, ich habe bei deinen Eltern angerufen, tut mir leid, aber ich erreiche dich nicht auf deinem Handy."

„Ich habe es ausgeschaltet. Bitte, sag mir, wo ist meine Mary? Warum... sag mir warum?", flehte er verzweifelt, seine Stimme bebte vor Schmerz und Anklage.

„Ich kann dich gut verstehen. Ich kenne diesen Schmerz. Ich kann dir eines sagen. Mit dem Tod ist nicht alles vorbei, glaube mir!"

„Was redest du da? Natürlich ist alles vorbei. Sie ist weg. Wenn ich mich umschaue, sehe ich die Dinge, die ihr gehörten. Ihr Nachthemd auf meinem Bett, ihre Zahnbürste im Bad, ihre Schuhe. Das ist alles, was mir geblieben ist. Sie ist tot, tot, tot, verstehst du?"

Philip Stirnberg schluchzte. Es klang wie das Weinen eines Kindes.

Jessica nahm all ihre Kraft zusammen:

„Hör zu, ich weiß, dass dein Schmerz unendlich ist, aber du darfst jetzt nicht die Hoffnung verlieren. Ich kann dir garantieren, dass Mary an einem Ort ist, an dem es ihr gut geht."

In Philip brodelte die Wut. Das durfte doch alles nicht wahr sein?

„Ich glaube, du hast den Verstand verloren. Was faselst du da? Willst Du mir etwas garantieren? Das sind Hirngespinste, die auf Dich zutreffen. Es tut mir leid, bei mir ist das anders. Du hast keine Ahnung."

Seine Worte durchfuhren sie wie ein frostiger Schlag, der tief in ihrem Innern schmerzte.

„Glaubst Du, ich habe Bens Tod einfach so weggesteckt?"

„Das kannst Du nicht mit meiner Situation vergleichen", entgegnete er verärgert.

Sie spürte die Wut in sich aufsteigen, wusste aber, dass sie vorsichtig sein musste. Sie durfte kein falsches Wort über ihre Beziehung zu Ben verlieren. Die Welt würde sie bei der kleinsten Andeutung für verrückt erklären. Sie suchte nach den richtigen Worten, ohne Missverständnisse aufkommen zu lassen.

„Du musst an die Liebe glauben. Sie überlebt alles."

„Unsere Liebe ist davongeflogen, weg, verschwunden, ohne Wiederkehr, gestorben in den Tiefen des Universums. Vielleicht ist sie bei einem Außerirdischen. Vielleicht sollte ich dort anrufen. Kannst du mir die Nummer geben? Du hast überhaupt keine Ahnung", antwortete Philipp mit einem zynischen Unterton.

Jessica fühlte sich hilflos. Ihre Worte reichten nicht aus, um seinen Schmerz zu lindern. Die höhnische Fratze des Jenseits zeigte sich, und ein unheimliches Gefühl erfasste sie.

„Oh Mann, tut mir leid, Jess. Ich verstehe, dass du mir helfen willst, aber ich muss den Schmerz auf meine Weise verarbeiten. Bitte pass auf dich auf und mach keinen Fehler. Tschüss."

Ein Knacken signalisierte den Abbruch der Verbindung. Das Gespräch hallte in ihren Ohren nach. Sie war von innerer Zerrissenheit erfüllt. In ihr tobte ein Kampf zwischen der Angst vor den Konsequenzen der Wahrheit und dem Wunsch nach Offenheit.

„Mach keinen Fehler", was sollte das heißen?

66

Der Raum lag unterhalb der historischen Altstadt von
Marburg. Der Zugang erfolgte über einen schmalen Gang
mit in den Fels gehauenen Stufen. Eine massive Holztür
versperrte den Eingang und schirmte den Keller von der
Außenwelt ab. Die kühle, leicht feuchte Luft, die für
unterirdische Räume typisch war, empfing die Besucher.
Das hölzerne Kreuz ruhte auf dem stabilen Tisch in der
düsteren Stille. Die Kerzen in den beiden silberfarbenen
Metalllüstern spendeten flackerndes Licht. Ein erlesener
Kreis hatte sich in diesem Kellerraum versammelt.
„Die Hoffnung sei mit euch, meine Freunde. Ich heiße
euch willkommen.
Horst Grabort, der Vorsteher der Harmoniegemeinschaft
der Hoffnung, ergriff das Wort. „Es ist wichtig, dass
dieses Treffen geheim bleibt. Der Grund ist klar. Ich bitte
um Auskunft!"
„Ich bin seit drei Wochen ihre Patientin. Sie ist in einem
stabilen psychischen Zustand, arbeitet konzentriert und
redet wenig. Sie hat keine Ahnung, wer ich bin."
Anne Bentin fühlte sich sicher.
„Wir halten Wache vor der Wohnung in Gießen. Ich
glaube nicht, dass sie wirklich versteht, worum es geht.
Sie versucht es geschickt zu verbergen, aber das birgt
Schwierigkeiten. So etwas hat noch keiner von uns
gemacht", erklärt einer der Männer.
„Als wir in ihrer Wohnung waren, hat sie uns mit einem
Messer bedroht. Das war beängstigend. Sie wusste, dass
wir sie im Visier hatten. Wir haben alles getan, um ihr
klar zu machen, dass wir ihr nichts Böses wollen. Sie ließ

nicht locker. Ein heikler Moment", berichtete eine Frau.
„Später kehrten wir zurück, aber sie war fort. Wir
haben nichts Relevantes gefunden. Die Polizei hat sie bis
heute nicht gerufen", bemerkt die Frau neben ihr.
Horst Grabort sah einem solchen Schritt gelassen
entgegen. Einige Männer aus dem Polizeidienst in
Marburg und Gießen gehörten zur Gemeinde.
Er legte seine Hände auf die Bibel, seine Stimme senkte
sich zu einem eindringlichen Flüstern. „Bei allem, was wir
tun, dürfen wir die Nächstenliebe nicht aus den Augen
verlieren. Unsere Lehren erinnern uns immer wieder
daran, den Bedürftigen beizustehen. Sie ist auf unseren
Schutz angewiesen - und wir dürfen nie vergessen, wie
wichtig sie ist. Sie ist der Schlüssel ... der Schlüssel zu einer
neuen Welt.
„Und was ist mit ihrem toten Freund? Warum gerade er?",
mischte sich ein Teilnehmer mit düsterer Miene und
einem Feuermal am Hals ein.
„Wir wissen kaum etwas", erwiderte jemand leise. „Ein
junger Grafiker, talentiert, aber sonst unauffällig. Aber
Gottes Wege entziehen sich oft unserem Verständnis. Uns
bleibt nur der Glaube."
Anne Bentin hielt ihr Handy ins flackernde Licht, auf dem
Bens Profilbild aus den sozialen Netzwerken zu sehen war.
Horst Grabort starrte mit beklemmender, fast
unheimlicher Unruhe darauf.
„Er ist auf der anderen Seite", sagte Grabort tonlos. „Er
braucht keinen Schutz mehr, ganz im Gegenteil. Seine
Rückkehr ... könnte ein Chaos auslösen, das sich keiner
von uns vorstellen kann."
Er zitierte, ohne die Bibel aufzuschlagen: *„Und das Meer
gab die Toten heraus, die darin waren, und der Tod und*

das Totenreich gaben die Toten heraus, die darin waren; und sie wurden gerichtet, ein jeder nach seinen Werken."

Er legte seine Handflächen aneinander. „Das ist eindeutig. Hier werden die apokalyptischen Visionen beschrieben. Die Toten werden auferstehen und vor Gericht stehen."

In der Stille spürten alle Teilnehmer eine tief mystische Symbiose mit dem Glauben. Ein Gefühl grenzenloser Weite und religiöser Einheit erfüllte den Raum. Sara Kronlei durchbrach die Stille: „Warum ist er der Auserwählte?" Sie hatte die ganze Zeit zugehört. Da sie zum ersten Mal an dieser Runde teilnahm, hielt sie sich zurück. Man sah ihr die Anspannung an, denn sie kniff immer wieder die Augen zusammen.

Horst Grabert rückte seine Brille zurecht und schlug die Bibel auf: „*Einst wurde ein Mann in den dritten Himmel hinaufgezogen - ob er nun in seinem Körper oder außerhalb war, weiß ich nicht; Gott weiß es. Und ich weiß nicht, ob er in diesem oder in einem anderen Körper war, aber Gott weiß es - und das ist es, was zählt. Dieser Mann wurde bis in das Paradies hineingeführt und hörte Worte, die man nicht in menschlicher Sprache wiedergeben kann*, 2. Korinther 12, Vers 2-4. Die Bibel gibt die Antwort."

Die Stille erreichte eine solche Intensität, dass selbst der eigene Atem wie ein Echo in der Unendlichkeit widerhallte.

„Wir müssen glauben und nicht fragen", sagte er mit ruhiger Stimme.

„Wie viele Beschützer gibt es?"

„Achtundzwanzig", antwortete ein Teilnehmer am

Kopfende des Tisches. Vor ihm lag eine Namensliste. „Wir beraten uns wöchentlich und stehen in ständigem Kontakt. Wir sehen keine Möglichkeit, sie zu erreichen. Geschweige denn, ihr klar zu machen, dass wir aus Sicherheitsgründen handeln."

Horst Grabort richtete sich auf, bereit, der Versammlung die Implikation seiner Botschaft zu offenbaren.

„Es ist wichtig, dass wir uns auch in den Gottesdiensten mit Details zurückhalten. Die Zeit der Verkündigung ist noch nicht gekommen. Lasst uns weitermachen wie bisher und in Schweigen verweilen."

Er senkte den Kopf. In der geheimnisvollen Sphäre des Raumes durchdrang eine übernatürliche Kraft die Gedanken der Anwesenden. Im Halbdunkel des Kellers enthüllte sich allen die Transzendenz der Botschaft. Horst Grabort deutete mit einer Geste an, dass sich alle Anwesenden erheben sollten. Er nahm das Holzkreuz und hielt es hoch. Es schien, als wolle er eine Brücke zwischen dem Unendlichen und dem Irdischen schlagen.

„Oh, göttlicher Vater, wir erheben unsere Stimmen zu dir in tiefer Ehrfurcht. Wir danken dir aus tiefstem Herzen, dass du unsere bescheidene Harmoniegemeinde der Hoffnung auserwählt hast, an diesem Ereignis teilzunehmen und die Ersten zu sein, welche das Privileg haben, die Veränderung der Welt unmittelbar zu erleben. In Demut sind wir bereit, dein göttliches Licht zu empfangen. Möge unser Glaube stark sein und unsere Herzen voller Dankbarkeit für diese kostbare Gelegenheit. In deinem heiligen Namen, Amen."

Nach einer Stunde befand sich Sara Kronlei wieder im Trubel der Altstadt. Ein Meer von Menschen und Geräuschen umgab sie, während sie sich wie eine Fremde in einer imaginären, flüchtigen Welt fühlte.

67

Jessica kämpft sich die Haustreppe hinauf, ihr Gesicht war von einem anstrengenden Tag gezeichnet. Zwei ihrer Kollegen hatten sich krank gemeldet. Ihre Hände fühlten sich schwer an. Mit einem Seufzer ließ sie sich erschöpft auf das Sofa sinken. Müde und niedergeschlagen von den Strapazen des Tages. Sie wollte nur noch ihre Ruhe. Zum Glück kamen das nicht oft vor. Ihre Chefin suchte Fachkräfte, doch auf dem Arbeitsmarkt herrschte gähnende Leere. Jessica fragte sich, warum sich immer weniger junge Menschen für diesen Beruf entschieden. Ihre Erschöpfung hinderte sie daran, diese Frage zu beantworten.

An der Decke über dem Bücherregal saß ein Heupferd - grasgrün und riesengroß. Sie erschrak, denn sie konnte sich nicht erklären, wie dieses Tier in ihr Zimmer gelangt war. Bei jeder Bewegung zuckte sie zusammen. Ihre Müdigkeit schien wie weggeblasen. Wenn sie eine ruhige Nacht haben wollte, musste sie das Krabbeltier loswerden. Die Türglocke riss sie aus ihrer Angst. Vom Wohnzimmerfenster aus erkannte sie eine dunkelblaue Jacke. Erleichtert atmete sie auf.

„Was machst du denn da?", fragte Rolf Felbing erstaunt, als er Jessica mit einem Wasserglas und einer Kuchenschaufel bewaffnet sah. Wortlos drückte sie ihm die Utensilien in die Hand und schob ihn vor sich her. Sie deutete an die Decke. Das Monster, einem Albtraum entsprungen, saß über dem Fernseher.

„Mach es weg!", flehte sie.

Er stülpte das Glas über das Insekt. Seine zarten Glieder

zuckten nervös. Mit den Hinterbeinen schlug es gegen die Innenseite des Glases, bereit für den nächsten Sprung.

Jessica flüchtete.

„Ich komme erst wieder, wenn es weg ist."

Rolf Felbing lachte: „Meine Güte, das ist doch nur eine verirrte, unschuldige Heuschrecke."

Er öffnete das Küchenfenster und schüttelte sie aus dem Glas. Dabei entgingen ihm zwei Männer nicht, die mit einem dunkelroten Lieferwagen vor dem Haus standen. Ihre Herkunft war eindeutig. Er beschloss, Jessica nichts zu sagen.

„Du kannst kommen!"

Zögernd näherte sie sich. Rolf Felbing hob das Glas. „Es ist weg. Ich habe den Rollladen runtergelassen. Du bist in Sicherheit."

Jessica lehnte sich mit der Stirn an seine Brust.

„Hey, was ist los?", fragte er mitfühlend.

Seine Hand strich ihr über den Rücken.

„Was für ein Mördertag", stöhnte sie. „Zwei Kollegen sind krank, und ich musste einspringen. Ich fühle mich wie eine ausgepresste Zitrone. Ich bin heute nicht die beste Gesellschaft."

„Das kann sich ändern."

Rolf Felbing hielt eine mit Eis gefüllte Plastiktüte hoch.

„Das staunst du was?"

Jessica blickte verblüfft auf einen rosa Fisch, dessen Zähne den Beutel durchbohrten und die Flüssigkeit auf den Boden tropfte. Er schaute sie durch das Plastik hindurch an.

„Keine Sorge, der ist tot! Ich bereite ihn für uns zu. Setz dich, jetzt lernst du meine bescheidene kulinarische Seite kennen."

Jessica strahlte. Rolf Felbing pfiff die Melodie der *Forelle* von Franz Schubert. Sie stützte sich auf die Lehne des Sofas und sah ihm zu. Ihre Müdigkeit ließ nach.

„Das ist aber keine Forelle", bemerkte sie verschmitzt.

„Sieh an, ich wusste gar nicht, dass Du Dich mit klassischen Musik auskennst."

Wenn er wüsste, dass es ihr einziges Lied aus dem Genre war und sie es nur kannte, weil es mal in einer Castingshow im Fernsehen lief.

„Und ich wusste auch nicht, dass du Koch bist", fügte sie amüsiert hinzu.

„Na ja, so ab und zu. Ich lebe allein, und wenn ich zu Hause etwas Gutes essen will, muss ich mich anstrengen. Das habe ich schon früh gemerkt."

Nachdem Rolf Felbing das Backblech mit der sorgfältig arrangierten Mischung aus Gemüse und Meeresfrüchten in den Ofen geschoben hatte, setzte er sich mit zwei Weingläsern neben sie. Die Luft aus dem Ofen erfüllte den Raum mit einem verlockenden Duft. Er hob sein Glas:

„In der Tiefe des Herzens vereint, mögen die Fäden des Schicksals uns für ewig verbinden."

Die Worte klangen wie eine Verheißung. Die Flüssigkeit rann Jessica durch Kehle hinunter. Es kam ihr vor, als hätte sie den ganzen Tag auf diesen einen Schluck gewartet. Ganz der sinnlichen Verführung hingegeben, schloss sie die Lider. Rolf Felbing legte seine Hand auf ihren Oberschenkel.

„Jeder Moment des Genusses ist ein Tanz der Sinne, der mich in eine Welt des Vergnügens entführt."

„Diese Theatralik hätte ich hinter der harten Professorenschale nie vermutet", bemerkte sie.

Seine Lippen nur einen Atemzug von ihren entfernt,

beugte er sich zu ihr. Das Signal einer neuen E-Mail unterbrach ihre Annäherung. Unvermittelt gab er sein Vorhaben auf. Er musste auf Jessicas Interessen Rücksicht nehmen. Schließlich hatte er einen Vorteil davon.

„Meine Liebe, ich möchte wissen, welche Träume du hast und wie ich dich unterstützen kann?"

Ben war zwar nicht körperlich anwesend, aber seine Präsenz war spürbar. Rolf Felbing wurde bewusst, dass er mit einem Geist in einen Wettstreit geraten war. Eine bizarre Situation.

„Lieber Ben, es geht mir gut. Dass du so besorgt fragst, rührt mich sehr. Ich will in dieser Welt weitermachen, aber du fehlst mir, das muss ich zugeben. Deine Unterstützung bedeutet mir alles, du bist auf deine Weise immer bei mir, bei jedem Schritt."

Jessica droht sich in einem leidenschaftlichen Dialog zu verlieren.

Rolf Felbing schob seine sinnlichen Wünsche beiseite.

„Frag ihn, ob er ein paar Fragen von deinem Patienten beantworten kann?"

Jessica dachte an den Fisch und an Rolf Felbings fürsorgliche Art.

„Mein Klient, der Geschichtsprofessor, ist immer neugierig. Kannst du ihm helfen, Licht ins Dunkel zu bringen? Das hilft auch mir, die Geschichte zu verstehen", bat sie.

„Hast du ihm von mir erzählt?"

„Was denkst du denn? Ich bin mir der Konsequenzen bewusst. Wir tauschen uns nur oberflächlich aus."

Mit jeder Lüge fiel es Jessica leichter, sie auszusprechen. Spielte sie überhaupt eine Rolle in diesem düsteren Drama?

„Ja. Ich helfe dir."

Rolf Felbing hielt Jessica einen Zettel unter die Nase.

„Die Frage, was ist die Frage?", erwiderte sie.

„Wer hat Stonehenge gebaut?"

Rolf Felbing starrte gebannt in den Bildschirm. Sein Stift glitt ihm aus der feuchten Hand.

„Lithoria" leuchtete auf.

„Was bedeutet das?"

Rolf Felbing beugte sich vor, bis nur noch wenige Zentimeter zwischen ihm und dem Bildschirm lagen, und saugte Bens Antwort förmlich in sich auf.

„Der Name ihrer Zivilisation liegt im Nebel der Geschichte verborgen. Sie besaßen eine außergewöhnliche Affinität zu Steinen und ein tiefes spirituelles Wissen, das weit über unser heutiges Verständnis hinausgeht. Stonehenge war für sie nicht nur ein Monument, sondern eine heilige Stätte, die nur in absoluter Synchronizität von Körper und Geist entstehen konnte. Die massiven Steinblöcke, die scheinbar unerschütterlich an ihrem Platz stehen, konnten nur durch eine vereinte Energie bewegt werden - ein Zusammenspiel ihrer transzendenten Fähigkeiten und der exakten Ausrichtung nach den Sternen. In dieser Harmonie der Kräfte, körperlich und geistig, gelang es ihnen, das Gewicht der Steine zu überwinden. So schufen sie einen Ort, an dem die Schranken zwischen der irdischen Welt und dem Reich der Ewigkeit durchlässig wurden, eine Brücke zu den Geheimnissen des Universums."

Jessica hielt sich den Kopf. Rolf Felbing wusste, dass er sich beherrschen musste. Auf keinen Fall durfte es so enden wie beim letzten Mal. Schließlich hatte sie die Kontrolle über den Austausch. Er versuchte sich zu beruhigen.

„Frag, was aus ihnen geworden ist!"

Eine gefühlte Ewigkeit verging, bis endlich die Antwort kam.

„Schwere ökologische Probleme, die zur Erschöpfung ihrer natürlichen Ressourcen führten. Innere Konflikte schwächten die Gesellschaft. Dann kam der Untergang".

Rolf Felbing schrieb in Windeseile mit, und als Jessica vor Müdigkeit zu Boden zu sinken drohte, fing er sie auf. Seine Hand umfasste ihren Arm, hielt sie im Gleichgewicht und setzte sie auf das Sofa. Ein intensiver Geruch stieg ihm in die Nase, und er erinnerte sich an den Fisch. Er eilte in die Küche und riss die Ofentür auf, gerade noch rechtzeitig, um das Gericht vor dem Verbrennen zu retten. Nach einer Weile kam er zurück.

Jessica war eingeschlafen. Die Anstrengungen des Tages hatten ihre Spuren hinterlassen. Sie wirkte entspannt und atmete ruhig. Vor ihm lag der Laptop, ein Portal in eine andere Welt. Er wusste, dass es verboten war, aber sein Verlangen wuchs mit jeder Sekunde. Unfähig zu widerstehen, fühlte er sich magisch angezogen. Um sicherzustellen, dass Jessica nichts bemerkte, entfernte er den Stromstecker. Dunkelheit umgab ihn, als er die Küchentür schloss. Sein Herz klopfte so laut, dass er fürchtete, es würde aus seiner Brust springen. Der innere Konflikt glich einem Tornado, zerfetzte seine Gedanken und zerriss sein Gewissen. Aber er konnte nicht anders. Zögernd begann er, in die Helligkeit zu blicken.

„Mein Liebling, ich spüre deine Gegenwart jeden Tag", schrieb er mit steinschweren Fingern.

Nach einer Minute antwortete Ben.

„Ich spüre dich auch. Das ist unser unzertrennliches

Band."

Trotz dieser alle Grenzen sprengenden Begegnung empfand Rolf Felbing eine tiefe, fast unheimliche Befriedigung. Er musste die Frage stellen - ein innerer Zwang trieb ihn dazu, unwiderstehlich und unerbittlich. Es durfte keinen Moment des Bedauerns geben, keinen Raum für ein „Was wäre, wenn".

Während er die Worte in seinem Kopf formte, schien ihn eine unsichtbare Kraft in den Bildschirm zu ziehen, hypnotisch, fast bedrohlich. Die Wände um ihn herum begannen zu verschwimmen, während das flackernde Licht des Monitors zu seinem einzigen Fixpunkt wurde, pulsierend und lebendig. Eine Gänsehaut überlief ihn, und in diesem Moment dämmerte es ihm: Die Wahrheit, die er suchte, würde ihm keine klaren Antworten geben. Sie würde ihn vielmehr in ein Geflecht von Geheimnissen stürzen, in ein Labyrinth, das ihn unwiderruflich in die Tiefe zu reißen drohte.

„Gibt es Gott?"

Euphorie und Furcht ergriffen ihn. Eine bittersüße Mischung aus Verlockung und Abwehr lag in der Luft. Jede Minute, die verstrich, zerrte an seinen Nerven. Wenn Jessica jetzt hereinkam, drohte der apokalyptische Untergang. Rolf Felbings Atem ging schneller. Die Sehnsucht nach dieser Antwort ließ ihn zittern.

„Gott ist die allumfassende Kraft, die das ganze Universum durchdringt, von den kleinsten Teilchen bis zur kosmischen Harmonie. Welchen Namen wir dieser Kraft geben, spielt keine Rolle. Die Geschichten aller Religionen dienen nur dazu, das Verständnis für die Existenz einer einzigen, allumfassenden himmlischen Kraft zu vermitteln. Jeder Mensch, auch du, meine

Schöne, trägt einen Funken des Göttlichen in sich".
Eine geheimnisvolle Energie durchströmte ihn. Er
verstand, was wirklich geschah. Unzählige Male in seinem
Leben las er die Aussage. Doch diesmal kam sie aus den
Abgründen des Totenreiches. Er bezweifelte, dass Ben den
Kontakt zu Jessica aufrechterhalten konnte. Deshalb
zählte jedes Wort. Er fühlte sich wie ein Werkzeug
göttlicher Weisheit, tief verwurzelt im unendlichen Sein.
Ja, das stimmte. Entschlossen beendete er das Gespräch.
Behutsam stellte er das Gerät an seinen alten Platz zurück.
Jessica schlief. In der Küche lag der Lachs reglos in ewiger
Ruhe gebettet auf dem Gemüse. Jetzt davon zu essen, kam
ihm vor wie die Teilnahme an einem Kannibalenfest.

„Wollte dich nicht wecken, habe um sieben Uhr
Vorlesung", schrieb er auf einen Zettel und heftete ihn an
den Garderobenspiegel.

Nur vereinzelt fuhren Autos auf der Straße. In dieser
Nacht verwandelte er sich in ein Puzzleteil im Gefüge des
Universums. Er verstand die Zusammenhänge. Der Tod
war kein Ende, sondern eine Verwandlung. Zum ersten
Mal wurde ihm bewusst, dass er die Gabe besaß, seine
Bestimmung zu erfüllen. Eine Erkenntnis, die wie ein
dunkles Geheimnis in ihm ruhte und darauf wartete,
enthüllt zu werden. Die Begegnung mit Jessica war kein
Zufall.

In der Ferne tauchte das beleuchtete Marburger Schloss
auf. Seine Mauern strahlten in majestätischer Pracht, und
sein monumentaler Turm berührte den Sternenhimmel.
„Ein Funken in mir, ich flieg' hoch hinaus. Leicht wie der
Wind, nichts stoppt mich mehr," erklang die Musik aus
dem Autoradio und drang in seine Adern. „Ein Zittern im
Herz, wie das erste Licht, ich bin frei, ich spür' es in mir."

Die Musik aus dem Autoradio drang in seine Adern. Die Melodie pulsierte durch seine Ohren und erreichte sein Innerstes. Jeder Ton erzeugte eine emotionale Resonanz in ihm. Er verstand die musikalischen Zusammenhänge auf eine neue Art und Weise. Er konnte sie nicht nur hören, sondern fühlen und entschlüsseln. Die Klänge fesselten ihn und zogen ihn hinein in das Geheimnis seines Schicksals.

68

„Wenn ich ehrlich bin, Herr Professor Felbing, finde ich Ihre Vorträge etwas langatmig und zu theoretisch. Ehrlich gesagt. Die Studierenden interessieren sich für praktische Beispiele und Anwendungen." Professor Markus Starck legte die Fingerspitzen aneinander und runzelte die Stirn.

Rolf Felbing antwortete in ruhigem Ton: „Meine Vorlesungen sollen ein solides theoretisches Fundament vermitteln. Es ist wichtig, dass die Studierenden die historischen Zusammenhänge verstehen. So entwickeln sie ein Verständnis für den Stoff. Es scheint, dass Sie eine enge Beziehung zu ihren haben und auch außerhalb des Hörsaals mit ihnen interagieren, zum Beispiel beim Grillen oder wenn Sie sie zu sich nach Hause einladen. Glauben Sie nicht, dass dies Ihre Rolle als Professor beeinflusst?"

Was maßte sich dieser selbstverliebte Fatzke eigentlich an? Rolf Felbing kämpfte sichtlich damit, seinen Unmut zu unterdrücken. Die egozentrischen Comedyshows des aufgeblasenen Luftballons waren an der Universität und in der Stadt bekannt. Glücklicherweise befand sich sein Büro in einem anderen Stockwerk. Sein anachronistisches Verhalten sprach Bände. Er war in den 60er Jahren seiner Studentenzeit stecken geblieben. Seine langen, ungepflegten Haare und sein unkonventionelles Auftreten gaben ihm ein fast skurriles Aussehen. Abgesehen davon, dass er es sich nicht nehmen ließ, Studenten nach diesen Happenings durchfallen zu lassen. Rolf Felbing hörte es aus ihren Mündern.

„Ich sehe es als Möglichkeit, eine ungezwungene Atmosphäre zu schaffen, in der sich die jungen Leute wohlfühlen und außerhalb des Unterrichts von meiner Lebenserfahrung lernen. Ich kann sie besser kennenlernen und auf ihre Bedürfnisse eingehen".

„Aber sollten wir nicht eine gewisse Distanz wahren, um die professionelle Beziehung zu den Lernenden aufrechtzuerhalten? Ich mache mir Sorgen, dass solche informellen Treffen die Grenzen verwischen und zu unangemessenen Erwartungen seitens der Studierenden führen könnten".

Professor Starck antwortete mit einem selbstsicheren Lächeln. „Hey, ich lade Sie gerne ein. Mann! Das sind Nebensächlichkeiten, die das Ganze nicht stören können. Wir sollten uns auf das Wesentliche fokussieren und unsere Köpfe freimachen für echten Fortschritt."

Rolf Felbing wusste, dass dieser Ego-Tornado nicht zu gewinnen war. Er reagierte besonnen: „Konzentrieren wir uns auf die bestmögliche Ausbildung und sorgen wir dafür, dass wir Vorbilder sind. Guten Tag."

„Sollte sich der Uni-Präsident mit ihm befassen", dachte Rolf Felbing ärgerlich.

Professor Strack verweilte einen Moment: „Keep it wild, you're the professor of awesomeness!" Mit einem breiten Grinsen und einem energischen Winken verabschiedet er sich. In der vergangenen Nacht hatte er Erkenntnisse gewonnen, die weit über das irdische Dasein hinausgingen, und dann tauchte dieser Narr auf und beschäftigte sich mit dümmlich banalen Dingen. Durch die angelehnte Tür lauschte Sara Kronlei dem Gespräch.

„Er geht aber ganz schön weit. Sieht so ein anständiges Gespräch unter Kollegen aus? Was wollte er eigentlich?"

Sie stellte Rolf Felbing eine Tasse Chaitee auf den Schreibtisch.

Angesichts des Vertrauensverlustes antwortete er zurückhaltend: „Das soll nicht meine Sorge sein."

„Frau Keller hat zweimal angerufen. Kann ich sie durchstellen? Sie ist noch in der Leitung."

„Wie bitte? Ja, natürlich!"

Er achtete darauf, dass sie die Bürotür schloss, wusste aber, dass sie das Gespräch mithören konnte. Verdammt. Er musste Jessica klarmachen, dass sie ihn auf seinem Handy anrufen sollte?

„Hallo?"

„Ja, ich bin's. Ich war noch nie in Berlin. Meinst du, wir haben Zeit, uns die Stadt anzusehen? Ich würde gerne wissen, wo die Mauer stand. Ich bin so gespannt."

Er musste schnell handeln. Aber Sarah Kronlei hatte schon genug gehört.

„Ja, das wird möglich sein. Es gibt noch viel zu lernen. Jeder Tag ist neu."

Jessica merkte, dass er nicht frei sprechen konnte.

„Gut, dann auf Wiedersehen."

Das Dilemma, in dem er steckte, wurde immer komplizierter. Wenn er Sarah Kronlei zur Rede stellte, half das niemandem. Im Gegenteil, dieser verrückte Haufen hatte beschlossen, Jessica zu beschützen. Wie weit wollten sie noch gehen?

Mit gewohnter Routine wandte er sich an seine Sekretärin:

„Sie wissen, wie Sie mich erreichen? Aber bitte nur in Angelegenheiten, die keinen Aufschub dulden."

„Ja, Sie können sich auf mich verlassen."

Rolf Felbing zog sein Jackett über. Er freute sich über

Jessicas Zusage, aber ihm war klar, dass er sie nicht rund um die Uhr bewachen konnte.

„Halt, Sie haben Ihre Tasche vergessen und die Bestätigung für die Hotelbuchung." Sara Kronlei lief ihrem Chef hinterher.

Er blieb stehen. Meine Güte. Wo war er mit seine Gedanken?

„Danke."

„Gute Reise und viel Erfolg."

„Den werde ich haben, dank Ihrer besonderen Fürsorge", dachte er.

Ein kaltes, beklemmendes Gefühl packte ihn, als sein Finger den Fahrstuhlknopf berührte. Die Türen schlossen sich lautlos, und ein unheimliches Summen erfüllte die Kabine, während er in die Tiefe glitt. Mit jedem Stockwerk, das an ihm vorbeizog, verstärkte sich der Gedanke, der ihm das Blut in den Adern gefrieren ließ: War dies die Fahrt in die Hölle? Der Schacht schien endlos, als ob er ihn in eine finstere Tiefe führte, aus der es vielleicht kein Zurück gab.

69

„Ja, keine Sorge. Das ist eine Maßnahme, um die Sicherheit des Kontos zu gewährleisten."

„In der Mail steht ..."

Marc unterbrach sie.

„Warte mal, am Telefon ist das schwierig. Ich logge mich auf deinem Computer ein!"

Er arbeitete im Homeoffice und genoss alle Freiheiten.

„Sag mir mal die ID und das Passwort des Fernsteuerungsprogramms!"

Jessica übergab ihm vertrauensvoll ihren Computer. Bei ihm war er in den besten Händen. Sie lehnte sich zurück und verschränkte die Arme vor der Brust. Die Tatsache machte ihr ein wenig Angst. Für jemanden mit den entsprechenden Kenntnissen war es kein Problem, sich in einen anderen Computer einzuloggen.

„Also, das Antivirenprogramm meldet keinen Eindringling. Add-ons und Browser sind in Ordnung. Autostart auch okay."

Marc gab unverständliche Laute von sich. Es klang, als würde er in einer fremden Sprache kommunizieren.

„Mail ist auch fehlerfrei. Keine Einwände, du kannst dein Passwort ändern!"

„Es beruhigt mich zu wissen, dass du dich auskennst. Das erleichtert mich ungemein. Ich habe keine Lust, einem Technikfreak mein Geld hinterher zu werfen."

„Dann kommst Du morgen nicht?"

„Marc, versteh bitte, ich kann das noch nicht. Die Beerdigung von Mary kostet mich zu viel Kraft. Überleg doch mal, was ich in den letzten Wochen alles bewältigen musste! Und je mehr Zeit vergeht, desto ratloser bin ich. Wie soll es mit mir weitergehen? Soll ich mich umbringen, um bei Ben zu sein?"

„Nein Jess, um Gottes willen."

Bei diesen Worten gefror Marc fast das Blut in den Adern.

„Soll mein Leben eine Kette von Lügen sein - gegenüber meinen Eltern, meiner Chefin, meinen Freunden?" Fast hätte sie sich verplappert und 'dir auch' gesagt.

„Stell dir vor, ich käme mit der Wahrheit um die Ecke! Wer würde mir glauben? Man würde mich für Jahre, vielleicht lebenslänglich ins Irrenhaus stecken."

„So darfst du nicht denken. Ähm, ähm ..."

Marc rang um Fassung. „Ich möchte auch etwas loswerden. Eine Geschichte, die mir sehr am Herzen liegt. Aber ich finde nicht die richtigen Worte."

Marcs Lebensbeichte stand ganz unten auf ihrer Wunschliste. Keine Aufarbeitung seiner Fehltritte. Dazu hatte sie keinen Nerv.

„Gib mir Zeit. Irgendwann erzähle ich es dir. Dein Vertrauen bedeutet mir sehr viel", versicherte er.

„Ich bin immer für dich da."

In Wahrheit spielte es für sie keine Rolle. Jessica fühlte sich mies. Sie konnte nicht glauben, dass sie solche Gedanken hegte, nur um einer unangenehmen Situation zu entkommen.

„Kann ich sicher sein, dass du dir nichts antust?"

Sie wollte das Gespräch beenden und beruhigte ihn. „Ja, natürlich, mach Dir keine Sorgen. Ich werde eine Kerze für Mary anzünden. Bestimmt meldet sich Ben."

„Wenn ich morgen von Erbenhausen zurückkomme, schaue ich bei dir vorbei. Es liegt auf meinem Weg."

Jessica dachte daran, dass sie zu diesem Zeitpunkt schon

in Berlin war. Sie blickte zu ihrer Reisetasche auf, in der ihr mit einem bunten Band geschmückter Strohhut reisefertig lag.

„Nein, nein, das brauchst du nicht. Alles ist gut. Ich will für mich sein", log sie erneut.

Der Wunsch, das Gespräch zu beenden, wuchs in ihr. Es schnürte ihr fast die Luft ab.

„Ich wünschte, morgen wäre schon vorbei", ging es Marc durch den Kopf. Beerdigungen berührten ihn so tief, dass er lange brauchte, um sein Gleichgewicht wiederzufinden.

„Danke für deine Hilfe", sagte Jessica.

„Das ist doch selbstverständlich. Mach's gut."

Sie grübelte. Das alte Passwort war ihr zur Gewohnheit geworden. Ein Reflex, den sie nicht in Frage stellte. Das neue musste sicherer sein. Sie ärgerte sich. Ihr fiel kein passendes Begriff ein. Sie kritzelte eine Reihe von Groß- und Kleinbuchstaben, Zahlen und Sonderzeichen auf einen Zettel. Das Durcheinander gefiel ihr. Nur sie verstand den Sinn. Sie rollte den Zettel zusammen und versteckte ihn in einer Lippenstiftdose im Badezimmerschrank.

Ein unangenehmer Geruch stieg ihr in die Nase. So ein Mist, sie hatte das Kräuterbaguette im Backofen vergessen hatte. Ein Schwall von Hitze und Rauch schlug ihr entgegen, als sie den Ofen öffnete. Verärgert über ihre Unachtsamkeit warf sie das Brot in den Mülleimer. Sie musste besser aufpassen.

Es dämmerte. Das Küchenfenster bot einen weiten Blick auf die Straße. Sie blickte über die parkenden Autos und hielt Ausschau nach einem verdächtigen Fahrzeug. Alles schien normal. Trotzdem musste sie wachsam bleiben.

Sie drückte den Umschlag an ihre Brust. Mit Sorgfalt und Bedacht wählte sie eine elegante Handschrift. Als Detail malte sie eine kleine Krone neben den Namen. Sie verzierte es mit feinen Linien und Strichen, die ihm etwas Königliches verliehen und eine Wertschätzung für den Adressaten darstellten. Er verschwand im Seitenfach ihrer Handtasche. Niemand ahnte, dass sie etwas Wichtiges bei sich trug.

70

„Guten Morgen, Sokrado."

„Was kann ich für dich tun?", meldete sich eine Stimme.

„Navigiere nach Berlin."

„Eine bestimmte Adresse oder Innenstadt?"

„Unter den Linden 77."

„Sokrado, wer oder was ist das?" Erstaunt sah Jessica Rolf Felbing an.

„Das ist mein Navi. Na ja, jeder Freund bekommt einen Namen und meiner heißt Sokrado", erklärte Rolf Felbing.

Jessica kannte diese Vorliebe für fahrbare Untersätze von Ben. Ein typisch männliches Verhalten.

„Ist das dein Auto?", fragte sie ungläubig.

„Ja, ich habe es vor drei Tagen beim Autohändler abgeholt. Eigentlich wollte ich einen blauen, aber weiß geht auch."

„Die können dir doch nicht einfach etwas geben, was du nicht willst."

„Natürlich nicht. Ich wollte es auch nicht, aber die Lederausstattung und ein paar teure Extras habe ich bei diesem Auto umsonst bekommen."

Jessica verstaute das Gepäck im Kofferraum.

„Hast du dir das Nummernschild selbst ausgesucht?"

„Ja."

„888, das ist doch kein Zufall, oder?"

„Es soll an meine Mutter erinnern. Sie ist am 8. August 1928 geboren."

„Die Acht gilt als Glückszahl und hat eine spirituelle Bedeutung. Sie symbolisiert die Verbindung zwischen Kosmos und Natur. Wusstest du das nicht?"

„Nein, aber ein schöner Gedanke für den Beginn unserer Reise."

Jessica ließ sich in den Beifahrersitz sinken und spürte die vertraute Form eines Fernsehsessels.

„Das Auto, das ich gerade gekauft habe, steht in Flammen", sagte Rolf Felbing mit einem Anflug von Resignation.

Jessica sah ihn irritiert an. „Wie bitte?"

„Du kannst es in den Nachrichten sehen. Er ist auf dem brennenden Frachter auf der Nordsee. Tut mir leid wegen der Missverständnisse. Er wurde mir als Ersatz angeboten."

„Ich habe die Berichte über das Unglück gesehen. Es ist schrecklich und du hast dein Auto verloren. Das tut mir echt leid."

„Ich habe keinen finanziellen Verlust erlitten, also Schwamm drüber."

„Ich bin noch nie mit einem Elektroauto gefahren. Schon gar nicht auf so einer langen Strecke. Und dann noch eines, das einen Namen hat", bemerkte Jessica erstaunt.

„Sokrado ist eine Mischung aus Sokrates und Leonardo. Eine neue Intelligenz navigiert uns nach Berlin", erklärte Rolf Felbing stolz.

„Aber fahren wirst du noch selbst?"

Er lachte. „Ja, natürlich, mein Engel."

Sie legte ihre Hand auf seine.

„Wir werden uns ein paar schöne Tage machen."

„Der Akku wird nicht bis Berlin reichen."

„Was soll das heißen?"

„Hey Sokrado, wo ist die nächste Ladestation?", rief Rolf Felbing in Richtung Armaturenbrett.

Die Anspielung auf die künstliche Intelligenz zauberte ein

Lächeln auf sein Gesicht. „Vielleicht landen wir in München", scherzte er.

Sterne wirbelten über das Display. Die Adresse einer Tankstelle erschien.

„Aral Puls in Jena? Okay, die nehmen wir."

„Was kann ich noch für dich tun?", fragte Sokrado.

„Toll, hier können wir mit 350 kW laden. Ich sehe, dass fast alle Plätze frei sind.

Rolf Felbing steuerte den Wagen, als ob er noch nie ein anderes Fahrzeug gelenkt hätte.

„Zielwechsel! Bitte Aral an Nummer 1", gab er dem Navigationssystem als Anweisung.

„Okay, ich habe das Ziel an Position 1 eingegeben. Ich zeige dir den Weg."

Jessica schaute auf das Display.

„Das Adlon? Das ist doch nicht dein Ernst? Wir wohnen in dieser Oase der Opulenz? Das glaube ich nicht."

Rolf Felbing nickte. „Ich habe anstrengende Tage vor mir. Da ist das Beste gerade gut genug."

Jessica gluckste vor Freude. Sie wusste, dass sie etwas Außergewöhnliches erwartete.

„Ja, du hast recht. Vor dir liegen anstrengende Zeiten." Sie dachte nicht an die Tage, sondern an die Nächte. Sie kannte das Adlon aus dem Fernsehen. Dort zu wohnen, die Stadt zu erkunden, etwas Besonderes zu erleben, eine wunderbare Vorstellung.

Der Wagen verließ den Gießener Ring. An diesem Donnerstagmorgen war wegen des Feiertags mehr Verkehr.

„Ehringshausen, immer wenn ich den Namen lese, läuft in meinem Kopf ein Film ab." Das Ortsausgangsschild rauscht an ihnen vorbei. Jessica hing ihren Erinnerungen nach.

„Kennst du dieses Gefühl? Ein Wort, ein Geruch, ein Geräusch, und plötzlich werden in Sekundenschnelle tausend Erlebnisse in deinem Kopf abgerufen."

Rolf Felbing nickte.

„Ich kenne diesen Ort nicht."

„Das ist mir klar. Hier gibt es keine historischen Artefakte oder ähnliches. In meiner Kindheit hat mein Vater in diesem Dorf jedes Frühjahr Eintagsküken gekauft. Ich weiß bis heute nicht, warum es dieser Ort sein musste, aber ich durfte mit. Wir besaßen kein Auto und ein Bekannter fuhr die Strecke. Ich dachte, wir fahren um die Welt. Wir luden zwei Kisten mit gelben Knäueln ein und los ging's. Die Kleinen fiepten und entleerten sich auf der Rückfahrt. Du kannst dir gar nicht vorstellen, wie aufregend das für mich war."

Jessica war fasziniert von der Stille und dem sanften Gleiten. Sie spürte, wie sich die Kraft des Elektromotors auf die Räder übertrug und glitt lautlos dahin. Ohne Vibrationen breitete sich eine fast meditative Atmosphäre aus. Sie kramte in ihrer Handtasche, fühlte die glatte Oberfläche ihres Handys und hob es hoch.

„Vierundzwanzig Stunden", erinnerte Rolf Felbing.

„Ja, ja, ist schon gut. Ich mache nichts."

Er bat sie, es für einen Tag auszuschalten. Es sollte ein Akt der Selbstfürsorge und des Loslassens sein. Sie suchte Ruhe und Entspannung. Bens Nachrichten sollten in dieser Zeit ignoriert werden. Dort, wo er war, spielte Zeit sowieso Rolle.

Diese Entscheidung gab ihr seit Langem die Möglichkeit, anzukommen und die Welt mit allen Sinnen wahrzunehmen. In dieser Ruhephase spürte Jessica eine tiefe Verbundenheit mit sich selbst und der Realität.

71

Die Bestürzung über den Tod der jungen Frau erfüllt den Dorffriedhof von Erbenhausen mit bedrückender Trauer. Zweiundsechzig Einwohner zählte der kleinste Ortsteil von Fronhausen. Fast alle waren gekommen. Marc spürt, wie eine Flut von Gefühlen über ihn hereinbrach. Schwer zu begreifen, dass man mit der lieb gewordenen Freundin nicht mehr lachen und reden konnte. Letzte Woche besuchte er Philip, wo Mary ihnen einen wunderbaren Meat Pie zubereitete. Eine mit Fleisch gefüllte Pastete aus ihrer Heimat. Sie lebte bis zu ihrem achtzehnten Lebensjahr in Australien. Diese Köstlichkeit galt als Nationalgericht. In seiner Hilflosigkeit kämpfte er mit der unerbittlichen Frage, warum sie so früh gehen musste. Ein Schmerz von ungeahnter Intensität erfasste sein Herz. Die Menschen versammelten sich in Stille. Ihre Blicke voller Trauer und Unverständnis. Erbenhausen lag weitab vom Trubel der Zivilisation. Um den Friedhof zu erreichen, musste man die Häuser hinter sich lassen und ein Stück zu Fuß gehen. Inmitten grüner Hügel und bunter Blumen entfaltete sich eine Szenerie von beeindruckender Schönheit und fesselnder Dramatik.

Die Familie stand um das klaffende Loch herum. Dahinter Freunde, Schulkameraden, Arbeitskollegen, Vertreter verschiedener Gemeinschaften und des Motorradclubs. Die Mitglieder trugen ihre charakteristische Lederkleidung mit dem Clubemblem auf dem Rücken. Damit zollte man der Gefährtin Respekt. Ihre glänzenden Maschinen parkten in den Höfen der Bauernhäuser. Kein Bewohner störte sich an diesem Nachmittag daran.

„Liebe Familie, liebe Freunde, liebe Anwesende", begann die Pfarrerin.

„Wir haben uns heute versammelt, um Abschied zu nehmen und das Leben von Mary Wilson zu würdigen. Dies ist eine Zeit der Trauer und des Schmerzes, aber auch eine Zeit, um uns an die kostbaren Momente zu erinnern, die wir mit ihr geteilt haben...".

Philips Blick blieb leer, weil ihm die Tränen fehlten. Apathisch saß er neben seinen Eltern. Die Sonne schien durch die Baumkronen des angrenzenden Waldes und verbreitete ein diffuses Licht über den Friedhof. Die Pfarrerin hielt inne und blickte ins Dickicht. Ein Mann in T-Shirt, Jeans und Zopf trat aus dem Gebüsch. In der Hand eine weiße Geige. Vor dem Friedhofstor blieb er stehen. Melancholie und Festigkeit prägten seine Haltung. Niemand wagte auch nur zu husten.

Er legte das Instrument auf seine Schulter und strich mit dem Bogen sanft über die Saiten. Die Klänge legten sich wie ein Schleier über den Friedhof.

„*Let It Be*" nahm die Zuhörer mit auf eine emotionale Reise. Einige blickten in die Wolken, als könnten sie dort die Verstorbenen sehen. Andere erinnerten sich unter Tränen. Das Musikstück erfüllte die Trauernden mit Trost. „Ausgerechnet dieses Lied", dachte Marc.

Die Gemeinde lauschte in ehrfürchtiger Ruhe. Stille folgte dem letzten Ton. Dann applaudierten die Trauernden. So etwas hatte es auf dem Erbenhäuser Friedhof noch nie gegeben. Die Welt hielt für einen Wimpernschlag den Atem an. Der Musiker ließ sein Instrument sinken und verbeugte sich vor der Trauergemeinde. Sein Spiel schlug eine Brücke zwischen den Lebenden und den Toten.

Noch einmal wandte sich die Pfarrerin an die Trauergemeinde.

„Im Gedenken an Mary möchten wir ihren Wunsch erfüllen und ein Fest feiern. Unsere Verstorbene wollte, dass wir nicht in Trauer versinken, sondern in Freude und Dankbarkeit die schönen Momente ihres Lebens feiern. Treffen wir uns im Garten ihrer Eltern".

Gemurmel breitete sich aus. Marc wischte sich die Tränen von den Wangen. Ja, das spiegelte Marys Gedanken wider, und beim Abschied vom Friedhof trat niemand den Heimweg an. Eine schweigende Menschenschlange überquerte das Flüsschen Zwester-Ohm, die Schnellstraße und erklomm den sanften Hügel. Man traf sich an den gedeckten Tischen und Stühlen im Garten. In der Mitte stand ein liebevoll dekorierter Tisch mit weißer Auflage. Als Hommage an ihre Leidenschaften schmückte ihn eine Sammlung ihrer Lieblingsbücher und CDs. In den Seiten und Tönen lebte ihr Wesen weiter. Die Versammelten sollten darin blättern. Die Musik stand für das, was Mary ausmachte.

Frank Wesemann, ihr Lieblingskünstler und Liedermacher, bedeutete ihr viel. Seine Lieder, ein Potpourri aus Tiefe, Ehrlichkeit und Einfühlungsvermögen, spendeten den Zuhörern Trost und Inspiration. Seine Musik verlieh der Trauerfeier einen einzigartigen Charakter.

„Erst der freie Fall macht dich wirklich frei. Komm, mache ihn zu deinem ersten Flug. Es ist niemals zu spät ..."

Sie war mit allen Sinnen erlebbar. Eine Vielzahl von Fotos von ihr breitete sich auf den Tischen aus. Langsam lockerte sich die Stimmung. Man tauschte Geschichten aus, die man mit ihr erlebt hatte, begleitet von gelegentlichem Lachen. Alle erinnerten sich an die Besonderheit ihres Lebensstils. Es gab eine Vielzahl von Speisen, die ihre Vorlieben widerspiegelten. Vom hausgemachten Hauptgericht bis zum köstlichen Dessert. In jedem Moment spürten die Gäste das Außergewöhnliche dieser Abschiedsfeier. Die Trauer bekam Raum und mit ihr die Erkenntnis über den wahren Wert des Daseins.

Marc sah sich um. Von Philip fehlte jede Spur. Bevor er in sein Auto stieg, blickte er in der Ferne auf den mit Blumen übersäten Erdhügel.

„Tschüs, Mary.“

72

Vor Leipzig endete die schnelle Fahrt auf der Autobahn. Langsam füllte sich die Straße. Rolf Felbing hatte die Mittagspause genutzt, um die Batterie des Fahrzeugs aufzuladen.

„Wann hast du dich für ein E-Auto entschieden?"

„Mal überlegen. Es muss vor einem Jahr gewesen sein. Das Modell war gerade neu auf dem Markt. Mercedes EQB 300, wunderbare Straßenlage und hohe Effizienz", erklärte er Jessica.

„Du kannst mir alles erzählen. Ich kenne mich nicht aus", fügt sie lächelnd hinzu.

Der Verkehr staute sich wegen zahlreicher Baustellen. Jessica bemerkte, wie einige Leute ihr Auto betrachteten.

„Der kostet ein kleines Vermögen, gell?"

Rolf Felbing nickte.

„Dein Gehalt an der Uni ist doch ganz anständig, oder?"

„Na ja, wie man's nimmt."

Sie spürte, dass er nicht über Geld reden wollte. Die Autoschlange quälte sich im Schneckentempo vorwärts. Jessica dachte an die Beerdigung in Erbenhausen. In dieser Sekunde lagen Welten zwischen dem kleinen Friedhof und ihr. Sie hatte das Gefühl, in einer anderen Dimension zu schweben. Wehmut stieg in ihr auf. Die Erinnerung an die Partys, die Fahrradausflüge und das Stadtfest ließen sie das Glück von damals erahnen. Ein Hauch von Nostalgie erfasste sie, erfüllt von tiefem Verlangen. Die Sehnsucht nach Ben machte ihr das Herz schwer und sie verstand das 'Nie wieder' besser denn je. Rolf Felbing wischte ihr mit einem Taschentuch die

Tränen ab. Jessica schluckte, als sie zu sprechen versuchte: „Ich...“

Er unterbrach sie: „Schon gut. Lass es raus.“

Sie zögerte. „Aber ich will die Reise nicht verderben.“

„Das kannst du nicht. 'Das höchste Gut des Menschen ist das freudige Ertragen und die kluge Bewältigung des Leidens.' - Sokrates.“

Jessica sah ihn erstaunt an.

„Ach, dein Auto.“

„Ja. Deshalb habe ich es so genannt. Einer der größten Philosophen, die je gelebt haben.“

Sie lächelte: „Du bist, du bist ...“

„Ja, ich weiß, und es macht mir nichts aus.“

Sie sah auf die Uhr. Noch achtzehn Stunden Handyabstinenz. Ob Ben sich heute Abend melden würde? Die Gedanken an ihn ließen sich nicht abschalten wie ihr Smartphone.

„Schatz?“, murmelte sie.

Rolf Felbing musste schmunzeln. Es war das erste Mal, dass sie einen Kosenamen benutzte.

Sein gedehntes „Ja“ klang wie eine Melodie.

„Ich wollte dich fragen, ... ich hab gehört, dass Charles und Camilla am Wochenende in Berlin sind. Ich glaube, sie sind heute Morgen gelandet. Ich würde sie zu gerne sehen.“

„Das hätte ich nicht gedacht. Du bist ein Royal-Fan? Was beeindruckt dich an ihnen?“

„Prinz Charles ist ein interessanter Mensch. Sein Engagement für den Umweltschutz finde ich bewundernswert. Er ist mit vollem Einsatz und Leidenschaft dabei. Und einen Blick in die weite Welt zu werfen, ist sicher interessant.“

Sie verschwieg den wahren Grund und griff in ihre Handtasche, um sich zu vergewissern, dass der Umschlag darin war.

„Dir ist schon klar, dass er sich diese Eskapaden nur leisten kann, weil er Multimilliardär ist, oder? Das musste mal gesagt werden. Aber ich denke, wir kriegen das hin. Ich habe einen Ausweis für das Symposium - damit solltest du problemlos Zugang zu den Zaungästen bekommen".

„Multimilliardär?", dachte Jessica. Was spielte das jetzt noch für eine Rolle?

Sie ging ihren Plan noch einmal durch. Freude und Aufregung über ihr Geheimnis strahlten aus ihr heraus. Zufrieden ließ sie sich zurücksinken. Die Fahrt mit dem Elektroauto war eine revolutionäre Erfahrung. Die Stille wirkte beruhigend. Es war eine Erleichterung, keine Tankstelle aufsuchen zu müssen. Das Berliner Umland veränderte sich. Ländliche Regionen und Industriegebiete boten eine abwechslungsreiche Umgebung. Das flache Land war anders als zu Hause. Nur die Möbelhäuser und Supermärkte ragten wie in Hessen auch aus der Landschaft heraus.

„Warst du oft in Berlin?", fragte Jessica.

„Darüber muss ich nachdenken." Rolf Felbings blickte in die Ferne. „Ich habe die ersten Semester in der Stadt studiert. Viele Bekannte wohnen noch hier."

„Frauen?" Jessica sah ihn neugierig an.

„Frauen auch, warum fragst du?"

„Einfach so."

Rolf Felbing antwortete nicht weiter. Er hatte keine Lust, in der Vergangenheit zu wühlen. Das erzeugte keine gute Stimmung.

„Und du? Warst du schon mal in Berlin?"

„Ja, bin mal vorbeigefahren, als ich mit meinen Eltern im Urlaub an der Ostsee war, als Teenager. Ich erinnere mich nur dunkel."

Als sie den Berliner Ring erreichten, staute sich der Verkehr wieder.

„Entschlüsselung der deutschen Geschichte: Ein Symposium mit Vorträgen verschiedener Gastprofessoren", überflog Jessica den Flyer.

„Was macht man auf so einer Veranstaltung?"

„Zuhören, diskutieren, analysieren. Da wird viel leeres Stroh gedroschen. Ein paar Angeber sind immer dabei."

Rolf Felbing dachte an Prof. Starck. Mit ihm würde es ein Albtraum werden, denn dieser Egomane würde jeden Meinungsaustausch zerstören. Jessica senkte die Stimme.

„Wenn du die Katze aus dem Sack lässt, endet die Veranstaltung im Chaos."

„Ich bin doch nicht verrückt Liebes. Ich würde nicht nach Hause kommen."

„Du darfst ruhige Jess zu mir sagen. Schon vergessen?"

„Ach ja, also Jess."

Rolf Felbing war noch nie einer Frau wie ihr begegnet. Für sie würde er durchs Feuer gehen. Die Metropole mit ihren Menschenmassen beeindruckte Jessica. Ihr Blick glitt über die majestätische Architektur der historischen Gebäude. Die Fassaden erzählten die Geschichte Berlins. Im Kontrast dazu standen die modernen Wolkenkratzer, die eine beeindruckende Skyline bildeten. Das Zusammenspiel von Alt und Neu gepaart mit Zeitlosigkeit faszinierte sie. Ben hatte keine Chance mehr, diese Stadt zu sehen. Wehmut erfüllte sie. Diese Reise sollte eine heimliche Hommage an ihn sein.

„Sind immer so viele Polizisten auf den Straßen? Ich

weiß, dass Berlin auf der Liste der gefährlichsten Städte Deutschlands ganz oben steht."

Zwei schwarz uniformierte Ordnungshüter mit schusssicheren Westen hielten ihre Gewehre im Arm. An der Ampel sah einer von ihnen in ihr Auto. Er ließ seinen Blick von einer Seite zur anderen schweifen, um die Situation zu analysieren und mögliche Risiken zu erkennen.

„Nein, das ist nicht alltäglich, aber warum?"

Jessica blickte verwirrt auf die Menge der Überwacher.

„Du hast es erwähnt. Charles mit seinem Gefolge. Wenn er kommt, wird das Stadtzentrum abgeriegelt.

„Es ist schrecklich, wegen seiner Berühmtheit bewacht zu werden", sagte Jessica nachdenklich. „Ich meine, ich kann verstehen, dass Prominente Sicherheitspersonal brauchen, um sich zu schützen. Aber ständig im Mittelpunkt zu stehen und meine Freiheit einschränken zu müssen, nein danke."

Rolf Felbing überlegte. „Was hatte dieser königliche Charmeur mit ihr gemacht?"

„Unglaublich. Da ist das Brandenburger Tor. Und wir fahren hindurch?"

Jessica konnte ihre Aufregung nicht verbergen. Sie streckte die Hand zum Fenster hinaus. Die warme Luft strömte vorbei. Sie spürte die Energie und die Geschichte, die dieses Monument umgab. Ein Geschenk des Himmels, dass sie das alles erleben durfte. Dann brach der Verkehr zusammen. Die kriechenden Autos bildeten eine Schlange, während die Polizisten versuchten, dem Chaos Herr zu werden.

„Wir sind gleich da", rief Rolf Felbing.

Jessica sah zum blassgrünen Dach hinauf und entdeckte

den geschwungenen Schriftzug „Hotel Adlon".

„Sobald wir am Eingang sind, fährt ein Mitarbeiter den Wagen in die Tiefgarage", erklärte Rolf Felbing.

Er schnallt sich ab. Zentimeterweise ging es voran. Einer der Hotelpagen kam auf den Wagen zu und verbeugt sich.

„Tut mir leid, aber Sie müssen Ihr Auto selbst in die Tiefgarage fahren."

„Das ist neu, warum, was ist los?"

„Wir haben königliche Gäste im Haus und alle Mitarbeiter sind im Einsatz. Tut mir leid."

Er wandte sich dem nächsten Wagen zu. Der junge Mann in Uniform bewahrte trotz der Hektik die Ruhe und Gelassenheit eines Profis. Mit seinen weißen Handschuhen und seinem souveränen Auftreten verlieh er dem Hotel eine Aura von Eleganz und Exklusivität.

„Nun, dann eben nicht. Ich hoffe, ich treffe nicht auf diesen majestätischen Schelm. Ein falsches Wort und ich bin verhaftet", scherzt Rolf Felbing.

„Das Beste, was mir passieren könnte", dachte Jessica und hatte Mühe, ihre aufkeimende Aufregung zu unterdrücken. Ihr Herz schlug schneller, als hätte sie gerade ein Geheimnis gelüftet, dass die Welt verändern könnte. Die Vorstellung, im selben Hotel wie Charles zu übernachten, war mehr als ein Zufall - es war eine unsichtbare Fügung, die sich vor ihren Augen abspielte.

Fast wäre sie vor Entzücken aufgesprungen, aber sie hielt sich zurück, hütete die Vorfreude wie ein kostbares Gut. Ein Glücksfall, ja - oder vielleicht doch mehr. Sie überlegte, wie sie ihr Vorhaben in die Tat umsetzen konnte.

Rolf Felbing strich über das Armaturenbrett: „Sokrado, du bist der Hammer, Berlin war ein Kinderspiel für dich!

Angenehmes Dahingleiten und das ohne V8-Motor. Da können sich manche Spritschlucker 'ne Scheibe von abschneiden."

„Mensch Rolf, man könnte meinen, du bist mit deinem Auto verheiratet", rief Jessica mit gespielter Empörung.

„Was nicht ist, kann ja noch werden. Wenn du es so siehst, übergebe ich meine motorisierte Braut meiner wahren Geliebten. Du fährst zurück!"

Er warf ihr den Schlüssel zu, den sie vor Schreck fallen ließ. Mit einem Ruck hievte er die Reisetaschen aus dem Kofferraum.

„Was, das ist nicht dein Ernst? Du vertraust mir dein Auto an?"

Rolf Felbing nickte und umarmte sie zärtlich.

„Ich lege mein Leben in deine Hände."

Der Boden unter ihren Füßen begann zu beben. Die Welt verlor ihren Halt.

„Das hat noch nie jemand zu mir gesagt", hauchte sie. In ihren Ohren klangen die Worte wie ein Ruf aus einer unbekannten Welt. Ein Funken Licht durchdrang die Schatten der Vergangenheit. Rolf Felbing fixierte die Etage. Kein Auto folgte ihnen. Jessica staunte über das Parkdeck des Hotels, das Vertrauen ausstrahlte. Hochwertige Materialien zierten die Wände. Die geräumigen Parkplätze erstrahlten in hellem Licht. Strategisch platzierte Überwachungskameras sorgten für Sicherheit.

„Ich fühle mich frei wie ein Vogel."

Sie breitete die Arme aus und drehte sich im Kreis. Rolf Felbing war glücklich, dass seine Einladung ihr Ziel erreicht hatte. Ein paar unbeschwerte Tage für seine Liebste.

Als sie den Aufzug betrat, wünschte sie sich, die Fahrt möge sie ins Paradies bringen. Niemand bemerkte den dunkelgrünen Wagen in der hinteren Ecke, der am Morgen von zwei Männern bei einer Autovermietung abgeholt worden war.

73

„Ich bin am Ende. Ich brauch das Geld? Sie haben es mir versprochen. Mein Arbeitslosengeld wird erst in vier Wochen ausgezahlt. So lange kann ich nicht warten." Lars Klingmeyer spürte, in welcher Klemme sein Kollege steckte. Das musste anders laufen.
„Herr Hapich, ich kann Sie verstehen. Ein Teil der Zahlung ist für nächste Woche zugesagt", entgegnete er. „Ein Teil? Was soll das heißen? Ich dachte, das sind öffentliche Gelder. Warum zahlen die nicht? Für alles andere ist doch immer Geld da."
Marc dachte an die endlose Schinderei. Die Einarbeitung in die Materie, die für ihn fast Neuland war.
„Ich glaube Ihnen, dass das für Sie unangenehm ist. Ich möchte betonen, dass ich alles tue, um das Geld zu bekommen." Lars Klingmeyer versuchte, ihm die Situation schonend zu erklären.
„Wir hatten eine Abmachung, und ich will jetzt verdammt noch mal, was mir zusteht." Entgegen seiner sonstigen Art wurde Marcs Ton schärfer,
Lars Klingmeyer erschrak über die Heftigkeit.
„Das habe ich doch schon beim letzten Mal gesagt. Das sind Zulagen, die nicht direkt vom Staat gezahlt werden. Dabei besteht die Möglichkeit, die Steuer zu umgehen. Es sind Gelder, die über eine Zwischenfirma laufen. Könnten wir eine vergleichbare Summe erreichen, wenn wir nicht auf diese Quelle zurückgreifen würden? Sie verstehen sicher, was ich meine."
Er ging auf Marc zu. So nah, dass dieser seinen Mundgeruch wahrnahm. Der Geruch von vergorenem

Essen schlug ihm entgegen.

„Hier."

Lars Klingmeyer zog fünfhundert Euro aus der Tasche.

„Das ist doch lächerlich", entfuhr es Marc. Trotzdem faltete er die Scheine zusammen, steckte sie in die Brusttasche seines Hemdes.

Beide blickten aus dem Bürofenster auf den Gießener Stadtrand. Vor ein paar Tagen hatten sie die letzten Kartons und Büromöbel abgeholt.

„Dass Herr Goldman so schnell sterben würde, damit hatte niemand gerechnet. Und dann diese anonyme Seebestattung. Es ist, als hätte er nie gelebt."

Marc fühlte sich immer unwohler. Sein Puls beschleunigte sich, sein Magen verkrampfte sich.

„Ziehen Sie die fünfhundert Euro vom Rest ab!"

Nur weg von diesem Ort. Ein Büro ohne Inventar glich einem leeren Blatt Papier, das nur darauf wartete, mit der Geschichte des Verlustes beschrieben zu werden. Lars Klingmeyer pokerte hoch. Das Spiel war noch offen. Er hatte nicht damit gerechnet, in eine so unangenehme Situation zu geraten. Marc Hapich, ein exzellenter Mitarbeiter, aber mit zu viel Empathie ausgestattet. Um in dieser Liga mitzuspielen, musste er skrupelloser sein. Sie waren in einer schwierigen Lage. Auch er hatte das Geld verplant. Sollte er seinem Auftraggeber mit Konsequenzen drohen? Die zündende Idee fehlte. Es gab ein Versprechen. Nein, trotz allem musste er stoisch bleiben. Seiner Frau verheimlichte er das Zusatzgeschäft.

74

Mit jedem Schritt auf dem Marmorboden unter ihren Füßen fühlte Jessica sich erhabener. Die imposante Architektur, die hohen Decken und die prächtigen Kronleuchter in der Eingangshalle verliehen dem Raum eine Aura von Exklusivität und Stil. Hier wuchs der Reichtum unbemerkt. Das Toilettenpapier konnte mit Diamanten besetzt sein. Bademäntel aus Geldscheinen bestehen und in jedem Zimmer ein Wandgemälde von Picasso oder Van Gogh.

Jessica erinnerte sich an den ersten Urlaub mit Ben. Mit einem Zelt und jeder Menge Konserven waren sie mit einem Urgestein auf vier Rädern in Richtung Südfrankreich aufgebrochen. Als Jessica bei Nizza das Meer erblickte, hatte sie das Gefühl, die Welt läge ihr zu Füßen. Am Horizont schimmerte das Blau und verschmolz mit dem Himmel. Das Sonnenlicht tanzte auf der Wasseroberfläche wie tausend Edelsteine. Das würde sie nie vergessen. Die Angst, dass der Motor ausfallen könnte, war ihr ständiger Begleiter. Seinen Wunsch nach einem besseren Auto musste er während des Studiums auf Eis legen. Erst mit dem neuen Job begann er zu sparen. Als er in Lollar sein Traumauto sah, war es um ihn geschehen.

Sie vermied, weiter darüber nachzudenken. Rolf Felbing kümmerte sich an der Rezeption um die Formalitäten.

„Darf ich Ihr Gepäck tragen?", fragte ein Page in königsblauer Uniform mit goldenen Knöpfen.

Mit Leichtigkeit griff er nach den Taschen und trug sie, als wären sie Schätze. Leichtfüßig tänzelte er durch die Gänge. Die Klimaanlage funktionierte nicht. Die kunstvoll drapierte Bettdecke flog zur Seite, als Rolf Felbing sich mit einem Satz niederließ. Ein Seufzer der Erleichterung entwich seiner Kehle, als er die Anspannung des Tages in die Kissen sinken ließ. Ein Moment des Loslassens, als ob sich alle Sorgen und Belastungen in der Behaglichkeit des Bettes auflösten.

„Auf welcher Seite willst du schlafen?"

Er strich über die Bettdecke. Jessica hatte einen Kloß im Hals. Sie musste die Spaßfabrik des Wohlstands erst einmal verdauen. Rolf Felbing nahm ihr Mantel und Tasche ab und führte sie zum Bett.

„Bitte Rolf, ich muss mich erst sammeln."

„Sag mal, was denkst Du von mir? Ausruhen sollst Du dich."

Er zog ihr die Turnschuhe von den Füßen und ging ins Bad. Erst jetzt spürte Jessica die Strapazen der Reise. Aber ihr war nicht nach einem Nickerchen zumute.

„Ich will mir das Hotel ansehen. Alles ist so aufregend", rief sie ihm zu.

„Ja, okay, ich muss noch ein paar Dinge für morgen erledigen und ich sage Bescheid wegen der Klimaanlage."

Jessica holte den Umschlag aus ihrer Handtasche und steckte ihn unter ihre Bluse. Sie spähte in den Flur. Die Geräusche waren gedämpft. Das Gemurmel der Gäste und das Klirren von Gläsern aus einer nahe gelegenen Bar drangen an ihr Ohr. Der Duft frischer Blumen durchzog die Räume. Gad es vielleicht Anzeichen königlicher Anwesenheit.

Jessica stockte der Atem. Am Ende des Ganges stand tatsächlich Prinz Charles, vertieft in ein Gespräch mit einem vornehm gekleideten Herrn, umringt von Sicherheitsleuten. Ein flüchtiger Anflug von Ungläubigkeit erfasste sie - war er es wirklich? Aber die Szene war eindeutig. Ein prickelnder Moment der Atemlosigkeit überkam sie, doch dann spürte sie einen unerwarteten Mut in sich aufsteigen. Ein innerer Drang, der sie vorwärts trieb. Entschlossen setzte sie einen Fuß vor den anderen. Niemand würde sie aufhalten. Mit jedem Schritt wuchs ihre Entschlossenheit.

„Your Highness, it is an honor to meet you in Person." Einer der Leibwächter zog Jessica zur Seite. Prinz Charles sah sie an, dann auf ihre Füße. Sie trug keine Schuhe. Ein charmantes Lächeln erhellte sein Gesicht.

„Stop, let her go. The honor is all mine, madam. How can I help you?"

Der Mann ließ sie los und blieb stehen wie ein Hund, der auf das Kommando seines Herrn wartet. Was sie tausendmal im Fernsehen gesehen hatte, setzte sie jetzt instinktiv um. Mit einer leichten Verbeugung bedankte sie sich.

„Your Highness, I beg your pardon. This message is personal to you, it is very important."

Ihre Hände zitterten leicht, als sie ihm den Umschlag überreichte. Jetzt verstand sie, wie wichtig es war, im Englischunterricht aufgepasst zu haben.

„Oh, but it is very beautiful, thank you."

Als einer der Männer nach dem Umschlag griff, schüttelte Prinz Charles den Kopf und steckte ihn in die Innentasche seines Jacketts. Geschafft - sie hatte ihre Botschaft im Herzen der britischen Monarchie platziert.

Jessica trat einen Schritt zurück. „Vielleicht würde ihn die Nachricht derart begeistern, dass er tatsächlich Fronhausen einen Besuch abstattete", dachte sie und schmunzelte bei der Vorstellung. Welch großartiger

Gedanke! Die Bürgermeisterin in einer prachtvollen Robe, ihr Mann im edlen Frack und Zylinder und sie selbst als stolze Begleiterin an ihrer Seite. Der Empfang - natürlich im ehrwürdigen alten Rathaus - würde ein Ereignis werden, das der Ankunft eines Monarchen würdig wäre. Fronhausen, ja, auch Fronhausen hatte seine repräsentativen, historischen Plätze, bereit, in strahlendem Glanz zu erblühen.

„Geschichte wird oft an den unerwartetsten Orten geschrieben", murmelte sie leise vor sich hin, als würde die Gemeinde selbst ihr zustimmen.

Der Monarch wandte sich wieder dem Personal zu. Als sie sich entfernten, drehte er sich noch einmal um.

„By the way, shoes keep your feet warm." Er zwinkerte verschmitzt.

Sie wusste, dass er sich an sie erinnerte. In schriftlicher Form enthüllte sie ihm die wahren Fakten und beseitigte alle Unklarheiten über den Unfall seiner ehemaligen Frau. Sie fühlte sich erleichtert, erfüllt von der Gewissheit, die Wahrheit ans Licht gebracht zu haben. In dem Brief hinterließ sie ihre Adresse. Sie ging davon aus, dass das Königshaus die Nachricht diskret behandeln würde. Früher waren die königlichen Kapriolen in den Medien an ihr vorbeigegangen, aber jetzt? Sein Blick fesselte sie. In ihm schlummerte etwas Besonderes, das in wenigen Wochen als König zum Vorschein kommen würde - eine Tradition, der er treu folgte.

Am Horizont der Metropole verschwand die Sonne. Die Einzigartigkeit dieses Tages überflutete sie. Tief in ihrem Innern wusste sie, dass sie das Richtige tat.

75

„Du siehst umwerfend aus. Ich bin sprachlos. Das schönste Kleid für die schönste Frau der Welt."

Rolf Felbing betrachtete Jessica voller Bewunderung. Ihre schmale, elegante Figur fügte sich perfekt ins Bild.

„Es hat sich nie die Gelegenheit ergeben."

Der smaragdgrün schimmernde Satinstoff schmiegte sich an ihre Figur. Der kunstvolle Rückenausschnitt und die funkelnden Verzierungen verliehen ihr eine hinreißende Ausstrahlung.

„Das Kleid scheint wie für dich gemacht. Du bist eine einfach bezaubernd."

Rolf Felbing trat hinter sie und legte ihr eine Kette um den Hals. Der Aquamarin funkelte geheimnisvoll und harmonierte perfekt mit dem Kleid.

„Dieses Schmuckstück soll ein Symbol meiner Zuneigung sein. Es soll dich daran erinnern, wie einzigartig du bist. Es ist von meiner Mutter."

Jessica schnappte nach Luft, während der Edelstein auf ihrer Haut brannte wie flüssiges Feuer. Ausgerechnet ein Aquamarin. Bilder tauchten vor ihrem inneren Auge auf - ihre Großmutter Oliwa, die Beerdigung, längst verdrängte Details, die plötzlich lebendig wurden und sie überwältigten. Ein beklemmendes Gefühl schnürte ihr die Kehle zu, als die Erinnerungen mit ungeahnter Wucht in die Gegenwart einbrachen.

„Was ist los?", fragte Rolf Felbing. Er sah, wie Jessica mit sich rang.

„Ich, ich, ich kann das nicht tragen ... Mit so einem Stein sind schmerzhafte Erinnerungen verbunden. Es tut mir leid, aber es geht nicht.“

Sie umklammerte den Anhänger. Ihre Brust hob und senkte sich.

„Schon gut. Wir verzichten heute Abend auf eine Reise in die Vergangenheit oder ins Jenseits. “

Rolf Felbing überlegte, ob er nicht zu weit gegangen war. Der Edelstein mit seiner Symbolik überforderte sie.

Jessica warf beim Verlassen des Hotelzimmers einen kurzen Blick auf ihr Handy. Ob Ben wohl versucht hatte, mit ihr Kontakt aufzunehmen? Sie hielt ihr Versprechen. Für die restlichen zwölf Stunden blieb es ausgeschaltet.

Das Restaurant präsentierte sich in prunkvollem Ambiente. Opulente Kronleuchter erhellten den Raum mit warmem Licht. Edles Geschirr und Silberbesteck waren kunstvoll auf den Tischen arrangiert. Die Inneneinrichtung verband gekonnt klassische Elemente mit modernem Design.

Ein Kellner führte sie zu ihren Plätzen. Er bat um Erlaubnis, ihnen beim Platznehmen behilflich sein zu dürfen. Mit einer Höflichkeit, die an vergangene Zeiten erinnerte, zog er Jessicas Stuhl zurück, sodass sie sich anmutig setzen konnte.

„Wann hast du den Tisch reserviert?“

„Als du einen Rundgang durch das Gebäude gemacht hast. Wie gefällt dir das Hotel?“, fragte Rolf Felbing interessiert.

„Das Hotel?“

„Ja. Du warst über eine Stunde unterwegs.“

„Eine Stunde?“

„Ich dachte, ich müsste dich suchen lassen.“

Rolf Felbing spürte ihre Nervosität.

„Ist alles in Ordnung?“

Jessica suchte nach einer Antwort.

„Alles ist wunderschön, außerordentlich edel. Mit viel Liebe zum Detail. Ich bin so aufgeregt."

„Was hältst du von dem Kronleuchter in der Lobby?"

Jessica zögerte. Die Szene mit Prinz Charles kam ihr wieder in den Sinn. Besser, sie schwieg darüber. Sie wusste nicht, welche Auswirkungen das auf ihre Beziehung haben könnte.

„Der Kronleuchter? Oh ja, beeindruckend", erwiderte sie und bemühte sich, ihre Unsicherheit zu verbergen. Wovon sprach er? Die kostspielige Exklusivität dieser opulenten Lampen war ihr ohnehin fremd.

„Eine Tonne echtes Muranoglas", erklärte Rolf Felbing und zog eine Augenbraue hoch.

„In welchem Zimmer wird der Hochwohlgeborene wohl schlafen?" Jessica versuchte abzulenken.

„Du wolltest ihn doch sehen?"

„Ich ihn sehen?"

Rolf Felbing ließ die Speisekarte sinken.

„Ich fürchte, mein Schatz, das alles hat dich aus der Bahn geworfen."

„Ja, du hast Recht", stimmte sie zu.

„Okay, wir verschieben die Diskussion auf morgen. Ich hab Hunger."

Jessica studierte die Speisekarte. Als sie die Preise sah, zuckte sie zusammen. Sie waren so exorbitant hoch, dass ihr die Worte fehlten. Für eine Portion Kaviar musste sie eine Woche arbeiten.

„Was ich sehe, schockiert mich. Es ist großzügig von dir, aber ...", stammelte sie.

„Nichts aber. Du bist eingeladen. Was hältst du von dem Sechs-Gänge-Menü?", unterbrach er sie.

Jessica nickte, unfähig, sich für etwas zu entscheiden. Sie schweifte ab. Die Bilder der Soldaten im Ukrainekrieg und der hungernden Kinder in Afrika erfüllten ihre Gedanken. Es kam ihr surreal vor. Inmitten von Luxus und Überfluss zu sitzen, während nicht weit entfernt Leben auf dem Spiel standen. Jeder Bissen lag ihr wie ein Stein auf der Zunge. Ihr Gewissen ließ sie nicht vergessen, was sich jenseits der glänzenden Tische abspielte.

Nach dem Essen gingen sie auf das Zimmer.

„Ich kann etwas beisteuern. Ich habe gespart ...", brachte sie als Einziges über die Lippen. Ihre Gedanken abseits des Menüs behielt sie für sich. Ob Rolf Felbing sie verstanden hätte, blieb ungewiss.

„Mach dir keine Gedanken! Ich habe dich eingeladen und das war's. Meine Liebe, es war ein wunderschöner Abend."

Rolf Felbing legte den Arm um Jessicas Hüften und bemerkte, dass sie immer knochiger wurde.

„Ich will dich spüren. Du musst mich halten", flehte sie. In dieser Nacht wollte sie alles ausschalten und sich fallen lassen. Sie überschritt die Grenzen ihres Verlangens und tauchte ein in eine Welt, in der nur ihr Begehren existierte. Sie ließ sich treiben. Gedanken an Ben drängten sich in ihr Bewusstsein und ließen ihren Verstand pulsieren.

Schließlich fuhr er doch mit nach Berlin.

76

"Herzlich willkommen zum Symposium 'Deutsche Geschichte entschlüsseln'. Wir sind heute zusammengekommen, um einen Blick in die Vergangenheit Deutschlands zu werfen. Wir konzentrieren uns auf die Geheimnisse der verborgenen Schätze unserer Retrospektive. Versuchen sie zu ergründen und zu enthüllen. Ich freue mich, Ihnen mitteilen zu können, dass wir bei diesem Treffen das Privileg haben, von dem Wissen und den neuesten Forschungsergebnissen einer Gruppe herausragender Historiker und Experten zu profitieren."
Rolf Felbing hatte sich für einen der hinteren Plätze entschieden. Er wollte nicht im Mittelpunkt stehen. Im Foyer erkannten ihn einige Teilnehmer. Ihm fehlte die Konzentration, sowohl im Vorfeld als auch auf dem Podium für einen Vortrag. Immer wieder dachte er an Jessica und an die Enthüllung ihres Geheimnisses. Als er ging, schlief sie noch.
Das Symposium war ein Ort des intellektuellen Austauschs, an dem Experten ihre Erkenntnisse und Theorien präsentierten. Die wissenschaftliche Methode, die Forschung, das kritische Denken und das Hinterfragen von Quellen und Beweisen bildeten die Grundpfeiler. Sein Blick wanderte über die Anwesenden. Die Vorstellung, „Insiderwissen" aus dem Jenseits zu besitzen, machte ihn ehrfürchtig und verantwortungsbewusst. Trotzdem musste er die Sichtweisen der anderen akzeptieren und ihre Forschungsergebnisse würdigen. Sein Wissen war ein Mosaikstein im Gesamtbild der Geschichte. Der Austausch

erwies sich als unerlässlich, um ein umfassendes Verständnis der Gesamtzusammenhänge zu erlangen. Doch diesmal musste er zuhören.

„Na, alter Freund, was machen denn die Studenten der prähistorischen Phillipsuni in Marburg?" Hartmut Drubost klopfte seinem ehemaligen Kommilitonen auf den Rücken.

„So schlägt nur einer zu", stellte Rolf Felbing fest.

Sie umarmten sich, als wollten sie die Zeit zurückdrehen. Ein Ausdruck tiefer Freundschaft, sich nach so vielen Jahren wieder zu sehen. Als sie sich voneinander lösten, strahlten sie pure Freude aus.

„Ich wusste, dass ich dich hier treffe. Alles in Ordnung?"

„Ja, die Studierenden werden immer jünger."

„Und wir immer älter. Aber ich glaube, mein Lieber, das liegt in der Natur der Sache", bemerkte Hartmut Drubost und strich sich durch die grauen Haare.

„Mir geht es genauso. In München ist es bestimmt nicht anders als in Marburg. Schau dich doch mal um! Die Professorinnen von heute mit löchrigen Jeans und lässigen T-Shirts."

Rolf Felbing lachte. Er dachte an Jessica.

„Ja, du hast recht. Wenn ich an die Exemplare von heute denke, oh Wei."

„Was hältst du übrigens von der Sequenzierung alter DNA? Ganz schön mutig, das zu veröffentlichen. Ein schmaler Grat zwischen Lächerlichkeit und Vision", stellte Hartmut Drubost stirnrunzelnd fest.

„Ich finde die Entdeckung interessant. Wenn vor siebentausend Jahren siebzehn Frauen auf einen Mann kamen, dann rückt das einiges ins rechte Licht", stellte Rolf Felbing gelassen fest.

„Das stimmt. Mich interessiert mehr das Greifbare. Nebra oder der Keltenfürst am Glauberg. Ich hab den Ort besucht, sensationell. Sehr lehrreich."

„Das ist bei uns in der Nähe, war da mit jedem Semester bis jetzt. Die Marburger Studierenden sind wissbegierig. Keine Studi-Schluffis."

„Ist bei uns anders. München bietet zu viele Verlockungen. Zur Oktoberfestzeit stehe ich in einem leeren Hörsaal. Warst du schon mal in Stonehenge?"

Rolf Felbing schüttelt den Kopf.

„Es verkörpert einen archaischen Zauber. Sie ruht in den Steinsäulen und das Gefühl einer Verbindung zwischen Mensch, Natur und kosmischer Energie. Ich sage dir, hier gibt es noch ein Rätsel zu lösen", fügte Hartmut Drubost hinzu.

Rolf Felbing presste die Lippen aufeinander. Er war sich seiner unbestreitbaren Überlegenheit bewusst. Dennoch blieb er vorsichtig. Er wusste, wie sein Wissen andere und die Gesellschaft beeinflussen würde.

„Wir dürfen die unsichtbare Kraft hinter allem nicht vergessen."

Hartmut Drubost sah seinen ehemaligen Kommilitonen verwirrt an.

„Hör auf, die Wissenschaft mit dem lieben Gott zu verwechseln!"

„Wir müssten in neuen Dimensionen denken", entgegnete Rolf Felbing.

„Ein fataler Irrtum. Wissenschaft ist Wissenschaft und Glaube ist Glaube."

Hartmut Drubost sprach Klartext.

Rolf Felbing sagte nichts mehr.

„Wo wohnst du denn?"

„Im Adlon."

„Nee, das kann doch nicht wahr sein, so pompös? Früher ausrangiertes NATO-Zelt, jetzt Luxusbunker."

„Man lebt nur einmal", antwortete Rolf Felbing mit einem verschmitzten Lächeln.

„Wie wär's mit einer abendlichen Kneipentour?", schlug Hartmut Drubost vor.

„Ich bin nicht solo da."

„Ach, deswegen die Unterkunft. Du als eingefleischter Junggeselle mit Frau im Schlepptau? Das kann doch nicht wahr sein. Kannst du dich nicht mal für eine Weile losreißen?"

Rolf Felbing blies die Backen auf.

„Ich weiß nicht."

Die Pausenglocke signalisiert das Ende.

„Komm, jetzt wird's spannend! Ich sag nur Neidel und Bernsteinzimmer."

Die beiden Professoren betraten den Raum. Hartmut Drubost überlegte, den Arm um seinen Freund zu legen. Doch im letzten Moment fiel ihm ein, wie unpassend diese Geste in dieser Umgebung wirken würde.

"Liebe Kolleginnen und Kollegen. Ich begrüße Sie zu meinem Vortrag über das legendäre Bernsteinzimmer. Heute möchte ich Ihre Aufmerksamkeit auf die Bedeutung dieses Meisterwerks der Kunst und Geschichte lenken. Prachtvoll und von unschätzbarem Wert ist es in den letzten Jahrzehnten zum Symbol für verlorene Schätze und Geheimnisse geworden. Doch es geht um weit mehr als um seinen materiellen Wert. Seine Entdeckung könnte uns nicht nur Einblicke in vergangene Epochen gewähren, sondern auch unbekannte Fragmente der Geschichte ans Licht bringen.

Das Bernsteinzimmer, das durch seinen Detailreichtum und seinen historischen Kontext fasziniert, fordert uns auf, nach der Wahrheit zu suchen und die Schätze unserer Vergangenheit zu bewahren. Wir sollten diese Aufgabe annehmen und die Suche als Verpflichtung betrachten. Wenn wir das Glück haben, eines Tages den Entdecker begrüßen zu dürfen, gebührt ihm eine besondere Ehre. Er wird zum Pionier der Ausgrabung eines verlorenen Meisterwerks. Ein Hüter des kulturellen Erbes und ein Bewahrer des Vermächtnisses unserer Geschichte".

Faszination machte sich breit, als die Rede zu Ende war. Tosender Applaus brach aus, begleitet von anerkennenden Rufen.

77

Jessica richtete sich auf. In der Bettwäsche hing noch der Geruch der letzten Nacht. Sie sah sich um. Wo mochte Rolf sein? Ein Zettel lag auf dem Nachttisch.

„Musste weg, wollte dich nicht wecken. Drück die Zwei am Telefon, dann kommt dein Frühstück aufs Zimmer. Bin um vierzehn Uhr da. Vermisse dich jetzt schon. Bis später."

Sie genoss die Ruhe und blieb noch eine Weile im warmen Bett. Trotz Rolf Felbings Abwesenheit hielt sie ihr Versprechen. Vierundzwanzig Stunden, kein Handy. Die Uhr zeigte acht. In einer Stunde war das Warten vorbei. Frühstück am Bett? Wunderbar, dann brauchte sie sich nicht für einen Paradeauftritt im Speisesaal zurechtmachen.

„Guten Morgen. Was kann ich für Sie tun?"

Die Dame am anderen Ende der Leitung klang, als würde sie ihre Bitte erwarten.

„Ich möchte frühstücken."

„Sehr gerne, danke für Ihren Anruf. Der Zimmerservice wird in zehn Minuten bei Ihnen sein."

Sie war in Berlin und wagte es, ihren sicheren Hafen zu verlassen. Benjamin sollte es wissen. Sie würde ihm von einem spontanen Wochenendtrip mit dem Bus erzählen. Die Aufregung und der Kick, etwas Unvorhersehbares zu tun, erfüllten ihn. Die Aussicht auf ein Abenteuer riss sie aus ihrer Lethargie.

Es klopfte.

„Zimmerservice", ertönte es durch die Tür.

Jessica ordnete ihre Kleider. Ohne sie anzusehen, schob

ein junger Mann den Servierwagen vor sich her. Er verschwand so schnell, wie er gekommen war. Sie staunte über die Fülle und Vielfalt des Frühstücks. Auf der obersten Ebene der silbernen Etagere thronten kunstvoll arrangierte Mini-Croissants. Daneben kleine Schälchen mit bunter Marmelade.

Die mittlere Ebene präsentierte eine Auswahl an Canapés, deren Füllungen von geräuchertem Lachs mit Crème fraîche bis zu delikatem Trüffelkäse reichten. Jedes Appetithäppchen war mit Kräutern oder essbaren Blüten liebevoll garniert. Auf der untersten Ebene fanden sich verführerische Petit Fours und exotisch anmutende Pralinen. Jedes Gebäckstück ein kleines Kunstwerk, aufwendig dekoriert und mit Schokolade überzogen. Die Geschmacksrichtungen von Vanille über Himbeere bis Zitronencreme entsprachen wahren Gaumenfreuden. Jessica wusste nicht, wo sie anfangen sollte. Sie legte die Füße auf die Bettkante und begann, sich ohne Besteck und Teller ein Stück nach dem anderen in den Mund zu stecken. Der Satinbademantel rutschte ihr von den Schultern. Im Radio lief der Schlager einer bekannten Künstlerin.

„Alles, was ich will, ist heut' die Freiheit, die mich trägt. Wir bleiben hier, ohne Ziel, wo das Leben uns bewegt", sang Jessica lauthals, während sich der Lachs mit den Pralinen seinen Weg in ihren Magen bahnte. Sie beobachtete das Treiben auf der Straße, die Autos und Touristenbusse, die durch das Brandenburger Tor fuhren. Welche Geschichten dieser Stadt warteten darauf, von ihr erlebt zu werden? Sie fühlte sich glücklich und privilegiert, diese Aussicht genießen zu dürfen. Wieder drängten sich die Bilder von Kriegsopfern und Hungernden in ihr

Gedächtnis. Sie hörte auf zu kauen. Die krassen Unterschiede wurden ihr bewusst. Plötzlich fühlte sie sich fehl am Platz in diesem Luxus. Warum drängten sich diese Gedanken immer wieder in ihr Bewusstsein? Sie konnte es einfach nicht verstehen. Hatte sie nicht das Recht, sich all dem auch mal hinzugeben? Rolf Felbing meinte es nur gut. In Gedanken versunken, verlor sie jedes Zeitgefühl und zuckte zusammen, als ihr die Uhrzeit bewusst wurde. Neun Uhr fünfzehn. Seit einer Viertelstunde durfte sie endlich ihr Handy benutzen.

Sie ahnte nicht, wie tief die Sehnsucht nach diesen vierundzwanzig Stunden sein würde. Jessica sah auf den Bildschirm. Sie erinnerte sich nicht an das Passwort für ihre Mailbox . Vor der Abreise hatte sie es geändert. Sie grübelte. Es fiel ihr nicht ein. Sie dachte krampfhaft nach, suchte nach Hinweisen, nach Assoziationen. Ihr Geburtsjahr und Bens Hausnummer kamen darin vor. Das wusste sie. Aber in welcher Reihenfolge? Ihre Nervosität wuchs. Sie hatte drei Eingabeversuche. Es fiel ihr immer schwerer, einen klaren Gedanken zu fassen. Ihre Angst wuchs ins Unermessliche und Tränen der Hilflosigkeit quollen aus ihr heraus. Sie wurde hektisch. Auch der zweite Versuch schlug fehl. Panik überkam sie.

„Beruhige dich! Du schaffst das!" redete sie sich ein. Langsam kehrten die Buchstaben und Zahlen bruchstückhaft in ihr Gedächtnis zurück, als ob ihr Verstand versuchen würde, Ordnung zu schaffen. Die Reihenfolge ... verdammt, warum fiel sie ihr nicht ein? Dies war der letzte Versuch. Mit zitternden Fingern tippte sie die Zeichen ein - wieder falsch. Die Verbindung zu Ben blieb unterbrochen. Die Zeit schien stillzustehen und eine erdrückende Verzweiflung legte sich auf ihre Brust. Ein schwacher Hoffnungsschimmer flackerte auf. In ihrem Lippenstiftetui zu Hause war ein Zettel versteckt. Aber an wen sollte sie sich wenden? Wen sollte sie anrufen? Die Sekunden dehnten sich in gespenstischer Stille, während sie fieberhaft überlegte. Innerhalb von Sekunden wusste sie, was zu tun war. Hektisch stopfte sie ein paar Kleinigkeiten in die Tasche, schlüpfte in ihre Jeans und zog sich ein T-Shirt über. Mitten in der Hektik klopfte der Page, der das Frühstück abräumen wollte.

„Room-Service."

Mit einem gespielten Lächeln öffnete sie.

„Sie können alles mitnehmen!"

In einer Haltung, die an die Disziplin eines Soldaten beim Morgenappell erinnerte, stellte sie sich neben das Bett, bis er verschwunden war.

„Bin zurückgefahren. Erklärung später. Bring meine restlichen Sachen nach Hause. Kuss, Jess."

Sie kritzelte ein Herz unter die Nachricht, legte den Zettel auf den Nachtisch und beschwerte ihn mit Rolf Felbings Reisewecker. Leise zog sie die Tür hinter sich zu. In der Lobby nahm niemand Notiz von ihr.

„Zum Hauptbahnhof, bitte."

Der Taxifahrer faltete seine Zeitung zusammen und fuhr langsam los. Sie musste ihre Gefühle unter Kontrolle halten. Für Fehler oder Verspätungen war kein Platz.

„Da haben se aber Jlück. De ICE fährt in sieben Minuten ab Jleis sechs."

Jessica drückte dem Fahrer einen Geldschein in die Hand und klemmte sich ihre Handtasche unter den Arm. Sie eilte zum Bahnsteig. Das drängende Ticken der Zeit machte sich laut in ihrem Kopf bemerkbar. Die Geräusche verschwammen zu einem konstanten Rauschen. Sie nahm ihre Umgebung nicht mehr wahr. Wo war das richtige Gleis? Unerbittlich kämpfte sie sich durch die Menge. Schweißgebadet sank sie in einen der mit blauem Samt bezogenen Sitze. Langsam beruhigte sie sich. Sie konzentrierte sich darauf, klar und rational zu handeln. In sechs Stunden war sie zu Hause. Dann war alles gut. Sie sah ihn im vorderen Abteil. Sein Blick blieb lange auf ihr hängen. Ein mulmiges Gefühl machte sich in ihrem Inneren breit. Sie durfte nicht in Panik verfallen. Ihr Verstand arbeitete auf Hochtouren und spielte verschiedene Szenarien durch. War dieser Mann ein zufälliger Beobachter oder …? Wachsamkeit war angesagt. Sie saß im Zug nach Frankfurt und niemand konnte sie rauswerfen. Beim Schaffner löste sie ihre Fahrkarte. Sie rutschte in den Sitz. Wie gut, dass er sie nicht mehr sah und sie ihn nicht mehr. So entgingen ihr die subtilen Blicke, die der Mann mit der Frau im Abteil nebenan austauschte.

„Meine Damen und Herren, wir erreichen jetzt Magdeburg. Wenn Sie hier aussteigen, vergewissern Sie sich bitte, dass Sie nichts vergessen haben. Vielen Dank für Ihr Vertrauen."

Jessica fühlte sich erleichtert. Der Mann stand auf. Sie atmete aus, als hätten ihre Lungen die ganze Zeit unter Druck gestanden wie ein überfüllter Reifen. Der Rhythmus der Zugbewegung wiegte sie in einen Zustand der Entspannung. Sie genoss die Pause. Dann nahm sie die vorbeiziehende Landschaft nur noch schemenhaft wahr.

78

Hartmut Drubost sah seinen Kommilitonen neugierig an. Er wurde leiser:

"Ach, mein Freund hat eine Herzbegleiterin? Ich habe immer gewusst, dass mit dir etwas Übernatürliches passiert. Eine geheimnisvolle Verbindung, die dich in ihren Bann zieht. Ist sie eine Zauberin? Eine Gestaltwandlerin, eine Hexe?"

Rolf Felbing sah seinen Freund fassungslos an.

"Du redest, als wären wir zwanzig."

„Fühlt man sich nicht so, wenn die Hormone in dieser Form erwachen?"

Rolf Felbing grinste.

„Nun, sie ist in der Tat eine Meisterin der Verzauberung, aber ihre Magie liegt in ihrer Art, mich zu verstehen und zu fesseln."

Die beiden Professoren sahen sich an und Hartmut Drubost verstand seinen Freund ohne weitere Worte. In der Mittagspause nutzten sie die Gelegenheit zu einem längeren Gespräch.

„Manchmal frage ich mich, ob wir wirklich die richtigen Berufe gewählt haben. Ob das, was wir tun, uns wirklich weiterbringt. Oder ob da vielleicht andere Wege sind, die wir einfach nie gewagt haben zu gehen." Rolf Felbing sah in die Ferne.

Hartmut Drubost legte sein Essbesteck zur Seite.

„Es sind diese Momente der Selbstreflexion, die uns zweifeln lassen. Ich kenne das. Aber dann sehe ich die Begeisterung meiner Studenten, wenn ich ihnen etwas beibringe. Gibt es etwas Schöneres?"

Rolf Felbing beugt sich vor:

„Sag mal, glaubst du an ein Jenseits? An eine Welt außerhalb unseres materiellen Daseins?"

Hartmut Drubost zögerte:

„Eine spannende Frage? Als Naturwissenschaftler neige ich dazu, nach Beweisen und messbaren Fakten zu suchen. Aber es gibt Erfahrungen und Berichte, die mich ins Grübeln bringen. Vielleicht gibt es mehr, als wir zu hoffen wagen."

Rolf Felbing nickte.

"Es ist in der Tat ein Rätsel. Vielleicht finden wir die Antworten eines Tages, wenn wir diese Welt verlassen. Bis dahin sollten wir mit wachem Geist weiterforschen. Im Diesseits ebenso wie in den Mysterien des Jenseits."

Hartmut Drubost war neugierig geworden.

„Ich merke schon die ganze Zeit, dass du dich mit esoterischen Themen beschäftigst. Was ist denn los? Ist es der Einfluss der Frau?"

„Ach weißt Du nach der langen Zeit von trockenen Faktenpredigten frag ich mich, soll das alles gewesen sein? Du hast recht, sie beeinflusst mich. Aber nicht negativ. Sie ist ein herzensguter Mensch. Ganz anders als alle, die ich bisher kennengelernt habe. Es ist das, was mir als Gegenpol zu meinen Studien fehlt."

Rolf Felbing war erleichtert, als er es ausgesprochen hatte.

„Ich gönne dir deine Liebe, aber vergiss nicht, sie macht blind. Ich bin seit dreißig Jahren mit Birgit zusammen. Wenn Du mich fragst, rate ich Dir, genieße es in vollen Zügen. Später wirst Du es vermissen. Stell nicht Dein ganzes Leben in Frage. Du hast damals die richtige Entscheidung getroffen. Glaub mir, ich weiß es."

Rolf Felbing legte Hartmut Drubost seine Hand auf die

Schulter.

„Ich bin froh, dass du mir das sagst."

„Noch zwei Stunden", seufzte er, „dann reicht es mir für heute. Wenn sie dabei ist, stell sie mir doch vor! Oder ist sie menschenscheu?"

„Du, ein andermal, geht jetzt nicht."

„Oh weh, dich hat es aber erwischt. Liegt sie schon im Bett, wenn du kommst?"

„Ja, du hast es erfasst, und sie ist bestimmt nackt."

Rolf Felbing atmete auf, als am frühen Nachmittag der Vorhang fiel. Es war schon ein Unterschied, ob man mit einer Frau oder allein an solchen Treffen teilnahm.

Jessicas Schlüssel hing am Empfang. Sie war also in ihrem Zimmer. Vielleicht lag sie tatsächlich unbekleidet im Bett?

79

Jessica fühlte sich zunehmend unruhig. Als sie aus dem Halbschlaf erwachte, brodelte die Nervosität in ihr wie ein Vulkan. Ihre Hände umklammerten das Smartphone in ihrer Handtasche. Die Verweigerung des Zugriffs auf ihre E-Mails verursachte ein taubes Gefühl. Sie konnte ihre Finger nicht mehr spüren. Das Rattern der Räder auf den Schienen klang wie eine geheime Sprache. Sie riefen ihr zu, dass jeder Takt die Zeit zwischen Angst und Hoffnung überbrückte. Die Ungewissheit, was in der Mailbox auf sie wartete, verstärkte ihr Unbehagen. Sie wollte nach Hause. Wenige Kilometer vor der Einfahrt in den Frankfurter Hauptbahnhof wich die Landschaft einer städtischen Umgebung. Hochhäuser kratzten am Firmament. Die hektische Energie der Metropole lag in der Luft. Halt bedeutete Umsteigen. Die ersten Fahrgäste drängten sich an den Schwenkschiebetüren. Jessica, umringt von Menschen, erschrak, als sie im Nachbarwaggon den Mann erkannte, den sie in Magdeburg ausgestiegen glaubte. Er beachtete sie nicht. Verwirrung und Angst machten sich breit.

Die Bahnhofshalle wirkte wie ein Schmelztiegel der Kulturen und Nationalitäten. Die Geräuschkulisse, ein buntes Spektrum von Stimmen, Gesprächen, Anzeigen und Durchsagen in verschiedenen Sprachen. Eine Vielzahl von Geschäften, Cafés und Restaurants boten kulinarische Köstlichkeiten. Jessica fehlte die Geduld, alles zu beobachten und zu verarbeiten. Der Mann im Nachbarwaggon schien verschwunden zu sein. Vielleicht nur eine Einbildung? Dann sah sie ihn im Schnellzug nach

Gießen. Er sprach mit einer Frau. Sie saß auf der Fahrt von Berlin nach Frankfurt am Fensterplatz gegenüber. Ein Schauer durchfuhr Jessica bis in jede Faser ihres Körpers. Die Überwachung schnürte ihr fast die Luft ab. Am liebsten hätte sie die beiden aus dem Weg geräumt. Sie ging an ihnen vorbei und bemerkte, wie sie in ihre Lektüre vertieft waren. Ein perfides Spiel. Sie setzte sich in den Nachbarwaggon, während sich der Zug füllte. Eine plötzliche Entschlossenheit erfasste sie, und sie wusste, dass sie diesem Impuls folgen musste. Im letzten Moment sprang sie heraus. Einige Fahrgäste ärgerten sich über die waghalsige Frau. Adrenalin durchströmte ihren Körper, als sie den Bahnsteig betrat und sich vom Zug entfernte. Ein Moment des Sieges, der ihr Selbstvertrauen und Durchsetzungsvermögen gab. Sie schlug den beiden ein Schnäppchen und sah in ihre erschrockenen Gesichter, als der Zug abfuhr. Der nächste Anschlusszug nach Gießen fuhr in vierzig Minuten - ein Schritt, der sich lohnte.

Auf einer Fernsehwand über den Gleisen erschien überdimensional der Aufruf einer Frankfurter christlichen Gemeinde.

„Das Jenseits ruft: Entdecke deine spirituelle Bestimmung. Wir kennen den Weg. Komm zu uns!"

Ihr graute vor dieser Heiligsprechung.

„Der Mensch darf seine geistige Bestimmung nicht anderen überlassen. Jeder muss sie für sich selbst entdecken", dröhnte es in ihrem Kopf.

Als sie Gießener Boden betrat, atmete sie auf. Ihr Handy klingelte.

„Wo in Gottes Namen bist du? Was ist passiert?"

Rolf Felbing war erleichtert, Jessica zu hören.

„Ich bin mit dem ICE in Gießen. Ich muss nach Hause.

Ich habe das Passwort für meine E-Mails vergessen. Einen Tag vor der Reise habe ich es geändert. Ich habe keinen Kontakt zu Ben. Verzeih mir, aber ich konnte nicht anders!"

„Schon gut, aber du hättest mir eine Nachricht hinterlassen können", antwortete er.

„Das habe ich. Der Zettel liegt auf deinem Nachttisch."

Er ging um das Bett herum.

„Nichts."

„Er liegt unter deinem Reisewecker."

„Da ist auch nichts."

„Verdammt, Rolf, sieh noch mal nach. Du, ich muss nach Hause."

„Nimm dir ein Taxi!"

„Ja, wir telefonieren heute Abend. Tschüss."

„Tschüss."

Rolf Felbing drückte das Smartphone ans Ohr. Das Symposium verlassen? Kein guter Gedanke. Dafür hatte er sich zu lange vorbereitet. Die anstehenden Laudationes zur deutschen Geschichte wollte er auf keinen Fall verpassen. Inzwischen war ihm klar geworden, dass es bei dieser Veranstaltung nicht um aktuelle Themen ging. Es sollte Leidenschaft für die Suche nach Neuem entfachen. Wie auf ihn zugeschnitten. Sollte er Jessicas Beschützer sein? Dann müsste er seinen Beruf aufgeben. Mit Hartmut durch die Kneipen ziehen und kleinlaut zugeben, dass die Geliebte weg ist? Mit Nichten. Ein schwerer Stein lastete auf ihm. Mit einem Stapel Prospekte machte er es sich im Bett bequem. Der Kellner brachte das Abendessen. Erdbeeren mit Minzblättern. Ananasstücke, Wassermelonenwürfel und Weintrauben, dazwischen Vollkornbrot und Camembert aus Frankreich. Alles arrangiert in einer Trophäenschale auf einem Silbertablett. Die Informationen in den Prospekten waren altbekannt. Rolf Felbing legte den Papierstapel beiseite. Das Bernsteinzimmer - ein Wendepunkt in der Forschung. Ein epochaler Fund, der die Geschichtswissenschaft in ihren Grundfesten erschüttern würde. Seine spirituelle Bedeutung glich einem Tor, das sich öffnete und eine neue Ära einleiten würde. Die Edelsteine wogen schwerer als das Gold. Während ihn die Müdigkeit übermannte, versank er in den Tiefen historischer Mysterien. Er sehnte sich nach dem Augenblick, in dem er ein weiteres Puzzleteil zur Geschichte der Menschheit beitragen würde.

80

„Das Geheimnis des Glücks liegt nicht im Ziel, sondern im Genuss des Ankommens", versuchte der Taxifahrer sie aufzumuntern. Jessica reagierte nicht.

„Das war's dann wohl", dachte er.

Er schloss das Kapitel dieser Fahrt ab und brauste davon. Am Morgen war sie noch von der Pracht des Brandenburger Tores fasziniert gewesen. Nun wölbte sich ein grauer Himmel über Gießen. Sie hoffte inständig, niemandem auf dem Flur zu begegnen. Ihr strähniges Haar und ihre nachlässige Kleidung verrieten mehr, als ihr lieb war.

„Lieber Ben, gleich bin ich bei dir, gleich werden sich unsere Welten vereinen, gleich bin ich dir ganz nah."

Sie sprang die Treppe hinauf. Aufgeregt steckte sie den Schlüssel ins Schloss. Vorfreude und Spannung erfüllten sie. Sie erschrak, irgendetwas stimmte nicht. Die Vorhänge schienen verschoben, als hätten neugierige Hände sie berührt. Die Gegenstände in der Wohnung, die sie in einer bestimmten Anordnung zurückgelassen hatte, waren von jemandem verändert worden. Die Anwesenheit eines Fremden löste ein unbehagliches Gefühl in ihr aus. Langsam ging sie durch die Zimmer. Sie öffnete die unterste Nachttischschublade; der verschlossene Umschlag mit dem Geld lag unberührt da. Das machte die Sache noch schlimmer: Das war nicht das Werk von Dieben. Im Badezimmer stellte sie zu ihrem Entsetzen fest, dass der Zettel mit dem Zugangscode zu ihrem E-Mail-Account nicht im Lippenstift-Etui steckte, sondern auf der Spiegelkonsole lag. Panik überkam sie. Wer hatte das

Passwort gefunden? Sie fühlte sich, als würden tausend Nadeln ihre Haut durchbohren. Entschlossen schob sie die Kommode im Flur vor die Eingangstür und klemmte ein paar Bücher unter die Türklinke. Sie erinnerte sich daran, wie sie vor einigen Wochen beschlossen hatte, dieses wuchtige Möbelstück zu kaufen, dass sich nun als wertvoller Schutz erwies. Hastig griff sie nach ihrer Laptoptasche. Mit feuchten Händen legte sie ihn auf den Wohnzimmertisch und drückte auf den Einschaltknopf. Ängstlich blickte sie auf den Bildschirm. Der Zettel hielt sie mit ihren Lippen fest. Das Passwort gab den Zugang frei.

Als sich der E-Mail-Posteingang öffnete, erkannte sie das Dilemma. In ihrer Abwesenheit beantwortete Ben einem Fremden Fragen. Sie überflog die Zeilen.

„Anwesenheit einer göttlichen Kraft? ... Welten außerhalb unserer sichtbaren Wirklichkeit? ... Du bist in meiner Seele! ... Botschaften und Offenbarungen? ... mein geliebter Schatz ... göttliche Harmonie?"

Da steckten die falschen Heiligen von Marburg dahinter. Ihre Angst wich der Wut. Jeder Gedanke an sie ließ ihren Puls rasen. Empörung erfüllte sie, und sie fasste den Entschluss, nicht aufzugeben. Sie erkannte die Sinnlosigkeit von Panik und zwang sich zur Ruhe. Ben durfte nicht erfahren, dass er mit einem Fremden kommunizierte. Das hätte womöglich das Ende des Kontaktes bedeutet.

„Alles wird gut, dreh nicht durch", beschwor sie sich. In Windeseile änderte sie das Passwort.

„Hallo Ben?"

Obwohl sie wusste, dass die Kommunikation von ihm ausgehen musste, versuchte sie es. Keine Antwort.

Achtzehn Uhr, Rolf Felbing musste im Hotel sein.

„Du kannst dir nicht vorstellen … diese Schweine."

„Was ist los, Jess, beruhige dich!" Er konnte sich keinen Reim auf ihre Wortfetzen machen.

„Nun mal ganz von vorne! Bist du in deiner Wohnung?"

„Ja", schluchzte Jessica. Ihr Mut und ihre Unbeugsamkeit schwanden.

„Okay, was genau ist geschehen?"

Mit tränenerstickter Stimme berichtete sie von den Vorkommnissen.

„Es ist unglaublich, wie in meine Privatsphäre eingedrungen wird. Ich fühle mich absolut hilflos."

„Und die Polizei?"

„Du weißt, dass das nicht möglich ist. Ich will nichts riskieren."

„Schalte den Computer aus!"

„Bitte was? Ich warte auf Ben. Ich muss wissen, ob er da ist."

„Mach ihn sofort aus!", befahl Rolf Felbing.

„Das werde ich nicht tun!"

Jessica beendete das Gespräch. Sie starrte auf den Bildschirm. Und wenn sie die ganze Nacht auf dem Sofa bleiben musste. Rolf Felbing rief an. Sie schob ihn weg. Er bot ihr keine Hilfe.

„In jedem Sonnenstrahl, in jedem Windhauch bin ich bei dir." Eine Welle der Erleichterung durchströmte sie. Ben antwortete.

„Ich lag mit Fieber im Bett."

Keine Antwort. Hatte er ihre Lüge durchschaut?

„Ben?"

„Ja?"

„Ich bin bei dir", schrieb sie.

„In bin auch immer bei dir."

Als die Anspannung nachließ, fühlte sie eine unsagbare Erleichterung. Ein dringendes Bedürfnis nach Ruhe schrie in ihr.

„Ich gehe schlafen. Ich bin noch nicht ganz fit."

Sie war an ihre körperlichen Grenzen gestoßen. Wenn Ben reden wollte, mobilisierte sie ihre letzten Kräfte, um standhaft zu bleiben, aber irgendwann war Schluss.

Bewusst hatten die Eindringlinge das Passwort nicht geändert, damit sie weiterhin die Kommunikation mit Ben überwachen konnten. Nun schob sie dem Ganzen einen Riegel vor.

Rolf Felbing grübelte. Er wog die Vor- und Nachteile der beiden Möglichkeiten ab. Die andere Variante könnte bedeuten, dass sie auf der Strecke bleiben würde. Das konnte er mit seinem Gewissen nicht vereinbaren. Er rang um eine Antwort. Dann kam er zu einer klaren und eindeutigen Entscheidung. Eine Frage lastete schwer auf ihm. Eine, auf die er nur mit Jessicas Hilfe eine Antwort finden konnte.

81

„Das ist vielleicht n Ding!"

Udo Keller hielt sich die Zeitung vors Gesicht. Seine Frau war mit dem Abräumen des Frühstückstisches beschäftigt und nahm seine Worte nicht wahr.

„Silke?"

„Ja, was ist denn?"

„Das musst du dir anhören!"

Das kannte Silke Keller schon. Bei allem, was die Gemeinde Fronhausen betraf, war ihr Mann immer sehr konzentriert. Sie hasste es, wenn Teller, Tassen und ein schmutziger Kaffeefilter in der Küche standen.

„Komm!"

„Ja, ja, das Geschirr fliegt nicht von allein in die Maschine. Was gibt es denn so Dringendes?"

„Auf dem Hofgut Friedelhausen ist die Maul- und Klauenseuche ausgebrochen. Das Veterinäramt hat eine Sperrzone von zwei Kilometern eingerichtet. Kein Landwirt darf seine Tiere ins Freie lassen. Weißt du, welche

Tragweite das hat? Die Bauern in Fronhausen und Bellnhausen müssen sich etwas einfallen lassen. Denk mal an die Hühner in den Hühnermobilen auf dem Fronhäuser Feld. Das ist eine Katastrophe."

„Ich meine, wenn man sich für diesen Beruf entscheidet, dann weiß man, was auf einen zukommt."

„Das ist eine Ausnahmesituation. Hoffentlich bricht das nicht einigen das Genick", stellte Udo Keller fest und ließ seine Lektüre sinken.

Sein Stirnrunzeln verriet tiefe Besorgnis. Silke Keller

dachte an die Familien. Sie überflog die Zeitungsbilder. Polizeifahrzeuge, Feuerwehr und Veterinäramt säumten die Zufahrt zum Hofgut.

„Daneben ist doch das Schloss?", bemerkte sie. „Meine Güte, wenn ich daran denke. Der alte Adel duldet keine Maus in seinem Garten. Ich wette, es gab schon unangenehme Auseinandersetzungen mit ihm. Das werden die nicht schreiben."

„Warum ist der so?" Silke Keller polierte ein Trinkglas. Gedankenverloren sah sie in die Ferne. „Vielleicht versteckt er eine Leiche im Keller."

„Ich hab gehört. Wenn ihm jemand zu nahe kommt, droht er mit einem Stock." Udo Keller schüttelte lachend den Kopf.

„Hab ich doch gesagt. Der verbirgt was. Aber das ist mir egal. Er will nichts von mir und ich will nichts von ihm."

Silke Keller überlegte. Sie kannte das düstere Gebäude. In Jessicas Kindheit kaufte sie das unbehandelte Gemüse im Hofladen daneben. Die Supermärkte boten nicht die Auswahl wie heute. Auf dem Hofgut lebten und arbeiteten Behinderte und Betreuer in einer Gemeinschaft. Ihre Hingabe zur Landwirtschaft ohne Einsatz von Düngemitteln brachte beträchtliche Gewinne. Die Häuser des Landsitzes renovierte man beispielhaft. Selten hatte sie eine so freundliche Verkaufsatmosphäre erlebt. Das Glück war ihr hold. Das zweihundert Meter entfernte Schloss erinnerte an Bauten im englischen Stil. Hecken, Steinmauern, alte Eichen und massive Eisentore. Als ob die Königin in einer Kutsche um die Ecke käme. Beim Nachdenken überkam sie ein geheimnisvolles Gefühl. Vor den Toren von Fronhausen lag eine faszinierende Schönheit und Mystik, die nur wenige kannten. Wenn man in diesen Mauern lebte, musste man zwangsläufig distanziert und exzentrisch werden. Über den Grafen war wenig bekannt. Seine Frau starb vor zwanzig Jahren. Niemand kannte ihr Grab. Die Vorstellung, dass er sie im Keller verscharrt haben könnte, passte ins düstere Szenario. Doch selbst in den tiefsten Abgründen seiner menschlichen Existenz erschien diese Möglichkeit geradezu surreal.

82

„Wie entwickelt sich unsere Hauptstadt? War das Symposium für Sie ein Erfolg?", fragte Sara Kronlei und brachte eine Tasse heißen Tee. Rolf Felbing stutzte. Jahrelang hatte er geglaubt, die zuverlässigste Sekretärin der Welt zu haben.

„Ja, beeindruckend. Wird eine Menge gebaut. Die neuesten wissenschaftlichen Erkenntnisse aus erster Hand zu erfahren, ist wirklich hilfreich. Ich werde eine Weile brauchen, um alles zu sortieren."

Rolf Felbing antwortete so neutral wie möglich. Eine Stimme in seinem Inneren ihm mahnte ihn, die Fassade um jeden Preis aufrechtzuerhalten.

„Und das Hotel?", fragte Sara Kronlei.

Rolf Felbings dachte an Jessica. Er bedauerte das verpasste Vergnügen. Es gab vieles, das er ihr zeigen wollte.

„Ja, wie immer. Es gibt nichts zu bemängeln."

Trotz des ersten Hauses vor Ort konnte er den Luxus diesmal nicht genießen.

„Was steht hier an?"

Sara Kronlei ging zu ihrem Schreibtisch. Er folgte ihr mit einem misstrauischen Blick. Nie hätte er gedacht, dass sie so hinterhältig sein könnte. Er wusste nicht viel über die Glaubensgemeinschaft. Ihre fanatische Hingabe erschütterte ihn aber zutiefst. Mit einem Stapel Blätter im Arm kam sie zu ihm zurück.

„Frau Gertling von der Personalabteilung bittet um Rückruf. Ich brauche eine Unterschrift für die Unterlagen aus München und der Studentenservice möchte auch mit

Ihnen sprechen."

„Was wollen die denn?"

Sara Kronlei sah ihn wissend an. Sie beugte sich zu ihm hinunter.

„Professor Starck", sagte sie mit einem verärgerten Blick.

Rolf Felbing erschrak über ihre unerwartete Nähe. Früher hatte ihn das nicht gestört. Jetzt war es ihm unangenehm.

„Geben Sie mir den Regierungschef!"

Sara Kronlei wusste, wen er meinte. Drei Minuten später hatte er den Präsidenten der Universität am Apparat.

„Hey Christian, was will der Studierendenrat von mir?"

„Ja in der Tat. Da ist was. Ein Kollege hat Bedenken wegen dir geäußert."

„Lass mich raten. Starck regt sich über meinen Ton auf?"

„Schlimmer noch", Rolf Felbings Vorgesetzter grinste, was in seinem Ton zu hören war, „er hat dich mit einer jungen Frau gesehen. Im Auto, in einer angeblich unpassenden Situation. Unwürdig für einen Universitätsprofessor. Weißt du, er beobachtet Tiere mit seinem Superfernglas, und da warst du vor seiner Linse."

„Ich kann in meiner Freizeit machen, was ich will. Ich muss mich für nichts rechtfertigen", rief Rolf Felbing wütend. „Dieser egoistische Besserwisser geht mir auf die Nerven. Andere mit dem Fernglas zu beobachten. Wie perfide ist das denn?"

„Schon gut, beruhige dich! Ich kenne ihn. Ein ausgezeichneter Fachmann auf seinem Gebiet, aber der Rest? Für mich erledigt. Sonst alles in Ordnung?"

„Ja. Alles bestens. War in Berlin, Symposium ausgezeichnet."

„Perfekt, dann ist ja alles paletti. Tschau Rolf."

„Tschüs Christian."

Rolf Felbing kannte seinen Vorgesetzten seit seiner Lehrtätigkeit an der Universität Tübingen, eine Ewigkeit. Er schätzte seine Loyalität. Zum Glück hatten arrogante Klugscheißer bei ihm keine Chance. Er grübelte, dieser Narzisst konnte ihn nur mit Jessica in der Burg gesehen haben. Was trieb ihn ausgerechnet an diesem Abend in diese Gegend?

„Frau Keller ist am Telefon", unterbrach ihn Sara Kronlei.

„Ja?" Rolf Felbings Stimme klang neutral.

„Heute Abend?", wie vereinbart, fasste sich Jessica kurz.

Rolf Felbing erhob sich von seinem Bürostuhl und öffnete rasch die Tür. Sara Kronlei drückte den Hörer an die Brust. Das schlechte Gewissen stand ihr ins Gesicht geschrieben.

„Äh, ich wurde von einem dringenden Anruf überrascht. Ich habe mich wohl in ihr Gespräch eingemischt. Ein Missverständnis. Also ich, ich meine. Tut mir leid."

„Sie können auflegen" Rolf Felbings wählte bewusst einen ruhigen Ton und schloss die Tür.

„Bist du noch da?"

„Ja. Ich kann heute Abend nicht. Ich muss noch eine Menge aus Berlin aufarbeiten. Wie wäre es mit morgen Nachmittag. Du hast doch den Rest der Woche frei, oder?"

„Ja. Dann bis morgen."

Ohne aufzublicken, tippte Sara Kronlei die Korrespondenz ab.

Rolf Felbing legte ihr einen Stapel Notizen, Flyer und Protokolle auf den Tisch.

„Bitte sortieren und das Wichtigste abheften!"

Von seinem Fenster aus hatte er einen weiten Blick auf den Rudolfsplatz. Ein Verkehrsknotenpunkt der Stadt.

Polizeiautos und ein Krankenwagen versperrten die Durchfahrt. Eine Handvoll junger Leute saß entschlossen auf dem kalten Asphalt, die Gesichter unbewegt. Endlich, nach Monaten, in denen Klimaaktivisten die Schlagzeilen beherrschten, hatte die Protesthochburg Marburg etwas vorzuweisen. Rolf Felbing musste schmunzeln - darauf hätte er gewettet. Corbinian Maier, einer seiner klügsten Köpfe, saß auf der Straße. Um seinen Hals hing ein Pappschild mit roter Schrift. Die Hände klebten fest am Boden, während wütende Passanten und hupende Autofahrer Schimpftiraden auf ihn niederprasseln ließen. Doch Corbinian blieb wie eine Statue - unerschütterlich und konzentriert.

Die Polizei begann, die aufgebrachte Menge zurückzudrängen. Eine beklemmende Stille legte sich über die Weidenhäuser Brücke und die Universitätsstraße, die nun wie leergefegt waren, keine Autos, nur die mutigen Demonstranten, die dem Ansturm standhielten.

„Ein ungewohnter Anblick. Aber nicht schlecht", dachte Rolf Felbing.

Er nippte an der Teetasse. Ein Moment der Ruhe inmitten des Trubels. Er blickte auf unbeugsamen jungen Menschen, und eine tiefe Sehnsucht nach Veränderung durchströmte ihn. Man konnte sich nur Gehör verschaffen, wenn man laut genug war. Die 'Klimakleber' versuchten mit ihren verzweifelten und selbstzerstörerischen Aktionen nichts anderes, als ihre Zukunft und die ihrer Nachkommen zu retten.

Er verstand ihre Gedanken und erinnerte sich selbst an früher. Als Jugendlicher hatte er die Achtundsechziger-Revolte miterlebt und gelegentlich an Demonstrationen teilgenommen. Meine Güte, was für ein Chaos und was für eine Aufregung würden solche Proteste heute auslösen! Nach mehr als fünfzig Jahren formierte sich in Deutschland wieder eine Protestkultur - eine faszinierende Entwicklung. Eine neue Welle der Bewegung ging durch das Land. Krankenschwestern, Bauern, Arzthelferinnen - sie alle ließen ihrem Unmut freien Lauf. Lautstarker Protest kam in Mode. Doch die entscheidende Frage blieb: Wohin führt diese Bewegung?

Seit er Jessica kannte, hatte sich sein Weltbild um hundertachtzig Grad gedreht. Wer sich auf das Streben nach Reichtum konzentrierte, verlor den Bezug zur spirituellen Welt. Das weckte Bedauern bei ihm. Während die meisten Menschen ihre Karriere vorantrieben und ihre Bankkonten füllten, blendeten sie die Existenz der Magie und die damit verbundenen Möglichkeiten aus. Für sie zählte die nüchterne Realität des Geschäftslebens. Die geheimnisvollen Aspekte des Universums existierten für sie nicht. Ebenso verschwand ihr Verständnis für einen wirksamen Klimaschutz. Stattdessen wurde er geleugnet. Die Klimaaktivisten waren zweifellos eine herausfordernde Gruppe. Noch schwieriger waren die „Klartextredner". Sie traten im Hochschulalltag mit markigen Worten und handfesten Parolen auf. Damit wollten sie Veränderungen herbeiführen. Bei näherem Hinsehen entpuppten sich ihre Aussagen als reine Polemik. Die Frage nach der Zukunft Deutschlands unter dieser Regierung stellte sich täglich. Doch für Rolf Felbing schien das alles nebensächlich. Ein Reporter der Lokalpresse bewegte sich mit bemerkenswerter Schnelligkeit durch das Tohuwabohu. Rolf Felbing richtete den Blick nach oben. Er sah einem bedeutenderen Protest entgegen.

Sara Kronlei arbeitete an diesem Nachmittag

hochkonzentriert. Sie verdrängte bewusst ihren Fauxpas und das Wissen ihres Chefs darum. In der zweiten Tageshälfte herrschte ungewohnte Stille im Büro. Eine gute Gelegenheit für Rolf Felbing, in Ruhe über das weitere Vorgehen nachzudenken.

83

Konnte man zwei Männer gleichzeitig lieben? Mit Ben
verband Jessica eine tiefe, innige Liebe und Freundschaft.
Rolf Felbing brachte mit seiner Lebenserfahrung und
Ruhe eine andere Seite von ihr zum Vorschein. Er kannte
ihre Gedanken und Gefühle, bevor sie sie in Worte fassen
konnte. Bei ihm fühlte sie sich sicher.
Für Jessica war die Liebe zu den beiden Männern mehr als
nur ein Gefühl, sie war eine Reise in die Tiefe ihres
Wesens. Für die Gesellschaft war diese Form der Intimität
tabu. Für Jessica öffnete diese Erfahrung die Tür zu einem
tieferen Verständnis ihrer selbst und der Welt. Die Liebe
blieb in ihrer reinen Form grenzenlos. Sie spürte, dass sie
das Richtige tat.
Dieses Beziehungsdreieck bot ihr mehr als romantische
Gefühle. Es war eine Bereicherung, die ihr wahre
Zufriedenheit und Erfüllung gab. Es war keine
gewöhnliche Dreierbeziehung. Ben und Rolf wurden eins,
und Jessica verschmolz mit beiden. Eine Aura der
Befreiung umgab sie, als würde die Welt in diesem Akt
aufhören, materiell zu existieren.
Sie begann, sich über ihr bisheriges Leben Gedanken zu
machen. Welchen Einfluss die Ehe ihrer Eltern auf ihr
Verständnis von Liebe hatte. Sie entschied, dass es an der
Zeit war, ihren eigenen Weg zu gehen. Jenseits der
üblichen Bahnen und Erwartungen.
Die Triade zeigte ihr, dass wahres Glück nicht in der
Bindung an eine Person lag. Es geschah für sie in völliger
Harmonie mit dem Sein. Als wäre sie Teil eines größeren
Ganzen. Vor dem Hintergrund der Monogamie ihrer

Eltern und der scheinbaren Stabilität wagte Jessica den Schritt ins Unbekannte. Ehrlichkeit gegenüber ihren Gefühlen war der Prüfstein ihrer Existenz.

Am Morgen kamen zwei Männer vom Schlüsseldienst. Jessica ließ das Schloss der Wohnungstür auswechseln, ohne das Einverständnis des Vermieters. Ein Akt und ein Zeichen der Entschlossenheit, ihr Schicksal selbst in die Hand zu nehmen. Es dauerte eine halbe Stunde. Sie atmete auf, als sie sah, dass keiner ihrer Mitbewohner das Haus betrat.

Es war eine Investition in ihre Sicherheit und Privatsphäre. Mit dem Schlüssel in der Hand stand sie vor der Tür, die ein neues Kapitel in ihrem Leben symbolisierte. Ein Stück Geschichte, das sie schrieb, mit all den Herausforderungen, die das Dasein für sie bereithielt. Sie wollte weitergehen, sich dem stellen, was kommen würde.

84

Marc saß angespannt hinter dem Lenkrad. Sein Blick fiel auf den Koffer auf dem Beifahrersitz. Die Angst, entdeckt zu werden, ließ seinen Puls rasen.

„Warum musste das alles passieren?"

Diese Frage konnte ihm niemand beantworten. Die Straßen von Gießen glichen einem Labyrinth der Ungewissheit. Die neue Verkehrsführung des Anlagenrings brachte den Verkehr zum Erliegen. Das Gedränge in der nahe gelegenen Einkaufsstraße verstärkte seine Anspannung. Einige Passanten gingen so dicht an seinem Auto vorbei, dass er das Klappern der Mantelknöpfe hören konnte. Er verriegelte alle Türen. Er sehnte sich danach, diesen Hexenkessel zu verlassen.

„Ich muss hier raus", murmelte er.

Ein Notarztwagen versuchte sich durchzukämpfen. Doch die Blechlawine erwies sich als gnadenlos. Sirenen heulten, Blaulichter blinkten. Mühsam bahnte sich der Wagen seinen Weg. Mit jeder Minute wuchs das Chaos in Marcs Innerem. Die Blaulichter trieben seinen Puls weiter an. Er fürchtete, jeden Moment einen Herzstillstand zu erleiden.

„Was, wenn alles aufflöge?"

Während ihm all diese Gedanken durch den Kopf gingen, blieb die Welt draußen kalt und unbewegt. Ein Polizeiauto folgte dem Krankenwagen, und beide Fahrzeuge rauschten an ihm vorbei, ohne ihn auch nur zu beachten. Als er endlich das Schiffenberger Tal hinter sich gelassen hatte, überkam ihn eine erste Welle der Erleichterung. Er schwenkte auf die Stadtautobahn und spürte, wie sein Puls bei jedem fremden Auto beschleunigte – jedes Fahrzeug schien eine Bedrohung zu bergen. An diesem Nachmittag hatte sein Chef ihm das Geld übergeben. Eine unglaubliche Summe, die er noch nie in seinem Leben bei sich getragen hatte.

„Zweihunderttausend Euro, und Sie verschwinden für eine Weile."

Die Worte hallten in seinem Kopf nach. Das Projekt war abgeschlossen, aber das Geld fühlte sich an wie eine bleierne Last. Ein schwerer Schleier aus Anspannung und flüchtiger Erleichterung legte sich über ihn. Jede Bewegung, jeder Blinker, den er setzte, schien potenziell riskant - als trüge er eine tickende Bombe mit sich herum, die bei der kleinsten Unachtsamkeit explodieren und alles mit einem Schlag zerstören könnte.

In seiner Straße angekommen, musste er eine weitere Hürde überwinden. Den Weg zu seiner Wohnung. Der Flur verwandelte sich in einen Angstparcours. Den Koffer fest in der Hand, kämpfte seine Rechte mit dem Schlüssel, bis er ins Schloss passte. Ein spannungsgeladener Moment, der ihn an den Rand der Verzweiflung brachte. Schweißgebadet drehte er ihn herum.

In der Wohnung lehnte er sich mit dem Rücken gegen die Tür, ließ sich schwer atmend an ihr hinuntergleiten und setzte sich auf den Boden.

„Nie wieder", schwor er sich, „werde ich mich auf solche Machenschaften einlassen."

Seinen Lebensunterhalt ehrlich zu verdienen, mochte mehr Zeit in Anspruch nehmen, aber der Weg, der ihm die nervenaufreibenden Auftritte ersparte, erwies sich als erstrebenswerter. Er sehnte sich nach einer eigenverantwortlichen Existenz. Allen Widerständen zum Trotz löste der Koffer in ihm ein Gefühl triumphaler

Erleichterung aus. Ein unkontrolliertes Lachen brach aus ihm heraus wie ein Befreiungsschrei, der die Schatten zu vertreiben schien.

V Schicksalswende

85

Während sie in seinen Armen lag, löste sich Jessicas Anspannung. Rolf Felbings Anwesenheit wirkte wie ein heilsamer Zauber auf sie.

„Ich konnte nicht anders, verstehst du? Ich konnte keine Minute länger in Berlin bleiben", versuchte sie ihm zu erklären.

Rolf Felbing nahm ihre Hand: „Vergiss nicht, du kannst dich auf mich verlassen. Ich habe es verstanden."

Er küsste ihre Stirn.

„Du hast so viel Geld ausgegeben und wolltest mir die Stadt zeigen. Vielleicht kann ich mich revanchieren."

„Das ist das Dümmste, was ich je gehört habe. Deine Liebe ist unbezahlbar für mich. Nun raus mit der Sprache, was ist passiert?"

„Wie ich schon sagte. Jemand ist in meiner Abwesenheit eingebrochen. Die Vorstellung, dass ein Fremder in meine Wohnung eingedrungen ist, ist schrecklich. Ich glaube, es war die Sekte aus Marburg. Sie haben das Passwort für mein E-Mail-Postfach herausgefunden und Ben mit seltsamen Fragen gelöchert."

Rolf Felbing schaute sie verstört an.

„Was für Fragen?"

Jessica drückte auf den Einschaltknopf.

„Lies! Irgendwas mit Gottes Existenz, Weltanschauung und dem Jüngsten Gericht."

Rolf Felbing überflog die Zeilen und atmete erleichtert auf. Hätte Ben auch nur den leisesten Hinweis darauf gegeben, dass sie ihn doch kürzlich mit ähnlichen Fragen konfrontiert hatte, wäre er aufgeflogen.

„Ich habe sofort das Passwort geändert und das Türschloss austauschen lassen."

In seinen Augen blitzte Angst auf.

„Sie machen mir Angst, auch wenn Sie glauben, mich beschützen zu wollen. Damit erreichen sie genau das Gegenteil."

Sie drückte ihre Stirn gegen sein Hemd. Es saugte ihre Tränen auf wie ein Schwamm. Er nahm sie in die Arme und sie klammerte sich an ihn.

„Lass mich nicht los", flehte sie.

„Niemand wird Dich von mir trennen. Das verspreche ich dir."

Gemeinsam glitten sie auf das Sofa. In einem Sturm der Leidenschaft ließen sie sich mitreißen. Hingabe, Verzweiflung und Zärtlichkeit manifestierten sich in jeder Berührung. Sie schwebten in einer Welt, die nur ihnen gehörte. Ein intensiver Moment, der sich unauslöschlich einprägte. Rolf Felbing durfte sie niemals verlassen. Jessica richtete sich auf. Schlaftrunken und mit zerzaustem Haar strahlte sie eine sinnliche Wildheit aus, die ihm den Atem raubte. Ihr Anblick benebelte seine Sinne, als hätte er gerade die wahre Essenz der Leidenschaft entdeckt. In diesem Moment fühlte er sich, als wäre er nur dafür aufgewacht - um die reine, tiefe Liebe zu erfahren, die nur sie ihm geben konnte.

„Dein Magen knurrt. Ich habe es genau gehört", bemerkte sie und riss ihn aus seiner Trance.

„Du hast recht, außer einem Baguette habe ich heute noch nichts gegessen."

„Ich habe gekocht. Komm mit!"

Jessica sprang aus dem Bett und rannte in die Küche.

Rolf Felbing schlang sich eine Decke um die Hüften.
„Voilà, was sagst du dazu?" Sie hob den Topfdeckel.
Ein köstlicher Duft von frischem Gemüse und Kräutern
stieg ihm in die Nase.
„Ein urdeutscher Gemüseeintopf. Lass mich raten, ein
Rezept deiner Mutter?"
„Da muss ich dich enttäuschen. Es ist aus dem Internet."
Sie genossen das Essen, während sie sich über Gewürze
und Texturen austauschten.
„Es schmeckt köstlich. Ich wusste gar nicht, dass du so
gut kochen kannst."
Rolf Felbing fand es amüsant und sehr aufregend, mit
einer nackten Frau am Tisch zu essen. Aber als er Jessicas
dünnen, zerbrechlichen Körper im grellen Küchenlicht
sah, blieb ihm das Essen fast im Hals stecken. Sie nahm
eine Haltung ein, als würde sie von unsichtbaren Fäden
bewegt. Im Liebestaumel entging ihm das. Als ihm die
Decke von den Hüften glitt, blieb er still am Küchentisch
sitzen. Erst jetzt sah er ihren katastrophalen Zustand. Für
ihn war klar: Heute würde es das letztes Mal sein. Ein
endgültiges Gespräch, eine einzige Chance, die Frage zu
stellen, die schon lange tief in seinem Gedächtnis
schlummerte und nun drängender denn je nach einer
Antwort verlangte. Er wusste, dass das, was Ben sagen
würde, alles verändern könnte - vielleicht mehr, als er zu
begreifen bereit war.
„Gab es Kontakt?", fragte er Jessica.
Sie nickte.
„Heute?"
„Nein, ich wollte es mit dir machen."
„Das finde ich auch besser. Ich musste dir aus der Ferne
verbieten, weiterzumachen. Du hast so wirr geredet, dass

ich keine andere Wahl hatte. Ich habe mir Sorgen gemacht. Aber jetzt bin ich bei Dir."

Rolf Felbing behielt seinen Entschluss für sich. Er sah, wie Jessica in einen Strudel des Unfassbaren geriet. Schluss mit dem Teufelskreis. Sie öffnete die Mailbox. Keine Nachricht von Ben.

„Geduld", sagte sie und zog sich an. Auch Rolf Felbing schlüpfte in Hemd und Hose. Nach einer Viertelstunde erschien ein 'Hallo?' auf dem Bildschirm.

Jessica eilte zum Laptop.

„Ich bin hier", hämmerte sie förmlich in die Tasten.

„Geht es dir gut?", fragte Ben.

„Ja. Ich bin traurig wegen Mary."

„Ich sitze in einem wunderschönen Garten."

Ben ging nicht auf Jessicas Äußerung ein.

„Ist jemand bei dir?", versuchte sie es noch einmal.

„Nur der, den ich will."

„Kannst du mir sagen, ob es Mary gut geht?" Jessica musste nach ihr fragen, ob sie wollte oder nicht. Sie wusste, dass es während des Gesprächs Momente gab, in denen Durchhaltevermögen gefragt war. Dann kam die Antwort.

„Sie ist in Liebe und Frieden geborgen."

„Kann er eine historische Frage beantworten?"

Rolf Felbing bemühte sich um Fassung.

„Wie soll ich das erklären?" Seine Nerven lagen blank. Jetzt kam es auf jedes Wort an.

Rolf Felbing hatte sich die Antwort zurechtgelegt.

„Schreib ihm, dass du in der Elisabethkirche warst. Die Legende der Heiligen hätte dich neugierig gemacht!"

Jessica schluckte.

„Kannst du mir eine historische Frage beantworten?"

„Ja.“

„Und?“ Sie sah, dass er sein Hemd falsch zugeknöpft hatte.

„Frag ihn nach Georg Poensgen!“

„Wer war das? Was soll das?“

„Tu einfach, was ich dir sage!“

Rolf Felbing spürte, wie sein Herz wild gegen seine Brust schlug. Die Gefühle überfluteten ihn in einer mächtigen Welle. Unaufhaltsam bewegte er sich auf der Straße des Schicksals. Jede Sekunde fühlte sich wie ein Martyrium an, aber am Ende lag vielleicht das, wonach er sein Leben lang gesucht hatte. In diesem Moment war Jessica ein Instrument, das er so sorgfältig wie möglich zu lenken versuchte.

„Nur noch dieses eine Mal“, bat er in Gedanken, als müsse er sich vor unsichtbaren Richtern rechtfertigen. Der Bildschirm vor ihnen flackerte. Sekunden dehnten sich zur Ewigkeit. Rolf Felbing starrte auf den Computer. Nach fünf Minuten durchbrach eine Antwort die lähmende Stille.

„Georg Poensgen ist hier. Wie kommst du auf diesen Namen?“

Jessica zuckte die Schultern und sah Rolf Felbing an.

„Schreib ihm, dass Du den Namen auf einem Flyer in der Elisabethkirche gefunden hättest. Dort hätte gestanden, dass er in der Kirche etwas Rätselhaftes entdeckt hätte und dass es mit dem Bernsteinzimmer zu tun hätte.“

„Ich soll was?“

Jessica nahm die Hände von der Tastatur.

„Frag ihn ... frag ihn nach dem Bernsteinzimmer!“

„Das ist nicht dein Ernst.“

„Poensgen war Kunsthistoriker. Er hat das

Bernsteinzimmer als Letzter gesehen", erklärte Rolf Felbing, „verstehst du denn nicht?"

Über seine Rolle als Beute- und Sammeloffizier im Zweiten Weltkrieg schwieg er. 1941 hatte er mit einem Kunsthistoriker den Schatz in Sankt Petersburg zerlegt.

„Bitte frag ihn. Ich flehe Dich an."

Rolf Felbing faltete die Hände und presste die Finger aneinander, so dass die Handknochen weiß hervortraten. Jessica konnte die Tragweite der Antwort nicht erfassen. Aber sie kannte den Mythos des Artefakts. Sie dachte an Rolf Felbings bedingungslose Hingabe. Und an die Ereignisse der letzten halben Stunde, die in ihr nachhallten. Sie fühlte sich verpflichtet, seinem Wunsch nachzukommen. Rolf Felbing saß auf dem Fundament der Welt. Wenn es einen Gott gab, dann sollte er ihm diesmal helfen. Seine Umgebung verschwamm. Jessica verschränkte die Arme und wartete.

Zu ihrer Überraschung kam die Antwort rasch.

„Du erinnerst dich doch an unsere Fahrradtour und an den Grafen auf Schloss Friedelhausen. Dort ist es im Keller."

Rolf Felbing richtete sich auf. Überwältigung und Angst machten sich in seinen Gedanken breit. Eine ungeheure Verantwortung lag hinter der Antwort. Die Erkenntnis, dass eines der größten Geheimnisse der Geschichte soeben gelüftet worden war, machte ihn fast euphorisch. Ihre Blicke trafen sich wie Blitze in dunkler Nacht. Überwältigt von einer unfassbaren Betroffenheit erkannte Rolf Felbing, dass sich das historische Objekt all die Jahre direkt vor seiner Haustür befunden hatte. Das Schicksal konfrontierte ihn mit gnadenloser Ironie. Er und sein Verstand rangen mit der Tragweite dieser Entdeckung.

Seine Neugier trieb ihn an, die Wahrheit ans Licht zu bringen. Der Drang brannte in ihm wie Feuer.

Er sprang auf, riss den Mantel von der Garderobe und griff nach seinem Autoschlüssel. Er rannte aus der Wohnung, bereit, dem Geheimnis auf den Grund zu gehen. Sein Herz sprang ihm fast aus dem Leib und seine Hände verkrampften sich, als er versuchte, den Wagen zu starten. Er streckte die Finger aus, um seine Unruhe zu besänftigen. Das Quietschen der Reifen verriet, wie schnell er losfuhr. Jessica lief hinterher. Sie erkannte, dass es keinen Sinn hatte, ihn aufzuhalten. Friedelhausen war sein Ziel. Sie musste ihm folgen.

An diesem Nachmittag lastete der Stadtverkehr wie eine bleierne Decke auf den Straßen. Eine endlose Kolonne von Fahrzeugen war auf dem Weg nach Hause. Verärgert schlug sie auf das Lenkrad. Der Feierabendverkehr war schlimm genug. Doch zusätzlich erschwerten unsinnige Absperrungen das Vorankommen. Die Stadtoberen beschlossen, den Fahrrädern Vorrang zu geben. In der Theorie eine gute Idee, in der Praxis ein Desaster.

Die Radfahrer hielten sich nicht an die Verkehrsregeln. Viele rasten durch die Straßen und zwangen die Autofahrer zu abrupten Bremsmanövern.

„So ein Quatsch", fluchte Jessica, als ihr einer fast den Seitenspiegel weggerissen hätte.

„Die fahren sowieso wie die gesengten Säue!", dachte sie. Vor dem Ortsausgang musste sie an einer Baustellenampel halten. Wütend spielte sie mit dem Gaspedal. In der Ferne sah sie die Rücklichter von Rolf Felbings Auto verschwinden. Bei einer Verfolgungsjagd wäre sie mit ihrem Wagen ohnehin auf verlorenem Posten. Doch sie kannte sein Ziel.

86

Rolf Felbing fuhr durch die Straßen von Gießen. Adrenalin schoss durch seine Adern, der Verstand erlag einem zwanghaften Drang - er musste zum Schloss Friedelhausen. Die Vernunft ließ er hinter sich. Schemenhaft nahm er die Welt wahr. Getrieben von Tatendrang eilte er seinem Ziel entgegen. Auf der Verbindungsstraße nach Lollar wurde der Verkehr flüssiger. Er trat das Gaspedal durch und manövrierte sich mit meisterhaftem Geschick durch die enger werdenden Fahrspuren. Geschickt schlängelte er sich zwischen den Fahrzeugen hindurch und forderte die Grenzen des Gefährlichen heraus.

Der ihm nachfahrende Kleinwagen entging seiner Aufmerksamkeit. Am Straßenrand in Lollar standen einige Passanten. Staunend verfolgten sie das rasante Elektroauto. Jedes Manöver ließ Rolf Felbings Emotionen höher kochen. Eine elektrisierende Energie breitete sich in ihm aus, als er mit Höchstgeschwindigkeit die Bundesstraße überquerte und den asphaltierten Feldweg entlang raste.

„Anlieger frei." Das Schild zog ihn magisch an.

„Ein größeres Anliegen, als ich habe, gibt es nicht", murmelte er.

Mit geübter Lenkung bog er in den Waldweg ab. Zum Glück erwies sich sein Wagen als geländegängig und glitt mühelos über den weichen Untergrund. Sein Puls beschleunigte sich, als er ausstieg. Mit jedem Schritt kam er dem Unfassbaren näher. Die zugenagelten Kellerfenster

betrachtete er als eindeutiges Indiz. Energisch drückte er
die Klingel.

„Was willst du denn hier?"

Rolf Felbing fuhr erschrocken herum. In einem der
Torbögen stand der Schlossbesitzer.

Mit einem Knüppel in der Hand und angespannter Miene
kam er auf ihn zu.

„Bei jedem anderen hätte ich jetzt ungehaltener reagiert."
Er kannte Rolf Felbing. Er war vor zwanzig Jahren dabei,
als das Gebäude unter Denkmalschutz gestellt wurde.
Dabei entdeckten sie ihre Sympathie füreinander. Er
akzeptierte die Lebensart des Grafen. Eine Geste, die
dieser zu schätzen wusste und die Rolf Felbing eine
Sonderstellung einräumte. Zudem erwies sich der Graf als
einer der kultiviertesten Gesprächspartner, die er je
kennengelernt hatte.

„Ich weiß, was in Deinem Keller ist."

„Was ich in meinem Haus habe, geht niemanden etwas
an." Seine tiefe Stimme klang wie ein Donnerschlag.

„Du weißt, dass ich dir vertraue, aber es geht um mehr.
Das gehört an die Öffentlichkeit", entgegnete Rolf Felbing
mit ernstem Unterton.

Der Graf starrte ihn an.

„Manche Dinge müssen bleiben, wo sie sind."

„Ich verspreche dir absolute Diskretion. Aber vergiss
nicht, es gehört dir nicht."

Der Adlige kam auf ihn zu: „Ich glaube, du hast zu viel in
deinen Büchern geblättert. Was redest du da für einen
Unsinn?"

Obwohl Rolf Felbing einen Schritt zurückwich, verlor er
seinen Mut nicht.

Zitternd brach es aus ihm heraus: "Das Bernsteinzimmer

ist in deinem Keller."

Der Graf blickte ihn durchdringend an und brach in schallendes Gelächter aus.

„Du bist nicht mehr bei Sinnen."

Rolf Felbing spürte den Druck um seinen Arm und den Schmerz, der ihm in die Glieder fuhr. Er versuchte, den Grafen abzuschütteln. Jeder Muskel in seinem Körper spannte sich an.

„Lassen Sie ihn los!"

Jessicas mahnende Worte brachten den Burgherrn dazu, ihn gehen zu lassen.

„Was machst du denn hier?" Rolf Felbing rieb sich den schmerzenden Arm.

„Ich kenne Sie doch. Waren Sie nicht vor einiger Zeit mit zwei Herren auf meinem Anwesen? Ich sagte doch, ich will Sie nie wieder sehen. Habe ich mich nicht deutlich genug ausgedrückt?"

Mit dem Knüppel in der Hand ging er auf sie zu. Bei jedem Schritt schlug er das Holzstück auf seine Handfläche und erzeugte ein gefährlich klatschendes Geräusch. Seine Körperhaltung vermittelte die Bereitschaft, das umzusetzen, was er androhte. Jessica erkannte seine leere Drohung und wusste, dass er sie nicht in die Tat umsetzen würde.

Rolf Felbing trat zwischen die beiden.

„Hört auf, das führt zu nichts. Wir machen alles nur noch schlimmer."

Er musste handeln, sonst eskalierte die Situation.

„Ich bin in einer wichtigen Mission hier. Den Prügel brauchst du nicht."

Seine Worte klangen wie eine straff gespannte Peitsche, die durch die Luft zischte.

Der Graf ließ den Stock sinken.

„Was soll der Quatsch mit dem Bernsteinzimmer?"

„Ludwig, weißt du, wie lange wir uns schon kennen? Habe ich dich je belogen?", beteuerte Rolf Felbing.

„Nein, aber wer ist sie? Dieser Person habe ich gesagt, dass es sich hier um Privatbesitz handelt."

Jessica verstand die Zusammenhänge nicht, aber sie vertraute Rolf Felbing.

„Das ist Jessica Keller, eine Freundin, und wir wissen, dass sich die Reliquie in deinem Keller befindet.

Rolf Felbing fixierte die Umgebung. Niemand weit und breit. Er übersah den dunkelroten Kombi, der abseits hinter einem Fliederbusch stand.

„Sag mal, bist du verrückt geworden?"

„Nein, aber lass uns reinschauen."

Der Gesichtsausdruck des Grafen verriet unmissverständlich, dass er nicht viel davon hielt.

Rolf Felbing trat einen Schritt auf ihn zu: „Wenn du nicht mitmachst, stehen in ein paar Tagen Dutzende von Polizisten, Kriminalbeamten und Schaulustigen auf deinem Grundstück. Und was das bedeutet, brauche ich dir nicht zu erklären."

Der Hausherr schloss die Tür auf, die quietschend in den Angeln schwang. Mit versteinerter Miene gab er den Weg frei. Die Falten auf seiner Stirn schienen ein Geheimnis zu verbergen. Der Raum, der sich vor ihnen ausbreitete, verschluckte das Tageslicht. Ehrfurcht und Beklemmung erfüllten Jessica, als sie eintrat.

„Folgt mir!"

Aufrecht ging er vor ihnen her. Jessica hatte das Gefühl, in einem Film gefangen zu sein, dessen Handlung zu den aufregendsten Ereignissen des letzten Jahrhunderts zählte. Sie umklammerte das eiserne Treppengeländer. Die Wände waren aus verwittertem Stein, der von der Geschichte des Hauses erzählte. Feuchtigkeitsflecken machten sich auf der Oberfläche breit. Der Geruch von Moder und Vergangenheit hing in der Luft. Das schwache Licht der Deckenlampe warf unheimliche Schatten an die Wände. Schweigend näherte sich der Adelige den schmiedeisern beschlagenen Kellertüren. Jeder Schritt hallte durch das Gewölbe. Mit ruhiger Hand entriegelte er eine nach der anderen. Das Klicken der Schlösser und das Drehen der Schlüssel klangen wie das Echo einer vergangenen Epoche.

Während Jessica voranschritt, erfasste sie eine unheimliche Stimmung. Die kühle Luft ließ sie frösteln, und der erkaltete Schweiß gab ihr das Gefühl, einen Umhang aus Eis zu tragen. Jedes Echo ihrer Schritte auf dem harten Boden klang wie ein Schrei, der die Stille durchschnitt.

„Seht euch um", antwortete er gefühllos.

Jessica und Rolf Felbing sahen in die Kellerräume. Verstaubte Regale, verwitterte Bücher, steinerne Statuen, verrostete Metallbehälter und durchgesessene Möbel. In keinem von ihnen waren Teile des Bernsteinzimmers oder Hinweise auf die Verpackung in Kisten zu finden. Jessica sah Rolf Felbing bestürzt an. Das Fehlen jeglicher Hinweise auf das gesuchte Artefakt entzog ihrem Gesicht die Farbe.

„Irgendetwas stimmt hier nicht", entfuhr es ihr, als spräche eine fremde Stimme durch sie hindurch.

Verstört rannte sie aus dem Schloss. Völlig aufgelöst und keuchend ließ sie sich in den Wagen fallen. Panik trieb sie an, sich schnell zu entfernen. Nur mit Mühe fand sie das

Loch für den Zündschlüssel.

„Jessica, warte!"

Unbeeindruckt von Rolf Felbings Rufen kannte sie ihr Ziel. Die beiden Männer aus dem roten Kombi hefteten sich an ihre Fersen.

„Zeig mir, was du drauf hast", rief Rolf Felbing. Mit einem Tritt aufs Gaspedal schoss das Elektroauto lautlos vorwärts.

87

Jessica bog auf den Stadtring in Gießen ein. Sie
beschleunigte und versuchte das Maximum aus ihrem
Auto herauszuholen. Mit brennender Lust fühlte sie sich
bereit für alles, was auf sie zukommen könnte. Ohne dass
sie es merkte, setzten die beiden Autos ihre Verfolgung
fort. Sie kannte das Straßennetz von Heuchelheim, kannte
die Engstellen und Abkürzungen, um sie zu ihrem Vorteil
zu nutzen.

Ihre Fingerspitzen kribbelten vor Anspannung, als sie auf
den Klingelknopf drückte. Plötzlich öffnete sich die Tür
mit einem Ruck, weil jemand Unbekanntes den Türöffner
betätigte. Jessica verlor das Gleichgewicht und fiel auf den
Steinfußboden. Der Stoff ihrer Hose färbte sich dunkelrot
vom Blut aus ihrem Knie. Doch sie spürte den Schmerz
nicht. Unbeirrt setzte sie ihren Weg fort.

Marc fuhr erschrocken zurück, als er Jessica durch den
Türspalt sah. Sie schlug heftig gegen die Tür, und die
Wucht des Aufpralls schleuderte sie zurück gegen die
Wand, ihre Hände pochten vor Schmerz. Die Zeit schien
stillzustehen, eingefroren in einem Moment des
Schreckens. In der Küche saß Ben, den Blick unverwandt
auf sie gerichtet, den Laptop vor sich aufgeklappt, als wäre
alles an diesem Anblick für ihn völlig normal.

Jessica starrte ihn an, sprachlos vor Fassungslosigkeit,
während eine eiskalte Welle des Grauens durch ihren
Körper raste. Langsam, mit vorsichtigen Schritten kam sie
auf ihn zu, ihre Bewegungen geschmeidig und bedrohlich
wie die einer Raubkatze. Blut sickerte aus ihrem
Hosenbein, tropfte auf den Boden und hinterließ eine

dunkle Spur, die ihren Weg wie ein düsteres Gemälde markierte. In ihrer Sprachlosigkeit, die nur durch das Echo ihrer Bewegung unterbrochen wurde, sah sie ihm in die Augen. Sie glichen einer verschlossenen Tür, die sie nicht öffnen wollte. Nach Worten ringend, versagte ihr die Stimme.

Ein überwältigendes Gefühl erfasste sie, so heftig, dass ihr beinahe die Knie nachgaben. Weinend stürzte sie sich in seine Arme, spürte ihn, roch ihn, sah ihn endlich wieder. Tränen strömten unaufhaltsam über ihr Gesicht, während sie sich verzweifelt an ihn klammerte. Freude und Wut vermischten sich zu einer lodernden Intensität, die ihr durch Mark und Bein fuhr. Plötzlich brach etwas in ihr aus - ihr Schluchzen verwandelte sich in einen Sturm der Empörung. In einem Anfall roher Emotion schlug sie ihm mit den flachen Händen auf die Brust, ließ Ohrfeige auf Ohrfeige folgen, als könne jede Berührung, jeder Schlag die aufgestaute Wut aus ihrem Innersten befreien.

„Warum hast du mir das angetan?", schrie sie ihn an. Der Mensch, dem sie am meisten vertraute, entpuppte sich als Betrüger.

„Du hast mich belogen, hast mich absichtlich in dem Glauben gelassen, du seist tot. Du hast den Kontakt zu mir aufrechterhalten, als könntest du aus dem Jenseits zu mir sprechen. Ja, ja, die Prinzessin und die Fledermaus, Oliwa und die Großmutter von Paul McCartney. Das waren elende Lügen, die du mir aufgetischt hast. Mary steht neben dir. Ihre Augen funkelten vor Zorn. Wie konntest du nur so herzlos und hinterhältig sein? Pfui Teufel. Du bist das Abscheulichste, was mir je unter die Augen gekommen ist." Ihr Blick war hart wie Stein, und in der Stille klang ihre Verachtung wie ein Donner, der die Luft zerriss.

Marc versuchte, ihre Arme zu umklammern.

„Lass es mich dir erklären, bitte!" Ben versuchte mit ruhiger Stimme zu ihr durchzudringen.

„Nimm deine dreckigen Hände von mir!", schrie sie Marc an und riss sich los. Sie stellte sich direkt vor Ben.

„Ich bin gespannt auf deine Erklärung."

„Es sollte nur für zwei Tage sein. Ich wusste, dass die Firma schließt, und die Arbeit... das ging mir schon lange auf die Nerven. Das sollte meine Antwort auf deine verdammte Babylüge sein. Du solltest den Schmerz auch spüren", versuchte Ben ihr zu erklären. „Aber... irgendwie... war alles... irgendwie total verstrickt. Ich weiß nicht, wie das passierte, aber alles ist so... so verworren. Es gab... es gab keinen Ausweg mehr, verstehst du? Alles, was ich gemacht habe, hat es nur noch verschlimmert."

Er sah ihr in die Augen, als könne er selbst nicht glauben, wie weit es gekommen war. „Es war nur ... ich wollte dir zeigen, wie weh es tut. Aber jetzt ... jetzt weiß ich gar nicht mehr, wie wir hier gelandet sind."

Marc mischte sich ein: „Es war so gewaltig, so unwiderstehlich, dass es uns förmlich den Boden unter den Füßen wegzog. Ablehnen? Die Summe war zu groß wir konnten nicht anders. Noch bevor wir es richtig begreifen konnten, hatten wir uns schon längst darauf eingelassen. Die Sache geriet völlig außer Kontrolle, nahm ein Eigenleben an, als hätten wir nie wirklich eine Wahl gehabt. Und ab da... da gab es kein Zurück mehr."

Erst jetzt sah Jessica den offenen Geldkoffer mit den gebündelten Paketen auf dem Tisch.

„Wir haben uns entschlossen, das Projekt durchzuziehen.

Der Klingmeyer hat mir vertraut und Ben sollte mir helfen. Alleine hätte ich es nicht geschafft. Versteh doch, wann kommen wir je wieder an so viel Geld?"

„Und, da habt ihr gedacht, wir spielen das Spiel noch ein bisschen weiter."

Jessicas Blick funkelte gefährlich böse.

„Wir wussten nicht, dass es so lange dauern würde", stammelte Marc.

„Heute Nachmittag wollten wir mit dir über alles reden, glaub mir! Schau! Das ist unser Geld! Wir können uns unsere Träume erfüllen. Ich habe das alles für dich getan!"

Ben reichte ihr ein Bündel Geldscheine, doch Jessica zuckte zurück, als hätte er ein Schlangennest in der Hand.

„Anonyme Bestattung, die Zeit ist noch nicht reif. Wie konnte ich nur so dumm sein? Und deine Eltern? Sag bloß, die haben mitgespielt?"

„Ich habe sie angefleht. Es ist ihnen nicht leicht gefallen. Das kann ich dir versichern."

Jessica musste an den Besuch denken. Kein Wunder, dass sie bei ihnen nicht willkommen war.

„Was für edle Gläubige sie sind. So hingebungsvoll dem Buddhismus ergeben. Ich könnte kotzen."

In dieser Auseinandersetzung zerbrach endgültig der Traum, zwei Männer lieben zu können. Eine solche Dreiecksbeziehung konnte nur in Lüge, Verrat und Betrug enden.

Sie drehte sich langsam zu Marc um, die Augen schmal und voller Misstrauen. „Wen haben wir in der Leichenhalle besucht?", fragte sie mit leiser, aber scharfer Stimme. „Wenn ich daran denke ..." Sie schluckte schwer, ihre Kehle brannte vor Entsetzen. „...wird mir schlecht."

Von Ekel ergriffen, spuckte sie ihm mit einem Ausdruck tiefster Abscheu und Empörung ins Gesicht. Er blieb reglos stehen, ohne den Versuch zu machen, es wegzuwischen. Mit Entsetzen kam ihr Oliwa in den Sinn. Mein Gott, was hatte sie dieser Frau angetan?

„Wo warst du die ganze Zeit?"

Marc schüttelte den Kopf und sah seinen Freund flehend an.

„Jess, bitte..." Bens Stimme brach, während er verzweifelt ihre Hände suchte. „Lass uns noch einmal von vorne anfangen, ich flehe dich an!" Sein Blick war gequält, als ob jede Sekunde, die sie schwieg, ihn tiefer in den Abgrund zog.

„Wo warst du?" Ihr Blick durchbohrte ihn. „Wo, will ich wissen."

„Bei Philip", kam es leise über seine Lippen.

„Lebt Mary noch?"

„Nein. Es war wirklich ein Unfall. Ich war im Henshäuschen. Ich habe Philipp mit aller Kraft geholfen."

„Ach, und du glaubst, du hast eine gute Tat vollbracht?"

Jessica erinnerte sich an Philipps Satz: „Mach keinen Fehler!" Jetzt ergab alles einen Sinn. Marcs Auto in Bellnhausen. Ein Puzzleteil fügte sich zum anderen.

Sie sah beide an: „Wisst ihr, was ihr seid? Verabscheuungswürdige Betrüger, geldgierige Subjekte, Abschaum der Menschheit! Ich hoffe, ihr findet jemanden, der bei euren Spielchen mitmacht, denn ich vermute, ihr habt euch köstlich amüsiert."

Sie kam auf Ben zu. Ihre Worte sprühten vor Wut, als käme jedes einzelne direkt aus einem brodelnden Zorn:

„Und ich habe dich geliebt. Du rücksichtsloser Eisklotz, ich hoffe, du bekommst deine gerechte Strafe."

Jessicas sprühte vor Zorn. Die Blutlache unter ihrem Fuß bemerkte sie nicht.

„Gib es zu, es hat dir Spaß gemacht. Als wäre ich ein Computerprogramm, das ausprobiert werden musste."

Sie wollte weg. Weg von dem Lügenbabel und dem Sumpf, in dem sie standen.

„Jess, warte, bitte!"

Ben folgte ihr auf die Straße.

„Geh dahin zurück, wo du hergekommen bist. Du gehörst nicht mehr hier her. Hast du mich verstanden?", schrie Jessica.

Rolf Felbing sah der Gestalt nach, die aus dem Haus trat. Wie versteinert, unfähig sich zu rühren, erstarrte er beim Anblick von Ben. Ein Sturm aus Ungläubigkeit und Angst fegte durch sein Inneres. Die beiden Männer stiegen aus dem Kombi. Auch sie erkannten Ben. Nach einer Schrecksekunde wussten sie, was zu tun war. Ihr Handeln entsprang einer tief verwurzelten Überzeugung, die sich an den Richtlinien der Glaubensgemeinschaft, der sie angehörten, orientierte und wie ein Feuer der Zuversicht brannte.

Einer näherte sich Ben. Obwohl er sich der Tragweite seiner Entscheidung bewusst war, sah er sich zum Handeln gezwungen. Er nickte seinem Glaubensbruder zu, der ihn bestätigte. Er überschritt seine moralischen und ethischen Grenzen, um das größere Wohl zu schützen. Sein Opfer und seine Gewissheit, das Tor zum Jenseits zu schließen, spiegelten seine Hingabe und sein Vertrauen in seine Gemeinschaft wider. Das Gleichgewicht der Welt musste um jeden Preis erhalten bleiben.

Ohne zu zögern, trat er hinter Ben, die Klinge in beiden Händen. Mit finsterer Entschlossenheit hob er das Messer, die Augen zum Himmel gerichtet, und führte in rascher Folge sechs gnadenlose Stiche aus. Jeder Stoß hinterließ eine blutige Spur auf Bens Körper und verriet, dass der Henker den Zeichen der Offenbarung folgte. Die Zahl 6 war das düstere Symbol für die überwältigende Macht des Antichristen und des Bösen, das von der Welt abgewendet werden musste.

Ein markerschütternder Schrei der Verzweiflung durchbrach die Stille, als der Schmerz wie ein glühender Blitz durch Benjamins Körper fuhr und ihn zu Boden riss. Seine Augen weiteten sich, das Leben in ihnen erlosch schnell wie eine ausgeblasene Kerze. Der Schmerz, der ihn noch für einen kurzen Augenblick durchzuckte, drang tief in sein Inneres, als würde er von unsichtbaren Klauen gepackt und in die bodenlose Schwärze gezogen. Sein Körper zuckte ein letztes Mal, bevor er leblos und reglos auf dem kalten Boden liegen blieb. Blut breitete sich langsam unter ihm aus, bildete ein makabres Muster, während sein Gesicht den starren Ausdruck des Entsetzens zeigte. Der einst warme Körper war nur noch ein lebloser Schatten seiner selbst, die Augen blickten ins Leere, als hätte er in den Abgrund geblickt und der Tod selbst hätte ihn verschlungen. Die Finsternis, in die er hineingezogen worden war, gab ihn nicht mehr frei.

88

Als das Flugzeug in den azurblauen Horizont aufstieg, mischten sich Nervenkitzel und Vorfreude in den Herzen von Jessica und Rolf. Ein Abenteuer von unvergleichlicher Faszination lag vor ihnen. Eine Reise, die sie in eine Welt jenseits ihrer kühnsten Träume führen sollte. Die vergangenen Monate hinterließen ihre Narben. Doch wie Phönix aus der Asche gingen sie gestärkt aus den Prüfungen des Lebens hervor. Mit freiem Geist ließen sie die Fesseln der Vergangenheit hinter sich. In der ersten Klasse umgab sie eine Atmosphäre der Ruhe und Gelassenheit.

„Ich kann es kaum erwarten, die Wunder von Machu Picchu zu sehen! Die Bilder sind überwältigend", sagt Jessica und legt ihre Hand auf Rolfs Arm.

„Ja, ein beeindruckendes Monument der Menschheitsgeschichte. Ich freue mich darauf, mit dir die Geheimnisse und die reiche Kultur der Inkas zu entdecken", antwortete er. In seiner Stimme mischten sich Ehrfurcht und Vorfreude.

„Noch dreizehn Stunden", stellte Jessica fest und streckte die Beine aus, „dann erreichen wir Peru. Sie warf Rolf einen dankbaren Blick zu.

„Dieser Urlaub ist ein Geschenk von mir - wo wäre ich heute ohne dich?"

Das Flugzeug zog eine elegante Kurve, als wolle es ihnen einen unvergesslichen Blick auf ihre Heimat schenken. Unter ihnen lagen die Städte entlang der Lahn wie Juwelen auf einer Schnur. Marburg, Gießen und Weilburg eingebettet in das schimmernde Blau der Lahn.

„Heimat", dachte Jessica. Eine stille Hommage an das Land, dessen Erinnerungen sie in die Ferne trugen. Rolf, ein ruhender Pol im tosenden Meer ihres Lebens, nickte. Gemeinsam blickten sie in das unendliche Blau des Himmels. Der Beginn einer Reise, die ihnen die Tür zu einem aufregenden Erbe öffnete.

89

Inmitten des geheimnisvollen Nebels, der die Welten trennte, wartete Adamea. Sie betrachtete die Sterne am Nachthimmel und fragte sich, ob die Kräfte, die tief in ihr schlummerten, noch auf ihre Befehle reagierten. In einem Augenblick, der wie ein Paukenschlag aus dem Nichts kam, öffneten sich die Schleusen des Weltgefüges.
Getragen vom Flügelschlag eines Schmetterlings.
Hineingezogen in eine Wirklichkeit, die alle Grenzen der Vorstellungskraft sprengte.
Ben stand klar und deutlich vor ihr. Alle Zweifel verblassten in der gewaltigen Pracht des Göttlichen. Tiefes Verstehen durchflutete sie. Ihre Geduld war nicht umsonst gewesen. Die Magie, die es ihr ermöglichte, mit anderen Welten zu sprechen, durchströmte sie und gab ihr geistigen Frieden. Sie spürte, wie das Universum sich in ein harmonisches Gleichgewicht einpendelte.
Mitten in dieser Weltordnung stand ihr Fachwerkhäuschen in Bellnhausen. Der Ort, an dem sie hingehörte.

„Von Herzen danke ich euch allen für eure kreative Unterstützung, in welcher Form auch immer, und die Geduld bei meinen ständigen Fragen – Alex, Amy, Andreas, Anita, Annelie, Annemarie, Astrid, Beate, Bernd, Bettina, Burkhard, Christa, Christa, Christiane, Claudia, David, Dörte, Edith, Elisabeth, Elke, Erika, Frank, Friedrich-Karl, Gisela, Gisela, Gitte, Gretchen, Günter, Heike, Heike, Heiko, Heimo, Heinz, Helga, Horst, Jan, Karl-Ludwig, Katzi, Lola, Lothar, Lothar, Luis, Mama, Margret, Marie, Marina, Marlene, Martina, Michael, Michi, Papa, Petra, Petra, Petra, Reingard, Rolf, Sabine, Sabine, Tanja, Thomas, Thomas, Ulrich, Uschi, Volker.“

Eva